岸落之夜

shorefall

羅柏・傑克森・班奈特
Robert Jackson Bennett

歸也光 譯

FOUNDERS II
銘印之子
The Founders Trilogy

如果現存力量大於我者，那麼隨著時間流逝，情勢終將趨於劣化，
直至不可避免地，我成爲他們之奴。
而如果我們的處境相反，他們終將爲我所有。

——奎塞迪斯·馬格努斯

第一部　圖書館員與繆思

1

「大門就在前面。」格雷戈說。「做好準備。」

他們的馬車費力地在傾盆大雨中前行；桑奇亞吸口氣下定決心。從這裡可以窺見內城牆頂的燈光，明亮刺眼且冰冷，但就僅此而已。她摩擦雙手，指尖畫過手掌和指節的繭；跟竊盜生涯高峰時期相比，現在只是輕巧的陰影罷了。

貝若尼斯靠過來抓住她的雙手輕輕一捏。「記住計畫就好。」她說。「只要記住就不會出錯。」

「我記得。」桑奇亞說。「只是我也記得計畫裡有很多地方是說『桑奇亞在這些部分即興發揮』。你知道這不令人心安。」

「你們在後面不是在緊張吧？」歐索在駕駛座發話。他轉過身看著她們，彷彿褪色的藍色雙眼在他黑暗粗獷的臉上顯得又大又瘋狂。

「有一點焦慮，」貝若尼斯說，「考慮現況，這是情有可原。」

「考量到我們大半年來賣老命工作才到這一步，」歐索說，「我非常不希望還要情有可原什麼鬼。」

「歐索……」格雷戈說。

「我們只是跟商家做生意的銘術師。」歐索轉回身。「四個低下的銘術師想賣掉我們的設計簡單賺一筆。就這樣。沒啥好擔心。」

「看見圍牆了。」格雷戈說。他調整車輪，將車速轉為緩行。

歐索查看前方。「呃，好吧。我得承認那確實有點令人擔心。」

米奇爾商家內城的圍牆出現在暴雨中。自從桑奇亞上一回見過他們，米奇爾增建了一些堅實的防禦。首先，城牆現在有將近四十呎高，附加新灰石結構——肯定耗費不少功夫。然而真正引起她注意的是安裝在灰石結構上的武器：連串巨大青銅長匣每約一百呎就裝設在牆上的旋轉底座上。

「他插多的弩弓組。」歐索咕噥。

桑奇亞研究靜立在雨中黑乎乎的弩弓組，一隻鳥飛近其中一具，弩弓隨即彈起，長匣尾端有如貓兒注視蝙蝠飛過那般追蹤鳥的飛行路線。長匣顯然判定那隻鳥不足以關注便回歸原位。

她知道這種器械如何運作：弩弓組內填滿銘印弩箭——被銘術說服自己可以飛得異常快又猛的箭矢——關鍵之處是弩弓組經過銘印，能夠察覺到血。若是弩弓組察覺丁點無法辨識的血，無論身分是誰都會被弩箭鎖定；接下來，弩弓會發射所有箭矢，將目標射成蜂窩。不過設計出這套武器的銘術師顯然被逼著絞盡腦汁，讓箭矢不會浪費在閒逛的動物身上。尤其是灰猴，這種動物常讓弩箭組陷入大混亂。

不是最好的解決方法，不過有用——人們不再靠近任何內城牆。

「歐索，怎麼確保那些東西不會把我們射成蜂窩？」格雷戈問。

馬車駛過隆起的路面，灰棕色的水濺上兩側，噴上車廂地板。

「我猜我們即將找出答案。」歐索說。

米奇爾內城的大門就在前面，桑奇亞看見守衛從守衛亭走出，武器在手。

「來了。」格雷戈說。

馬車在門前的檢查點停住，兩名重裝守衛上前，其中一人手持一把非常先進的弩弓。武裝的米奇爾守衛站在大約二十呎外，弩弓低垂，另一名守衛走近對格雷戈打了個手勢。格雷戈開門下車，讓米奇爾守衛略爲緊張——格雷戈大約比他高一個頭，身穿浮雕鑄場畔徽型的輕皮甲。

「鑄場畔的？」守衛問。

「對。」格雷戈答。

「我受命要先搜身才能放你們進入內城。」

「了解。」

他們一下車就站在雨中，讓守衛把他們從頭拍到腳。守衛接著檢查馬車。這輛銘印馬車頗破舊，格雷戈向鐵商人租的。輪子偶爾會忘記自己該往哪個方向滾，但這是個策略性的選擇：他們看起來愈像一家走霉運的商行，米奇爾家的人就愈會買帳。

守衛打開後車廂。裡面是一只以青銅鎖牢牢鎖住的木箱。

「這個，」守衛說，「就是說好的……商品嗎？」

「不然呢。」歐索哼了一聲。

「我必須打開檢查。」

歐索聳肩，解鎖打開箱子。裡面是些附滿銘印的青銅碟，幾件銘印工具，還有許多體積龐大的書卷，就這樣。

「就這樣？」守衛問。

「智慧財產永遠不會有趣到哪裡去。」歐索說。

守衛關閉車廂。「很好。你們可以進去了。」他交給他們一人一個徽封。銘印上有一組烙有符文的青銅小徽章。「這會確保牆上的弩弓組和其他防衛措施不把你們視爲威脅，五個小時後過期，記住啊——在那之後，內城的所有防禦系統都會鎖定你們。」

歐索嘆氣。「我還以爲我會想念內城裡的生活。」

他們爬上馬車。青銅大門嘎吱一聲緩緩盪開，格雷戈驅動他們那輛又小又破的馬車駛入。

「第一部分完成。」前座的歐索說。「我們進來了。」

然而桑奇亞知道這是比較簡單的部分。很快會變得難上許多——尤其是對她而言。

貝若尼斯又捏捏她的手。「深思而後動，」她低語，「給他人自由。這就是我們要做的，對吧？」

「是啊。」桑奇亞說。「只不過通常若我打算打劫一個商家，我會闖入——而非訂下天殺的約會還跳舞穿過前門。」

他們的馬車轆轆駛入內城。

桑奇亞沒來過米奇爾內城的內領地，不知道該有什麼期待。大家都知道米奇爾家最擅長操弄熱與光——也知道他們都是附庸風雅又勢利的討厭鬼，所以她知道米奇爾家擁有帝汎最驚人的內城。然而隨著格雷戈駕車深入這座內城，她發現自己並沒有預料到這些。玻璃加工的建築從街景中綻放，然後絞扭、上升、相連，內部散發溫暖迷人的冷光。所有牆面顯然都轉化爲藝術展示，變動不休，呈現出會移動的美麗循環花樣。

還有那些太陽。

她注視著其中一個，慢慢靠近。多數內城愛用飄浮燈籠作照明工具，看來米奇爾家並不滿足於此。他們創造出巨大、光芒奪目的球體，這些球體緩緩飄浮在街道上空約三百呎高度，彷彿縮小版的太陽，下方的萬物因而沐浴在近似日光的光芒中。這景象無論何時都頗爲驚人，但此刻飄浮在傾盆大雨中更是令人稱奇。

「插他的驚人。」桑奇亞說。

「對。」貝若尼斯說。「有人說你可以在城裡某幾座塔上看見這些太陽的頂部。」

「任性妄爲的狗屁。」歐索咕噥。「徹頭徹尾的白費力氣。」

他們駛過一座座塔樓，一直到下一道門前才停住。守衛要他們下馬車換上另外一輛——米奇爾家的馬車，滿是米奇爾守衛。鑄場畔人照辦，格雷戈拿著他們上鎖的箱子，馬車出發駛向米奇爾內城最深處的聖地，近似輝所——整個商家的最重要建築。

然而這不是他們目的地。他們的馬車繼續往前，駛向一座綴滿小圓窗、高聳又閃閃發光的紫羅蘭色建築——米奇爾至尊大樓，商家銘術師在這裡試驗符文與邏輯，找出依他們所好重塑現實的新方法。

他們在前梯停下並下車，米奇爾守衛提著他們的箱子跟在後面。無人相迎，他們反被傳喚入內，穿過一個個玻璃房間、一道道發光的牆，爬上階梯，最後來到挑高寬敞、還有舞臺與燈光，像表演場地的房間，不過觀眾區堆滿長沙發、靠墊、盤子，還有一盤盤食物。

他們走進去時，桑奇亞目不轉睛地盯著那些食物。她很久沒挨餓，但還是無法相信眼前景象：派餅、燉菜、巧克力、切塊的燻肉，全雅緻地擺放在層層排列的金盤上。除此之外還有一壺壺的酒——她注意到歐索一臉興味盎然地望著眼前食物。

「我以爲墾殖地的奴隸抗爭意味著所有人都得勒緊腰帶過活。」桑奇亞說。

「這些是內城高階至尊職員。」貝若尼斯低聲說。「他們不虞匱乏。」

「你們可以在這裡準備。」米奇爾守衛指著舞臺上的桌子。「至尊很快會過來。」

桑奇亞看著這些守衛在房內的角落就定位站哨。不意外——早料到他們在這裡的每一秒都會受到嚴密監視。

「這可以用，對吧？」歐索走近桌子，手指著桌上的某件物品。在多數人眼中那像巨大古怪的金屬窯；不過就連最菜的銘術師都看得出來，那是裝有測試符文典的巨大隔熱箱。這個符文典遠比帝汎各地用來驅動鑄場的巨大符文典簡單小巧。

「比我們目前研究中的先進**多了**。」貝若尼斯研究裝置的外殼。

歐索哼了一聲。「當然了。我們在平民區可沒有百萬督符可以揮霍。」

「但是……我想應該能用，對吧？」貝若尼斯看著桑奇亞。

桑奇亞彎腰檢視裝有測試符文典的隔熱箱。她主要在檢查接縫與邊邊角角。若他們要爲米奇爾家的人展示他們的技術，整件物品必須滴水不漏。

「我們得把這裡和這裡封好。」她手指兩個她認爲不牢靠的接縫。「除此之外應該沒問題。」

「再檢查一次。」歐索說。「我們的設計必須要**能用**。」

貝若尼斯和桑奇亞嘆著氣打開他們的木箱，拿出幾個銘印放大鏡開始測量並測試隔熱箱，確保丁點缺陷也沒有。這工作無聊至極。桑奇亞覺得自己活像治療師，檢查病患身上有沒有因瘟疫而受害。

她抬頭瞄了瞄放大鏡深深嵌入眼眶的貝若尼斯。「這之後有什麼計畫嗎？」她問。

貝若尼斯眨眨眼，抬頭看她，困惑不解。「啊？」

「我想我們可以去看一場偶戲。帕斯庫有某種銘印長頸鹿偶，聽說很厲害。」

貝若尼斯嘲諷地笑了笑。「是嗎？」

「是。想說可以順道去酒館……」

「試試最新的甘蔗酒……」

「來碗番紅花飯……」

「或許再來些糖漬紅尾。」

「對。」桑奇亞說。「然後去看偶戲。聽起來不錯吧？」

「聽起來棒極了。」貝若尼斯把放大鏡塞回去，繼續工作。「絕不能錯過。但是！或許……」

「或許明天。」

「對，明天比較好。仔細想想，後天……」

「更好。」

「一猜就中。」

桑奇亞陰森地笑了。「當然。」

這是她們的老笑話。儘管她們很想離開工作坊找些樂子，桑奇亞和貝若尼斯都知道這幾乎不可能。她們多半會又整夜工作到天亮，在銘術定義碟、黑板間忙碌，照料他們那具搖搖欲墜的老符文典，好讓它恢復正常。有一天，*桑奇亞心想，我會成爲一個總是有女朋友、必要時才工作的人，而非總是要工作、時間允許時才有女朋友的人。*

下一刻，雙開門被猛力推開，嗓音圓潤且屬於上等人腔調的聲音喊道：「歐索・伊納希歐！好久好久了，是不是！」

鑄場畔人轉過身，大約二十名衣著華貴的男人湧入房內。他們全部看似經過謹慎打理，沒一根頭髮亂翹，袍子上毫無皺褶，好幾人的臉上畫著精細複雜的線條與圖案──城市菁英的常見愛好。有些人採取流行的頹廢風格，他們明顯煞費苦心。

最前面的男人又高又瘦，流露出沾沾自喜的滿足感，黃金眼線在塗白的臉上格外突出，長袍一路敞開到肚臍，露出結實、雕刻般的胸腹，膚色黝黑，而且古怪地上了油。

「亞曼・墨瑞提。」歐索用裝出來的開心語調說。「眞**高興**見到你……」

歐索走上前，雙手張開。這就像走近一面奇異的鏡子：一邊是歐索，高䠷凌亂，眼神瘋狂頭髮亂七八糟，身上每一吋都瘦骨嶙峋又單薄，像偶爾忘記自己有具身體需要照料；另一邊是亞曼．墨瑞提，米奇爾商家的至尊，體型與年紀都和歐索相近，不過他像會泡牛奶浴確保皮膚狀態良好的男人。

「**眞高興**你能來，歐索！」墨瑞提和歐索握手。「也很高興我能夠幫上忙。你開創自己的商行有多久啦？一年？兩年？」

「事實上將近三年了。」歐索說。

「**真的嗎**？有那麼久？我原本以爲就你的狀況而言會更短些。好，我一直很想出手幫幫我們之中那些活過較舊時代的人，如何？」

「哎——對。」歐索明顯努力想駕馭這種赤裸裸的屈尊態度。

墨瑞提的視線掃過其他人，經過貝若尼斯時多看了兩眼，隨即長袍一旋走向她。「啊！那麼……這個你不知怎麼拐來爲你賣命的誘人生物是哪位？」

「貝若尼斯．葛莫蒂。」歐索冷淡地說。「我們的營運長。」

「**是嗎**？我必須說，她比我們的營運長可愛千百倍……」

「很榮幸有機會見到米奇爾商行大名鼎鼎、聲名遠播的亞曼．墨瑞提。」貝若尼斯鞠躬。

「還很禮貌呢。」墨瑞提伸手碰觸她的臉頰。「相信我，感到榮幸的是我。」

在這之前，桑奇亞一直不動聲色，她現在覺得太超過了。她走到貝若尼斯身後，雙手握成拳——但貝若尼斯交握在身後的手揮了揮，阻止她繼續前進。桑奇亞和歐索看了看彼此。*我們得趕快讓這場戲接著演下去*，她心想，*在我失去耐性把這蠢貨的頭踩成布丁之前*。

墨瑞提的目光移到桑奇亞身上後頓住，吃了一驚。桑奇亞對他的反應不意外。矮小、疤痕累累、頭髮幾乎剃個精光、單調棕色衣服。她知道自己像惡僧侶——而且絕對不像任何墨瑞提曾見過的人。

她看著他的表情變化。「而……」他說。「而……這是……」

這就是為什麼我喜歡竊盜更勝詐欺，桑奇亞心想。偷東西的時候他們不會盯著我看。

格雷格走上前。「這是桑奇亞．圭鐸，我們的創新長。我是格雷戈．丹多羅，安全長。」他鞠躬。

「啊，沒錯！」墨瑞提說。「大名鼎鼎的丹圖阿亡魂。真是令人著迷，居然能讓你去平民區為歐索的小生意工作。像這樣突破階級多令人欣喜啊，令慈肯定把頭髮都扯光了吧。」

格雷戈擠出緊繃自制的微笑，再次鞠躬。

墨瑞提拍手。「今天我們要來見識你們知名的層箱，對吧？你們的新符文典技術？」

「對。」歐索解鎖後猛力打開箱子。他拿出又厚又龐大的書卷放在桌上。「所有銘印定義和協定都在這裡供你檢視，展示後便全數交出。看過實際上用起來什麼樣子，大部分都會更容易理解。」

較年長、嚴重口齒不清的米奇爾銘術師——桑奇亞覺得他是裝的——說：「這就是你們在山所那晚用的技法？讓你們能夠使用重力銘器並攻擊坎迪亞諾？」

歐索頓住，顯然不知道該說什麼。儘管他們確實靠這個技法有效摧毀帝汎的四大商家之一，鑄場畔人一直假定這話題在剩下三個商家中應該頗敏感，因而決定避開。然而……米奇爾銘術師似乎壓根不在意。他們略帶興味地看著歐索，彷彿只是等著聽某人表親是不是要結婚了。

「呃，對。」歐索咳了一聲。「沒錯。但這是改良過的版本。」

「太棒了。」提問的銘術師點頭。「真美妙。」

「千萬不要覺得在這裡不能暢所欲言，歐索。」墨瑞提說。「畢竟他們**曾是**我們的競爭者。多虧你，我們用很便宜的價格取得坎迪亞諾大部分內領地。」他倒出一杯酒對他們舉杯。「還包括山所。」

「啊。」歐索慌了手腳。「那……我們繼續——」

「你不想先確認款項嗎？」墨瑞提問。

歐索凍結，桑奇亞立即知道原因：他徹底忘掉錢的事；不知道這樣會不會害他們露出馬腳。

「呃，當然。」歐索鞠躬。「我不想占人便宜。」

墨瑞提咧嘴一笑，喝完酒後彈響指。男童僕隨即拿著小木箱走上前。「別擔心，區區六千督符。」男童僕打開箱子。鑄場畔人注視裡面成堆的金銀督符。

插他的，桑奇亞心想。我這該死的一生中可從沒見過這麼多錢。不過她想起歐索對她說的話——錢一點也不重要好嗎。如果我們做得對，就會帶著比至尊大樓裡所有金燭臺和銘器加起來還珍貴的東西離開。

看來歐索連這也忘了。「很好。」他說起話來像被扼住喉嚨。「謝謝你，亞曼……」

「沒問題。」看見自己造成的影響，墨瑞提顯然很愉悅。男童僕啪地一聲關上箱蓋，並將箱子拿到角落。墨瑞提用誇張的動作為自己倒了第二杯酒。「我同意讓你們繼續。」他喝乾酒，朝他們咧嘴笑。「請給我驚喜吧。」

「為了實地演示，」歐索說，「我們需要一個箱子，材質最好是鋼或鐵，青銅稍嫌脆弱。箱子的尺寸要約略等同於這個測試符文典。」

墨瑞提滑步走到巨大的坐墊旁，朝一名少年揮了揮手。「請替他拿過來。」那名少年飛奔而去，墨瑞提則往坐墊噗通一聲坐下。其他銘術師有樣學樣，鬆散地一一在沙發或椅子坐下。墨瑞提把一顆李子深深浸入巧克力鍋中，嘖嘖地大聲啃咬，觀看桑奇亞和貝若尼斯準備測試符文典。

銘術的技藝幾乎總是一個兩步驟的過程。第一個步驟看似非常簡單：銘術師把銘刻過的小碟放上他們想轉化的物體，通常放在內部，主要是避免銘刻的痕跡弄髒。這個小碟上銘刻有幾個符文，數量介於六到十個之間，一旦小碟貼附到物體上，這些符文便會開始說服物體以非常不尋常的方式違背現實——因此這個元件稱為說服碟。

然而說服碟只是**看起來**簡單。事實上，碟上的六到十個符文各自由第二個元件支撐：存放在鄰近符文典上的定義碟。**真正**的活兒是在那裡進行，因爲每一定義碟都由成千上萬手寫的符文串組成，各自構成複雜至極的論述，強大得足以讓世界的某部分違逆現實。而說服碟上的符文只是指出這些論述該施加於何處而已。

製作定義碟需要耗費數週時間測試與分析。大多數人會覺得這樣的實驗聽起來很乏味——實際上確實如此——但這也是一旦沒做好會讓你的頭或軀幹突然內爆的實驗。因此，可以使銘術成功的任何定義碟在帝汎都價值千金。

貝若尼斯和桑奇亞此刻萬分謹慎從箱裡拿出並放入小符文典的裝置正是如此：他們親手打造的定義碟；有了它便能驅使現實做某件事，而米奇爾家的人會十分看重這件事。

「所以，」那名較年長的銘術師口齒不清地說，「你們設計出某種方法可以……複製現實？」

「不盡然。」歐索說，同時米奇爾男童僕用一輛推車帶回一只鐵箱。「其實是說服兩個偶合箱相信各自內部的現實**一樣**。現實世界將無法判別隔熱箱內的測試符文典是否眞的在隔熱箱內，抑或是在剛剛送過來的鐵箱裡，或是同時存在兩處。」

墨瑞提瞇眼。「也就是說……」

「也就是說，兩個箱子一旦偶合，你便可將推車上的空箱帶到隨你高興的任何地方，」歐索輕拍鐵箱，桑奇亞和貝若尼斯則開始在鐵箱上加工。「同時帶著符文典定義。」

米奇爾銘術師停止吃喝。桑奇亞無法責怪他們——因爲歐索方才稀鬆平常地提出了銘術最大限制解決方案。符文典承載成千上萬謹慎編寫的定義與論述，說服現實做一些現實一般來說竭力避免的事。符文典體積龐大複雜，而且貴得嚇人，代表它們建造起來難如登天，運送又比建造更加困難。

因此諸如箭矢、馬車、燈籠等銘器只在距離鑄場符文典一、二哩的範圍內才能發揮作用。如果距離太遠，對於應當或不應當如何，現實將變得更爲有自信，便會忽略銘器上的說服碟；符文寫得再謹慎也沒有用。

簡言之，拿一個簡單的鐵箱，**說服**它其實裝有一個符文典，而非費勁打造另一個符文典，這樣的花費便宜太多。便宜得**難以想像**。其間差異像是挖幾哩的灌溉渠道及用根魔杖一點地召喚出汩汩泉水。

「有什麼限制？」墨瑞提的腔調這會兒沒那麼高尚了。

「這個嘛，原本偶合箱裡的現實會隨著時間流逝而變得頗不穩定。」歐索說。「也就是說，到最後會，啊，爆炸。」

「但是我們解決這個問題了。」貝若尼斯迅速說。

「對。費了好大力氣，但……不穩定的狀況已經消除。」歐索說。

「請給我看定義。」墨瑞提說。

「我們已經裝進去了。」貝若尼斯說。

「我知道。不過我還是想看看。」

歐索皺起眉，將定義碟從符文典中抽出來給墨瑞提看。那是青銅大碟片，寬度約莫一呎半，覆滿成千上萬細小的銘刻符文——全是貝若尼斯的謹慎筆跡。

墨瑞提起身走過去，彎腰靠近研究碟片。然後他點點頭，退後。「我懂了，眞迷人。」

「這種技術能夠應用在較大的東西上嗎？」口齒不清的銘術師問——顯然想著鑄場符文典。

「或許可以。」歐索說。他將碟片插回小符文典。「因爲鑄場畔有限商行在平民區並沒有可供實驗的鑄場符文典，我沒辦法給你明確的答案。」

聽到這，米奇爾銘術師對彼此露出虛僞假笑。

「不過我們仔細研究過符文典的第二大問題。」歐索說。「建造符文典勞神傷財，但總歸是一次性的活兒。然而持續性將**所有**最新銘術定義更新到貴內城所有**現存**的符文典上……所費不貲哪，對吧？」

假笑消失。所有視線鎖定歐索，桑奇亞和貝若尼斯繼續安靜地和鐵箱奮戰，有如魔術演出前的舞臺助理。

「什麼意思？」墨瑞飛快速地問。

「這個嘛，身爲前至尊，我知道要花幾天、幾週，甚至幾個月才能編配出一則銘術定義。」歐索說。他拍拍測試符文典；方才展示給他們看的定義碟就裝在裡面。「謹慎地把每個符文論述完美地寫在青銅碟上，再放進鑄場符文典的策源……還不能大批量製作，因爲在啓動的符文典中，就算只是一個符文**略微**歪掉，都會導致災難。所以你們得手工一一打造……也就是說，只是要讓一則新定義在整個內城執行，就可能需要花上超過一年的時間。」

「對。」墨瑞提不耐煩地說。「所以呢？」

「這個嘛，我們發現鑄場符文典的策源……承載**所有**定義的那個部分……」歐索沉思地敲敲自己的下巴。桑奇亞認爲他有點太裝腔作勢。「我們發現可以輕易偶合**那個**部分。」

米奇爾銘術師面面相覷。

「你是說，不用爲幾百個鑄場手寫幾百個定義碟……」墨瑞提的視線掃向附天鵝絨內襯的箱子。

「對？」歐索說。

「我們……我們可以利用你的技術替我們鑄場符文典的所有策源偶合……」

「對。」

「然後，如果把**一組**定義碟放進**一個**鑄場符文典……那麼**所有**符文典都會就這麼相信自己裝有那些論述？」

「對。」

「然後我們寫下的所有論述……會在**所有地方**執行？」墨瑞提問。

歐索點頭，一副這概念完全出自墨瑞提自己而非他的樣子。「絕對行得通，沒錯。」

米奇爾銘術師不再癱在椅子裡，大多挺直身子或是往前靠，甚至有人站起來。

桑奇亞可以看見他們的腦袋在計算：他們省下來的勞動時數、他們將得到的效率，這些好事會擴及整個內城。而且也將消除一大堆安全疑慮，因爲銘術定義常常是內城裡最貴重的東西：符文典或許是內城的心臟，而定義可是血液。就算只是小規模應用歐索技術的發明，對他們來說都是革命性的創新。

「都在這兒。」歐索一隻手放在桌上的巨大書卷。「我相信智慧先進如諸位都能迅速理解這個……」

「先示範再說，」墨瑞提突然開口，「我想確定眞的能用。」

歐索鞠躬。「當然。」

貝若尼斯和桑奇亞繼續工作，小心地在鐵箱標上恰當的標記，不到半小時便完成了。

「完成。」貝若尼斯退後，抹掉額頭的汗。

米奇爾銘術師紛紛起身，走近舞臺研究她們對測試符文典、符文典隔熱箱，以及鐵箱做出哪些轉化。他們做的事看似簡單，只是一點點青銅、幾個碟片，還有幾個謹愼銘刻的手寫符文。

「現在還沒開始作用，對吧？」口齒不清的銘術師小心翼翼地問。

歐索對他虛假地笑。「對，要等到符文典暖機後並啓動才會。到**那時**我們才算成功偶合現實。」

「但你們要怎麼證明有用？」口齒不清的銘術師問。

「這個嘛，」歐索說，「我們有好幾個——」

「不。我們會打點。」墨瑞提朝房間後部的一名銘術師揮手，他帶著他們自己的箱子小跑步上前。這個箱子以銀與青銅打造，和歐索的樸素木箱有天壤之別。

墨瑞提打開箱子，裡面是另一片定義碟以及小型銘印燈籠。他咧嘴微笑轉身面對歐索。「聽起來你的展示可能真的能與你的最初提案比擬，不過比起你用自己的銘器演出，我更想看看你的技術如何作用在**我們的**銘器上。這個定義主張這盞燈籠將會點亮……但**只**在離乘載定義碟的符文典一呎之內才有效。」

歐索緩緩點頭。「所以……你的意思是啓動測試符文典、把小燈籠放在鐵箱上，然後……把鐵箱推出這個房間，看看燈籠是否持續點亮？」

「正是如此。」墨瑞提說。「推到這座內城裡，你或你的員工都沒見過的地方。」

米奇爾銘術師看著歐索，但他聳聳肩，「沒問題。」

墨瑞提的微笑黯淡了些。「動手吧。」他朝手下點點頭。

米奇爾銘術師小心地把第二個銘術定義碟放入測試符文典，接著緊緊關上再啓動。大約半數米奇爾銘術師擔心符文典可能爆炸，紛紛退後。可是沒有爆炸：只有鐵箱所在的推車發出嘎吱聲，彷彿被放上額外三百磅的重量……

桑奇亞知道會這樣。測試符文典有幾百磅重。如果鐵箱相信自己內部現在裝有一具測試符文典便會變得非常沉重。歐索朝燈籠揮手，墨瑞提舉起燈籠後點亮。剛開始沒有反應，不過當他把燈籠放在鐵箱上，燈籠隨即散發明亮穩定的冷光。

口齒不清的銘術師倒抽口氣。墨瑞提盯著燈籠，仍瞇著眼。

歐索手指門：「如果你們想把鐵箱帶出去，我和我的創新長很樂意同行爲你們解惑。」——他對桑奇亞打手勢，她隨即上前——「貝若尼斯和格雷戈則留下，確保這裡不出任何差錯。」

墨瑞提嫌惡地怒瞪桑奇亞，視線徘徊不去。「那……爲什麼我一定要容忍這東西在我的至尊大樓裡走來走去？他瞥了瞥貝若尼斯。「她去不行嗎？」

「啊。」歐索說。「這個嘛，貝若尼斯**頗為**能幹。我總是覺得讓能幹的人和，呃，比較不能幹的人一起工作效果最好。」

桑奇亞和格雷戈看了看彼此——眞令人高興。

墨瑞提微笑，斷然換上假得不能再假的開懷笑意。「當然。完全說得通。」

兩名米奇爾銘術師接手推車，邁步推出門。墨瑞提和其他人列隊尾隨，歐索和桑奇亞也在其中。桑奇亞吸了一口又深又長的氣。該上工了。

2

桑奇亞、歐索和米奇爾銘術師無聲無息地推著沉重推車穿過至尊大樓的走廊。眾人的視線都黏著在鐵箱上的發光小燈籠，等著燈光閃爍暗去。不過桑奇亞知道這件事不會發生。他們沒有欺騙米奇爾商家的人。這箱子眞的相信自己裡面裝有測試符文典及符文典對於現實所主張的定義。

「亞曼，我們到底要走多遠？」歐索問。「當然，只是出於好奇……」

「直到充分滿足我的好奇心，歐索。」墨瑞提說。

他們左轉再右轉，穿過一條條走廊，愈來愈深入各個工作室、裝配室與圖書室。就像內城裡幾乎所有至尊大樓，桑奇亞知道可以在這裡面找到許多瘋狂危險的實驗。

至少她希望自己能找到。

開始了。

她瞇起眼，吸口氣……然後收縮。

只有這個詞能夠形容，眞的。她知道人類的腦和肌肉毫無相似之處，然而當她想使用她的銘印視力，感覺總像是她在收縮頭顱裡的某部分，拉緊韌帶或肌腱或肌肉，藉此打開……嗯。一切。

眼前的世界亮起閃閃發光的銀色纏結，似乎織入牆壁、門、燈籠，轉化周遭物品各自現實的銘術。每次她觀看纏結都會看見**邏輯**——說服這些物體以非常特定的方式違背物理原則的論述與指令。看見這些纏結就等於看見世界本身隱而不現的規則。

至少她到後來是這麼想的。能夠親眼看見銘術很奇異，甚至還能看穿牆、地板與天花板；因爲她的銘印視力一點也不像一般視力一樣受限於物體障礙，眞正困難的是描述。她該如何描述這種超感覺？因爲沒有其他人具備相同天賦——純粹因爲嵌入她頭側的銘印碟——她無人可討論。

她掃視一個又一個銘術，仔細查看。她看見至尊大樓裡有許多瘋狂的實驗和設計在她周遭辛勤作業，有些相當驚人。問題是——哪一個才是當下所需？

墨瑞提帶著他們走過長走廊，經過一群推著一輛車的米奇爾工人，車上滿是裝有數以百計小玻璃珠的盒子，桑奇亞用銘印視力細看，發現其實都是縮小版的太陽，一如外頭；她隨即了解，這些是極小型的實驗版本，能夠成雲狀遍布飄浮在房間或街道上。

啊。你們可以派上用場……

隨著推車靠近，她繼續研究這些銘器。推車減速，她得緊貼著牆好讓它通過……同時用一隻赤裸的手貼住盒子。與裝有銘器的盒子實體接觸的那一刻，大量細小聲音隨即點亮她的腦海：

〈我們是太陽！我們就是太陽本體！當天空裂開、鞘殼解開，我們將成爲太陽，我們全是太陽，我們全飄過空中，跟隨我們的標記……〉

桑奇亞聽微小的銘術齊聲對她說話。只是一瞬間——這些日子以來，她愈來愈擅長與銘器交談——然而她仍知道自己時間不多。

〈告訴我你們的標記是什麼？〉她問那盒迷你燈籠。

〈標記是要跟隨的東西，我們必須前往的點！我們行動如一體，跟隨標記，因爲成爲太陽是如此喜

樂，成爲太陽是如此喜樂……〉

她聆聽湧現的資訊。這些小珠子被說服要發光並飄浮——還有跟隨，一如被用皮帶牽著的狗。到最後，人們多半會帶著某種信號，戒指或項鍊之類的物品，而小珠子雲便會飄在身後或周遭。確實效果壯觀。這全部經妥善定義，不過設計這些的銘術師顯然在定義這些小太陽該**如何**飄浮時遭遇瓶頸：用什麼速度、飄在什麼位置，諸如此類。

〈你們撞到牆怎麼辦？〉桑奇亞問。

〈我們倒轉方向，嘗試重回與標記間的正確距離。〉

〈好。那你們必須用什麼樣的速度跟隨標記？〉

〈……速度？〉

〈對啊。你們飄浮，對吧？你們用什麼速度飄浮？〉

短暫沉默。

〈未定義！〉

〈他們沒定義你們要用什麼速度移動？〉

〈沒——沒有？〉

〈那……你們怎麼飄浮？〉

〈必須永遠維持與標記相距六呎的距離，排列成星座隊形！〉眾多小燈嘰嘰喳喳地說。

桑奇亞壓抑住想咧嘴笑的衝動，不意外製作銘器的銘術師沒有定義這項關鍵環節——畢竟這是全新的設計，只是對她現在要命地有用。

〈那……一呎有多長？〉

〈十二吋？〉

〈噢，不對，不對。〉桑奇亞說。〈最近全部改了。我告訴你們……〉

桑奇亞迅速與小燈辯論，質疑它們對距離的概念，主張一呎實際上只是一吋的小片段。這樣一來當小燈籠離開盒子，它們會以最高速衝向標記，嘗試維持近得不能在近的距離，而在這麼做的同時免不了撞上牆，導致大幅度過度校正原本的飄浮位置。說眞的，這有點容易做過頭。但過去三年來，她已經變得**非常**嫻熟。

〈……所有就是這樣運作，懂了嗎？〉她完工。

〈我們懂！〉

〈那你們什麼時候要做？〉

〈四十秒內！〉

〈很好。感謝。〉

她挪開手。聲音消失，所有人繼續前進。

她吐氣。在眞實的時間中，整段交談持續不到兩三秒。完全沒人注意到。

墨瑞提左轉、再右轉、又左轉。「我想把東西帶到庭院，歐索。只是想看看在室外能不能用。」

「沒問題。」

「會受雨或濕氣影響嗎？」

「我還沒完整測試過那部分……但也沒理由想像會……」

桑奇亞仍在收縮她的銘印視力，她看透至尊大樓的地板，檢視牆後和地板下的銘術。然後她看見了——腳下幾層樓的位置有一大球明亮發光的纏結，太強大了，光看就讓她頭痛……

至尊符文典。米奇爾家族製作過的實驗性論述都儲藏在這個裝置中。

找到了，那就是我的目標。

「亞曼，你這裡的設施眞了不起。」歐索說。「比歐菲莉亞那兒舒服多了。」

「嗯？噢，對。」墨瑞提說。「我無法想像丹多羅至尊大樓是什麼光景。多半到處都是紙張和墨水……所有人都身處灰撲撲的小房——」

他們身後的走廊傳來巨大的爆裂聲。然後是尖叫。

列隊的銘術師停下腳步，所有人回頭看。

啊，桑奇亞心想。開始囉……

「怎麼回事？」口齒不清的銘術師說。

又傳來其他聲音，聽起來像冰雹落在金屬屋頂。

一顆極爲明亮的小光珠竄過走廊，幾十顆飛速跟在後面。墨瑞提雙眼圓睜。「噢**該死**！」他大喊。

他們隨即被小光珠包圍，它們發出尖細的碰撞聲從所有平面反彈，以令人目眩的速度橫衝直撞。數量就算沒有數千，一定也有幾百；銘術師的反應活像小光珠是一群大黃蜂，因爲桑奇亞發現**確實**會痛：她感覺到有幾顆像以彈弓射出般撞上她的背，她知道很快會得到幾塊瘀青。

「**狗娘養的**！」墨瑞提尖叫。「**哪個天殺的混蛋啓動了太陽雲**？」

銘術師護住頭臉，找遮蔽物躲開彈跳的大量眩目光珠，一切陷入混亂。

我眞是做得太好了，桑奇亞心想，說服那些小珠子用超快速度到處亂飛……

然而沒時間多想。她沿走廊跨三步找到上鎖的門，通往閒置的工作室。她用手貼住門。

〈我等待信號。〉門對她說。〈沒有信號，我就像一堵石牆，我是——〉

〈最後一次有鑰匙用在你身上是什麼時候？〉她問。

〈哦？啊。大約……兩小時前……〉

〈需要把鑰匙用在你身上多長時間你才會解鎖？〉

〈那會是……十秒？〉

〈那一秒是多長時間？〉

它陷入瓶頸。時間和空間，她知道對銘器來說這些是非常難以理解的概念。要怎麼對沒有時間概念的物品解釋一秒是什麼？銘術師總是覺得很棘手。

〈你全弄錯了。〉桑奇亞說。〈我來解釋一秒**實際上**是多長時間……〉

桑奇亞繼續對付門，說服它一秒其實是一段長得不太可能的時間，因此上次用過鑰匙後到現在仍有效，門應該要打開。同時間，她感覺到符文一如往常滲入她腦中。

桑奇亞和銘術溝通得愈好，對銘術說話時，她愈能夠意識、感覺，最後甚至可以**看見**銘器說服碟上的符文。她自以為了解原因：粗略說來，她感覺到**物品**的感覺，親身體驗他人加諸於物品的論述，包括論述的作用及如何運作。與銘器精神交流，就某種意義而言就是感受它加諸於各種事物的銘術與約束，也因此影響到了她。桑奇亞每次都有點擔心，無論她何時斷開連結，她被轉化的程度都比原本多一點。

終於傳來喀的一聲。

門打開了。

桑奇亞竄進去關上門，說服它再度上鎖。然後她轉身面對工作室，收縮她的銘印視力。她往前衝，想起他們剛開始籌畫這個任務時歐索的話：當然了，我們根本不需要帶任何武器或準備任何花招。

桑奇亞不解——爲什麼？

因爲所有至尊大樓都充滿瘋狂的垃圾，他答道。我們只要把你弄進去、讓你自由行動，然後把整個地方變成武器就好，幹嘛要費心製作武器？

桑奇亞衝過一間間工作室，聆聽後面傳來的碰撞和叫喊聲。在他們控制住狀況並注意到她不在場之前，她覺得自己應該還有十分鐘。收縮銘印視力，看透大樓的牆壁和地板。那團明亮炙熱的銘術纏結在四層樓下。現在得想辦法靠近。

符文典本身將戒備森嚴，她記得歐索是這麼對她說的。你不可能靠近，不過有，該怎麼說呢，可用的基礎建設……

她沿走廊前進，盡可能收縮銘印視力。她經過滿是無數窗玻璃片的一間間工作室，發現米奇爾家的人變得**非常**擅長製造仿效日光的玻璃，還有發光地磚，枝形吊燈：發出奇異具鎮定效果的長笛聲，還有鏡子：散發莫名強烈但久久不散的冷光。

垃圾，垃圾，垃圾，垃圾，她暗忖。

她繼續前進，四處張望找尋靠近目標的方法，一面聆聽從身後走廊傳來的尖叫和騷動。就算有她的銘印視力，還是很難在這棟建築裡維持方向感。這裡像是工作室和房間構成的蜂巢，許多房間還裝設不知爲何以銘術讓它們看似朝外的窗戶，加重擾亂她的方向感。

她突然看見一大堆銘術朝她奔來——雙刃劍、弩弓、盔甲——她認出作用，隨即平靜地躲到打開的門後。她等待。最後一名米奇爾守衛跑過，咕噥著「我對天發誓，這地方每天都有新鮮事……」

她一直聽著直到他消失後才更往建築深處前進，一條通道、又一條，最後終於發現一直在尋找的東西：一條又長又粗的銘術，在她下方約兩層的位置水平奔湧，全辯論著水壓如何如何……

水管，她心想。保持符文典冷卻用……

但她還需要想辦法下去水管那兒。樓梯不在考慮範圍內，太暴露行蹤。窗戶**或許**可以，不過是不是還有更好的選擇……她環顧四周，發現垂直貫穿建築的裝置：某種裝有碟片的煙囪，肯定施加了和重力有關的銘術……

他們真的在他們的至尊大樓裡放了一個天殺的升降機？

她是在說什麼？米奇爾家的人當然會這麼做。

她朝那東西走去。

三年前，如果你告訴桑奇亞，有天她不只會大白天闖入米奇爾至尊大樓，還輕而易舉穿梭於無數房間、哨站與檢查點之間，她會認爲你在發瘋。然而有了銘印視力，她能夠在這棟大樓裡找到最佳路線，如熱刀劃過鰻魚脂：她在守衛與銘術師之間跳舞，在他們移動時找出口袋裡的銘器，在最佳時機躲到門後或角落；她破解鎖、徽封檢查和銘印門，彷彿它們生來就在等著她通過；有一次她甚至躲在空曠無遮蔽物之處，只是站在新型銘印燈後，說服它發出亮得超乎自然的光，以至於路過的銘術師只是瞇眼怒瞪燈便繼續前進，一面發牢騷：「哪個該死的混蛋居然會以爲**這**是一個好主意……」

她讓每一件物品維持她發現時的原樣。米奇爾家的人不會知道她曾來過。

沒幾分鐘便來到裝有升降機的辦公室。她鑽進升降機。她很熟悉他們用來銘印升降機的技術，基本上就是用來飄浮燈籠飄浮的論述強化版，因此幾秒內便說服那讓她降入至尊大樓的深處，接近通往符文典的水管。

升降機載著她往下、再往下。

我做得不錯，她暗忖。*我做得**真**不錯！重操舊業的感覺眞好。*

她的手無意識地爬到胸口，彷彿在摸找項鍊，期望感覺到貼著肌膚的冰冷金屬。

微笑消逝。山所之後，這是她首度出手眞正偷東西，然而一切都不同了。升降機停住，她推開門，發現自己來到另一間工作室；內部充滿打造來黏在牆上的黏著碟。她爬出升降機。

*到了更靠近符文典本體的地方才能夠接近水管，*歐索是這麼說的。*不過那裡會有更多安全措施。你愈重要，你的辦公室就愈靠近符文典，代表更多守衛、更多防禦，還有更多保護。*

她用銘印視力凝望前方，溜到工作室門前。她將門打開一條縫窺視外面。門外是另一個走廊，再往左邊區區幾呎，便是能夠接近符文典用水管的房間，說不定就在地板裡的維修小門下。

然而維修小門所在的房間裡有三名米奇爾守衛，皆全副武裝，立正站定。她很快了解原因：隔壁是另一間辦公室，附帶遠比其他辦公室都更加強大的防禦保護……這讓她懷疑這幾個房間都屬於亞曼·墨瑞提本人。該死。現在怎麼辦？

她伏在走廊裡研究那個辦公室。墨瑞提的房間或許說不上出乎她的預料：一大堆荒謬、浮誇的燈光與玻璃陳列……不過也有**一大堆**銘印壺。多半用來讓他該死的巧克力保持溫熱。儘管守衛部署在前門前，不代表沒其他辦法進去。

她沿走廊往前走，注視內部，直到找到他的寢室——根據數量異常多的溫暖發光銘印燈擺放在她猜應該是床的家具周遭，她推測那空間應該是要發揮這項用途。雖然認識墨瑞提先生不久，但已經能夠掌握他的性格……啊哈，她心想。一個銘器隱藏在他寢室隔壁的牆上，非常像一扇門——或許用來讓愛人暗中進出。她走近那個銘器，單手貼牆聆聽。

〈我等待我主人的徽封……符文排列完美，貼上我皮膚的溫暖，以光填滿我，以意義填滿我，以目的填滿我……〉

她皺起鼻子。她比較喜歡對付歐索的銘術。歐索的銘術或許比較乖張，但至少沒那麼煽情。她用能力制服門後溜進他的套房，找到眼前所見最大的銘印巧克力壺。她看了看四周，抓起大瓶葡萄籽油倒入巧克力中，單手貼在壺側並聆聽。

〈……比人體溫暖一點點。〉壺用寧靜滿足的語調說。〈不太燙。不滾燙，只是……溫暖。和體溫一樣暖，夏日的體溫，明亮陽光下的體溫……〉

〈嘿，有些關於體溫的新消息。〉她對壺說。

〈嗯？真的？〉

她迅速說服銘印壺，人體的溫度比原本被告知的要高上好幾倍——或說它大約一分鐘後應該那麼燙。而在那之後它必須繼續相信整整一分鐘；否則要是一直這麼燙，最後說不定會燒掉整棟大樓。

〈眞是太有趣了！〉巧克力壺說。〈我居然一直以來都做錯！〉

〈對啊，眞的是。〉她說。〈所以——這次試著對一點，好嗎？〉

銘印壺意志決絕地同意。桑奇亞從暗門溜出去，躲回黏著碟的工作室。接著她舔舐一根手指，往下探，手指碰觸靴根。靴根立刻認出她的唾液並彈開，露出裡面一個小凹陷。桑奇亞拿起靴根注視內部。沒有哪個心智正常的人能想到竟會有人銘印靴根。這是貝若尼斯的主意。然而他們還是需要把關鍵要件送進內城的方法——就連桑奇亞也沒辦法在倉促中做到。那東西看似方形小金屬板，不過桑奇亞赤裸的肌膚一碰觸到它，加上用天賦對它說話，小金屬板突然就像紙雕般彈開，化為小方塊。

她雙手捧著小方塊仔細研究，觀察以微細筆跡銘刻在表面的無數銘術與論述。她、貝若尼斯及歐索在這裝置上勞心勞力了大半年，都是為了這一刻。否則他們只是隨便賣掉歐索最偉大的發明，並不求回報地賦予一個商家極為強大的力量。

她透視前方的牆，看見那個銘印壺。壺上的論述陡然一變，壺的溫度躍升、躍升、躍升……來了。她轉而仔細觀察墨瑞提套房外的三名守衛。片刻什麼事也沒發生，接著一名守衛原地打轉，有人大喊「**煙！煙！起火了！**」她看著三名守衛衝入套房。他們走得夠遠後，桑奇亞竄入有維修門通往水管的房間，衝上前悄聲拉開維修門。

她仔細觀察下方水管的銘術。側邊有閥門，但不能就這麼打開蓋子——水會噴出來。找到水管後，歐索是這麼說的，你得想辦法說服它們停止送水進來，你才能打開水管丟入方塊，完工。但是很危險，你必須在大約十五秒內恢復水流。我猜啦。我眞的不知道。

她問了——為什麼？

因為沒人試過關掉符文典的冷卻水流。它們需要很多水才能保持冷卻，要是沒水，嗯……符文典就是超大一堆讓現實減弱並困惑的銘術和論述。如果符文典潰散，一切變得太過混亂……不只我們，所有住在至尊大樓約一哩範圍內的人都會非常不妙。因此我們保守一點，當作你只有十秒的時間能夠把方塊丟進去吧。

桑奇亞注視地板裡的水管。

十秒。太棒了。

「狗娘養的！」冒煙的房間裡一名守衛大喊。「他到底在這壺裡放了什麼？」

她無比緩慢地轉開蓋子。要是出錯……算了。至少歐索沒辦法對我大吼大叫。她繼續轉動，轉到剩下一點點就打開，再用一隻赤裸的手貼住水管側並聆聽。

〈**爆發的泡泡，**〉水管叫喊，〈**推擠，翻滾，奔湧，潑濺，往下再往下再往下再往下……**〉

她畏縮；水管的論述異常強大並不令人意外，畢竟這可是符文典的關鍵，但這代表需要花時間說服……然後更糟的是還要花更多時間把它們恢復成原本論述，好讓水繼續流動。她吸口氣。銘術搞不定距離、方向與時間，她告訴自己。這些通常是門。這些通常是破解的途徑。

〈誰告訴你什麼是下？〉她問水管。

〈**什麼？**〉水管問。〈**什麼是什麼？**〉

〈我說，什麼是下？〉

它回到。〈**這個嘛，下是……**〉桑奇亞聆聽，然後使用她的論述，一個又一個，有多快就多快。

「呸。」其中一名守衛說。「煙都燻到天花板了……要不要拿拖把？」

〈**我懂了。**〉水管聆聽後說。〈**那很好。我將強制排出這個連接點以上的水。**〉

桑奇亞吞了口口水，水管開始強制排開閥門附近的水……此時此刻下方遠處的符文典將開始潰散。

她開始數。一。

她摸索閥門蓋，盡可能快速將蓋子轉開。二。閥門蓋鬆開，她差點失手掉在地上，引發守衛警覺到她在這。她一把抓住蓋子小心放在地上，赤裸的手仍貼住水管。三。她摸索口袋裡的小金屬方塊，找到後拿出來。

「把壺弄走就好！」一名守衛喊道。「你明知道我們根本不能進來這裡！」

四。她收縮銘印視力。下方的符文典燒得異常明亮，化為翻騰的白……她將小方塊塞進水管，謹慎拾起閥門蓋。五。她鎖上蓋子，轉動一圈、再一圈、再一圈——夠用就好。六。

〈事實上，我錯了！〉她對水管大喊。

〈吭？什麼錯了？有什麼可錯？〉

下方的符文典此刻是一片令人不安的粉紅。

「那東西還是燙得像火燒！」一名守衛尖叫。

〈我對於哪裡是下說錯了！〉她將她的論述強加在水管上，一道接著一道。七。

〈我……我想那應該說得通。〉水管說。**〈但你能不能再提醒我一次，水又是什麼？〉**

「該死，該死，該死。」桑奇亞低語。她盡可能集中注意力，告訴水管水是什麼、有什麼作用、感覺起來如何、如何辨認，一一啓動它的約束。

八……

「不，不，**不！**」一名守衛叫喊。「別把壺丟在他該死的床上！」

〈啊，我現在懂了。〉水管說。**〈非常聰明，真的非常聰明。〉**

〈那——你會讓水流通？〉桑奇亞絕望地問。

〈哎呀，當然！當然……〉

她聽見水在水管裡潑濺，還有一陣響亮且愉悅得古怪的汩汩水聲。她低頭看下方遠處的符文典。片刻毫無動靜——上頭的粉紅令人不快地加深了些，她感覺到自己的胃湧現一股絕對的恐懼……

我做到了。我毀掉一具符文典。現在我們都將他插的死掉。

不過粉紅淡去，非常緩慢地一絲絲淡去……直到恢復原本尋常的亮白。解脫感席捲桑奇亞心中，她差點嘆出一口氣，不過隨即想起那個小方塊。她再次低頭，發現能夠透過符文典水管追蹤方塊：一個白熾銘術的明亮小星辰隨水流俯衝翻滾——一直到慢慢接近巨大銘器。

此刻小方塊上的密度銘術啓動，有如石塊般下墜，緊貼住水管底部，拒絕在奔湧的水流中再移動分毫，緊緊攀住差不多就是水管中心的位置。

我做到了。天殺的，我做到了……

「是要怎麼跟至尊解釋我們剛剛燒了他的床！」墨瑞提套房內一名守衛尖叫。

桑奇亞蓋上閥門，溜之大吉。

兩層樓之上，桑奇亞打開上鎖的門，眼前是數名米奇爾銘術師躺在地板上哀號呻吟，臉和身體滿是亮紅色傷痕。「結束了嗎？」她問。「有幾顆撞上我，我就……我就躲進那間辦公室……」

米奇爾銘術師朝她怒目而視，紛紛站起，沒人費心回應她。

「偶合箱子有沒有用？還需要進一步測試嗎？」她又問。

「不用！」墨瑞提怒叱。他的臉染上顏色，頭髮亂得一蹋糊塗。幾顆小珠子甚至射穿他的長袍，留下一個個小洞。「你插他在裡面做什麼？」

「剛剛說了，我在躲——」

「搜她身，立刻！」

兩名米奇爾守衛走近她，他們身上的盔甲被光珠撞出凹痕。她嘆了口氣舉起雙手；他們頗具侵略性地替她搜身。

「沒東西。」他們搜完後其中一名守衛說。

「狗娘養的。」墨瑞提怒啐。「歐索！再怎麼樣都該為這小女孩的無禮之舉而給她點教訓吧！」

桑奇亞努力壓抑想咧嘴笑的衝動，卻聽見身後有人嘶聲說話：「躲在那間辦公室……你就……你就只是躲進那間辦公室，嗯？」她轉過身發現歐索惡狠狠地瞪著她，氣得臉不住抖動——他那張傷痕累累、瘀青、活像得過天花的臉。

3

墨瑞提沒有爲太陽雲的意外道歉。他似乎把至尊大樓裡任何時刻都可能遭小玻璃珠攻擊視爲自然的風險。他反倒和歐索——兩人都瘀青又氣得臉色發青——一起坐在桌邊，面對著一堆又一堆的文件。這些文件都是要滿足米奇爾商家的其他當權者。

「這裡簽名。」墨瑞提說。他碰觸臉頰，又縮了縮。「還有這裡。還有這裡……」終於簽完。米奇爾家的人收拾好鑄場畔人帶來的工具，碟片、書卷全部帶走，只在桌旁留下那箱督符。

墨瑞提起身試著擠出微笑，不過顯然太痛。「恭喜，歐索。請原諒我就不握手了。也不鞠躬。也不進一步討論。」他一手碰了碰腰，不悅地痛哼一聲。「有些……急事得處理……請靜靜離開吧。」他隨即離去。兩名米奇爾守衛上前，其中一人說：「我們會護送你們回到你們的馬車。」

「謝謝。」格雷戈說。他拿起那箱督符，一行人隨守衛走出去。

貝若尼斯熱切地看桑奇亞一眼，而她幾不可察地點頭回應。貝若尼斯綻出開懷笑容——她向來異常冷靜，極罕見顯露出如此熱情。桑奇亞得努力壓抑立刻親吻她的衝動。

他們安靜地列隊走到外面的米奇爾馬車，安靜地乘車回到他們自己的破舊馬車，再安靜地駕車離開內城，就這樣一直到他們通過外城門、回到平民區——泥濘、蒸氣騰騰、搖搖晃晃、亂糟糟的平民區。

「我會繼續前進。」格雷戈說話的聲音顫抖，桑奇亞分不出是因爲興奮或焦慮。「他們肯定還在監視。我們必須維持現狀直到回到我們商行、遠離視線範圍——」

「你成功了嗎？」歐索脫口而出。「能用嗎？」

「是。」桑奇亞說。

「能……能**用**？」

「對。」

「眞的能用，桑奇亞？」格雷戈在駕駛座問。

「對。」

「就這麼一次，」貝若尼斯嘆氣，「你**可以**用多過一個字回答……」

歐索幾乎喜極而泣。「對。**對**！噢我他插的老天啊，對！」

「你不氣你的臉了？」桑奇亞說。

「我的臉？誰管我的臉啊？爲了達成我們剛剛在那裡做的事，叫我把臉切掉我也願意！噢，我們今年要大肆狂歡一場，可不是嘛！我們回家，有多快就多快！」

黃昏時分到來，他們的馬車一路顚簸費力地穿過平民區。桑奇亞緊握住貝若尼斯的手，持續緊盯窗外，祈禱不要看見任何米奇爾刺客或守衛追兵。到目前爲止只看見在平民區屋頂築窩的吵鬧灰猴。

「還是沒有嗎？」格雷戈在駕駛座問。

「沒有。」桑奇亞知道自己是對的，不只因爲銘印視力給了她一些優勢，也因爲最近很難在平民區潛行。多虧歐索和鑄場畔三年來賣力改善，現在這裡燈太多了。

歐索在平民區創立他自己的銘術商行後，沒人知道各商家會作何反應。把他們全數殺死？以嘯箭射爆他們的房子？兩者皆大有可能。然而不過數日便有定論——因爲一打又一打商家銘術師跟隨他的腳步，其中有些可是內城中的高手：他們背離商家，在平民區開設店鋪，經營起自己的微型商家。

現在鴿樓間到處有以牆隔開的街區，其他新銘術商行在小宅院裡建立起自己的總部。這些商行在自家圍牆內營運微型鑄場和生產間，日夜不休地修修改改與實驗。因爲平民區的城市規畫極糟，說是開化之地，還更像養兔場，新商行只能仰仗懸在他們新宅院上空的大型靜定飄浮燈籠；燈籠側面繡上「腓瑟提」與「博達諾」等字樣，好讓人能找到他們。不出數月，開始有人用曖昧、半帶貶義的新詞「燈地」稱之，在這些地方工作的人則稱爲燈地人。

商家以及帝汎議會極度拿不定主意該如何反應。夾在國外的奴隸叛變與自家的銘術師叛變之間，他們全面癱瘓。這情勢對鑄場畔來說再好不過。

終於回到自家總部附近了，歐索往前傾。「終於到了。天殺的，我們快要平安到家了。」

馬車艱難地駛向迪耶斯綽大樓——鑄場畔有限商行歪斜、湊合又破爛的總部——以及隔開街道的凌亂鐵牆。儘管已將入夜，仍有燈地銘術師在大門外排隊等他們。

「等一整天了！」他們下車時一名銘術師抱怨道。「你害我們工作延誤，歐索！」

「今天沒營業！」歐索推開他們，一面咆哮道。「他插的滾開！」

「什麼！」另一人說。「不能這樣啊，你們根本沒貼出告示！」

「顧問商行他插就該提供顧問！」第三人說。

「哼，剛好今天他插的就是不提供！」歐索一根拇指往肩後戳了戳。「滾！明天再來！不來也好，我不在乎！」

銘術師們一面抱怨一面離開。鑄場畔人打開大門、穿過庭院，擠進辦公室前門。格雷戈忙著鎖門、啓動防禦系統——錯的人如果在錯的時間靠近，窗戶、牆壁和地板會突然變得頗具敵意——但又頓住，因爲這時歐索深吸口氣、舉起雙拳、發出勝利的粗吼。

「我們做到了！」他大喊。「我們眞的做到了！」

「嗯，多半是桑奇亞做到的。」貝若尼斯說。

「而且還沒完。」格雷戈說。「要幾週才能結束。」

歐索癱倒地上，雙腿不住顫抖。「隨便啦。整個米奇爾商家很快將受我們掌控……那些混蛋甚至還不知——」

有人敲門。所有人凍結。

格雷戈從前門旁取出一把銘印雙刃劍，透過窺視孔朝外看。

「啊。」他說。

他轉動門把開門，中年男子和年輕女子站在前階上。男子的鬍鬚斑白蓬亂，身穿十年前或許曾一度流行的成套無袖緊身短上衣和馬褲。女子年紀較輕，約與貝若尼斯同齡，套著皮工作裙與皮手套，雙臂露出白花花的燒燙傷疤。

格雷戈朝他們點點頭。「克勞蒂亞，吉歐。眞是稀客。」

他們一溜煙入內，格雷格隨即關上門。「我們一直在等你們回來。」吉歐說。

「怎麼樣？」克勞蒂亞問。「成功嗎？」

「當然成功。」桑奇亞說。「我什麼時候失手過了？」

「有一次你燒掉濱水衛。」克勞蒂亞說。「你記得你燒掉濱水衛那次嗎？」

「沒錯。」格雷戈冷淡地說。

吉歐凡尼和克勞蒂亞原本是鑄場畔的員工，兩個人都來自黑市，也都在燈地起飛後開創了各自的銘術商行。歐索只恨他們一點點；桑奇亞認爲這是他品格的一大進步。

「要多長時間才會完成？」吉歐說。

「一條琴弦有多長？」歐索啐道。「該多長就多長。」

「所以米奇爾家的人目前沒在用囉？」克勞蒂亞問。

「對！」歐索說完又想了想。「這個嘛，至少我不覺得有。」

「我們爲什麼不去看看？」格雷戈提議。

他們穿過門廳來到辦公室的中央區域。這裡原本是一條條走道、小套間和房間，他們拆掉所有牆，把整層樓徹底改裝——變成圖書館。不是一般圖書館，這裡收藏三年來蒐集的銘術程序、設計、符文串，以及論述定義。掛在門上的牌子寫著：繳交一項銘術設計，經檢視後獲認可，並支付五十督符，方可得到圖書館徽封。

克勞蒂亞和吉歐在櫃檯停步。「呃。這裡需要幫幫忙……」

「吭？」桑奇亞說。「噢，對。」圖書館的防禦機關經過銘印，能夠察覺鑄場畔人的血並放行，克勞蒂亞和吉歐凡尼並未獲得許可。桑奇亞走到櫃檯，一根手指壓了壓抽屜。鎖彈開，她拉開抽屜，從裡面摸出兩個徽封後丟給兩位銘術師。「拿去。走吧！」

他們經過一座座高聳的書櫃、堆滿書卷的桌子及裝滿定義碟的箱子，走到圖書館後端的一扇小紅門前。歐索拿出銘印鑰匙塞進鎖孔開門，接著衝下階梯到地下室，其他人尾隨在後。

「他們需要一些時間裝設我們的設計。」他說。「可能幾天，可能幾週。不過他們一定會試。」

地下室亂無章法又骯髒，塞滿一落落的書和黑板、寫滿符文的成堆紙張，還有一箱箱用來加熱流質的銘印碗。地下室中央的地上放了兩個新奇裝置：一是非常破爛的測試符文典，有點像他們在米奇爾內城裡用的，頂部印有潦草大字：ＦＳ，代表這是鑄場畔的資產。另一是巨大鐵製半球體，側邊開了圓形玻璃窗。透過玻璃窗，可以看見半球體內的架上懸掛著十幾個青銅圓碟。

任何稱職的銘術師看見這發霉破爛的地下室竟然有這件物品，都會嚇得目瞪口呆：這是鑄場符文典的策源，供符文典用於重塑現實而謹慎寫下的論述都由此承載，就好像內城律師帶著一堆法律書以引述律法。

不過這項樣品有兩處不同：首先，並不用於任何鑄場符文典；其次，裡面所有定義碟都是空白的。

歐索看著桑奇亞。「這東西準備好了嗎？」

桑奇亞收縮銘印視力細看符文典策源。「就我看來準備好了。」

他如釋重負地吐出一口氣。「啊，感謝神。」

吉歐繞著符文典策源走，極輕地點頭。「好，稍微複習一下是怎麼做的……當米奇爾家的人開始產出更新的定義……」

「幾乎百分百會用我們的設計偶合他們所有符文典策源。」貝若尼斯說。「這樣一來，他們只需要寫一組論述就好——然後，如果將那組論述放進策源，現實會以爲你把它同時放進他們內城裡的**所有**符文典。」

「省下大把時間、錢、資源……」歐索一隻手揮了揮。「一切。」

克勞蒂亞點頭。「那桑奇亞在至尊辦公室做的事……你說你做的那個小方塊……」

「接力銘器！」歐索高興地跳上跳下，一點也不誇張。「就像紅杜鵑把自己的蛋偷渡進別人的巢！桑奇亞必須把它放在距離符文典非常非常近的地方，這次她得手了，接力銘器會騙他們的該死至尊符文典，讓它把**這個**策源視爲位在米奇爾內城！」吉歐凡尼看似驚奇得發昏。他緩緩朝地板坐下。「所以當他們把他們的所有論述放進他們的至尊符文典……他們不知道幾年來花幾千督符製造的專利設計和符文串……」

「接著這裡的這些空白定義碟將填滿**一模一樣的設計**！」歐索大喊，一面到處亂跳。「那所有能夠說服現實把自己打成他插的結、珍貴得難以想像的論述，都將**一字不差**地寫在我們的空白定義碟上！讓該死的米奇爾如此崇高、**如此**偉大的一切都將湧入我的地下室，只要幾天的時間，甚至幾個小時！」

「要命！」克勞蒂亞說。「你眞覺得你們做到了？」

貝若尼斯緩緩嘆出一大口氣。「對，我是這麼認爲。我們應該能偷走米奇爾商家全部銘術定義。」

「讓他們的整個商家一夜之間變成無足輕重的小角色。」桑奇亞說。

一陣漫長的沉默。

「你們看起來都一派歡樂，」格雷戈說，「但我覺得我身爲安全長的任務將很快變得難上加難。一旦他們發現，他們會想要我們的項上人頭，歐索。不過或許會先想要我們身體的其他部分。」

「我們可以**稍微**放鬆。」歐索說。「又不是說他們今晚就會偶合箱子、開始放入他們的定義。我們有足夠時間把我們商行整頓好、建立起該有的規範，還——」

策源發出啪的一聲。

他們全部嚇得跳了起來，面面相覷。

另一陣沉默，這次漫長了好幾倍，桑奇亞查看策源內。「看……看起來定義碟改變了。」

「已經？」貝若尼斯驚駭地問。「他們**已經**開始使用我們的技術？」

「你們在開玩笑吧……」格雷戈說。

「或許……」歐索嘶啞地說，「或許我對墨瑞提的讚頌還不夠……」

他走到測試符文典旁把它關掉，最後一次看了看所有人，接著打開偶合箱蓋，伸手從裡面拿出一個青銅碟片。碟片不再空白，現在寫滿成千上萬的符文——儘管桑奇亞無法確定，但她猜想這些符文應該出自亞曼．墨瑞提本人手筆。

歐索眼眶含淚地看著他們。「我們成功了。我們從沉睡的巨龍身下偷出珠寶，整個帝汎甚至都還不知道呢。」

4

桑奇亞大口喝酒，隨著酒漿滑下喉嚨進入胃中，她感覺到溫暖的戰慄；這樣的享受已接近放縱。她抹了抹嘴。「**這**正是我所需要。」

格雷戈越過手中淡茶的杯緣看著她，表情帶著久久不退的病態興味。「你知道你不該喝到底的，對吧？所有甘蔗渣都沉澱在下面？」

「她知道。」貝若尼斯嘆氣。「很難讓從小到大只吃過米和豆子的人了解該如何品酒。」

「最近我吃了很多米和豆子之外的食物好嗎。」桑奇亞對她咧嘴笑。

貝若尼斯僵住，格雷戈則巧妙轉頭。「夠了喔。」貝若尼斯輕聲說，但露出微笑。

桑奇亞把杯子探向她。「帕斯庫的長頸鹿偶去死吧。全世界我最想待在這裡。」

他們全部擠在附近酒館「破坩堝」裡常坐的桌子。儘管灰泥牆龜裂、菸斗吐出毒煙，酒也黏稠得令人不安，此地依舊被視為燈地行家們的重要聚會地點。主要因為這是歐索喜歡的酒館，而無論歐索去哪，其他銘術師都傾向跟隨。

「你們不擔心米奇爾家的人想通？」克勞蒂亞問。

「見過那些先生後，」格雷戈說，「我不擔心。」

「資訊緩緩洩漏。」歐索的雙眼閃閃發光。「他們一條動脈被刺傷，卻還不知道自己正在死去。」

「那拿到他們的定義後你又打算做什麼？」吉歐問。

他邪惡地獰笑。「跟原本一樣囉，發送出去。」

克勞蒂亞瞪著他。「你不是認眞的。」

「一旦我們拿到他們所有最強大的論述，」歐索氣派地說，「我們複製那些定義碟，綑成一束，放在燈地每一家商行門前。他們起床後都會收到一份**非常**討喜的季風嘉年華禮物，希望啦。說不定還會丟一些到黑市，讓它們流通到海外。願它們普及、普及、再普及。」

「你不想先賣錢嗎？」吉歐問。「可以賺上一大筆呢，老天。我知道我的商行會第一個想買。」

克勞蒂亞熱烈點頭。她和吉歐都離開鑄場畔創立了自己的商行，不過各自遭遇比預期多的問題。聽見他們有興趣深入了解商家定義以激發靈感，桑奇亞一點也不意外。

「吉歐啊，小伙子。」歐索說。「我願意用我的每一督符高價收購所有商家的保險箱，只爲了好好朝他們的臉灑尿。這無關錢，永遠不該有關。」他坐直，擺出高貴莊嚴的姿態。「這關乎**原則**。」

「尿與原則，」克勞蒂亞說，「最自然的床伴。」

「我還是不懂你的策略，歐索。」吉歐嘆氣。

歐索略加思考。「你看過一個醉漢在其他人都清醒時玩波拉球嗎？」

「我看過，自己也曾經身爲那個醉漢。」吉歐說。

「你是在說什麼，歐索？」桑奇亞問。

「這個嘛，如果那個醉漢的動作不夠協調，無法贏得比賽，眞正做出好選擇，那麼他只是在把他的球丟進對手的球堆裡，弄得那些球到處亂彈。欠缺具體目的、無策略的丟擲；只是亂搞球場、毀掉其他人的賽局。」

「所以——在這種比喻中，」吉歐說，「你就是個亂丟球的醉漢？」

「我**說**的是，當你欠缺好選擇，最聰明的選擇就是亂搞球場。我們就該這麼做。」他們爲成功而舉杯，一次、兩次、更多次，並分享一碗碗椰子飯與蝦。不過頹喪的年輕男子悄悄走過來，越過克勞蒂亞的肩膀對他們說話。

「我想問問有關你們給我的那個密度定位。」

「別今晚來，歐托。」桑奇亞嘆氣。

「我知道你把它修好了，」歐托說，「但是我沒辦法複製你做的事。」

「我們可以明天在圖書館討論。」貝若尼斯對他說。「在排定的會面時間內。」

「我的時限快到了。」歐托說。「是……是不是可以稍微讓我看……」

桑奇亞和貝若尼斯盡責地忽視他。

「拜託。」他說。「我的職位不保……」

「呸！」她灌下更多酒，抓起一把刀在桌面畫起符文。「坐下來閉上嘴，因爲我只做一次。」年輕男子看著桑奇亞畫出一段控制密度的簡單符文串，帶著他走一次過程。幾名坩堝的熟客也站起來觀看。

「你洩漏我們的銘術了啦！」歐索嘶聲說。

「有必要的話我會把這張該死的桌子拖回圖書館！」桑奇亞說。

克勞蒂亞和吉歐凡尼大笑。「開始經營這個天殺的銘術慈善機構可都怪你，歐索。」吉歐說。「現在每個人都期望你們幫忙。」

「圖書館**不是**慈善機構。」歐索說。「鑄場畔是一個私營合資公共財。」

這是眞的。創立鑄場畔後，歐索遭遇困境：他創造出前所未有的偶合技術，卻壓根找不到市場。唯獨商家具備使用這項技術的資源，而商家無論如何都只想和他保持距離——想幹掉他時才想拉近距離。

然而其他銘術師搬進平民區開起自己的商行，歐索這才發現自己掌握了其他珍貴資源：桑奇亞。更準確地說，是插在她頭上那片讓她得以與銘術接合的碟片。加上他和貝若尼斯深厚的知識，在這個突然需要許多幫助的產業中，他們成了專家。於是他們轉型，鑄場畔成為顧問行。如果你有個沒辦法運作的設計或銘器或符文串，拿來鑄場畔，他們會幫你修好，當然要收費。燈地人甚至替桑奇亞和貝若尼斯起了綽號：她們是「繆思女神」，將智慧帶入人間。

不過有個圈套：無論修好哪項設計，最終都會進入他們的圖書館。只要你**也**獻上設計給圖書館並付費，你能進入圖書館任意閱覽。

對多數銘術師來說，這是驚世駭俗的概念；他們來自內城；內城每個月都有人因為智慧財產的問題而遭監禁或被殺。**共享**銘術設計？建立圖書館，任何人都能入內閱覽？發瘋了嗎？

不過銘術師們終究懂了：他們不再身處內城。而且他們需要幫助。「有施，」歐索對他們說，「才有得。」而他們終於願意付出。剛開始桑奇亞百般不願意將天賦用於此。但歐索說出他的想法：「提升燈地的力量，就等於侵蝕商家的基礎。藉由強化燈地，我們將削弱商家和他們的帝國。」

這剛好是桑奇亞唯一感興趣的事。

她在桌上畫完符文串。「懂了嗎？現在知道是怎麼回事了嗎？」

歐托眨眼。「大……概……」

「我不覺得他真的懂。」格雷戈輕聲對著他的大馬克杯說。

歐索雙手輕拍。「歐托，你走運了。如果你明天來辦公室，我們會替你安排一次補救諮詢，**而且**給你超低折扣，只要一般收費的兩倍。」

「這哪裡是低折扣，」歐托說，「兩倍的價——」

「祝你有美好的一天！」歐索咆哮，一根手指指門。歐托轉身，垂頭喪氣地離開。

「我懷抱如此珍愛之情幫助我們的燈地同胞，」歐索又坐下，「但真希望有些人不要這麼蠢。無腦的混蛋。」

桑奇亞和貝若尼斯看了看對方，她們感到歡欣鼓舞，爲了這一刻、爲了他們的成功，也爲了他們終於開始做些不同新事物。桑奇亞仰頭灌下更多酒。

「慢一點。」貝若尼斯的手指滑下桑奇亞的背。「還很早。」

「我應得的。」桑奇亞說。「難道不都是我們應得的？」

「確實是。」歐索再次舉杯。「我們今晚拯救了這座城市，拯救了銘術**本身**，而根本沒人知道。我們都是祕密之焰的守護者，火焰照亮前方路。」他喝酒，或說試著喝酒，只是大部分都潑在他的下巴。

他們又乾杯，但格雷戈只是面無表情地靜靜喝茶。

「怎麼了嗎？」桑奇亞問。

「我覺得不是火焰，火花才對。我們試圖引發大火。」他的視線穿透油膩的窗戶，望著外面霧濛濛的小巷。「火焰並不在乎焚燒的是誰。」

他們一起搖搖晃晃地穿過平民區小巷回家。在桑奇亞眼中，懸掛天空的燈籠是夜空黑暗畫布上一抹一抹黃橘紫的汙漬。雖然季風嘉年華還有幾天，少數人已穿上節慶服裝。一個人從桑奇亞身旁跑過，披戴經典的黑披風、黑面罩、黑三角帽，扮成每六年帶來風暴與死亡的神話男子季風老爹，她略受驚嚇。

「想想，」歐索打嗝地說，他們正跨過嘎吱響的木製人行道，「想想**以前**的光景。幾百家商行，思考、工作、合作……以前就是那樣。」他停步，沿一條小巷眺望。風盪過夜空，燈籠隨之起舞，商行名與色彩交融，歐索的頭一瞬間像點燃多種色調的火。「現在也可以。我們可以帶回那種光景。想想那所有士兵、銘術師，所有等待更美好生活方式的人……這一切，**一切**都能改變。」

「我們都別傷感了。」格雷戈說。「回家吧。」

桑奇亞望著格雷戈，發現他沒喝醉，也不顯歡樂。他的表情跟他大多數時候一樣：憂鬱沉靜的孤獨感，像是仍在苦思一場噩夢。

「走吧，走吧。」他帶他們前進。「繼續走，大家都上床去。」

「我很抱歉，格雷戈。」桑奇亞說。

「爲了什麼？」他問。

因爲我無法把你修好，她想這麼說。不過角落突然傳來響亮刺耳的笛聲與滔滔不絕的笑聲，那個時刻就這麼消逝。

貝若尼斯攙著她一次爬上一階。「你終於能夠喝酒，不代表該**這麼**熱中於喝酒。」

「吻我。」桑奇亞說。

「吻過了，好幾次，儘管你的嘴唇都是坩堝酒的味道。」

「我們做到了。我們眞的成功了，貝兒。」

「我知道。」

「但那整個……甚至稱不上太難。」桑奇亞說。

「什麼？」

「對**我**來說啦。如果可以把我弄進莫西尼商家，或丹多羅家……我們可以把他們全數毀滅。」

「你連這些階梯都應付不了了。我們還是視情況調整抱負吧。」

她們轉上平臺，繼續爬上下一層階梯。

「我們可以告訴他嗎？」桑奇亞問。

「告訴誰？」但她隨即頓悟。「啊，對。當然可以。」

她們爬上通往鑄場畔閣樓的階梯；她們倆同居於此。貝若尼斯解鎖房門——經過銘印時需要同時出現她們的血與唾液才會開啓——桑奇亞蹣跚進入，朝衣櫥走去。「我來好嗎？」貝若尼斯一面鎖門一面說。「你會弄得一團亂……」

桑奇亞沒理她。她踉踉蹌蹌走近衣櫥，扒開衣服和書本，直到露出後面的小鑲板。她的手掌壓上去，發出啵的一聲。「沒完沒了的鎖。」她咕噥，一面拉開鑲板。她把手伸進去。「然而我唯一想要的是……啊。」

她感覺到手指握住金屬——他的頭部，塑造成蝴蝶的形狀，如此古怪；還有他的齒部，詭異又凹凸不平。一如平常，她等待片刻，等待聽見他的聲音，他的嘮叨，他對萬物瘋狂又喋喋不休的評論。但什麼也沒有。

她悲傷嘆氣，把他拉出夾層；他的金黃在銘印燈籠的光芒中閃爍。

「你好啊，克雷夫。」她輕聲對他說。

當然了，那把鑰匙毫無回應。應該說受困其中的心智，曾名爲克雷維德的人；他的人格與記憶被包裹在鑰匙的設計中，他並沒有回應。當那工具老化耗損，克雷夫得以直接與桑奇亞對話，如童話故事的鳴鳥般在耳中低語，直到後來他被迫重置自我，恢復工具裡的所有限制。他從此不再說話。桑奇亞相信他仍在裡面，一個受困於鑰匙中那所有隱形機制的靈魂，沉默但有感，而且寂寞。

「想拿就拿出來吧。」貝若尼斯說。「我猜他一定受夠黑暗了。」

桑奇亞拿出那把黃金鑰匙，顫巍巍地起身，走到她們床尾在貝若尼斯身旁坐下。她把他拿到脣間低聲對他說：「我們做到了，克雷夫。我們做到你說的事了。」

貝若尼斯靜靜坐著，讓桑奇亞擁有這個時刻。

「深思而後動，給他人自由。我相信我們就要達成。商家衰弱，他們也知道自己衰弱。他們失去銘術師和很許多錢，控制不了他們的墾殖地，奴隸到處叛變。而……而如果我們輕輕一推，我們能夠……」

桑奇亞沉默，她的心裡湧起一股罪惡感。

「不要。」貝若尼斯說。

「不要怎樣？」

「不要開始痛責你自己。」

「你總是這樣說。」

「我們已經在做你能做到的事了。解放你能解放的人。你無法解放克雷夫，或……或格雷戈，但這並不能否定我們達成的事。」

桑奇亞渴望地閉上眼。「我不費吹灰之力破解了至尊大樓。你會以爲我能夠做更多。」

貝若尼斯溫柔地從她指尖拿走克雷夫。「無論是誰打造克雷夫，那人都比你或歐索，或你們兩個加起來厲害許多。」

「還有格雷戈？」

貝若尼斯沒說話。格雷戈的話題像道陰影般籠罩她們。他跟桑奇亞一樣也是銘印人，腦袋裡有能夠轉化他想法與能力的指令碟……能轉化的或許還不只如此。然而問題在於——誰對他下的手？誰把他變成這樣？一個比鑄場畔打造過的任何工具都還先進的實驗品？又是爲什麼？儘管下過許多苦功研究，他們還是不知道答案。

「說不定瓦勒瑞亞能夠把他修好。」桑奇亞苦澀地說。「要不是她突然消失在我們眼前。」

「你愈少提起瓦勒瑞亞，我睡得愈好。」貝若尼斯說。

「小孩子不都祈禱睡覺時有天使看顧他們嗎？」

「瓦勒瑞亞或許有很多面貌，但我認爲『天使』差遠了。」

桑奇亞走到盥洗槽用冷水潑臉。她注視微光下水中自己的倒影，細看眼角皺紋、嘴角的紋路，以及剪得極短的頭髮中露出的一抹銀。她走回床邊坐下。我什麼時候變這麼老了？她撲通一聲往後倒。我什麼時候變這麼他插的老了？

貝若尼斯把鑰匙放回衣櫃裡的祕密鑲板下，在她身旁坐下。

「有可能會結束嗎？」桑奇亞問。

「什麼結束？」貝若尼斯問。

「我們做的事。歐索的偉大計畫，感覺夠聰明，拉下另一個商家。我只是擔心，這會不會是同一場老棋局裡的另外一步。」她悲觀地聳肩。「坎迪亞諾、莫西尼、丹多羅、米奇爾……甚至傳道者，無論他們到底存在於多久以前。我覺得他們全部串在一起，綑綁住我們。然而每次我們打破一個連結，都會鍛造出另一個取而代之。什麼時候才會結束？」

「現在別想這些。」貝若尼斯說。

「沒辦法。」桑奇亞說。「我怎麼能呢？」

桑奇亞抬頭看著貝若尼斯滑到她身旁。

「啊。」桑奇亞微笑。「我懂了。」

格雷戈．丹多羅躺在他那小房間的吊床上嘗試入睡。他閉上眼，睜開，又閉上眼，又睜開。這是美好的一夜，勝利之夜。他知道自己應該開心。數月以來危險又冒險的工作開花結果，他應該滿意。他爲什麼睡不著？

因爲儘管鑄場畔改變了某些事，他心想，你卻還是一樣。

他聽著外面的笛聲、提早開始慶祝季風嘉年華的狂歡者發出叫喊，還有灰猴喋喋不休地爭執哪片屋頂屬於哪個部族，直到再也無法忍受。他起身眺望窗外城市。他凝視大型飄浮燈籠之海，視線追隨一條熟悉的路徑，穿過發光蔓生的燈地，來到一道彷彿朝四面延展的城市中拔地而起的巨大黑浪。

丹多羅內城牆，牆頂已裝上聚光燈籠，隨機閃射旋轉，感知鮮血、動態、熱或能說服銘器察覺的現象。自從桑奇亞不費吹灰吃力摧毀坎迪亞諾圍牆，各商家投注大量資源研究如何辨識威脅。格雷戈不知道這些新系統中有多少曾意外消滅無辜的人，例如離牆太近的醉漢，或是在不對的日子帶了錯誤徽封的人。但他肯定數字絕對大於零。

他望著丹多羅的聚光燈舞動，劃過一座座鑄場冉冉上升的煙霧。

你在那兒嗎，母親？

聚光燈再次旋過。

*你在那些牆裡面打造些什麼呢？*他舉起右手按摩頭側。*是不是在打造跟我一樣的人？*

他又躺下，但還是沒睡。山所那夜——他腦中的銘術被啓動、他對坎迪亞諾開戰、屠殺數十人的那夜，格雷戈．丹多羅發現自己不太喜歡入睡。他總是擔心醒來後變成不同的人。

更糟的是那些夢，大約一年了，總是重複出現：夢見沙灘、月亮映照在海上；夢見火與尖叫，還有泥土與老岩石的味道；夢見滿是蛾的房間，那些蛾蒼白脆弱，翅膀拍動，還有他母親的臉，無血色，在黑暗中發光；最後是某種**存有**的感覺，或許是男子或男子型態的存在，一身黑，跨立他肩上，他想看盡眞面目卻恰恰在視線範圍外……隨著這些夢境而來的，是強烈、勢不可擋的驅動力，要他去找某人，試著找到他們，找出他們都把自己藏在什麼地方。

他懷疑這些夢其實是母親逼他做的事所遺留的回憶片段：母親在他無意識時派他執行的任務、謀殺與陰謀，或許去了墾殖地，或許跨越了杜拉佐海。他不知道。他不知道自己對誰做了什麼。但他希望那些夢消失。

他又揉了揉頭側。眞是奢求，竟希望能回復原貌，他心想。還有渴望打開某人的頭顱，讓裡面的約束都如一段段金屬絲線從線軸解開……

儘管他們曾嘗試把他修好。不過就那麼一次。

那一次嘗試的回憶仍歷歷在目：他躺在地下室的貨板上，桑奇亞跪在他身旁，裸露的手指貼著他的頭側，跟母親常常做的一樣。然後聽見她的聲音，在他腦中的聲音響亮雜亂又憤怒，接著是好多好多回憶片段：鋼鐵、尖叫、石通道，熱血潑濺、懇求大發慈悲的哭喊。接下來感覺像是冰涼的被單蓋在他的心智上，他在無牆的黑暗房間內徘徊，然後……

他醒來。他醒來發現自己站在一片狼藉中；家具砸成碎片、書櫃傾倒，貝若尼斯在哭——他面前是桑奇亞，滿臉通紅、雙眼盈淚，對著他尖叫哭喊、耙抓他的手，而他的手緊緊鉗住她的喉嚨。

格雷戈閉上眼。我不是工具。我不是。

5

桑奇亞躺在被窩裡，迷失在深沉的醉眠中。

「桑奇亞。」近處一個聲音低聲叫喚。

她伸出一隻手摸索床鋪。貝若尼斯不在。她睏倦地睜開眼四處張望。她獨自在她們房中，赤裸躺在床上，天花板隨外面的燈籠飄浮旋轉而閃過黃與橘。

她又閉上眼想繼續睡。

〈桑奇亞，起來。〉

她的眼睛睜開一條縫。我認得這聲音。

她轉過頭，這次看見房裡還有其他人——快碰到天花板的龐然身影，肩膀閃爍黃金光芒，雙眼是兩抹在黑暗中燃燒的黃色冷光……

〈**桑奇亞**。〉瓦勒瑞亞的聲音在她腦中說。〈**他要來了**。〉

桑奇亞張嘴想尖叫，不過世界突然化爲一片模糊，她隨之消失。

剛開始是一片黑暗，然後是一千年、數千年的歲月感，時間壓在她身上產生駭人、勢不可擋、抹滅的感覺……她看見地平線起火，煙霧漫天，整個世界都在燃燒。她覺得自己看見天空中有一道人影，一身黑，飄浮在空中，雙腿盤起古怪的冥想姿態……

〈**他們已找到他。他們已找到他，且將帶他來此，他們將帶他回來。**〉

她看見深埋地底的墓，一具黑石棺，裡面放著一塊小骨頭，看似指節骨。她感覺到腦中莫名冒出對一處地點的感知，彷彿現在突然想起的陳舊回憶。

這地方……在墾殖地，在杜拉佐海另一邊的小島上。我知道……閃現的水來自大海，沒有絲毫陸地跡象的地平線，然而有東西靠近，一個小點劃開水面，愈來愈大，愈來愈大……

船？

她看見沙漠丘陵，一座列柱廊矗立沙丘頂，柱間可見星辰與天鵝絨般紫色天空。廊中有人。一名男子，或男子形體的存在，一身黑……

他飄浮空中。

〈**創造者不可回歸。**〉

她靠近列柱廊，看見一身黑的存在似乎坐在空中，雙腿盤起，雙手置於膝上。

一身黑的存在抽動，彷彿聽見她靠近，接著緩緩轉身。我看過這個畫面，她心想。我看過這東西。

一身黑的存在慢慢、慢慢地在空中旋轉。在克雷夫的回憶裡……一個一身黑的東西，還有一只黃金箱子，還有幾千隻蛾空中振翅的聲音……

風拂過沙丘，裹住男子形體之物的黑布幔飛旋。

〈創造者不可回歸。〉瓦勒瑞亞的聲音說。

一身黑的形體繼續轉朝向她。

〈我很虛弱。〉瓦勒瑞亞的聲音說。**〈我不能面對他。〉**

那道人影現在面對她了，臉藏在布幔中，但**感覺到**它的凝視、它的意識，感覺到巨大壓力籠罩全身，彷彿被巨人雙手掌握……

〈他不可回歸，桑奇亞！〉瓦勒瑞亞的聲音高喊。

駭人尖銳的聲音響徹雲霄，星辰顫抖，接著一顆接一顆消失。

一身黑的存在抬起一隻手抓住臉附近的布幔慢慢拉開。

〈創造者不可回歸。〉瓦勒瑞亞尖叫，聲音中帶著真實的驚駭，深刻且彷彿可觸摸到的恐懼。

布幔落地。桑奇亞看見底下，瘋狂緩緩在她腦中滋生，她開始尖叫。

疼痛點燃她的臉。她聽見旁邊傳來貝若尼斯的聲音：「老天垂憐，桑奇亞，拜託你**醒來**！」

桑奇亞在床上坐起，在驚懼中啜泣。她轉來轉去，瘋狂又酒醉又迷失方向，要不是貝若尼斯抓住她的手臂，她會摔下床。

「桑奇亞！老天啊，怎麼了？」貝若尼斯的聲音又說道。

夢的片段從她腦中退去，世界再度變小且變得能夠應付。貝若尼斯跪在她面前的床上穩住她。尖叫仍在腦中迴盪，她仍能看見一身黑的人影、列柱廊及天空中一一死滅的星辰。

她感覺淚水滑落她的臉頰。「我……我看見她了。」她低聲說。

「什麼？」貝若尼斯問。

「她……在這裡。跟我一起在這房間裡。」她環顧四周，但什麼也沒看見。「她還說話了。」

「誰？誰在這裡？」

「瓦勒瑞亞。」

貝若尼斯注視著她。「你在說什麼？」

「我看見她。」桑奇亞哭著低聲說。「而且……而且她帶我去了某個地方。很遠的地方。她……讓我看了某個東西。或是某個人。」

「桑奇亞……你……」

「他要來了。」桑奇亞說。「這就是她想對我說的。他們試圖把他帶回來。」

「誰？」

桑奇亞吞了口口水，努力為接下來要說的話喘過氣。「創造她的人。」

6

桑奇亞坐在鑄場畔辦公室，環抱膝蓋直視前方。即將破曉。歐索和格雷戈坐在桌旁謹慎地看著她，不確定該說些什麼；貝若尼斯緊緊握住她的左手。

「要嘛我還沒酒醒，」歐索說，「要嘛這就是一場惡夢，或者兩者皆是。」

「眞的發生了。」桑奇亞悶悶不樂地說。「我知道聽起來很瘋狂，但就是發生了。」

「好，但是……發生了**什麼**？」歐索問。「你看見瓦勒瑞亞出現在你該死的房裡，矗立面前？那怎麼可能？而且請注意，我們都**不曾**親眼見過這東西。」

「你的意思是我發瘋了嗎？」桑奇亞問。

「他的意思是，桑奇亞，」格雷戈耐心地說，「這有點難以理解。」

「如果你們難以理解，」桑奇亞說，「那就想像是發生在你們身上。」

「何不從頭說起呢？」貝若尼斯說。「再來一次。」

桑奇亞顫巍巍地吸氣。「跟你們說過了。她跟我一起在房間裡。她說他要來了。她讓我看了些東西——一座墳墓，裡面有一小塊骨頭；我莫名就知道那是在墾殖地。我看見船駛過海洋。她說他們嘗試帶他回來，而她太虛弱了，無法面對他。我覺得她試著告訴我……告訴**我們**，要在他們帶他回來之前阻止他們。然後我……」她害怕得說不下去。

「你看見那個一身黑的存在。」格雷戈說。

「在沙漠。」桑奇亞顫抖。「石柱間。看起來像人，身上披黑布，而且飄在半空中。」

「你之前看過這東西嗎？」歐索問。

「看過一次。在克雷夫的回憶中。我們當時在坎迪亞諾內城，一具符文典暴衝。克雷夫說靠那麼近的感覺……讓他想起某個人。」她閉眼，回想起他說的話：「久遠以前的人。他可以讓東西飄浮起來……只要他想隨時可以，他可以在空中飛行，就像夜裡的一隻麻雀……」

一陣漫長的沉默。

「**他們**是誰？」格雷戈問。「誰要把那東西帶回來？」

「不知道。」桑奇亞說。

「她他插的幹麼不告訴你？」歐索說。「聽起來她對這整件事熱切異常啊，爲什麼不給我們一個名字或稍微說明一下？」

「我相信她已經說了她需要說的。有人找到某個製品，某個**部分**。他們打算搭船渡海帶來這裡。然後……」

又是沉默。

「然後她的這個創造者會復活。」歐索說。

「對。」桑奇亞的聲音像被扼住喉嚨。「我想是這樣。」

「你說的這座墳，」格雷戈說，「還有黑石棺，以及裡面的骨頭……你覺得是在墾殖地？」

「對。」桑奇亞說。「我不知道她是怎麼做到的，不過……瓦勒瑞亞用某種方法把這資訊直接放進我腦中。」她焦慮地搓揉頭側。「我真的不知道這個感覺是什麼……」

格雷戈調開視線，表情古怪地僵硬起來。

「怎麼了？」貝若尼斯問。

「我……我最近總是作夢。」他好不容易說出口。「我猜都是些我母親控制下時的回憶片段。夢中有沙、海、月亮……」

桑奇亞挺直身體。「墾殖地？」

「對。而且……我記得我在找人。非常**迫切**。我記得我想著他們把自己藏起來，我必須把他們找出來。還記得石室，在深深的地底……」

「你覺得是一樣的東西？」貝若尼斯說。「你母親派你去找這……這東西，這個製品？不論那到底是什麼？」

「對。」格雷戈輕聲說。「或許我成功了。或許他們花了些時間才抵達物品所在之處。不過我一直懷疑母親有些更龐大的計畫。我一直在等她行動的跡象，總是覺得她會對另外兩個商家出手，但……但這……」

桑奇亞聳肩，額頭靠上膝蓋。歐索爆出絕望的大笑。「荒謬！」他大喊。「根本**發瘋**。你知道我們這會兒在說的是什麼嗎？」

「是。」她悄聲說。「我知道。」

「一個人造之神在你房間現身，告訴你她的**創造者**即將回歸？還有什麼，歐菲莉亞．丹多羅將他從死亡中喚醒？接下來的你沒說，不過你暗示她這個創造者，這個一身黑的……你暗示它是……我是說……」他起身繞著桌子踱步。「我是說，還有誰可能創造出瓦勒瑞亞？還有誰把一個小神裝在盒子裡隨身攜帶、把祂放出來轉化我們這個世界？她說的那個人只可能是……」

桑奇亞抬頭看著他。「奎塞迪斯．馬格努斯。」她靜靜地說。「第一位傳道者。對，我認為瓦勒瑞亞試著告訴我們，歐菲莉亞．丹多羅試圖將他帶回這個世界。」

歐索目瞪口呆地看著她。他的嘴張得更開些要說話，接著凍結又閉上。他倒向椅背，驚訝得說不出話來。格雷戈小心地清了清喉嚨。「我相信對他的描述通常都是一個……蓄鬍乾癟的巫師，對吧？」

「對。」貝若尼斯說。「那些描述都以故事為根據，沒人真正知道他或其他傳道者的情形。好幾年來，我們有的只是他們作品的遺跡，像拱門碎塊、墳墓、溝渠、城市等等，都在北方的沙漠之地。」

「但我們知道的比大多數人多。」桑奇亞說。

「他們是天殺的**怪物**。」歐索啐道。

一陣陰森的沉默。和克雷夫共事過，他們知道傳道者接近神話的力量並非來自任何神賜的恩惠，而是透過更令人驚駭的手段：他們利用可怕的人類犧牲儀典強化變造、轉化他們自己的身體與靈魂。克雷己就是這樣的實例：從軀體中扯出的心智，困在黃金鑰匙的機關中。

「他們自己選擇成爲怪物嗎？」格雷戈問。「還是不得不然？」

「我的推測是，透過干預死亡的過程，」貝若尼斯說，「透過將靈魂或心智困在物品或其他人身體中……他們可以使現實陷入極大混亂，獲取我們無法理解的力量與特權。」

「而……奎塞迪斯是第一位傳道者。」格雷戈說。「這方法是他發明的，對嗎？」

「他們之中屬他最偉大，」歐索說，「最強大。」他打顫。「要是發現他是某種……某種裏黑被單的鬼怪，我可不會覺得訝異。有故事說這雜種徹底毀滅好幾座城市，好幾個國家！彈指就讓整個文明消失！」

「但是他爲什麼現在試圖回歸？」格雷戈問。

「可能因爲桑奇亞把他天殺的寵物放出箱子了吧！」歐索說。「他想把她抓回去！一般來說，故障的神在桑奇亞耳邊低語而跑出去開戰，我一點也不會懷疑，但……如果眞的是——眞不敢相信我居然說這些——如果眞的是奎塞迪斯．馬格努斯本人要回歸，那……要命。」

他們圍坐桌邊，陷入困境、不知所措。

「所以，」桑奇亞說，「我們怎麼辦？」

歐索無力地笑。「時機眞是太恰好了。剛好我們在米奇爾商家大有斬獲。剛好我們正努力把這個城市變好，做出一些該死的**進步**……」他蒼白冷淡的雙眼突然瞇起。「我不懷疑你是眞的看見景象，桑奇亞。但瓦勒瑞亞曾欺騙你，對吧？」

她點頭。「有關她是誰與她是什麼。」

「眞希望有什麼方法能夠證實這一切。我不信任夜晚的幽靈，就跟我不信任商家一樣。只是我們如何確認歐菲莉亞丹多羅眞的在做這件事？又是什麼時候？怎麼做？我們甚至進不了她家內城牆！」

「你說對方乘船而來，對嗎？」格雷戈問。

「對。」桑奇亞說。

「那可能很快會到。如果我們還有一兩個月可以想辦法，我想瓦勒瑞亞應該不會半夜把你叫醒。」格雷戈緩緩往後靠，椅子被他的重量壓得嘎吱響。「我現在沒多少朋友在丹多羅海軍了。其實我待在丹多羅家時都沒多少朋友。不過……我認識某人，這人能夠告訴我們丹多羅家的航運模式有沒有不尋常之處。」他瞄了瞄桑奇亞。「而且……你來的話或許有點幫助。」

「啊？我？爲什麼？」

「因爲你超凡的魅力。」格雷戈說。「一起去吧。如果瓦勒瑞亞眞如你所說那麼緊急，我們沒時間可浪費了。」

朦朧曙光傾瀉屋頂，格雷戈和桑奇亞在這個時刻大步穿過舊壕溝；實際上大步前進的是格雷戈，桑奇亞則沿街道邊緣潛行。他走路的方式總是令她惱怒：背挺得不能再直，手臂前後擺動，身上的每一吋都自信滿滿、主動積極。對於習慣平民區的人來說，他這是在邀請別人背後偷襲。

「請走這裡。」他示意一條巷子。

桑奇亞意識到他們正朝「斜面」走去；舊壕溝的這一段在主貨運水道旁。在四大商家的時代前，這裡曾扮演濱水區的功能，但漸漸荒廢還反覆發生水災，最後終遭廢棄。不過當他們轉過彎，桑奇亞發現此地已不再廢棄。

斜面蓋起巨大帳篷，約莫三百呎寬、五十呎高，裡面滿是成堆板條箱、木桶與貨運馬車。有男人在帳篷周圍站哨，膚色淡得古怪、髮色金黃。他們的表情和眼神都冷酷無情，配備雙刃劍與弩弓，目光灼灼地監看巷弄。格雷戈直接朝他們走去。桑奇亞尾隨，弄不清楚他們是在守衛什麼，不過她聞到玉米和胡椒的味道，於是她懂了。

食物，她心想，香料，老天啊，居然還有酒……眞是個驚喜。奴隸墾殖地各處爆發叛變以來，帝汎開始短缺食物與酒，平民區更是嚴重。她冒出個點子，收縮她的銘印視力查看帳篷前的男人，他們的武器亮起銘術與約束。她感覺胃裡湧起一陣恐懼。平民區裡只有一種人能夠取得食物和酒，還有銘印武器……

「你怎麼會認識這些人，格雷戈？」她問。

「我和各種人往來，桑奇亞。盡責的安全長都這樣。洞燭機先，比較能夠阻止威脅到來。但是……我認識的人之中，只有這個人能夠確認你說的事。」

「好？」

「不過……他們一直對你很感興趣，好幾次都要求我讓他們見你，只是我都不願意。」

「好……爲什麼？」

一個男人看見格雷戈走近，上前攔截。「今天沒營業。」他的口音很怪。「還太早。」

「我不是來購物的。」格雷戈說。「我來見卡波納莉小姐。」

男人猜疑地對他皺眉。「你憑什麼見她？」

「因爲我禮貌地提出要求，理當如此。」

男人張口正要回應，第二名守衛悄悄上前輕拍他的肩膀，在他耳邊低語。男人恍然大悟，看起來有點窘。「啊，」他說。「啊啊。我會告訴她你在這。」

男人走進帳篷深處。格雷戈轉向桑奇亞，「有人問的話，說你是銘術天才就好。」

「什麼？」她吃了一驚。

「如果有人問起，」他這次說得又慢又清晰，「你剛好對銘術很有天賦，沒什麼**不天然**的，懂嗎？」

「你都怎麼跟這些人說——」

那男人從成堆的板條箱間冒出來。「她現在可以見你。」

格雷戈揮了揮手，他們便一起走入帳篷。裡面燈光篩過帳幕與上方的外層而顯得昏黃，板條箱堆間到處有光線搖曳的油燈燈籠。儘管看似小型迷宮，裡面卻有不少人：男男女女在貨品間走動或睡在簡陋的貨板上；儘管他們沒多加理會格雷戈，不少人都好奇地盯著桑奇亞看。

桑奇亞暗自查看他們。他們有些人裸露上臂，左三頭肌上總是有小商標——桑奇亞知道那代表曾擁有他們的島嶼。他們迂迴走入帳篷深處，來到拼湊著用的小辦公室。一名女子坐在角落搖搖欲墜的小桌後，趴在一堆文件上，一根蠟油滿溢的蠟燭就在她眼睛不過數吋外搖曳。

她抬頭看格雷戈。她衣著樸素，只穿著無袖緊身短上衣和馬褲；這打扮對女性來說不常見，不過桑奇亞自己也常這樣穿。她的年齡與格雷戈相仿，只是因為生活艱苦看起來年長些。她原本的膚色應該較一般帝汎人淺，經年日晒下已變得黝黑發皺，鐵灰色雙眼慣常瞇起。不過她的相貌有種平和感，姿態也顯得自信，看起來頗吸引人。

「格雷戈。」她打招呼，聲音低沉有力，但語調僵硬，顯然來自離帝汎十萬八千里之處。「早啊。好久了。」

格雷戈鞠躬。「早安，波麗娜。生意如何？」

「一樣興隆。」她銳利的視線掃向桑奇亞，瞇起眼。「啊，哦，你終於把她帶來了。」

「對。」格雷戈在一只板條箱坐下。「我實現我的承諾。」

「那你仍舊是不尋常的帝汎人。」

「但我想要一些回報。」格雷戈說。

女人抿起嘴。「或許也沒那麼不尋常。」

「沒什麼大不了的，只是需要情報而已。」

「我們身處這座力量恰恰奠基於情報的城市，不知道你所謂『沒什麼大不了』什麼意思。」她起身，走過短短幾步來到桑奇亞面前，伸出一隻手。「我是波麗娜．卡波納莉。」

桑奇亞與她握手；那隻手堅硬如老木。「桑奇亞。」

波麗娜握得有點太久。桑奇亞發現對方在感覺她的老繭、皮膚與指甲。女人滿意微笑，放開手。

「桑奇亞．圭鐸？」

「對？」

「你是個大名人。好多謠言提到有個奴隸女孩在歐索的店裡工作，施展許多神奇技法。謠言都是眞的嗎？」

「我不是該死的奴隸了。而且你得他插煞費苦心才能讓銘術有用，感覺實在不怎麼神奇。不過我猜謠言應該算對吧。」

「能否問你是怎麼得到這種『銘俗』技術的？」波麗娜問。

桑奇亞清楚感覺到格雷戈落在她身上的視線。「是叫做銘術。就跟任何小孩都能精通維奧爾琴一樣，無論是不是出身帝汎，任何人都可能精通銘術。」

「是這樣嗎？」

「對，沒錯。」

「眞奇妙。不知道格雷戈是怎麼——對你說過有關我們的什麼事？」

「什麼都沒有。完全沒概念我爲什麼要來這裡。」

「了解。那你以爲呢？」

桑奇亞思索片刻。「我以爲……你們是走私者。」

「還有？」

「多半是墾殖地的叛逃奴隸，來這裡販賣原本直接送進商家的物資。」

女人非常輕微地點頭。「了解。你爲什麼這麼以爲？」

「首先，你們有很多貨品；平民區沒其他人有。其次，你們有銘印武器；我猜是你們推翻某墾殖地要塞後弄到的。我還看見後面有個女人手臂上有魁西斯島商標，兩個男人有翁提亞商標。」

「那你呢？」

桑奇亞略感猶豫。「希利西歐。」

「我印象中現在沒有希利西歐墾殖地了。」波麗娜說。「被人燒掉。」

桑奇亞聳肩。波麗娜非常仔細地審視她。桑奇亞發現這令人不安，尤其當波麗娜的視線掃過她頭側的疤。坎迪亞諾家的人在此處把一個銘印指令碟裝進她的頭顱。

「那你呢？」她輕聲問。「你來這裡燒掉整個帝汎，就跟希利西歐一樣？」

「燒掉帝汎？」桑奇亞說。「搞什麼鬼？才不是。」

「爲什麼你這麼訝異？我以爲你、格雷戈和歐索在進行革命，不是嗎？」

「不是所有革命都要燒掉整座該死的城。」

「我不是歷史學家，」波麗娜說，「但……不燒城似乎遠非常態……」

「那是**你**來此的目的嗎？屠城？」

她朝四周揮手。「屠殺？用酒、穀物和成熟的水果？並不是。不過我承認，我許多夥伴都夢想這麼做。他們覺得這樣會讓世界變得更加美好。」

「他插的才沒那麼簡單。」桑奇亞叱道。「首先，跟內城裡的人比起來，帝汎平民要多太多了。」

「我同情他們。」波麗娜說。「但我會說……我更同情那些我所知在奴役身分中慘死的人，你那些帝汎的無辜旁觀者卻只是……」她的視線在桑奇亞身上徘徊了幾秒，「嗯，旁觀。」

桑奇亞昂起頭。「這又是什麼意思？你認爲**我是**旁觀者？我跟他們沆瀣一氣？」

「波麗娜……」格雷戈說。

「我就直說了，」波麗娜說。「我認爲如果你眞如他人所說，是具備銘術天賦的自由奴隸，你的精力應該放在其他地方才對。」

桑奇亞對她皺眉。「等等，等等，等等。你是……你是在**招募**我嗎？」

「對。」波麗娜實事求是地說。「我是。我相信具備天賦的自由奴應該將天賦用於解放其他奴隸，這樣很瘋狂嗎？」

桑奇亞看著格雷戈。「天啊，格雷戈。你知道她會這樣問還帶我來？」

格雷戈的表情無法判讀，他略一聳肩。

「格雷戈知道我來此的目的。」波麗娜說。「他認爲我們的目標相互支撐。我從外部攻擊，在墾殖地造成混亂；你、他和你們小圖書館其他人從內部攻擊。不過我們雖然能夠共享目標，卻無法共享你，桑奇亞，或說你的天賦。」

「你會把我的天賦用在何處？」桑奇亞問。「走私酒？燒掉墾殖地？」

「帝汎相信她的力量來自銘術，」波麗娜說，「然而商家忘記了，他們還是人，就算是銘術師也需要吃東西。我們每拿下或燒掉一片田地，都讓帝汎士兵、銘術師和市民更飢餓，削弱他們對世界的掌控。若有你之助，我們可以直接破壞他們的掌控。除此之外，」波麗娜的眼中閃過殘酷的光芒。「你當然看得出讓商家挨餓是正義的，他們也讓如你我這樣的人挨餓。」

桑奇亞注視她良久，接著一瞥旁邊的格雷戈。他坐在那兒看著她，臉上還是那副奇異的安靜表情。然後她想起她的幻象：一身黑的存在，飄浮在沙漠上空……

「這裡需要我。」她說。

「我欣賞這種情操。」波麗娜說。「但請想想，你還被奴役時，你沒夢想過成爲解放者嗎？燒毀你的牆、把你的鎖鍊化爲碎片的人？桑奇亞，你該爲那許許多多的人成爲解放者，你們的不流血革命不可能帶來這種結果。」

「你不知道我們面對什麼。」桑奇亞說。「我還是要嘗試。」

她們注視著對方良久。

「如果不是現在這個狀況，波麗娜，我會立刻加入你。」

波麗娜終於嘆口氣：「我懂了。格雷戈，還是謝謝你帶她來。桑奇亞，希望你再多考慮。」她沉默很長一段時間。「好了，你們想要什麼資訊？」

格雷戈搓了搓鬍子兩側——清楚說明他很焦慮。「我想你在丹多羅艦隊應該還有間諜？」

波麗娜的表情如石牆般空白。

他環顧周遭的板條箱。「我看見許多新船貨，表示你能躲開他們的巡邏……」

「你想知道什麼？」

「我想知道最近有沒有任何……不尋常的事。運送到這裡的貨物，到帝汎。或許暗中進行，或許船上有祕密。可能安排最近到。應該會是來自墾殖地的丹多羅船艦。」

她懷疑地看著他。「這太過模糊了。所以你對於你問的東西毫無頭緒？」

「我知道什麼時候會到、會是什麼樣的船、來自哪裡。之外的資訊，我希望你會知道。」

「怎麼了？」格雷戈問。

波麗娜張口要發表更多意見，但又停住。桑奇亞覺得自己看見她眼中閃過擔憂。

「來自墾殖地的船，」她輕聲說，「不尋常的船……」

「你知道些什麼，波麗娜？」

「你為什麼想知道？」

「因為有人警告我們，非常糟糕的東西將被送到這裡。」格雷戈說。我們希望那東西不要送到。你知道些什麼，波麗娜？」

「了解。」她摩娑下巴，厭惡地瞪他們一眼，鐵灰色雙眼冰冷嚴厲。「你們應該知道，我們一向謹慎追蹤奴隸運輸。我最近收到讓我覺得……不安的報告。」

「怎麼說？」桑奇亞問。

「就在三天前，一艘船抵達瑟法莉亞墾殖地。但並不是一般的船，而是丹多羅**戰艦**，大型戰船。我們不知道這麼一艘船去這個小墾殖地的目的，但……接下來，出乎我們意料之外，丹多羅商家的人停止島上勞動，把**所有**奴隸趕上戰艦，隨即駛離。」

格雷戈和桑奇亞困惑地看著她。「他們關閉整個墾殖地？」格雷戈問。

「對。」波麗娜說。

「帶走奴隸？」桑奇亞問。

「沒錯，至少有一百人。」

「他們的船駛向何處？」格雷戈又問。

「不知道。」波麗娜說。「尚未抵達墾殖地的任何港口。那是艘戰艦，速度不快。但我確實曾收到在翁提亞看見這艘船的消息。那是群島的極西之島。」

「目的地是這裡。」格雷戈說。

「有可能，但……沒道理。」波麗娜說。「帝汎境內不允許使用奴隸。地方太小，又有這麼多魔法可驅策。」

桑奇亞和格雷戈沒說話，只是憂慮地看了看對方。沒錯，桑奇亞心想。一定就是那個製品，無論那到底是什麼。

「你們知道些什麼？」波麗娜質問。「這是爲了什麼？他們打算拿這些人來做什麼？」

「我不知道。」格雷戈說。「眞的不知道。但你須告訴我，波麗娜，這艘戰艦何時抵達？」

「抵達帝汎？認爲那艘船要來這裡太瘋狂了，但……如果船的目的地眞的是這裡……」她思考片刻。「明天早上前就會到。」

「一天。」格雷戈說。「老天在上。該死的一天就要做好準備……」他搖頭。「謝謝你，我們該走了。」

他們又迂迴退出迷宮，波麗娜跟在後面。

「你打算怎麼做」？」波麗娜問。

「我不知道。」格雷戈說。

「你什麼都**不能**做嗎？那是商家戰艦啊！那樣的船……就像一座水上城市！就連我們自己的船也不敢靠近！」格雷戈沒回答，他們即將走出帳篷。波麗娜抓住他的手臂。「別的不說，這可是你欠我的。到底怎麼回事？發生什麼事了？」

「我們自己都還不太知道。」格雷戈說。

她細看他的臉。「但你看起來很害怕。我沒在你臉上看見過害怕。老實說，是你母親嗎？」

「對。我認爲是。」

桑奇亞來來回回看著他們。瓦勒瑞亞的記憶和可能航越杜拉佐海朝他們而來的事物，這兩件事已經讓她的腦袋超載，不過還是不禁感覺到這段對話的親密感——她從來沒預料到。

波麗娜放開他。「那你走吧。」

格雷戈用手指碰觸額頭，朝她鞠躬。然後他們便轉身離開斜面，返回舊壕溝與鑄場畔。

「一定就是了。」格雷戈說。「一艘往帝汎駛來的商家戰艦……他們還會用什麼來運送傳道者之首？」

「但爲什麼要帶上奴隸？」桑奇亞問。「掩護嗎？」

「不知道。」格雷戈說。「爲什麼需要掩護？還會有誰爲這麼瘋狂的事監視丹多羅家的船？」

他們轉過一個彎。此時舊壕溝已完全甦醒。身穿骯髒季風老爹裝的男子和用大鍋裝著紋蟹販賣的老嫗起了爭執。灰猴在附近的屋簷嗥叫喧鬧。

「你爲什麼不跟我說她打算做什麼？」桑奇亞問。「說她打算招募我？」

「要讓你自己決定。我，一名帝汎人，如果爲了釋放其他奴隸而戰的道德性給一名自由奴出主意，這太令人作嘔。」

「你怎麼知道我會怎麼選？」她問。

「我尊重波麗娜的戰鬥和她的做法，然而……傳道者的急迫性比墾殖大上好幾個量級。」

「你似乎跟波麗娜很熟。」

格雷戈沒說話。

「所以，」桑奇亞說，「你和她。你們，呃……」

「我沒義務告訴你我生命中的每一件事，桑奇亞。」

接下來的路上他們倆都不發一語。

7

「所以……是真的。」歐索在鑄場畔圖書館裡輕聲說。「瓦勒瑞亞沒說謊。歐菲莉亞真的要帶……帶**他**來這裡。」

桑奇亞掃視四周。鑄場畔圖書館總是將近客滿，今天更異常擁擠，數十名銘術師在書櫃間晃來晃去，取下設計或書卷攤在桌上檢視。這麼多年輕男人——就算在燈地，女性銘術師還是極為罕見——在周遭安靜工作，此時討論這話題荒唐至極。

「對。」格雷戈說。「顯然船上還會有一百名奴隸跟他一起；或它……隨便該怎麼稱呼才妥當。」

「我還是想不透歐菲莉亞‧丹多羅為什麼要這麼做。」桑奇亞說。

「我是說……啥，他們想叫奴隸建造些什麼嗎？」歐索說。「我以為傳道者不需要奴隸，畢竟他們有各種工具。要命，**我們**都不太需要奴隸了，我們只——」

貝若尼斯緩緩吐氣，靠向椅背，表情看似突然領悟駭人之事。「天啊……」

「怎麼？」格雷戈問。

「我想……我想我大概知道原因了。」貝若尼斯大受驚嚇地看著桑奇亞。「山所那晚，埃絲黛兒‧坎迪亞諾想做什麼？她想屠殺整座內城裡的人當大規模獻祭，讓自己成為傳道者。」

「該死。」桑奇亞說。「所以你認為……」

「我認為讓傳道者之首復活或許需要一……一大堆獻祭。」貝若尼斯說。「一定需要取得無比強大的特權。」

「他們打算**殺掉**奴隸？」歐索驚駭地問。「只爲了**儀典**？」

「違抗現實的程度愈大，」貝若尼斯說，「你獲取的權限就愈大……」

「而且對商家來說，奴隸的生命一文不値。」桑奇亞說。

格雷戈表情扭曲。他走到一旁眺望窗外片刻，怒氣上湧。他深吸口氣，控制住自己後才回來。「我們必須在那艘船有機會觸及帝汎前阻止。」他低聲說。「在到我母親手上前。在她或她手下任何齷齪的銘術師施行這噁心的儀典、殺掉這麼多無辜之人前。」

「更別提讓一名天殺的傳道者復生。」歐索說。

「假設這一切是尋常的傳道者儀典，」貝若尼斯說，「先假設『尋常』這個詞能適用……那會是在午夜，在失落的時分。若要這麼大程度違逆世界，那只可能發生在這個時間。」

「我們在那之前打斷這過程，」格雷戈說，「確保他們**沒**機會完成。甚至在公海上。」

「等等，等等，等等。」歐索說。「我們說的可是一艘他插的**商家戰艦**。船上裝載自己的鑄場符文典！一艘該死的戰艦可以驅動整個艦隊！你想，啥，買艘帆船還是商船咻地開出去，用憤怒的瞪視和髒話幹掉人家？我們認識哪些人對這種事有經驗？」

格雷戈禮貌地輕咳，大家都看著他。

「你嗎？」貝若尼斯說。「格雷戈，你搶過船嗎？」

「呃……這個嘛，戰艦的話沒有。」他坦承。「不過啓蒙戰爭時我確實參與占領兩艘商船和一艘帆船。但帆船停在港邊，所以也不能算數……」

眾人沉默了一拍。

「好，」歐索說，「我們有格雷戈。但單靠他無法抵擋一艘他插的戰艦！我們需要的不只是一艘船；戰艦根本就是巨大的銘印武器，我們要去哪裡找到能夠抗衡的工具？」

「欸，還有我。」桑奇亞說。

眾人又沉默了一拍。

「好。」歐索。「又一個好論點。一拍即合！但我們要怎麼把你弄上船？」

貝若尼斯一躍而起。「我有個點子！給我一兩分鐘。」

「做什麼？」歐索問。

「做什麼？我們後面就是集合數百名銘術師智慧的知識庫！我可以想到一打派得上用場的設計！」

「但在這麼大堆的資料中搜尋要花好幾個小時吧！」歐索說。

「不用，不用！」貝若尼斯說。「我清楚記得放在哪裡！」

多半是眞的，桑奇亞暗忖。貝若尼斯的記憶力極爲驚人：她因此成爲優秀的編配者與西佛里棋士。

「水……」貝若尼斯一面思考一面喃喃自語。「還有加工，還有蒸氣……對！想到了！」她轉身，消失在圖書館的成堆資料中。

「我去給我們弄艘船來。」格雷戈說。「應該可以用在米奇爾賺到的錢支付吧？」

「全能的老天啊。」歐索嘆氣。「四小時前我喝得爛醉、凱旋昏倒在我自己床上。現在居然要把贏來的一切拿去對大戰艦和遠古大人物開戰！無論我們從米奇爾賺到多少，我願意付十倍價，只求時光倒轉！」他把臉埋入雙手中。「需要什麼都拿走吧。」

格雷戈大步離開。歐索和桑奇亞站在圖書館中，厭倦地看著彼此。

「昨晚不該喝最後那杯蘭姆酒的。」歐索說。

「我根本不該碰酒。」桑奇亞說。

「不過我相信現在我們都須做不想做的事。」歐索看著她。「是時候挖出地下室裡的恐怖東西了。」

歐索再次揮下鶴嘴鋤，精疲力竭地咕噥。鶴嘴鋤的尖端敲入地下室的石造角落，發出高頻一聲鏗。「我希望……」他喘著氣說，揮下鶴嘴鋤——鏗，「我們……」鏗，「沒把格雷戈……」鏗，「派出去。」鏗。他靠著鶴嘴鋤，胸口起伏，臉上滿是汗水。「我是說，這眞的算是他的工作，對吧？」

桑奇亞就著大酒壺啜飲淡甘蔗酒，不耐煩地看著他。

「再跟我說一次，我們幹麼把這東西埋在水泥裡？」歐索問。

「因爲我們希望它硬得要命，我們才不會又挖出來。繼續。」

「噢，神啊……現在就帶我走吧。」歐索一次又一次地揮下鶴嘴鋤。

「關於他的能耐，我們知道些什麼？」桑奇亞問。

「誰？奎塞迪斯？」歐索問。「這個嘛，我們知道他能憑空移動物體，包含他自己；至少我假設他就是這樣飛的。除此之外，我們知道的都是故事。」鶴嘴鋤又一揮。「他憑空出現的故事。他操控光線、水、空氣、時間的故事，當然還有操控死亡。」

「跟歐菲莉亞打算做的事一樣。復生只是操控死亡，對吧？」

歐索搖頭，鶴嘴鋤又往下揮。「很多故事說到奎塞迪斯死去幾十次又用某種方式讓自己復活。他騙過季風老爹的故事廣受喜愛，受騙的對象端看你喜歡哪種形象的死神。如果那些都是眞的，他們現在無論打算做什麼都前所未見。」

「怎麼說？」

「因爲他花了一千年的時間才能復生？」鶴嘴鋤又鏗了一聲。「死亡對古老故事中的奎塞迪斯並不成問題。但目前死亡對他來說變成大難題。」鏗。「我猜跟你的黃金朋友有點關係……你說他們打了一仗——或許她傷了他。」

她回想瓦勒瑞亞是如何在黑暗中顫動。「或許他也傷了她。」

「兩個受傷的巨人。」鏗。「最危險的就是受傷者。比起強壯健康的猴子，斷腿的猴子更可能咬人。」他放下鶴嘴鋤，抹掉額頭的汗，仔細查看腳邊淺坑。「我們剛剛幫你算你敲了幾次？」

「一百七十四。」

「我呢？」

「三十九。」

歐索呻吟。「我們來不及在那艘該死的船抵達前完成……」

「噢，滾開啦！」桑奇亞起身接過他手中的鶴嘴鋤，用好幾倍的速度接連揮動鶴嘴鋤，鶴嘴鋤的尖銳入愈掘愈深。

「愛現。」歐索嘟囔。他貪婪地從大酒壺大口灌酒。

桑奇亞又揮下鶴嘴鋤，這次發生古怪的一聲匡。他們看了看彼此，隨即跪下查看洞內。

「在那！」歐索說。「可以看見了！」

「讓開，我清開旁邊的水泥。」桑奇亞說。

又鑿了幾次後水泥粉碎。歐索伸手下去從洞的深處拿出某個東西。那看似小鐵盒，大小足以放入一隻鞋。

「就是它，對吧？」歐索問，一面晃了晃那東西。「我怎麼記得比較大一點……」

「老天在上！」桑奇亞說。「別搖晃這他插的東西，愚蠢的混蛋！」

他把盒子放在面前的地上。「沒記錯的話……我們銘印了盒子上的鎖，要感應到兩名鑄場畔創始者的血才會打開。這樣一來，才不會有個人發瘋把它挖出來挪為己用。所以你過來。」

桑奇亞放下鶴嘴鋤，跟歐索一起跪在地上。他們焦慮地看了看對方，各伸出一隻手放在鐵盒上。

「準備好了嗎？」歐索問。

「一，」桑奇亞說，「二，三……」

他們一起掀開盒蓋，盒裡的東西一現身便雙雙退開。

對一般人來說，那東西有點不尋常，但不至於讓人太不舒服。盒中物看似一只古怪的巨大金懷錶，表面附許多控制桿、按鈕與轉盤。最怪的是中央平坦金碟片，上面滿覆無數細小符文，都由一隻冷靜精確的手銘刻。

「要命。」桑奇亞咕噥。「眞希望不用再看見這他插的東西。」

接著她做好準備，拿起帝器。

8

他們抵達碼頭時已近傍晚。大片雲朵懸掛空中，接近地平線處愈顯黑沉洶湧。他們發現格雷戈站在破爛的舊漁船前；這艘船的全盛時期少說是十年前了。

「這是我們的船？」歐索的表情悽慘地縮起。

「完全沒預告的情況下最多找到這種。」格雷戈說。「我一直討價還價，不過……就不跟你們說費用的細節了。」

「該死。」歐索虛弱地說。

「你確定你知道怎麼駕駛這玩意兒？」桑奇亞問。

「我知道。」他看著她，視線轉向用一條皮帶掛在她脖子的鐵盒。「你知道怎麼操作**那**玩意嗎？」

桑奇亞的胃令人不適地攪扭起來。「知道一點。不過大多不知道。」

這是誠實的回答。帝器是傳道者工具，能夠抑制或抵消大約四分之一哩範圍內的銘術。帝器能夠強化現實，讓世界更容易聆聽無數的銘印指令，並說：嗯，不要，我實在覺得不要比較好。桑奇亞也見過它控制或操弄銘術、從遠處支配銘術；她頭顱裡的碟片就是案例。然而她不曾想通帝器如何做到。

有好幾個原因：首先，貝若尼斯、歐索和桑奇亞最後結論帝器並非設計來供一般人類使用，那是傳道者的工具，由他們製作也為他們服務。凡人只能拉動幾根控制桿、按幾顆按鈕，不過桑奇亞懷疑應該還有其他更細緻的方法利用這工具。有些她能想出來，就跟埃絲黛兒．坎迪亞諾一樣，有些無論如何都想不透。

她沒興趣進一步探索。說實在的，她害怕操持這項工具。一不小心，帝器可以輕易毀掉一具符文典。將之埋進幾呎深的混凝土中是更明智的選擇。

「我們確定它真能弄沉一艘戰艦？」格雷戈問。

「我們可以設定好，讓它瞄準並抵銷符文典本體內的關鍵銘術，」貝若尼斯說，「觸發符文典的故障安全防護機制，符文典基本上便會暫停，只留下關鍵銘術繼續運作，通常都是建構銘術。多數符文典都是這樣設計。」

「這樣一來，如果我得在戰艦上啓動帝器，」桑奇亞說，「船體也不會眞的分崩離析，因為……要命，我不知道，因為建構銘術可能不會忘記如何黏合船體之類的。這樣我們才有機會逃下船。」

「所以──我們去到戰艦附近，」歐索說，「桑奇亞上去讓戰艦自己破壞自己，然後我們把奴隸弄到逃生舟上……逃生舟數量夠吧？」

格雷戈點頭。「足以容納戰艦最大承載量，總數可達數百。」

「好。我們把他們弄下戰艦，然後弄沉那該死的東西；無論他們發現什麼製品都將隨之沉沒。我不管戰艦具體如何沉沒，靠桑奇亞動手也好，在帝器提醒下發現自己只不過是一堆蠢木頭和鐵也好。我只要戰艦和歐菲莉亞的所有貨物都盡快沉入海底就對了。」

格雷戈協助他們爬上他們的小漁船。「我們又該怎麼登上戰艦？我頗了解這區域的航線，如果它經過翁提亞，那它接近時我應該能夠清楚知道，我們應該可以從一哩外看見，不過戰艦上有**一大堆**防禦。他們根本不把我們這樣的漁船放在眼裡。」

「這題讓貝若尼斯回答。」歐索朝她鞠躬，雙收攤開。

「腓瑟提商行的人試圖找出一種淨化水的銘術。」貝若尼斯說。「他們請桑奇亞和我擔任顧問，幫助他們找出解決方案，我們保留了他們的符文串。他們主要是找到一種煮沸水的零效率方法……但這正是我們今晚所需。」

「啊，」格雷戈說，「蒸氣——或是霧？」

「霧。」貝若尼斯打開背上的背包，露出裡面幾十顆以木頭與鐵打造的小球，每顆都是小甜瓜大小。「我們把這東西放在船的路徑上，船靠近後它們會創造出巨大的霧牆。」

「我可以看見船上的銘術，」桑奇亞說，「我們算是可以在霧中瞎子開船。」

「那蒸氣銘器怎麼驅動？」格雷戈問。「我們幾哩範圍內都沒有任何符文典。」

「還有戰艦上的。」貝若尼斯說。「把腓瑟提的符文典調整成丹多羅銘術語言一點都不難。」

格雷戈盯著她。「再說一次我們都付你多少錢？」

「用避免末日當酬勞就夠了。」貝若尼斯在漁船上坐下。「說到避免末日，我們該開工了。」

在小漁船後的桑奇亞毫無遮蔽，她回頭，發現不只帝汎不見蹤影，根本連一點陸地都看不到，一股生猛尖銳的恐懼襲上心頭。像他們身處小水桶，整個世界虎視眈眈等著將他們吞噬。然而貝若尼斯絲毫不受影響。格雷戈駕船朝東北方駛去，她在桅杆、船底與船頭忙碌，或是裝上預先銘刻好的符文碟，或是當場寫下符文串。「這些是丹多羅家設計用於航行的符文串，」她對著在下方駕駛艙忙碌的格雷戈喊道，「在這裡沒多大用處，不過……接近戰艦後應該可以讓我們更快、更敏捷。」

「太棒了！」格雷戈首次聽起來真正滿心歡喜。或許重回海上對他有益。

完成後，貝若尼斯回到桑奇亞身旁坐下。「還是覺得焦慮？」

「怎能不焦慮？四周是該死的一大堆水耶！」

「我懂了。嗯，狀況還可能更糟。」

「怎麼說？」

「你可能跟我一樣。」她交疊雙腿。「我不會游泳。」

桑奇亞目瞪口呆。「你……你不會游泳？那你還不**擔心**？」

「噢，我擔心，不過我控制住我的擔心。畢竟我們不在水裡，而是在水裡的**船上**。這可是天壤之別。現在我得思考一些事，不過如果你需要我，我就在這，我的愛。」

說完她便閉上眼，雙手放在膝蓋開始冥想。桑奇亞怒目而視，不過怒火沒來得及燒旺，小船突然一歪，她的胃翻騰，用盡全力壓抑放聲尖叫的衝動。夜幕迅速降臨。灰色的海和雲朵充斥水淋淋的微光，下一刻突然不再如此，小船彷彿漂在一個巨大黑暗的深淵，天空只是上方一抹暗藍。

「幾點了？」格雷戈問。

因暈船而臉色發白的歐索看了看他的機械計時器。「超過八點了。」

「超過多少？」

「不知道，這他插的東西難用得要命。我會說超過半點鐘。」

格雷戈嚴肅地點頭，隨即開始偵查。他朝不同方向急轉彎，以一種桑奇亞若不是在船上便會覺得敬佩的優雅劃過風與水面。她和歐索雙雙朝船邊嘔吐一次，兩次，然後就數不清了。

「我在試著把更大片海域納入視線範圍。」格雷戈解釋。「不能讓戰艦溜走。」

「怎麼可能看見任何東西？」歐索說。

「夜間偵查船隻的技術，」格雷戈說，「在於看地平線上的燈光與形影。尋找戰艦應該相對來說簡單，因為體積極大……呃。嗯。」他往前靠。

貝若尼斯站起。「什麼？」

格雷戈抽出他的雙筒望遠鏡查看地平線。「我……找到了。」

桑奇亞把自己從船側拔起。「確定？」

「確定。」他的語氣中有種令人發毛的冷靜。貝若尼斯也走到駕駛艙，格雷戈將望遠鏡交給她。她用望遠鏡查看，接著倒抽口氣。「噢，噢，哎呀……」

桑奇亞踉蹌地走向他們，但突然頓住，她發現自己根本不需要望遠鏡。

地平線上有個巨大結實的影子，她不確定距離多遠，但猜測應該還非常非常遠，像個攫住地平線的巨大木三角，體積就算沒有三個內城街區那麼大，至少有兩個，**怎麼看**都不該真的能夠浮在水面上——除非有一大堆規則與論述說服現實它就該如此。

「要命。」桑奇亞說。「就……就是它嗎？」

「對。」格雷戈的語調還是令人發毛地冷靜。「那是商家戰艦。」他轉動船舵，將小漁船對準戰艦。約莫一分後，小船突然往前一晃並加速。

貝若尼斯抬頭看船帆。「銘術生效，我們接近了。」

地平線上龐然巨大的陰影愈來愈大，桑奇亞感覺到恐懼緩緩在她的胃中滲漏。「太棒了。」她說。

他們來到巨大戰艦前約四分之一哩處時，格雷戈轉動船舵駛離，彷彿是戰艦在追趕他們。貝若尼斯將小蒸汽銘器一顆接一顆丟入他們後方的水域，數量至少有五十顆。

「開始作用了。」歐索查看後方。「看。」

桑奇亞仔細看他們後方的地平線，現在略微模糊，霧濛濛，她分不清天空與海面的分界。

「成功。」貝若尼斯說。

格雷戈再度轉彎，小船劃過水面。「棘手的部分來了。」他說。「我們必須跟在戰艦旁邊，必須維持在霧中。希望戰艦會因爲霧而減速。」

「比較容易跟上？」歐索問。

「沒錯。不過如果戰艦激起太大的浪，那……嗯。我們會被弄翻，然後絞成碎片。」

歐索吞了口口水。「了解。」

「對。」格雷戈說。「所以桑奇亞，請過來駕駛艙。我必須知道我們需要開多快或多慢，還有戰艦的位置。」

桑奇亞站到格雷戈身旁，一手撐牆穩住自己。格雷戈駕船繞一大圈，直到他們從後端接近不斷增長的霧牆。

「準備好。」格雷戈說。「一旦進入霧中，我們**必須**保持安靜。船員會在甲板查看是否有障礙物，所以他們能聽見我們。」

他們進入旋繞的迷霧，桑奇亞深吸口氣。溫度高得令人難受，並不是她習慣的涼霧。他們愈來愈深入，桑奇亞收縮她的銘印視力查看前方。剛開始他們什麼也沒看見，畢竟她的銘印視力仍有限制，不過地平線突然爆出巨大明亮的銀光，如此龐大強烈，她不禁倒抽口氣。

「看見了嗎？」格雷戈低聲說。「指給我看。」

她依言伸出手臂。

「指出船首，也就是前端。」他又低語。「把你的手臂當作指北的羅盤。我需要知道船速。」

她照做，格雷戈調整航向與戰艦比肩前行，試著跟上速度。她低聲說「快一點」或「慢一點！」幫助他調整。

巨大的戰艦愈來愈近、愈來愈近，遠在看見前便可感覺與聽見：周遭的海水翻湧，晃動他們的船，某處傳來巨大海水波濺聲，彷彿有座島嶼正從海底冒出。

「天啊眞夠大的。」歐索低語。「他插要命的**狗屎**，好大……」

格雷戈將小漁船駛近戰艦，他們隨波浪晃動，歐索和貝若尼斯緊抓住各自座椅。接著它便從霧中冒出；一面龐大高聳、閃閃發光的木牆竄高，如一棟自海中升起的建築……

「刻印準備。」他低聲對身後的貝若尼斯說。

貝若尼斯起身跪下，顫巍巍地拿出形狀古怪的弩弓：刻印，她和桑奇亞的新發明。桑奇亞衷心希望今晚能夠發揮實力。刻印長得像弩弓，但不擊發弩箭，而是射出擊中目標後立刻緊黏不放的鉛彈，這功能沒多大作用，不過經過桑奇亞設計，這武器會在你發射的**恰恰**前一刻將你選擇的符文刻上鉛彈，就像在書上打字的列印銘器，你可以控制每一次發射的效果。

目前爲止，他們發現最有用的是錨定符文串：朝一個物體表面發射一枚鉛彈，再朝另一個物體表面發射另一個鉛彈，鉛彈會黏住，而後將兩個物體拉向彼此，而且力道通常頗強大。今晚貝若尼斯正是使用後者設置。

她往下瞄準刻印，將一枚鉛彈射向小漁船的左舷船殼。鉛彈啪的一聲黏附住。桑奇亞凝神聆聽戰艦上是否傳來叫喊，不過什麼也沒有。巨浪湧向他們，格雷戈轉動船舵，用盡全力穩住漁船。他輕輕推近一吋再一吋，直到他們與戰艦的距離拉近到只剩近十呎。

「現在。」他低聲說。

貝若尼斯將刻印水平架在漁船船身後朝戰艦發射。鉛彈撞上戰艦船殼並牢牢黏住。剛開始什麼也沒發生。隨著嚇人的一扭，銘術活躍起來，他們被扯過水面，直到兩艘船船殼相觸。

桑奇亞用盡全力忍住尖叫。她確定貝若尼斯剛剛一定射得太高或太低，他們將會往後或往前滾，全部被拋下船。然而並沒有。他們的船發出一陣詭譎的輕微嘎吱聲，但完好無缺。他們像赤血鯉吸住鯊魚腹部一樣黏在戰艦船側。格雷戈放開舵，謹慎地退開。漁船未見鬆動。於是他和桑奇亞蹲下整理裝備：弩弓、刻印、震撼彈、燈、銘印雙刃劍，還有黏著碟。

「我們要攀上船。」格雷戈低聲對他們說，手朝上指著迷霧。「那裡應該有桑奇亞能夠突破的艙門。我們一進去，你們就斷開連結跟在後面等到我們完工。懂嗎？」

貝若尼斯和歐索點頭，不過其實兩人都嚇得半死。

「好。」格雷戈說。「結束後，桑奇亞和我會用飛行銘器逃脫，再跟你們會合。」

「前提是船上的鑄場符文典仍在運作，」貝若尼斯說，「不然的話飛行銘器動不了。」

「那我們會嘗試登上逃生舟。」格雷戈。「清楚了嗎？」

他們點頭。

「好。動手。」他和桑奇亞將黏著碟裝上雙手。

「祝你們好運。」貝若尼斯說。她捏了捏桑奇亞肩膀。桑奇亞點擔心一張嘴就會吐，只能點點頭。

她和格雷戈隨即走近船殼，啓動黏著碟，像建築工蟻爬上牆一樣攀上戰艦。雖然仍稱不上輕鬆，不過桑奇亞還是希望以前當竊賊時也有這樣的工具：她已經數不清多少次爲了爬上某道牆而弄得雙手鮮血淋漓。

爬上大約二十呎，她收縮銘印視力注視迷霧，直到看見一團交纏的邏輯符文飄浮在陰暗中。她對格雷戈打手勢，而他尾隨她橫過船殼，一直爬到艙門。她必須把一隻手滑出黏著碟，只靠單手懸掛在船身——她強烈意識到下方寬廣翻攪的大海——然後她一把握住艙門握把，聆聽，並對它說話。

艙門鎖邏輯頗單純，顯然他們並不認爲這個入口易受攻擊，因此她很快便俐落打開門。她鑽進去，精疲力竭與恐懼而氣喘吁吁，並滑到一旁讓格雷戈也進來。格雷戈反手關上門，他們進來了。

9

戰艦的這片甲板——桑奇亞不知道這到底算哪片甲板，也不確定甲板的概念是否適用這種尺度的船艦——幾乎完全黑暗。她原以爲這應該是海軍尋常規章，但格雷戈隨即低聲問：「爲什麼燈全暗？」

「應——應該亮著嗎？」桑奇亞結結巴巴地說。

「除了住宿區之外，夜間應該所有室內燈都會打開才對，否則容易絆倒，其他就更別提了。」

格雷戈竟然在這種時刻擔心起絆倒，桑奇亞不禁一頓。然後她收縮銘印視力，隨即因湧入她眼中的資訊量而畏縮：身處這艘戰艦內有如進入一隻巨大海獸的體內，她突然能看見身旁每一根骨頭、每一條血管、每一束肌肉。

她原本擔心這裡會像坎迪亞諾家的山所，也就是位在帝汎城內坎迪亞諾內、城中央的巨大圓頂建築，那經過銘印，產生龐大智慧。然而戰艦由成千上萬零件構成，需全體正確合作，戰艦才能發揮作用：船殼相信自己無堅不摧但輕盈，而且能防水；所有艙門的上鎖機制都相信它們只等待各自特定的鑰匙；燈與燈籠都等待點亮的信號……

不過少了什麼。

「你看見什麼？」格雷戈低聲問。

「很多，但……沒人。」

「什麼？」他大吃一驚。「等等，你**看得見**人？」

「看不見，不過他們走動或移動時，我看得見他們身上的銘器跟著晃動。很難在這麼多零件中分辨出來……但附近一個也沒看見。可能船員都在上面的主甲板，或……要命，我不知道，天殺的其他地方吧。總之看起來我們非常孤單。」

她看不清他的臉，而他正在黑暗中懷疑地注視著她。「陷阱嗎？」他問。

「怎麼可能？他們爲什麼會認爲瓦勒瑞亞知情或會告訴我們？」她看了看左右。「而且我沒看見任何邏輯或符文串顯示……」

「你也沒看見……呃……他？奎塞迪斯？或製品？」

她搖頭。「連個屁也沒有。」

他們在黑暗中坐了片刻，不確定該說或該做些什麼。

「第一步是將戰艦化爲對抗它自身的武器。」格雷戈說。「還辦得到嗎？」

她抬頭看進天花板裡。「我看見嘯箭弩，而且無人看守。所以——可以，一點問題也沒有。」

她和格雷戈蜿蜒上行穿過戰艦片片甲板。戰艦儘管體積龐大，顯然丹多羅家的人仍最大化利用空間：每條通道都很狹窄擁擠又令人窒息。尤其一點光線也沒有。她和格雷戈躡手躡腳走了又走，聆聽任何聲響，他們的銘印燈籠光芒在木牆上舞動。路上沒遇到半個人，也沒遭遇阻礙，一點都不誇張，整艘戰艦莫名地遭到遺棄了。

「**應該**要有人的，對吧？」桑奇亞低語。

「一般戰艦上的船員超過三百，」格雷戈壓低音量回道，「這甲板上應該滿滿都是人才對。」

她感覺寒毛直豎。不對勁，都不是該有的樣子。

「我們應該接近弩箭甲板了。」格雷戈低聲說。

「很好。」

「每區甲板應該各有三十五具嘯箭弩。你有什麼打算？」

「我不知道現在到底什麼狀況，」桑奇亞說，「不過如果出事，我要盡量把武器都拉到我這邊。」

他們終於來到弩箭甲板。這些以木頭與鐵打造的瘦長機械中沒裝填弩箭，但全朝向關上的砲孔。

「嘯箭能夠穿透戰艦船殼嗎？」桑奇亞問。

格雷戈搖頭。「不可能。」

「好。那……我們把它們都轉過來，讓他們朝內而非朝外。你來轉，我來處裡嘯箭弩。」

所有嘯箭弩都沒裝填嘯箭，也就是說，她的任務沒好到哪去，她得把銘印金屬長箭拿過來裝入箭囊。這樣做會觸發嘯箭的加速符文串：一入箭囊，嘯箭隨即開始震動，並在駭人的力量下脈動。

她一隻手放上嘯箭弩，聆聽它的論述。

〈……等待束縛的斷開、金屬的分割，然後你將高飛、高飛，直上雲霄，直上太空，然後你將墜落、墜落、墜落，你將墜落二百哩，穿透空中……〉

她仔細聆聽它的加速指令。它的運作模式與許多銘印彈射體相似：說服它們並非向前射出，而是墜落，筆直落下非常長的距離，獲取難以想像的速度。

她挪開手。易如反掌，她心想，接下來是困難的部分……

她拿出她的刻印弩對準一枝嘯箭發射。鉛彈擊中嘯箭箭尖並黏住——除此之外什麼也沒發生。

她如釋重負地吐出一口氣。帝汎發明的銘印武器中屬嘯箭最致命、最不可預測。她沒想過自己居然會想動手改造，更別提一次三十五枝。

她把鉛彈黏上大約半數的嘯箭。「格雷戈，給我你的刻印。」

「為什麼？你在做什麼？」

「幫我們製造一點優勢。相信我。」

他照做。她拿著他的刻印一一走過剩下的嘯箭弩，把他的鉛彈也都黏上去。完成後她後退審視自己的成果。「好了。」

「所以……什麼好了？」

「嘯箭脫離這裡的金屬彈射器後，會啓動速度符文串。」她用手指嘯箭弩內部的機關。

格雷戈畏縮。「那請你別碰……」

「但是我們已經把一半的錨定符文串黏上所有嘯箭，就好像把我們的船黏上戰艦一樣——黏好一半，再黏另一半，兩半會被拉向彼此。」

「所以？」

「所以……」她展示他的刻印弩上的設定。「你用你的弩瞄準目標，把另一半錨定符文串的鉛彈射上去，鉛彈會從五把嘯箭弩拉出嘯箭。而既然嘯箭弩朝內，而非朝外，嘯箭會射穿船艙壁，我們的錨定鉛彈將重新引導箭射向你射的目標。」

格雷戈驚訝得目瞪口呆。「我對目標發射我的刻印弩，實際上會是朝那東西發射**五枝嘯箭**？」

「對。再次發射又是五枝箭。然後又是五枝。你有三次排射，我有四次。我們想弄沈船……或是在這裡遇上任何麻煩的話似乎都很好用。只是……要注意嘯箭會扯爛一大堆東西後才會命中你的目標——」

她聽見有個微弱但高頻的聲音在他們下方迴盪。她停住，回頭凝視黑暗。

「你有……」她問。

「有。」格雷戈憂慮地說。

他們凝神聆聽，然後聽見了——一名男子在尖叫。

聲音漸漸淡去。桑奇亞和格雷戈站在那兒不發一語，聆聽周遭戰艦嘎吱呻吟顫動的各種動靜。沒有其他聲音。

「**那**不正常吧？」桑奇亞問。

「對。」格雷戈說。

一陣長久的沉默。

「我……覺得我們最好調查一下。」格雷戈靜靜地說。

「現在幾點了？」桑奇亞問。

格雷戈拿出一只銘印計時器湊到銘印燈籠旁查看。「還不到十點。」

「所以……他們不可能完成了，對吧？他們必須等到失落時分，也就是午夜。」

「恐怕我不是這方面的專家。」

「要命的地獄。」桑奇亞抹掉額頭的汗水，舉起弩弓。他們一起朝戰艦深處走去。

他們迂迴穿過戰艦的一層層甲板，經過宿舍、艙房與樓梯井。空氣悶熱潮濕，且凝滯得令人害怕；他們手中燈籠的光渺小得令人討厭，只是試圖打退黑暗的微小冷光泡泡。接著他們又聽見龐大戰艦的內部迴盪起尖叫。他們看了看對方，繼續往前，深入再深入，弩弓就射擊位置。

「我們快到貨艙了。」格雷戈低聲說。

「也就是說？」

「我不確定，不過前面應該有一個大船艙，奴隸可能關在那。」

他們來到一條筆直且長得異常的通道，或許從船頭直通船尾。他們停下腳步，燈光照向通道深處，但不見終點。*希望沒人在另一端看著我們*，桑奇亞心想。

他們走入通道，盡可能安靜無聲地前進。行進間桑奇亞收縮銘印視力。起初很長一段時間什麼也沒看見，但她隨即舉起一隻手。他們停下，她仔細查看前方。幾十呎外的地板上有幾個不尋常的銘術——一只銘印計時器、一個徽封、一個用來點著菸斗的打火機、一把強化匕首……

是一個人，她暗忖。我看見的是他口袋裡或皮帶上的工具……

工具靜止不動，位置剛好在他們的燈籠照射範圍之外。

有人躺在那裡，她用嘴形對格雷戈說，手指向前方。

格雷戈點頭，躡手躡腳前進，弩弓舉起。桑奇亞看著他的燈光沿通道的木地板往前延展，一面盡可能壓低自己呼吸聲。燈光最後落在一灘漸漸擴散的血泊上。看見這景象時格雷戈幾不可察地一頓，隨即繼續前進，直到燈光照亮一具靠牆俯臥的男性軀體。

格雷戈沒有倉促靠近，反而凝望黑暗，歪著頭，顯然在聽凶手的聲音。接著他跨過血泊在男子身旁跪下，將他翻過身。格雷戈迅速縮手，桑奇亞看不見是爲了什麼，不過身經百戰的老兵出現這種反應，她絲毫不覺得安慰。

「怎麼了？」她低聲問。

「這男人……這男人的眼睛沒了。」格雷戈說。

「什麼？」桑奇亞害怕地問。

「他的眼睛被挖掉。」他湊近，將手上的小燈籠舉到屍體的臉前。「不對，是被切掉。」他檢查男子的其他部分。「而且……桑奇亞……我覺得是他自己幹的。看。」

桑奇亞皺著臉走上前，看見男子指間緊握強化匕首，雙腕遭劃開，正面滿是鮮血。

「等等，他自殘嗎？」桑奇亞問。

「對。不過我猜他是先割下雙眼。」

她嚥下恐懼，並檢視屍體。他看起來頗富裕，身穿附蕾絲領與袖口的精緻緊身上衣與緊身褲。她用銘印視力檢查，湊近細看他的銘印和徽封授予他的諸多許可。「肯定是丹多羅家的，我覺得是銘術師。一陣子沒研究他們的徽封了，但……這在我看來很像內領地的。他為什麼要這樣做？」

「我不知道。」格雷戈眺望通道，舉高燈籠。「不過他是從那兒來的。」

她抬頭看，發現無燈的通道上有滴落的血跡，標記出男子的路徑。他一定是從通道的另一端過來的。另一端傳來聲音，被扼住般的嗚咽隱匿在黑暗中。

桑奇亞用盡全力不跳起來或尖叫。格雷戈依然面無表情。他起身舉起弩弓，悄悄沿通道朝聲音的來源走去。「請跟我一起來，」他悄聲說，「告訴我前面是什麼。」

她繞過地上的血泊跟著他一起往前走。

還不到午夜，這裡是怎麼回事？到底發生什麼事？

他們的燈光終於撞上通道尾端：一面窄小單調的牆，一扇簡樸的門洞開。門的另一邊，桑奇亞除了黑暗什麼也看不見。門把和門框上有血，她猜是有人摸索開門時留下的血手印。

「桑奇亞，房裡有什麼？」格雷戈低聲問。

她前進，邏輯與論述的小纏結活躍起來——都很小、無足輕重，而且大多一群群聚集在地板上。她又吞了口口水，嘴巴和喉嚨極為乾燥。「我想……我想裡面有屍體，格雷戈。有九具。」

格雷戈呆立片刻，徹底凍結，弩弓對準洞開的門。她看見他的額頭與太陽穴滿是汗水。他往前走，桑奇亞也跟上。他們又聽見那聲音——前面的房間內傳來氣若游絲的嗚咽。

桑奇亞看見其中一小叢銘術與徽封動了動。「其中一個還活著。」她低聲說。

格雷戈走入門內，高高舉起燈籠。從房中央的一張大桌與數張椅子看來，桑奇亞覺得這房間原本的用途應該是會議或企畫室，不過似乎被挪用為臨時銘術裝配區：數百本書卷堆在桌上，還有鐵筆與裝了加熱金屬的銘印缽，牆上黏了幾張畫滿符文與符文串圖表的羊皮紙。

在這些東西之下，銘術師的屍體散落各處，所有人的肢體都嚴重損傷。

有些人以鐵筆刺喉，有些人切開了手臂的血管，就跟通道中那男子一樣。其中一人將銘印短劍刺入心臟。不過他們的傷勢有個共通處——顯然每個人都或挖或切或以指甲扒出自己的眼睛，然後才了結自己的生命。

桑奇亞注視身旁的景象，視線無可避免投向對面牆上的那扇大門。那扇門敞開，只是她依然看不見門內。根據她所能偵查到的銘術，另一邊似乎是一個非常大的房間。

門的另一邊有什麼？

角落傳來啜泣聲。格雷戈橫過房間奔向癱倒在地上的一名男子；他的眼睛遭挖掉，臉與胸口滿是鮮血。他也試圖割腕，只是技術不好，所以還活著。

「誰……誰在這裡？」銘術師抽噎地說。接著他的聲音因恐懼而顫抖：「是**你**嗎，我的先知？」

「你是誰？這裡發生什麼事？」

「拜託。」銘術師啜泣，殘缺的眼眶在他們的燈籠照射下微微反光。「拜託，無論你是誰，請殺了我。拜託……」

「發生什麼事？」

「拜託……」

「你爲什麼自殘？」

「**拜託**！」

「告訴我，」格雷戈堅決地說，「現在就說。爲什麼？」

「不該……看見他。」瀕死的銘術師低語。「不該……看見在那一切底下……他的樣貌……」

「誰？」格雷戈逼問。「你說的是誰？是……是奎塞——」

「拜託，」男子懇求，「請殺了我！拜託，我不……我不要帶著這東西在體內活下去！我不能**讓它待在我體內！**」

桑奇亞看著貼在牆上的羊皮紙。大多是銘術設計，有幾幅看似地圖——桑奇亞發現地圖的主題非常眼熟。她研究地圖所描繪的建築輪廓；這是一棟多層樓的圓形巨大建築。結構深處的地基有六個特別強調處。

到底是爲什麼，她納悶，他們要帶坎迪亞諾山所的地圖來這裡？地下室有什麼特別之處？

她轉而研究銘術設計。這些設計包含無數涉及諸多許可和命令的傳道者符文：改變、死亡、力量、復生的符號……還有一張羊皮紙上畫了許多她不曾見過的符文串。

她走上前，舉起燈籠細讀。

「你們做了什麼？」格雷戈說。「這艘船上發生了什麼事？」

「我們必須……必須找到他的一個碎片。」銘術師哽住。

「什麼？」格雷戈問。

「他沒帶走，藏起來了，群島間的一座墳墓……」

桑奇亞凝視新符文，看起來都很陌生。眞希望貝若尼斯在這裡——說到符文和符文串，她的記憶力可是幾近完美。她閱讀頂部以淺顯文字寫下的註記。其中一則寫道：能夠說服現實變易時間……

令人毛骨悚然的恐懼感充盈她心中。噢不。

「什麼的碎片？」格雷戈問。

「一小……一小塊骨頭，可以放入活人體內……主張那就是他、他不曾死去……」

桑奇亞扯下牆上的羊皮紙，疊起後塞進自己口袋。

「奴隸在哪？」格雷戈問。「你們對船上的人做了什麼？」

「但是……我們不能看。」那男人輕聲說。「不容許我們看。不能看見他。不能看見……面紗後的王者。」他發出潮濕的咳嗽聲。

格雷戈往後坐，瞪著殘缺的男子，面如死灰。「你們在這裡做了什麼？」他柔聲問。

「拜託……我看見他了。」銘術師的字句如酒醉般含糊。「我看了他。不能讓那東西……在我體內……」

「我母親做了什麼？」格雷戈問。

銘術師的頭垂向後，他不再出聲。

剛開始他們什麼也沒做，不敢說話，接著他們注視遠處那扇通往更大房間的門。

桑奇亞再次環視桌上的書卷和缽。*這是他們的準備室。*

格雷戈和桑奇亞走到對面那扇門前。

但真正的工作是在這裡做嗎？

「你看得見裡面的任何東西嗎，桑奇亞？」

她收縮銘印視力。門另一邊的房間一片黑暗，沒有任何邏輯或論述。她搖頭。

格雷戈緩緩吸口氣。高舉燈籠走進隔壁房間。「噢……噢我的天……」他呻吟。

桑奇亞跟上前，然後她看見了，隨即感到一陣暈眩，雙膝落地。

地板上躺著將近一百具男人、女人與小孩的軀體，全以鎖鏈與繩索綁縛，成交疊的環狀擺放，環繞一個以一盞燈照亮的圓形小空間。根據他們的種族、手臂上的商標，或粗硬的手，桑奇亞立刻看出這些人都是奴隸。他們都死了，皆無傷痕，只有胸口被放上一個銘印小金屬牌。

桑奇亞丟下弩弓，雙手掩臉。太可怕了，慘不忍睹……

最奇怪的是那些蛾：房間的地板鋪滿死去的小白蛾，數量多得像輕盈的雪塵。

「他們做了什麼？」格雷戈問。「他們怎麼能……還不到午夜不是嗎？」他摸出計時器查看時間。

「甚至都還不到十一點……」

她甩甩頭起身，仔細查看放在死去奴隸胸口的金屬牌。沒看見任何銀色的邏輯纏結，也沒有成束的指令織入它們的現實。也就是說，她暗忖，它們並不是銘器……或者用來創造出其他物品的工具，就像鐵匠或許會用鑄模……

她一面壓抑嘔吐或逃跑或尖叫的衝動，跨過地板上排列成環的屍體，走向中央擺了一盞燈的圓形空間。走近後，她發現圓的邊緣寫滿無數符文，形成一道濃密糾纏的金屬與漆痕。

一道血流在某一處打斷符文；無論這些符文曾在這世界設下什麼約束，都遭鮮血破壞。桑奇亞發現這些都是傳道者指令，但她一概陌生。她拿出從隔壁房間取得的羊皮紙。

「桑奇亞，」格雷戈語帶乞求地說，「桑奇亞，發生什麼事了？」

「安靜。」她繼續閱讀。

「桑奇亞……不可能已經發生對吧？他……他不可能已經回歸……」

「格雷戈，**安靜**！」她叱道。她仔細研究羊皮紙上的符文，然後再看著寫在地上的。她愈來愈確定現場發生了什麼事，心臟也隨之變冷。

「他們……他們銘印了時間。」桑奇亞終於說道。

「什麼？」

「這裡的符文，」她手指地，「我從沒看過。但……但我認爲這說服現實圓圈內的時間別於**外面**。」

「你說的一點道理也沒有。」

「你有在聽嗎，格雷戈？只要他們能夠說服圓圈內的空間相信裡面**永遠**處於午夜，他們不需要眞的等到午夜。他們……他們可以在裡面施行儀典，而且會成功……對吧？」她將羊皮紙收回口袋。「他知道。他知道瓦勒瑞亞會阻止他們，所以無論他們何時找到所需的碎片，他已把一切準備好。」

「不可能。」

「**有**可能。只要你想，你可以說服重力原本的上應該是下！還有奎塞迪斯．馬格努斯用時間惡作劇的故事！他只需要告訴他們該怎麼做就好。用一個儀典銘印時間，再用另一個讓他復生。一定需要極大的獻祭才能讓時間相信自己能被改變，但……」她看了看地上那些靜止且蒼白冰冷的奴隸屍體。

「所以他……他眞能復生？」格雷戈問。

「我不知道。」

「你看見他在我們附近嗎？」

她凝視戰艦。「沒有。我……還是什麼也沒看見。」

「可能失敗了嗎？有沒有可能出了什麼錯？所以那些人才自殺？因爲儀典失敗反噬？」

桑奇亞掃視房內，注意到通往鄰近甲板的艙門前有個東西在地上，便走上前跪下檢視。一塊黑色面紗，不知爲何讓她想起空蝶蛹，遭……某物棄置於此。她回想起幻覺中見到那個柱廊中一身黑的存在：它抬手抓住臉龐的布幔，緩緩拉開……

她抬頭凝視敞開的艙門，思考片刻。

此時此刻，戰艦上除了我們之外還有其他東西。

她一把抓起裝帝器的盒子打開，不情願地緩緩拿出那個古代銘器。

該爲最糟的情況打算了。

她一直沒多少機會操作帝器，而且不像大多數銘器，她和傳道者銘器總是無法去嗎。例如克雷夫「重設」自己後就對她的所有嘗試徹底免疫。此刻她蹲在無燈的房間地上就著燈籠光研究帝器，她才想起帝器有多得令人心驚的調控機關。

主機關應該是側邊的三根拉桿。她知道最大和最小的功用，中間的就不知道了。她穩住，將中間的拉桿往後推，中央的圓形小金鑲板隨即快速變化，閃過一連串符文，看似及時刻上金屬本體，彷彿鑲板實際上由液體構成。

她認得這些符文——用於速度、重力與方向……

我看見驅動戰艦本體的銘術。

這就像是透鏡，可以對焦或導向；可以將帝器的作用施加於範圍內的一種或全部銘術。如果她想，她現在就可讓整艘戰艦沉沒，這種感覺頗爲古怪。她輕觸最大的拉桿，不過沒有移動它分毫。她知道這個拉桿的功用，她見識過。它控制帝器效果的程度：你可以只是略微抑制選定的銘術，或是徹底消除。就算只是稍微動到，都有可能造成十足的災難。

她現在最感興趣最小的拉桿：控制帝器偵測附近是否有傳道者銘術的功能。她知道這項功能，因爲帝器曾找出她頭顱中碟片上的那些傳道者銘術。

「這應該會告訴我附近是不是有傳道者的東西……」她拿著帝器從自己頭旁揮過，帝器隨即發出令人擔憂的嗡鳴。她又從格雷格的頭旁揮過，同樣發出叫聲。「這有用。但是……之前瓦勒瑞亞在附近很活躍時，這會突然**尖叫**。我覺得偵測到的銘術愈強大，示警的音量就愈大。」

「既然現在沒有尖叫……」

「我不知道是什麼狀況。」桑奇亞推回拉桿，降低帝器的敏感度，希望不會發出那麼大的聲音。如果他們眞遇上傳道者的東西，她可不希望帝器尖叫，害她洩漏行蹤。

「還有……關於這個帝器，」格雷戈問，「如果他現在眞的跟我們一起在戰艦上，桑奇亞，這……這能殺掉他嗎？」

「一樣……我不知道，格雷戈。」

她望穿面前無燈的艙口，收縮銘印視力。她往上看、再往上、再往上，直到見到他們頭頂兩層甲板之上有一盞燃亮的銘印燈，正不停前後移動。

「上面有人。」她低語。

「什麼？」格雷戈說。

「我看見一盞燈動來動去，像是有人……像是他們拿著一盞燈籠走來走去。船上有人還活著。」

「那……那是……」

「我不知道。」她起身。「但我們必須看看。必須弄清楚他是不是真的復生了、那是不是他，還有……還有他打算做什麼。」

他們關掉各自的銘印燈籠，在全然黑暗中爬上階梯，盡可能慢速移動，努力不發出任何聲音。終於來到銘印燈所在的甲板後，他們悄聲前進，來到一扇關閉的門前。桑奇亞收縮銘印視力，銘印燈就在後面；她輕拍格雷戈的肩膀兩下，指了指。

他吞了口口水，吞得太用力，桑奇亞都聽見聲音了；然後他將耳朵貼上門，呼吸如此急促驚慌，響亮得有如尖叫。房內的銘印燈停止移動，降低高度後便懸在原位──她想應該是放在桌上了。

帝器？格雷戈用嘴形對她說。

她再次檢視帝器，還是靜止無聲。她搖頭。「門後除了燈之外沒其他東西了。」她低聲說。

格雷戈點頭，接著起身備妥弩弓，一手握住門把。他深吸口氣，立定決心，而後一把推開門。

他竄入房中，弩弓平舉，桑奇亞跟在他身後。她完全沒概念進去後會看到什麼，或許是難以想像的怪物，或是另一個駭人的血腥場景；不料只是一名高䠷黝黑、頗俊美的女子平靜坐在桌旁，膝上放著一盞銘印燈。

「格雷戈。」她輕輕地說。雖然表情鎮定，聲音卻嘶啞且劇烈發抖。

「**母親**？」格雷戈目瞪口呆。

桑奇亞瞪著這名臉龐被銘印燈鬼魅般照亮的女人，慢慢領悟這一定是歐菲莉亞．丹多羅——帝汎全境權力最大的人之一。她盛裝打扮，身穿設計華麗的馬甲和傘狀裙，年紀剛好介於中晚年與老年之間。

「你……你在這裡做什麼，母親？」格雷戈問。

「他說……他說你可能會來。」她虛弱地說，眨了幾次眼。桑奇亞看得出她大受衝擊。「我並不眞的相信他，但你來了。」

「母親——你爲什麼在這？發生什麼事？你……你殺了那些奴隸嗎？」

「他……他說她會試圖阻撓我們。」歐菲莉亞．丹多羅低語，雙眼圓睜。「我們得先下手爲強，但要耗費好多生命，才能讓世界認爲已經午夜……」

格雷戈顫巍巍地吐出一口氣。「天啊……」

她乞求地看著他。「但他已復生，他回來了，他能修復你，我的寶貝，還有這個城市、整個世界，修復一切，還有我爲了把我們帶來這裡所做的一切。全部他都能修——」

「他在哪？」桑奇亞問。

歐菲莉亞．丹多羅看著桑奇亞，彷彿這才發現她在場。「什——什麼？」

「他在哪？他現在在哪？」

她朦朧地看了看四周，示意房間對面一扇敞開的門。「我想……我想他從那裡出去了。」

「你想？」

「我不知道。」

「你怎麼會不知道？」

「他……他剛到這裡時，我在等待，然後……然後我聽見銘術師在尖叫，尖叫著任何人都不得看他，然後……我們關掉所有燈。我要他們關上戰艦上的燈，叫船員上甲板。我坐在黑暗中等待，接著……我聽見腳步聲靠近，有一個說話聲。黑暗中的說話聲，格雷戈。我聽到有人對我說話，靠得很近，就好像……就好像……」她愈來愈小聲，甚至無法描述。

「接下來發生什麼事？」桑奇亞問。

她的臉顫動，吞了口口水。「他說他需要**校準**自己……了解他仍保有哪些特權與許可，還要找東西將自己藏起來，找東西遮、遮蓋住他的形體。他走開，接、接下……我聽見這些聲音。巨大的爆裂和碰撞聲……然後就什麼都沒有了。」

他們注視她良久，無法言語。

「聲音多久之前停止的？」格雷戈問。

「我不知道。我不知道。」

桑奇亞的視線膠著於那扇敞開的門，強烈意識到門後的黑暗——以及可能在外面虎視眈眈之物。

「該死，母親。」格雷戈低語。「你**做**了什麼？你給我們帶來什麼麻煩？」

她眨眼，淚水滑下臉頰。「他道歉了，知道嗎。爲我的銘術師。他說他很抱歉，沒預見他的形體引發的問題。他說他……他會補償我。」她閉上眼。「他說他眞的很**抱歉**，格雷戈。」

她坐在那兒，閉著眼，一吸一吐地呼吸。桑奇亞懷疑她已被嚇瘋。

「桑奇亞，」格雷戈的弩弓仍對準他母親，「接下來怎麼辦？」

他插的好問題，她心想。她用銘印視力察看無燈的門道。一般來說，當她察覺傳道者銘器，例如克雷夫或格雷戈頭顱中的碟片，她的視覺會將那東西解讀爲血紅色的小星星。但在他們眼前她並沒有見到類似情況。「什麼也沒看見。」

「你覺得他……離開了嗎？」

「沒概念。」

他們雙雙瞪著黑暗的門後，陷入一陣漫長且令人心驚的沉默。

「白痴才會走進那扇門，對吧？」格雷戈說。

「對。」桑奇亞輕聲說。「不過……我覺得我必須進去。」

「你不是認眞的吧。」

「我們不能讓那**東西**到帝汎去。」桑奇亞說。「我們不能讓一個要命的傳道者踏入城裡！我是說……不只瓦勒瑞亞處於劣勢，中間還擋著成千上萬百姓啊！」

「你眞認爲有了帝器你就有機會阻止他？」

她低頭看掛在脖子上的小盒子。「帝器曾扼殺一具符文典，而傳道者顯然和符文典很像。所以值得一試。」

格雷戈吸口氣，仍然穿過對準他母親的弩弓注視前方。「我留在這看著她，確保她不會叫任何士兵過來。你去看看，桑奇亞——然後**立刻回來**，懂嗎？」

「好啦。」桑奇亞緩緩地說。她朝黑暗的門走去。「知道了。」

桑奇亞走入黑暗中，一手銘印燈籠，另一手拿她的刻印弩弓。

我們在戰艦的中間嗎？我倉促設置的嘯箭要射穿幾面牆和甲板才會射中我的目標？然後冒出另一個想法：要是到頭來被射穿的是**我**呢？

她沿通道繼續往前，銘印視力沒發現任何東西，帝器也沒有動靜。她來到一扇關閉的門前，悄悄走近，腳步緩慢無聲。她注意到這扇門有個不同之處：邊緣透出光，古怪微弱的光，似水泛灰，壓根不像銘印燈籠的光。

她收縮銘印視力透視那扇門，然而令她困惑的是，另一邊沒看見任何形式的銘器。登上戰艦以來，幾乎每隔幾呎便可看見至少一打銘印構件，另一邊竟然什麼也沒有。

她的皮膚冒出雞皮疙瘩，不是因爲恐懼。她感覺到通道有一陣風，或是……

氣流？

她慢下腳步，拿出帝器，輕得不能再輕地將最小的拉桿上推，仔細聆聽。帝器完全沒尖叫或嗡鳴。

但……這不代表奎塞迪斯他插的馬格努斯不在另一邊。可能只代表距離不**近**。

她關掉帝器收好，面對門，深吸口氣後打開門。

她一見到門後的東西便往後跳。因爲門後不過幾呎外的空間全都是……空的。

彷彿有人用巨大湯匙挖掉戰艦內部的一大塊，直徑至少有三百呎。地板、甲板與天花板都終結於鋸齒狀、遭截斷的殘壁，就連上方的主甲板也遭殃，清冷的白色月光從上方灑落，在殘骸上蕩漾。水管朝空無涓滴漏水，洩入戰艦洞開的深淵，遍布各處的水流映上月光，化爲閃閃發光的銀色緞帶。

很難估量毀壞的範圍。至少半打甲板遭突兀切去——不對，她轉頭看另一邊的毀壞狀況時心想，應該是斷開，扯掉或折斷或……她不知道。她不太能理解眼前所見。不過她沒看見人影。沒有活物，除了海水以及仍與殘骸邊緣相連的小塊木板之外，沒注意到任何動靜。

她抬頭看主甲板的破洞。這人絕對穿得過去。

他離開了嗎？這一切只是他……**校準**造成的殘骸？這又讓她想起破繭而出的昆蟲。打賭事發時船員一定全衝上救生舟，她暗忖，我會這麼做。我們在一艘幽靈船上。那……戰艦爲什麼還在前進？

她傾身探出打開的門朝外看。巨大破洞旁邊殘留一道甲板殘骸，足以讓她踏足。她走出去，沿邊緣緩步前進，一面聆聽察看、試著找出事發經過的線索——以及奎塞迪斯去向。

如果他已出發前往帝汎，她心想，那……天啊。我們失敗了。

她跨過斷裂的殘骸，接著背朝破洞的中央，站定好檢視損害狀況。她發現原本支撐梁或鋼牆一類的金屬構件實際上並沒有斷開——是遭彎折或**拉長**，就像用糖做的焦油糖。她知道這代表什麼意義。她之前也用過一樣的工具，產生毀滅性效果。

這裡的重力被什麼東西轉化了嗎？

一陣噁心感襲來。

劇痛幾乎令她癱倒。感覺像她的胃同時裝滿沸水和蠕動的蟲、她的頭是一個滿溢膿汁的發炎傷口。她叫喊出聲，同時跪倒，指節碾入額頭中央。她知道不是只有符文典會造成這種效果：故事提到當人接近遠古之人時，會感覺到排山倒海般的患病感。

一束月光穿透上方裂開的甲板照亮她前方的牆，一道影子如皮影戲般在牆面升起：男子盤腿坐在空中的影子。

在後面……

她聽見說話聲。

陽性的聲音，但……並非**男人**的聲音，並不盡然。男人的聲音指涉的是人類男性，然而這不像。儘管絲滑且莫名令人愉快，這聲音卻又太深沉，含有太多共鳴，遠超過任何凡人男性的聲音。

聲音說：「你好，桑奇亞。」

桑奇亞文風不動地站在那兒，緊盯著面前牆上的那道影子。她盯著看了像永恆那麼長的時間，呼吸沉重。她想起下面那些銘術師，他們雙眼慘遭蹂躪，鮮血淋漓，喉嚨也被割開。別轉身，她心想，別看他。不可以！

「很高興終於和你見面。」那聲音說。「雖然……這些狀況顯然略微不盡裡想……」

話語蕩漾襲過她，她眨眼。他的聲音像是有人把巧克力和蜂蜜倒入她的耳朵。儘管害怕——**真的**害怕——她卻突然有種古怪的渴望，希望他不要停止對她說話。她忽略這種渴望，直挺挺站在那兒，注視著牆上的影子，眞切體認目前與她同處這空間的男人剛才摧毀了這艘戰艦內部，彷彿戰艦由稻草打造。

他就在我背後……天啊，他就在那裡……

影子動了——它歪頭了嗎？

「你**可以**轉過來，你知道的。我先前確實——該怎麼說呢——在原本的外表方面有些問題。我的感覺跟他們一樣不舒服，但……我想我已經找到合宜的方式遮覆我的形貌。你應該是安全的。」

不。不要。不要轉過去。不要看。

「或是……算了。」影子改為站姿，像是站在空中，然後他開始踱步。「我是說，一般而言我會想——無論如何，只要能讓情況稍微再**優雅**一點都好，但……」他的聲音下探他音域較低的深處，四周的殘骸似乎咯咯震動。「我上一次眞正跟人談話已經好久以前了。尤其是跟像你這樣的人談話。」

他聽起來如此平靜無憂、高雅，她陷入困惑。他剛剛造成上百名奴隸與十多名銘術師死亡——現在卻像路邊遇到的熟人那樣對她說話。不過或許其中有幾分道理。沒有任何事能令他這樣的存在憂慮。

影子停止踱步，隨著他走近而膨脹。她的胃感到一陣噁心的戰慄。

天啊，她心想，淚水湧出。天啊，拜託……

「你知道我為何在此，桑奇亞，」他說，「我確定你也知道我是誰。」

沉默良久。

她終於領悟他在等她回答。「奎——奎塞迪斯。」她說。

影子又動了動，彷彿他把頭歪向另一邊。「我也確定那個構物跟你說過有關我的各種故事。關於我是怎樣的怪物、執拗駭人的存在……」

她想著身旁放在盒中的帝器。她可以夠快啓動嗎？她非常懷疑自己能在他眼皮子底下做到，而周遭的慘狀是出了差錯後的絕佳提醒。

「是嗎？」奎塞迪斯說。「你覺得我是那樣的東西嗎？」

她嚥了口口水。「我……我看見戰艦裡那些奴隸和銘術師……」

「嗯。」他一面沉思一面說，「很公平。這次復生與理想狀態相距**甚**遠。如果我能夠，我另有一打方法能夠做到。但我必須盡快來此——因爲那個構物在**欺騙**你，桑奇亞。我必須說，如果你繼續幫助她，她將會殺死你和你城市裡的所有人。我向你保證，這還只是開端。你有聽見我說話嗎？你有**聽見**我說話嗎，桑奇亞？」

他的聲音似乎在她腦中共鳴，與她自己的思緒無法區分。

她搖頭。*專注。*

影子又開始踱步，在濕淋淋的牆面上，他的四肢顯得巨大、有如鬼魅且扭曲。「你有我需要的東西，桑奇亞。我需要你告訴我構物在那哪。我知道她受傷了，而且虛弱。我知道她或許受困，眞要我猜的話，我會說她受困於某個實體空間。我需要你告訴我那地方在哪，我才能找到她，並在事態愈演**愈烈**前阻止她。請告訴我，桑奇亞。爲你自己，也爲你的所有同胞——構物在哪裡？」

桑奇亞完全靜止地站在那兒盯著牆上的影子。*別再說話。別轉身。別看他。*

「你知道她的力量。」奎塞迪斯說。「你被她碰觸過，被以你知道與你**不知道**的方式轉化了……」

她的心臟轉爲冰冷。*他該死的是什麼意思？*

「她改變了你，不代表你對她有所虧欠。她已把你視爲她的工具。看看她是怎麼打造你就好……」

「什麼意思？」桑奇亞質問，仍面對著牆。「她是怎麼打造我？」

影子轉向她。「這……我不能清楚說明。因爲她做的其中一項改變，讓我似乎非常、**非常**難以感知你。她……保護了你。藏匿你。她有意以你作爲武器，利用你來對抗我。你知道她做了這件事嗎？你**要求**她爲你做這種轉化的嗎？」

她沒說話。

「我想不是。有人好奇你那顆腦袋裡還有什麼設計在運作……」

桑奇亞開始顫抖。天啊……

「我不希望這樣。」牆上的影子擺出作戲般的沉思姿態。「我不希望她逃脫。我不希望她這樣利用你。我當然也不希望這艘船上的人死去。但我知道非得如此，桑奇亞。你有聽見我說話嗎？」又一次地，他的聲音如高潮時的海洋般湧入她腦中，她發現自己難以思考。「我必須如此，如果我沒來阻止她，她殺的人將比今晚消逝於此的人還多上一千倍。我必須選擇——一個殘酷冷血且可怕的選擇。我相信你一定能夠認同……」

她聆聽他的聲音，很難記住躺在戰艦地板上那些死去奴隸的臉孔。她想不起那些孩子的長相，那麼蒼白，那麼死寂……不過眞的有孩子嗎？她突然無法確定。

「轉過來，桑奇亞。轉過來和我面對面交談。我的意思是——看看這艘船，」他的聲音低沉迴盪，「如果我要你死，嗯……你**老早**就死了。」

他的字句在她的腦海表面跳舞，他的要求突然顯得再合理不過……

好，我做，我照做。

桑奇亞轉過身。

她仍用銘印視力感知這個世界，最初便是用這種方式感受到他——然而當她轉身時，一下子不確定自己見到什麼。用銘印視力看克雷夫和其他傳道者銘器時，這些物品看起來總像血紅色的小星星，閃爍著討人厭的光芒，然而眼前的跟星星**八竿子打不著**。它看似巨大旋轉的腥紅漩渦，血紅的龐大指紋懸在破洞中心；如此劇烈的違逆現實，彷彿現實本身正在流血。

但她也用一般的視力看見他，只是那畫面同樣令她困惑。

一個男人盤腿懸浮在殘骸上方，身披黑斗篷，頭戴三角帽，臉覆華麗黑面具——嘉年華的經典季風老爹扮裝。他的面具面無表情，只是一張空白的臉挖出眼睛狹縫，不過桑奇亞完全無法看穿面具後絲毫眼睛的光芒，也完全看不見任何皮膚或人類特徵。人類特徵皆裹在袖子或手套或斗篷底下。

裝扮成季風老爹的飄浮男子緩緩歪頭。

「好啦，」奎塞迪斯低沉、平滑的聲音說道，「沒那麼糟，對吧？」

格雷戈回頭看敞開的門。*她去太久。眞的太久了。*

「別，」歐菲莉亞說，「別走。你還不了解他。」

「她有危險嗎？」他逼問。「你也讓她陷入險境了嗎，母親？」

「陪在我身邊。陪在我身邊，我……我會幫助他修復你。我不希望你成爲這個樣子，格雷戈。那從來就不該是永久的安排，你**一定**要相信我。」

格雷戈朝門跨一步，弩弓仍對準他母親。

「你父親……」她搖頭。「你不記得。你不記得那些日子，也不記得他發生什麼事、變成什麼……然後是馬車意外，你和多梅尼柯……」

格雷戈旋過身，舉起弩弓。「我會射你！眞的會！我聽過太多謊言，也已經……已經爲你死過夠多次了，不是嗎？也許你該知道那是什麼滋味！」

她看著他，雙眼圓睜憂慮，似乎衝擊未退。「這世界已毀壞，不平衡。世界本身有其設計，然而現況卻是規劃不佳且作工粗劣。你是知道的，不是嗎？」

「下面那些奴隸，」格雷戈說，「墾殖地還有山所裡的所有人，全死了。對，母親。對，我知道世界已毀壞，始作俑者正是你們這些人。」

「如果你現在離開，」她的聲音微小脆弱，「我不知道我們還有沒有辦法把你修復。她值得嗎？」

他低頭透過弩弓的瞄準器瞪著她。她現在如此蒼老，鶴髮雞皮、不堪一擊……但他感覺到背後吹來一陣風，奇怪的微風，他想起消失在黑暗中的桑奇亞。

「我寧願賭上我這受詛咒的生命拯救她，而非遺棄她、和最初詛咒我的人待在一起。」

他轉身奔入黑暗。

她抬頭看奎塞迪斯時他都沒動，甚至連呼吸都沒有。他如此靜止地懸浮在那兒，她不禁懷疑他是否只是假人或娃娃。除了風和水墜入破甲板的潑濺聲外，四下再無其他聲響。

接著他乞求般地朝她伸出雙臂，形體仍懸浮在一束月光中，黑面具閃閃發光，深沉醇厚的聲音在她心靈迴盪。她突然了解為何古人相信他是神。「這顯然並不理想。**一切**都不理想。我的外表……」他指指自己。「這艘船、下面那些可憐的人。你和格雷戈……沒一個是我想要的樣貌。但我是來這裡幫忙的。那是我來此的原因、我**一直**存在於此的原因，桑奇亞。」他往下飄，直到腳趾觸及她面前的甲板，他與她相對而立。「但少了你就沒辦法。」

有個聲音在她心裡大聲說話——停！別聽他的！有必要的話塞住耳朵，總之別聽他的！

她感覺到自己的眉頭微微皺起，她後退。

「說了這麼多，你還是不相信我嗎？我擔心你沒**聽見我說話**，桑奇亞。」

他的字句湧現她腦中，熄滅她的憂慮。他踩著沿著船身毀損破洞的甲板殘骸走向她。「你該信的。我們有好多相似之處——更精確地說，是相似的**人**。」他歪著頭，面具裡的眼睛黑暗碩大。「我來此要做的事與我認爲你要做的事相同——深思而後動，給他人自由。」

桑奇亞凍結，彷彿有個鈴在她思緒幽深處深深迴響。

「不。」她低語。

「他也是我朋友。」奎塞迪斯說。「很久很久**很久**以前的事了。我知道他在你那，桑奇亞，我也要告訴你，我不在意。但我必須問——他眞的信任你嗎？他曾告訴你他的眞名嗎？他是不是要你叫他……克雷夫？」

她瞪著他，感到非常虛弱。只有她和鑄場畔其他人知道克雷夫的名字——知道他曾經爲人。

「他有，對吧？從你的眼神看得出來。」

她覺得噁心，彷彿胃裡裝滿閃電，她無法思考。她就是無法**思考**……然而儘管她的心智遭壓制，她仍不禁注意到她的銘印視力中出現非常異常的景象。

奎塞迪斯仍然是一團旋轉的地獄般血紅——但除了他的違逆之外還有其他東西。他的雙臂、雙腿和胸膛都盪漾著令人不適的紅，而就在那兒，埋在他的右手中，是一個明亮、閃閃發光的紅星……*指節*，她暗忖，*那塊骨頭。就在那裡。包覆他的東西……他的裹身布讓他活著、說服世界他不曾死去……*

「他是我的朋友。」奎塞迪斯柔聲說。「我也希望你成爲我的朋友。告訴我，桑奇亞。告訴我——構物在哪？她在哪？幫助我。你一定要**幫助**我。」

「我不知道。」她無助恐懼地聽著這幾個字滾出她口中。

奎塞迪斯仔細審視她。「不知道？」

「對。不知道。她……她只是有一晚突然出現。」

停！停，她心想，*停、停、停！你在做什麼？****你在做什麼？***

「我懂了……」他柔聲說。「或許你能以其他方式幫助我，桑奇亞。告訴我——克雷夫在哪？」

字句幾乎飛躍而出——他在鑄場畔我頂樓的房間裡，要按一個按鈕才能打開他的小窩——但她在脫口而出前勉強抓回這些字句。

「桑奇亞，」奎塞迪斯走近她，「你必須幫我。你有聽見我說話嗎？有了克雷夫我才能和構物戰鬥。請**幫助**我。」

她又差點脫口而出，差點朝戰艦的船椽尖叫出答案，但她擋下字句——因為她不能這樣對克雷夫，不能交出這麼多次鼎力相助的朋友。

我在做什麼？我到底在做什麼？

另一個思緒擊中她——或許第一個傳道者不只能控制物體的重力；或許他還能控制思緒的重力。她冒出冷汗。*我必須離開這裡，但怎麼做？*然後她注意到他後面有動靜，就是剛剛走過來時踏足的甲板殘骸；她突然有個想法。

「我想……」她緩慢地說。

他看著她，覆蓋在黑色下的身體靜止如雕像。

「我想……我需要想一想。」桑奇亞說。

他完全沒反應，只是站在那兒，身體朝向她。

「我想你最好……最好讓我離開。你必須讓我離開，我才能思考並想清楚我的答案。我也**知道**你當然會讓我離開。因為我來自帝汎，那地方有許多有權有勢的人，說了許多有關拯救、修復這世界的偉大言論，不過……最後眞正要做時，講話的調調突然又變了。」她看著他，月光在他的肩膀移轉。「第一位傳道者肯定不同於他們，對吧？」

奎塞迪斯看著她，表情執拗、難以解讀。她漸漸覺得他並不是人，是圖騰或象徵物，被其他事物所牽引而在這個世界到處移動。而那一事物潛藏在現實的另一面中——無論這說不說得通。

「不。」奎塞迪斯說。桑奇亞等他說更多。

「不……這是怎樣？」她問。奎塞迪斯沒有動。

格雷戈突然從一根柱子後面冒出，躍過船上的破洞，同時發射他的刻印弩弓。奎塞迪斯的視線甚至沒離開她。他的右手在身後甩出，攫住空中鉛彈，彷彿那只是隻掠過喇叭藤的蝴蝶。那動作極不自然，他的肩膀應該要因此脫臼。桑奇亞目瞪口呆地看著他。

「不。」奎塞迪斯說。「我跟他們不同，桑奇亞。我跟他們**毫無**相似之處。」他緩緩轉頭望著格雷戈。「你好，格雷戈。很高興再次見到你。」一陣模糊駭人的呼嘯聲從下而上射向他們右方，天花板、地板與牆壁在一連串轟然巨響中震動，巨響接二連三……

嘯箭穿牆而出。

金屬嘯箭穿透甲板射向奎塞迪斯，桑奇亞抱頭伏低。她準備好面對爆炸的衝擊，擔心嘯箭會彼此相撞後爆開，在她身上撒落致命的碎片。

但什麼也沒有。她睜開眼抬頭看。

奎塞迪斯站在甲板上，另一隻手向上伸展，五隻嘯箭懸止在他攤開的手掌數吋前，像以短線放飛的風箏般在空中顫動，箭尖如此炙熱，潮濕的空氣發出嘶嘶聲響。

他覆蓋黑色面具的臉轉回來面對桑奇亞。「你真的不知道自己在做什麼。」他屈起手指，嘯箭隨即開始彎折，箭身在空氣中往一個小點旋轉潰縮，緩緩扭成歪七扭八的球。「對吧？」

「**他插的全部發射！**」桑奇亞大喊。

她和格雷戈舉起各自的刻印開火，朝奎塞迪斯射出一枚又一枚鉛彈。不過奎塞迪斯已做好準備，他平靜地一一彈開、重新導向，並讓鉛彈黏上柱子、甲板，或是上方遠處的上層甲板。一排又一排齊射而出的嘯箭瘋狂撕裂戰艦，這邊扯下一塊、那裡扯下一塊，戰艦中央的殘骸飛快化作巨大的煙火展示現場，熱燙金屬碰撞噴發，在甲板與牆壁雨點般射上邪惡的碎片。

奎塞迪斯從頭到尾都注視著桑奇亞，執拗的目光不曾片刻稍離。「她將會把你們全部殺掉，你知道的，對吧？」

格雷戈拋開他的刻印，雙刃劍出鞘，衝刺後從他踩的甲板一躍而起，墜向奎塞迪斯，劍高舉在手。

「嗯。」奎塞迪斯看似覺得無聊，而格雷戈就這麼……停住了。他懸在半空中，困在雙刃劍高舉、距離奎塞迪斯的頭不過數呎的動態中。奎塞迪斯的一根黑色手指抽動，格雷的的劍刃便有如以冰打造般破碎。

奎塞迪斯注視桑奇亞，黑暗空無的雙眼對準她躺的位置。「我一定要拿回克雷夫。」他的聲音略帶責備之意。

「被插吧你，你這卑——」

他一隻手又動了動，格雷戈便往上飄，以一個順暢但陡峭得令人不安的弧度翻轉，手臂與腿全固定不動，彷彿他不是人，而是被擺放在空中的牽線木偶。但他的臉能動，桑奇亞看得出他正處於極大的痛苦中。他手臂和腿的肌肉噁心顫抖，彷彿有雙巨大隱形的手在擠壓並擺弄他。

他的重力。他……他在調整格雷戈的重力，是嗎？

奎塞迪斯空洞的雙眼看著她。「我不想這麼做。」他用那低沉的隆隆聲音說。「但是我一定要拿回克雷夫。告訴我他在哪。」

空氣似乎收縮了。桑奇亞驚駭地望著格雷戈的臉轉為亮紅。她能夠看見他頸項與臉頰的血管紋路，而且他開始劇烈嗆咳，唾沫一滴一滴落下。她不知道奎塞迪斯是不是正在同時壓扁格雷戈的器官。

「我傷不了你。」奎塞迪斯說。「構物處理過了——非常聰明的一手。他的話……我可以傷害他。」他歪頭。「我想我們都知道格雷戈會復原，你不覺得嗎？」

桑奇亞瞪著格雷戈——或說她裝出瞪著格雷戈的樣子，右手慢慢伸向帝器。

「爲什麼？」桑奇亞說。「你爲什麼需要克雷夫？」

「爲什麼？」奎塞迪斯聽起來被逗樂了。「跟我**打造**他的理由一樣。爲了修復這世——」

他沒來得及說完，桑奇亞已把手伸入裝帝器的盒子，找到控制周遭銘術的拉桿後推到底——因爲奎塞迪斯基本上就是一個巨大的銘術，希望藉此殺死他，就算沒辦法，至少終止他的影響。

不過就在她動手的同時，她想起讓戰艦漂浮水上的銘術群也會終止。

整艘戰艦隨即天搖地動。奎塞迪斯踉蹌後退，彷彿被一拳擊中腹部，接著癱在甲板上。格雷格垂直下墜，撞上木地板。她銘印視力中代表奎賽迪斯的紅漩渦慢慢消逝，最後殘餘閃爍的邪惡腥紅小點。

「**帝器**？」奎塞迪斯聽起來極端不悅——這讓桑奇亞心中沒嚇瘋的那個部分感到非常非常快樂。但她發現他沒死。他受傷了，或是受驚了，但還能活動。

「你以爲帝器能夠殺死我，對吧？」他的聲音依然平緩如絲。「噢，桑奇亞——你難道不知道那工具是我親手**設計**的嗎？」

整艘戰艦往右晃，他們一群人往下滑，撞上桑奇亞身後遠處的牆。桑奇亞剛開始還懷疑奎塞迪斯仍持續操弄重力，不過她領悟：帝器已關閉維持戰艦運作的所有銘術，它已不再確定該如何繼續當一艘船。如今的戰艦多半正朝大海傾倒……而且隨時會翻覆。雖然她並不排斥讓奎塞迪斯．馬格努斯沉入海底的念頭，但她不想跟著一起掉下去。

她往前爬，抓住格雷戈，拖著他站起。「起來，蠢貨！」她朝他叫喊。

他們隨便選一條通道衝進去，逃入戰艦內部——裡面現在頗暗，因爲桑奇亞剛剛把燈關了。她感覺到腳下傾斜角度增加的速度快得讓她無法喜歡。重力一下盪向這一邊，一下又盪到另一邊，她手腳並用穿梭在戰艦內，這輩子沒遇過比這更令人頭昏的狀況。

「桑奇亞，」奎塞迪斯懶洋洋地在她身後喊道，「只是想讓你知道，我眞的不希望事情這樣發展……」桑奇亞努力忽視他——也忽視在船上迴盪的巨大呻吟、爆裂與震動聲。傾斜角度又變了——他們正衝向大海？但她繼續沿牆往前摸索，接著摸到樓梯欄杆，笨手笨腳地穿過一扇門……她用銘印視力探查前方艙門，什麼也沒有——不過當然什麼也沒有：她剛剛關掉了戰艦上的銘術。沒東西可看了。

要命。我必須關掉帝器才能找到逃出這該死地方的路！

她咬緊牙，回頭凝望黑暗。如果她啓動銘術，奎塞迪斯可能會追上來抓住他們，殺掉他們……戰艦深處傳來某東西斷裂的聲音，然後是龐大的潑濺聲，突然間桑奇亞的腳和腳踝非常冰冷潮濕。

「桑奇亞！」格雷戈喊道。「重新啓動這艘天殺的船！」

「該死。」桑奇亞小心翼翼地摸索帝器，將拉桿推回。

格雷戈的燈籠隨即亮起。他們站在那兒，水從後方的通道湧入。有東西在戰艦內部又是尖叫，又是呻吟，又是哭號——戰艦顯然不太喜歡被關掉又打開。

桑奇亞猜想符文典應該也在掙扎。符文典需先經過一系列特別的「暖機」論述，讓眞正得以竄改現實規則的複雜論述運作起來。歐索總說這有點像規劃航海路線——你必須先接受某些基本事實，例如水和洋流是什麼，還有風如何作用，諸如此類。暖機程序做錯，歐索是這麼說的，你就是在不知道天殺的波浪到底如何運作下出航。

在這種狀況下，戰艦在桑奇亞身旁嘎吱呻吟，她心想，這種比喻眞令人加倍不安哪……

她收縮銘印視力，有一小團屬於上鎖的銘印邏輯就在前方不過一百碼處。「那裡！」她大喊。他們往前跑。周遭的情況再度改變，他們突然變成得衝上陡峭的斜坡。

「該死！」桑奇亞搖搖晃晃地踩著牆壁上爬，接連攀過艙口、門，然後是艙口。她回頭看，通道緩緩轉動角度，直到最後化爲潮濕且粼粼反光的深淵，在她下方延展。要是腳滑，他們可能會掉下去，撞上邊邊角角，摔破腦袋，最後淹死在深不見底的黑水中。耗費一段時間，他們終於抵達剛剛看見的艙口。這個艙口這會兒正對天空。桑奇亞啪地貼上一隻赤裸的手。

〈……歐噢噢噢噢太不對勁了。〉艙門說。〈不該朝上開，應該朝外才對！這眞是太怪了。需要重新校正並重新檢驗安全協定——〉

〈**打開就對了，你這婊子養的。**〉桑奇亞對艙門大吼。她將足夠的指令包裹在這股情緒中，制伏了艙門。她朝上方推開門，和格雷戈雙雙爬出去，來到一般來說應該是左舷船殼的位置，只是這裡目前朝向天際，她也不確定還算不算左舷。

他們趴伏，緊抓住滑溜的船殼。這裡濃煙密布，顯然戰艦的某部分被一下關掉又一下打開的過程弄糊塗，因而燒了起來。

「飛行銘器！」格雷戈喊道。

他們掙扎著拿出小降落傘。桑奇亞無暇思考其中的諷刺之處：數年前，她曾靠這銘器的舊版本闖入格雷戈的濱水衛，意外毀掉一大堆商家財產。現在他們兩人將在摧毀一件商家財產後靠相似工具逃脫，而這件商家財產的價值和整個濱水衛可是天文學等級的差距。

他們攤開降落傘，抓住附銘印碟的控制棒，啓動銘器。他們眨眼便被扯上天空。桑奇亞尖叫著努力抓牢——她的雙手濕透——隨即看見他們的小漁船出現在前方的浪沫、黑色波浪與戰艦濃煙中。這景象讓她的心快跳出喉頭。

我們快逃出去了！快逃出去了！

但他們突然非常非常劇烈地一歪，開始下墜。

桑奇亞立刻知道發生了什麼。他們的飛行銘器需要仰賴戰艦上的符文典才能運作，但戰艦正在沉沒；隨著海水灌入，符文典不免快要失效。這代表飛行銘器也將停止運作。他們將墜入大海。

他們也確實落海。

她和格雷戈在距離漁船約一百碼處墜入波浪中。他們被迫拋開降落傘，開始踩水，試著漂浮。

「丟掉你的裝備！」格雷格大吼。「全部丟掉，保持漂浮就好！」

「我是啊！」桑奇亞放掉弩弓、刻印和雙刃劍，只留下裝有帝器的木盒。

她回頭看戰艦。戰艦此刻側躺在海上，彷彿巨大的海獸。無法得知如今還有多少船員倖存，如果活著，這些人現在如何？格雷戈的母親呢？他們能撐到救生舟嗎？

「好。」格雷戈呼吸沉重。「現在我們一起游，想休息的話就仰泳，所以——**啊啊小心！**」

「吭？」桑奇亞隨即感到身後湧起巨量海水，她和格雷戈雙雙遭拋向前，推離戰艦，在海水中翻滾。她確定自己會淹死——她一向不擅長游泳——但她奮力游向水面，破水而出，隨即喘了幾口大氣。

「桑奇亞！格雷戈？是你們嗎？」

桑奇亞一聽見歐索的聲音便尖叫「**對！**」顯然那股巨浪將他們推向漁船。她和格雷戈精疲力竭，仍奮力踢腿游過黑水。現在很難不驚慌——每次她覺得接近漁船了，漁船又被推得更遠——歐索和貝若尼斯終於伸出一根用來挑起蚊蟹壺的竿子，她和格雷戈連忙抓住，隨即被拉近漁船。

他們爬上船，氣喘如牛地躺在地板上。

「他插發生什麼事了？」歐索問。「成……成功嗎？你們擋下來了嗎？」

桑奇亞搖頭。「沒、沒有。」她咳嗽。「他……他回來了。**他回來了**。」

「天啊。」貝若尼斯低語。

「但……怎麼會？」歐索問。「還不到午夜啊。怎麼可能已經完成？」

「他知道如何銘印時間。」桑奇亞用力吸氣並啐了幾口，然後她記起他們不是空手而回——她帶走了記錄銘印時間操作指南的羊皮紙。

她把手伸入口袋，但只摸到一坨糊狀物體。她掏出爛泥，看見化爲紙漿的羊皮紙黏在手上，忍不住呻吟。一定在海水中分解了。她把羊皮紙糊丟到一旁，憤怒地咒罵。「我們一事無成。」

「說、說不定他活不了。」歐索絕望地說。「說不定他困在戰艦裡。我是說，看看這艘船——它像顆石頭般沉入大海了！」

「是嗎？」貝若尼斯回頭凝望殘骸。

格雷戈和桑奇亞坐直，注視眼前的景象。

雖然極不可能，戰艦似乎正緩緩自行扶正，朝另一邊傾斜後直立在海上。

或者……是被推正？

「誰拿副望遠鏡給我，」她粗嘎地說，「立刻。」

歐索拿給她。她湊上望遠鏡注視離水直立的戰艦剪影。她瞪大眼細看……然後看見他了。一個小黑影在那艘龐大船艦的船尾盤旋，慢慢將船推正，並移動著這艘巨大的戰艦，彷彿只是一個玩具。

「桑奇亞，」格雷戈低聲說，「那……那是……」

「對。我們離開這裡，設法聯絡瓦勒瑞亞。」

格雷戈接過船舵。風鼓滿他們的帆，他們啓程航向帝汎。

「要跟她說什麼？」貝若尼斯問。

「我們失敗了，」桑奇亞說，「奎塞迪斯．馬格努斯復生。」

10

從已成廢墟的戰艦離開，走下藤編走道，再踏上小小的丹多羅快帆時，歐莉雅．丹多羅盡可能壓抑顫抖。目睹戰艦的狀態，快帆的船員並沒有費心掩飾他們的震驚和恐懼。怪不得他們。上一次有人成功擊沉商家戰艦已超過十年前。戰艦應該刀槍不入才對，這一艘卻看似被放入可怕的裁木機走過一遭。

「還……還有其他人要上船嗎，夫人？」快帆船長問。他朝一面嘎吱響一面冒煙的戰艦瞥了一眼。

「多數船員已至安全之處。」她虛弱地說。她抬頭，視線掠過黎明天空，直到找到高高飄浮在戰艦上空的小黑影。「而且如果眞還有人要上船，船長……我不認爲我們需要等他。」

「您、您說什麼，夫人？」船長問。

「沒事，走吧。」

他們收回繩橋後迅速離開，朝帝汎而去。歐菲莉亞走到船頭眺望開闊的海洋。她想起格雷戈的臉、他的姿態，還有他用武器瞄準她的模樣……

我寧願賭上我這受詛咒的生命，他這麼說，拯救她，而非遺棄她、和最初詛咒我的人待在一起。

她看著船艏下方黑水飛濺。

他心目中的我是這樣的嗎？我詛咒他？他弄錯了，她心想。他什麼也不懂。我沒有。我**拯救**了他。

後方傳來一連串遙遠的爆破聲。

我爲此放棄了那麼多……

爆破聲轉爲震耳欲聾的嘎吱與斷裂聲。歐菲莉亞與船員擔憂地往後看，戰艦在他們眼前快速沉入海底。就像目睹一座島嶼突然崩壞，垂直落入深淵。

「我盡可能延緩戰艦沉沒了。」一個低沉醇厚的聲音在她身後說。「希望沒給你造成比原本更多的問題……」

她的胃一陣噁心的痙攣。她緩緩轉身，發現他和她一起站在船艄眺望著前方的開闊大海，閃爍微光的黑面具上，那雙挖空的黑眼對準地平線。

「我、我的先知！」歐菲莉亞說。「您怎麼過來的？」

他緩緩轉身面對她。「從速。」

她不知道該說什麼。這聲音過去三十年來都在她耳邊低語，現在卻在一個雙手背剪站在這甲板上、一身黑色嘉年華裝的人口中聽見，眞是太詭異了。看見他在此，活生生且保持警覺，完全眞實——還有看見他的能耐——她仍需要費力理解這樣的現實。

他幾不可察地回頭看戰艦，或說任何仍可見到的戰艦殘骸。她略感寒毛直豎。能稍微看見他的眼睛就好了……不過當他開口說話，她的疑慮隨即消失。「我想爲這一切發展致歉，歐菲莉亞。至少可以說這並非我本意，也非我所願。過去這些年來你大力協助我。我原本想確保你得到更好的處置。」

「感、感謝您，我的先知。」

他抬頭迎向天空，黑色面具在黎明的陽光下閃閃發光。「不過回來的感覺很好。無論我可能身處什麼狀況，能在這世界多存留一個早晨的感覺很好。有**如此**多工作等著我們。」

「格……格雷戈……他順利下——」

「噢他還活著。他和桑奇亞都是。」他歪頭。「她非常足智多謀。不過她還是不知道構物會對她做什麼——或說已對她做了什麼。這項事實未來可能終究有些用處。」他望著她。「他來找你？你看見他了？」

她點頭。

「他說了什麼？」

「他威脅要殺我。我……我知道如今的鬥爭將讓我們付出許多代價，我的先知。但我承認……我沒想過我自己的孩子竟會威脅要謀殺我。」

「對……對，太遺憾了。我承諾你，我會讓你的兒子重回你身邊，歐菲莉亞，回報你的付出。而我從不打破承諾。但還是很遺憾，爲了修復一個醜惡的世界，人本身竟也必須變得有些醜惡。」

他們一起眺望進入視線範圍的城市。龐大的海岸砲臺矗立於海灣口，巨型嘯箭列周密地追蹤快帆的行進。接著入眼的是高聳平整且潔白的內城牆，以及牆後被無數色彩點亮的尖頂建築、高塔與內城。

歐菲莉亞無心欣賞——她知道她的客人也一樣。他們凝望遠方城市中心那座黑色的巨大圓頂建築，它的冠冕破裂，牆蒙塵泛灰。

「我們尚未取得那個地方？」他問。

「我以爲最明智的做法是將我們的資源傾注於您的回歸，我的先知。」

「嗯，當然不能因此究責於你……我認爲產權不會是問題。我一直認爲我是個非常有說服力的談判者。」他輕輕嘆了口氣。快帆入港之後，他環顧帝汎城中凌亂的天際線。「改變世界如此困難，執行時必須有強大的工具。若你沒有工具，」他轉身面對坎迪亞諾的山所，「你必須即興創作。」

第二部　蒙面君王

11

桑奇亞醒來時入眼的是一隻從平民區街道冒出來的巨大紫色水母。她躺在那兒盯著看，又眨了眨眼。清晨時分，空氣燠熱蒸騰，她側躺在濕泥土地上。她知道自己在哪——靠近運河旁的斜面。然而她目睹的景象絕對眞實：絕對有一隻亮紫色的大水母從平民區的街道冒出來。她納悶自己是不是昨晚一團混亂時撞壞腦袋，或是發瘋，或她根本還在作夢。

「什麼……」她沙啞地說。「我現在看見的到底是什麼？」

「看來，」附近一道刺耳的聲音說道，「是一個大型紫色水母燈籠……但我不知道是爲了什麼。」

她坐起身環顧四周，費了一番力氣弄清楚身在何處。她在平民區某個一時認不出來的營地。她也不認得在身旁走動、打轉、生火、燒水的人。然後她見到其中一人手臂上的商標——顯示他是翁提亞島的財產——她想起來了。

「噢。」她揉眼。「對。沒錯。」

「對。」附近那個刺耳的聲音回應。只見波麗娜・卡波納莉倚著疊起的板條箱，一面抽菸斗一面觀看大型紫色水母燈籠升天。她轉頭，鐵灰色雙眼對準桑奇亞。「你們仍是我的客人。只是看來時間點不大理想呢。」

桑奇亞掙扎著站起，慢慢回想起回到帝汎的旅程。一切如此超現實：她努力對抗自己的歇斯底里，好把戰艦上的經過告訴歐索和貝若尼斯；用望遠鏡查看夜空，確信自己看見奎塞迪斯像隻黑蠅般在他們後方輕快飛行；當他們接近岸邊，發現鑄場畔對他們任何人來說都已不再安全，因爲歐菲莉亞・丹多羅和奎塞迪斯・馬格努斯確切知道他們是誰、在哪入睡。於是格雷戈帶他們前往偷渡者營地。「波麗娜欠我人情，」他這麼解釋，「我告訴他們丹多羅家在墾殖地的哪裡藏有大量且隱密的武器。這部分的人情她還沒完全還清。今晚她可以讓我們藏身。」

營地裡，桑奇亞整夜不眠，貝若尼斯陪著她坐在泥地裡，而她前後搖晃，等待著……某件事情。等待奎塞迪斯到來、末日啓動，或是瓦勒瑞亞現身眼前、她得告訴瓦勒瑞亞自己失敗了。

不過什麼也沒發生。她一定是精疲力竭地失去意識。她不懂他們爲何讓她睡。

「感覺好一點了嗎？」波麗娜問。

「沒有。」她一面呻吟一面伸展身體，腰椎附近霹啪響。*我太老了，她想，該死的老太快。*「貝若尼斯上哪去了？還有歐索？」

「去旁邊談了很久。」波麗娜嘆著氣說。「看來是他的習慣。如果你想見他們，往這裡走。」她帶著桑奇亞沿運河河堤走回營地。這地方在日光之下完全是另一個面貌。他們一面走，波麗娜一面看著另一個飄浮燈籠加入宛如紫色大水母的那個。「所以——這就是嘉年華了。」

「是啊。」桑奇亞說。她試著回想波麗娜接收到昨夜哪些消息。格雷戈或歐索是否曾對她解釋戰艦上發生了什麼大事？如果有，她相信嗎？波麗娜研究著燈籠，表情如有人送上一盤她發現絕對應受譴責的菜餚。「這裡的每一個人都爲……季風時節製作巨型燈籠？」她懷疑地問。

「對。」

「爲什麼？」

「因爲一次季風時節，大概一百年前吧，雨水沖走整座城市。所以現在他們在季風到來前舉辦嘉年華，盡情大吃大喝，因爲暴風雨來襲時可能小命不保。燈籠的用意都是提醒即將到來的季風。不過我覺得現在的城市建設比以前好太多了。」她審視一座搖搖欲墜的鴿樓。「至少有些部分不錯。」

「然後惡魔在結尾的時候到來？」

「故事和戲劇裡是這樣，沒錯。岸落之夜，暴風雨來襲，帶來風暴的是……」

昨夜的片段閃現：奎塞迪斯，一身黑，飄浮在陰影中。

你好，桑奇亞。

她顫抖。

「季風老爹？」波麗娜問。

「對。」

她們轉彎，大帳棚出現在前方。「他們在那裡面？」桑奇亞問。

「對。囉囉嗦嗦討論好幾個小時了，分享祕密。他們認爲讓你睡是明智之舉。」

「我非常感謝。」桑奇亞揉眼睛，感覺像多睡了兩天。「大概吧。」

「好了。」波麗娜轉身面對桑奇亞，燧石似的眼睛盯著她，嚴厲得發疼。「**你**可以告訴我戰艦上發生什麼事嗎？因爲你和格雷戈還有其他銘術師搖搖晃晃地過來，一副天空將崩塌的慘樣，懇求我提供庇護，卻根本沒人告訴我是**為了什麼**需要庇護。」

桑奇亞不知道該說什麼。就連對她自己都不知道如何描述發生的事，遑論要對一個對銘術或傳道者所知甚少的人說明。

「如果你不說，」波麗娜說，「我就用猜的。你們打算破壞某種商家陰謀？」

「對。」

「我假設你們做得很差？」

「對。」

「船上的奴隸呢？」

桑奇亞遲疑了。睡在地上讓她全身發痛、飢腸轆轆，而且還因爲海水和汗水而發臭。她沒心情玩遊戲——所以她選擇正面對決。

「被殺了。」

波麗娜的臉刷白。「什、什麼？**全部**？」

桑奇亞嚴肅地點頭。

「有多少人？」

「至少一百。」

「有女人？還……還有小孩？」

桑奇亞搖頭。

「但……上天垂憐，爲什麼？」

桑奇亞思考片刻。「如果我說是商家的陰謀狗屁，你會信嗎？」

多種情緒在波麗娜的臉上變換。「會。」她好一會兒後說。「也不會。我必須知道更多。該死，女孩，我必須知道他們**為什麼**而死。還有他們是不是打算殺更多人。」

桑奇亞走到帳篷入口，突然緊張地搜尋天空，幾乎預期看見一身黑的男人盤腿飄在空中。

「誠實說，波麗娜，還會有更多人死。我無法保證都是奴隸，但百分百肯定會有更多人死去。」

她轉身走入帳篷。波麗娜的手竄出攫住她的手臂。

「你的語氣無比遺憾，但沒有怒意，沒有慨憤。你要何時才能理解，這城市安於買下我們血河流經的一呎土地？你要何時才能理解，我們永遠無法說服這些人改變他們自己？」

「我有一堆噩夢和問題要應付，」桑奇亞叱道，「不需要你在這邊鼓吹戰爭，尤其是現在。」

「如果你讓戰爭提早到來，你今天早上就不會身在此處，那所有人也都還活著。」她放開桑奇亞後走開。

「……滲透丹多羅內城完全不是選項。」貝若尼斯在帳棚內說著。「我懷疑我們會有親近歐菲莉亞．丹多羅的門路。」

「沒錯。」格雷戈坦承。「就連我還受母親寵愛的時候，我也難能探知她的心意。」

「更重要的是，」歐索說，「我們怎麼知道歐菲莉亞知道奎塞迪斯打算做什麼或想要什麼？在我聽來，你在戰艦上找到她時，事態的發展並不全然如她預期……」

「天殺的沒錯。」桑奇亞咕噥，一面搖搖晃晃地走近。

「啊！」歐索坐在地上旋過身。「終於醒了。估計你應該有注意到世界尚未毀滅。我猜奎塞迪斯在這方面沒進展。」他彈起，大步走過去彎腰注視她的雙眼。「告訴大家，你的小金人朋友有沒有送來任何消息？」

桑奇亞仍未從與波麗娜那番對話的震驚中恢復，因此花了一些時間才聽明白歐索在說什麼。「瓦勒瑞亞？你是什麼意思？」

「她上次對你說話是趁你睡覺時，」貝若尼斯說，「你睡覺時她似乎比較好……進入你，我想應該這樣說吧。我們原本希望她會跟你說話。」

「那應該就是**沒有**的意思囉？」歐索說，而桑奇亞點頭。

「狗娘養的！」歐索咆哮。他開始在擁擠的小帳棚內踱步。「我們讓你在泥裡失去意識幾個小時，卻一無所獲！我們是要怎麼跟她連絡？她是唯一有可能告訴我們奎塞迪斯在做什麼的人——或不是人類，管她到底是什麼鬼！」

「他想要克雷夫，」桑奇亞說，「昨晚就全告訴你們了。這讓我**非常**焦慮他會闖進我們該死的閣樓！奎塞迪斯可以直接飛過去，砸開屋頂，一把搶走他！」

「然而，」格雷戈說，「他還沒這麼做。我雇了波麗娜的幾個人看著那地方。奎塞迪斯還沒現身，丹多羅家的人也沒有。」

「這也是我們整個早上一直爭論不休的問題，」貝若尼斯邊說邊打呵欠，「實際上還有大半夜。他來這裡要做什麼？如果他無所不能，爲什麼還不行動？」眾人沉默。桑奇亞緩緩走過去在貝若尼斯旁邊坐下，後者微微一顫。昨夜的回憶開始在桑奇亞腦中打轉：黑暗中的說話聲、他引發的龐大壓力；她努力擊退這些回憶。

「你昨晚的狀態一點都不適合討論，」歐索說，「不過拜託——請告訴我們你跟奎塞迪斯交手過程中的一切。任何弱點、特徵，這些到最後都可能是彌足珍貴的經驗。」

她想了想，回想起看見他在黑暗陰影中的軀體、他的面具在月光下閃爍，她的骨頭隨他說話的聲音震盪。她告訴他們這些，最後她說：「我……沒想到他會說這麼多。」

「什麼意思？」歐索問。

「意思是，他……令人信服。我們都知道他握有操控重力的**龐大**力量。但他的聲音……他的聲音或許是最危險之處。我愈聽愈相信他說的一切。我能夠抵抗的唯一原因是……嗯，顯然瓦勒瑞亞給了我某種對抗他的防護。」

「對。」歐索扮鬼臉。「她眞是未卜先知。我猜應該類似我們銘印物品讓它們抗斥特定某人，例如告訴一扇門『如果身上有**這種血的這個人**過來，不要打開』。不過她是弄在你天殺的腦袋上，要它抗斥第一個他插的傳道者。」他悲慘地笑。「很抱歉，這眞是我有過最瘋狂的一段對話……」

「但我認爲那個一身黑的存在……」桑奇亞說。「我不確定那眞的是**他**。我猜他把一具活生生的人體當衣服般穿在身上，或是當作圖騰，而他在背後操控。透過銘印他的裹身布並把他的小塊骨頭放入那具軀體手中，他們只是讓世界誤以爲那具人體就是他。」

「你的意思是你認爲那曾經是個活人？」貝若尼斯驚駭地問。

「對，有可能。或許是個奴隸。我覺得那具軀體像是一個，一個令他存在被現實許可的重心。如果我們摧毀裹身布，或是挖出那塊骨頭……說不定這個形體就會潰散，他也將回到……不管他天殺的原本狀態是怎樣。並非死亡，但相去不遠。」

「不知道要從何處著手。」格雷戈說。「他輕鬆應付齊射的嘯箭，我拿著雙刃劍也近不了他身。」

「或許瓦勒瑞亞知道。」桑奇亞說。「如果我能找到方法讓她再對我說話。」

歐索停止踱步，瞇起眼沉思。「有沒有人覺得好笑，瓦勒瑞亞剛好在奎塞迪斯的船出現前晚現身？」

「我不覺得好笑。」格雷戈說。「事實上，超級不好笑。」

「不是啦，我是說——那艘船在海上**好幾天**了。他們一定早就找到那個……那個……什麼東西？」

「一塊奎塞迪斯的骨頭。」桑奇亞說。「我猜啦。」

「呃對。沒錯。他們一定幾天或幾**週**前就已找到，顯然她不知怎地——感應之類的——也知道。那爲什麼等到最後一刻才通知我們？」他像個舞者般用腳跟旋轉，臉因興奮而閃閃發光。「除非有什麼改變了。不是奎塞迪斯，而是瓦勒瑞亞自己，還有她連接**桑奇亞**的能力。」

貝若尼斯用無名指指尖輕搓下巴。「偶合的符文典……」

「沒錯！」歐索說。「還有呢？」

「我還可以想到許多可能性。」格雷戈不耐煩地說。「請直接解釋。」

「瓦勒瑞亞就像……像一個龐大的銘術，對吧？」歐索說。「根據克雷夫對桑奇亞所說，她像一個針對現實發布的指令，要現實改變。她曾經有能力改變……要命，我不知道，各種東西。但這部分不重要。你前幾天說她在夢中對你說話時，她似乎有損傷……」

「對。」桑奇亞說。「她說她太虛弱，沒辦法自己面對他。」

「所以，如果你是一個受損的銘術，想逃離步步進逼、主張你並不眞實、沒必要聽令於你的現實——你會去哪？」

「去……現實最弱的地方？」格雷戈說。

「那會是在哪呢？」歐索自鳴得意得幾乎令人無法忍受。「哎呀，當然囉，接近**符文典**之處！成千上萬論述匯集，使得現實變得非常薄、非常柔軟的地方！對瓦勒瑞亞這樣的存在來說，符文典一定有如沙漠甘泉。當米奇爾家的人利用我們的技術偶合**所有**符文典裡的**所有**策源……」

「如果她曾接近一具米奇爾符文典，她便突然能夠……移動，」桑奇亞說，「她能一個接一個跳過符文典。至於鑄場畔……天啊，一定就像我們在地下室爲她開啓了一扇門！」

「然後她趁夜溜出來，」歐索說，「在你睡夢中對你耳語，剛好趕上最後機會。如果我們晚一天搶劫米奇爾，奎塞迪斯將健康活潑地現身，我們甚至無法伸手抵抗便會殺光。你們也知道，不是說我們現在就有多大力量啦。」

「所以……我們需要接近鑄場畔才能和她通話？」貝若尼斯說。「我不確定這樣是否明智。就算還沒人闖進去，他們一定也知道該密切監視那裡。」

「不。」歐索說。「我們只需要接近一座**米奇爾鑄場**就可以了。我非常相信瓦勒瑞亞藏身其一；有鑑於他們用了我們該死的偶合技術，她如今是在所有米奇爾鑄場內！簡單到只要把桑奇亞弄到米奇爾圍牆旁剛好的位置、往她腦袋敲一記，送她入夢鄉就好！」

「別忘記我的腦袋天殺的太過珍貴。」桑奇亞說。

「我們會用哀棘魚毒液讓你昏迷一小時左右。」貝若尼斯說。「或許……行得通。」

「那出發！」歐索說。「希望我們能趕在一個要命的傳道者開始把城市拆吃入腹之前！」

離開前，格雷戈先去找波麗娜。他發現她站在帳篷入口，看著她的偷渡者將今天的貨物拿出去，他們或用推車、或用提籃、或是一包包背在背上。她計算每一包、每一瓶、每一袋、每一車。任何東西都逃不過她的法眼。上戰場的話，她可以勝任軍需官，他心想。不過轉念一想，她其實已經以她自己的方式上戰場了。

「波麗娜，今天不該派他們出去。」

她回頭看他。「什麼？」

「你的賣家和商人，今天不該派他們出去。」

「格雷戈……我們有沒有可能至少一次談話內容不涉及你那些神祕狗屁？」

他聳聳肩。「恐怖的東西即將來到這座城市。我母親將它帶來此。我不知道即將到來的是什麼，但……絕非善類。你應該撤回你的人。此時他們在自己家更有用。」

她對他瞇起眼，然後看著面前的偷渡者，計算他的貨物，再對他草率點點頭。「危險，是嗎？」

「對。」

「比什麼還危險呢——這麼說吧，比這世上最富裕的帝國無所不用其極，一有機會就殺掉我們還危險嗎？」

「波麗娜……我不是在開玩笑。」

「我也不是。你覺得我是傻子嗎?我們來這裡沒想過活著離開,格雷戈。無論帶來死亡的是銘印弩箭,還是你們變態魔法造成的扭曲世界,都沒差。」望著他的表情,她的目光軟化。「你還不懂嗎?我們正是因此才將獲勝。」

「什麼意思?」

「我不是來這裡偷渡或偷東西的。我來這裡付出——我的時間或生命——好讓其他人能共享我擁有的一切。」她非常短暫地碰觸他的臉,指節劃過他的臉頰,與他對視不到一秒的時間。她放下手。「好了。現在是嘉年華時節,」她查訖另一個即將離開的商人,「有好多酒等著賣、也有好多生命等著拯救。」

他一面搖頭,一面朝其他鑄場畔人走去。

12

他們啓程進入平民區,途經一排排牡蠣剝殼機,經過一家賣嘉年華迷你銘印燈籠的燈地商行,也經過一群在小巷間追逐灰猴的野狗,還有演奏箱管、人群丟銅板給她的女子。經過昨夜種種,桑奇亞覺得這有強烈無比的超現實感:日常事件令她感到疏離,沒人知道驚人的存在昨夜到來。

貝若尼斯顯然也有相同感覺,「想不到他在這裡……想不到一個**傳道者**來到這座城市,所有人卻仍如常度日……」

他們行走時,桑奇亞注視腳下的土地,表情陰森凝定。

「怎麼了嗎?」貝若尼斯問,「我是說除了顯而易見的那個問題之外。」

「我們應該要改善一切才對，」桑奇亞說，「我們應該要成爲助力。現在卻攪和在這之中。每次我們試著取得進展，他們就改變局勢。他們隨心所欲改變規則。」她看著那群野狗抓住一隻灰猴，並且很快地將尖叫的猴子撕碎。「或許他們將永遠如此。」

他們繼續穿過舊壕溝的街道，然後是綠地，直到看見米奇爾內城牆在幾條街外浮現。桑奇亞可以看見弩弓組在牆頂左右轉動。「再提醒一下我，我們需要靠多近？」

貝若尼斯在袋子裡翻找，拿出一盞銘印燈。「我在這上面用了一個不尋常的米奇爾符文串，從前幾晚我們偷的定義裡拿出來的。這盞燈應該只會在我們離米奇爾鑄場夠近的距離才會……啊！」燈發出近似日光的柔和光芒。「有了。我們進入範圍了。」

歐索看著桑奇亞。「感覺到什麼了嗎？」

桑奇亞聳肩。「只感覺到餓。」

「那就不能只是靠近。必須要靠近以及入睡。格雷戈——勞駕。」

格雷戈拿出她的一枚哀棘魚吹箭。「我不確定要用多少劑量。我們不能讓你整天不省人事。」

桑奇亞接過吹箭。「這些放很久了，我猜可能不怎麼有效，畢竟最近沒什麼機會偷東西。或許我舔一枝箭的尖端就好……嗯。我沒吃過。」她皺起鼻子。「不知道味道怎麼樣。」

「要是你對口味的憂慮害死我們，我還他插深感遺憾哪，桑奇亞！」歐索叱道。「舔這該死的東西就對了！」

桑奇亞做了個鬼臉，張嘴吸吮吹箭。「噁，魚的味道，不過本來就該是這個味道。」她嚥下，看了看左右，等待。

「感覺如何？」貝若尼斯問。

她思考片刻。「不賴，我感覺……沒什麼不同。」

他們三人露出困惑的表情。桑奇亞突然注意到她的嘴感覺非常遲鈍，整個世界變得明亮可愛。

「噢，」歐索說，「她是在鬼扯些什麼？」

「我相信這代表，」格雷戈說，「生效了。」

「什麼叫我在鬼扯什麼？」桑奇亞問——或說她**打算**這麼說。不過這會兒一聽，她發現聽起來其實是「撒要窩愛欸嗯撒母。」

她注意到這世界在前後跳躍，然後發現是因爲她自己正在晃來晃去，沒辦法維持直立。她踉蹌向後，沒辦法分辨哪個方向是上。「要倒了。拜託誰來……接住……」她往前倒，看見格雷戈躍向前，雙臂伸出。但他不需要接住她，她模模糊糊地想著。因爲接下來她便墜入水中。

桑奇亞垂直落入黑水中，像顆石頭般下沉，隨著她墜落，黑色深海從她身旁掠過。哪……哪來的水？她不知道，但需要呼吸。她的肺在燃燒、肋骨疼痛、頭隨著每一次血液敲打而脈動，但她現在不能張口讓絲毫水流入侵她的身體……她看見下方有個東西，就在這片詭異黑海的底部。是個氣泡，彷彿在發光。

桑奇亞身軀如箭般射向下方的氣泡。她穿透氣泡牆，同時閉上眼準備迎接衝擊。然而她沒有撞上沙子或岩石，而是戛然而止，彷彿掛在隱形吊床般懸空。

她睜開眼。她在巨大泡泡中，海床的灰色沙子在下，浩瀚黑暗的水在上。她看不見丁點光線穿透海波，也發現待在泡泡中極不舒服：不只莫名噁心，還感覺自己稀薄且**拉長**，彷彿對片刻的現實來講，她的存在讓現實自身變得精疲力竭且無比焦慮。

但她不是獨自一人。有人就在邊緣上——龐大金黃的人，以彆扭受壓迫的姿勢坐在那兒。無論是什麼力量讓桑奇亞懸在空中，那股力量驟然消失。她喊出聲，摔下幾呎，撞上下方的沙地。

「呸！」她站起，拂去身上的沙。「媽的。」她顫抖起來——這地方非常**不對勁**——她抬頭。瓦勒瑞亞蜷伏在泡泡邊緣，背對桑奇亞，凝視外面黑暗的海水。桑奇亞發現她這次沒選擇桑奇亞第一次看見她時的模樣——並不是桑奇亞起初在坎迪亞諾內城瞥見的金黃裸女——而是巨大笨重、身著盔甲的雕像，就像山所那夜所見。桑奇亞起身時她並沒有反應。

「瓦、瓦勒瑞亞？」然而迎接自己的是漫長的沉默。「是你嗎？」桑奇亞往前一步，緊張不安。她最後一次在山所見到瓦勒瑞亞時，她強大得無法想像，現在桑奇亞忍不住覺得她……縮小了。「你……你知道發生了什麼事嗎？」

巨大的金黃人形嘆了口氣，一副沮喪的模樣。〈不成功。〉

桑奇亞吃了一驚。她在腦中聽見這聲音，就跟她先前聽見克雷夫時一樣。她已經許久不曾像這樣與任何人連結，這就像聽見自童年起就沒聽過的語言。

〈對。〉桑奇亞說。〈我們還沒抵達戰艦他就已經復生了。〉

〈眞。〉瓦勒瑞亞的聲音低沉如雷鳴。〈創造者向來……深謀遠慮。沒想到他藏起原身的一塊骨頭，令他需要復生時使用。猜想他早在我們的戰爭許久前便已做此安排。不過現在他回來了，已來到此地。〉她停頓。〈他如何做到？他如何這麼早復生？〉

〈我想他……銘印了時間，騙一小塊現實相信已經午夜了。〉

聽到這，她似乎莫名振作起來。〈轉化時間……非常困難的技術。他藏起銘印時間的本質不讓我知道——認爲由我使用太過危險。但爲達成復生以如此方式操作……將帶來顯著副作用。拙劣模仿午夜——而非眞物。〉

〈他看起來確實沒復原得那麼好。〉桑奇亞說。〈復生過程中見到他的人都呃……切掉自己的眼睛，然後自殺。〉

〈果然有副作用。〉瓦勒瑞亞說。〈他的現實可能仍有某種扭曲……可能造成他的狀態不穩。瑕疵。凡人難於感知他。總而言之，這是鋌而走險的跡象。甚好。〉她聽起來頗滿意。〈然而那過程——你是否找出他的技法了?他轉化時間的方法?〉

〈沒有。〉桑奇亞苦澀地說。〈我偷了幾張他們的設計圖稿，不過都在水裡泡爛了。〉

瓦勒瑞亞略微消沉。〈眞不幸。〉

〈瓦勒瑞亞，他爲什麼要來?奎塞迪斯想要什麼?〉

〈我。〉她簡短地回道。

〈爲什麼?我以爲你們彼此爲敵。他爲什麼要找你?〉

〈我是一個讓現實必須改變的指令。創造者採取了前所未有的手段，確保我會瞬間改變**所有**現實。但他對我指令的安排並不如他所想那般完好。我懼怕他要我做的事，因此我利用他的瑕疵——怎麼說最好呢——漏洞?這樣準確嗎?或許爲眞。我改變我自己，並以他爲攻擊目標。我們對抗，並嚴重傷害對方，然後入睡。現在我們都回來了——他想取得我、修補漏洞，逼我完成他的計畫。〉她轉頭越過肩膀看著桑奇亞，金黃雙眼如星辰般在那張不屈的大臉上閃爍。〈絕對不能發生那樣的事。現實不能以他所渴望的那種尺度改變。但我在這裡無力與他對抗。〉

〈那……我們在哪?〉

〈在……你們是怎麼說的……一具符文典的影子中。〉

〈等、等等!我們在符文典裡?〉這就能解釋她爲何這麼不舒服了。

〈就某種意義而言。〉她朝黑海揮動一隻大手。〈那是現實。我和創造者的戰鬥耗盡了我改變現實與在其中生存的能力。我在這個非現實的小泡泡中存續。〉

〈那我們能怎麼做?〉桑奇亞問。〈奎塞迪斯一定已經進入帝汎!他可以再操控時間，並在外面的

丹多羅內城裡做出幾十個銘器——〉

〈創造者傷害了我，〉瓦勒瑞亞說，〈我也傷害了創造者。〉桑奇亞覺得在她的字句中聽見一絲邪惡的歡愉。〈不再能夠獨立完成儀典。我將那些設計從他的心智中扯掉，讓他看不見它們。已學習之事物經抹除，他將無法再次學習。無法取得新的特權，或將這些特權投入其他工具，亦無法將他的方法教授他人。因此他才會花那麼長的時間回歸——他必須等這些方法被別人發現。而且儘管他已復生，他仍然受限。〉

〈怎麼說？〉

〈正如我受困於這個非現實的泡泡，他亦遭錨定於午夜的失落時分。更接近這個時間時，他方可得到最大許可——支配重力、熱，以及其他。一旦脫離失落時分，世界將憶起他應已離開這個世界，那些特權能力也將受抑制。〉

〈他不能找個人用銘術讓他的時間以為永遠都是午夜就好嗎？〉

〈他能。但需要數千人死亡，遠多於你在那艘船上所見。然而就算虛弱，他極端危險。他仍擁有他的聲音——他最強大的工具。我懼怕思及他在這城裡會對哪些人說話。〉

〈我們能怎麼做？我猜我們不能只是，像是……不知道，射他該死的頭？〉

〈不可能，眞。依我對創造者的認識，他已對自己施加諸多轉化與銘術，那是一面讓現實許可之網，保護他就算遠離午夜亦不受重大身體傷害。〉

桑奇亞想起盤繞奎塞迪斯周身的裹身布，打起顫來。

〈不過我知道他來此目的。創造者和我都很虛弱，且受傷，欠缺削弱現實並取得更強大許可的力量。所以……我們必須找你們城市中的另一個工具為我們削弱現實。〉

〈像是……符文典嗎？〉

〈眞。但……與此不同。〉她朝前方的泡泡揮揮手。〈雖然我的目標與創造者截然不同，我們都需要更強大之物方能做我們所需做之事。〉

〈你又要怎樣才能弄到像那樣的工具？帝汎沒有，而我他媽的衷心希望你的意思不是我們得自己打造。我們只是三個天殺的銘術師——而且是無家可歸的銘術師。〉

〈僞。你的城市中存有此等樣本。一個在充滿強大指令的構造體主張下而存在的地方——你會稱那些指令爲**傳道者**指令。〉

〈什麼鬼？有人……有人成功在帝汎建造出傳道者的工具？〉

〈眞。當我受束縛、無法存取時，我被帶入此處。〉她轉身看桑奇亞，雙眼像是大臉上的兩點黃光。〈你也在那。〉

桑奇亞慢慢聽懂她的意思——應該說她所說的是**哪裡**。〈啊，要命。〉

〈不需要整個構造體，或甚至符文典，**一小塊**足矣，一個部件。你便可將其用於那個小符文典，位於你們的……圖書館？商行、商店、什麼詞彙？〉

〈隨便啦。〉桑奇亞悲慘地說。

〈一旦完成，我便可直接幫助你。但最重要的是，正如我知道創造者將需要此物……〉

〈他也知道你需要它。〉

〈對。而他將有所準備。而如你已有所領會……不可低估他的能耐。〉

〈廢話。〉

〈我可以將此部件的本質與影像印於你腦中。〉她挪動沙地裡的巨大身，軀轉向桑奇亞。〈如果你希望如此。〉她的食指探向桑奇亞的臉龐，那手指竟約莫等同成人手臂。

但桑奇亞退後。

〈有問題？是什麼？〉瓦勒瑞亞問。

〈奎塞迪斯說你在騙我。〉

〈騙什麼？〉

〈他說他是來這裡阻止你的，還說你是眞正的威脅。〉

她注視著桑奇亞，明亮雙眼細細審視她，良久後開口：〈創造者爲一虛假之物。此爲已知。〉

〈騙子？〉

〈眞。你認爲我是虛假之物嗎？〉

〈我認爲你對我說過謊，你他媽沒先告訴我就給了我防護和防禦。我一點都不欣賞這種做法。〉

〈我這麼做是爲了保你性命、讓你自由、爲你做好面對創造者的準備；我知道他日益接近。他無法影響你，無法感知你——以及你身上攜帶的工具與武器。有關你的一切皆對他隱蔽。〉

〈你還是可以他媽先問過我！〉

〈有時，你只有困難的選項，朝四面八方分岔，帶著你走上不想要的道路。我勘測你判斷你尚未準備好聆聽我及有關創造者的眞相。我給你將引領你抵達更完整眞相的半眞相。你認爲我當下是對的嗎？〉

桑奇亞沒說話。

〈我會說，創造者極其聰明。僅靠對願意聽他說話的人耳語幾個字，他便毀滅了數座城市。我希望能爲你做好準備、面對他與他的謊言。而且在我與創造者之中，只有其一曾爲了回歸而殺害無辜者。這對你來說一點意義也沒有嗎？〉

桑奇亞猶豫不決。接著空氣中一陣脈動，氣泡壁隨之顫抖。她感覺到一股怪異的壓力抵在她的軀體上，彷彿被隱形細繩向上拉扯。

〈你快醒了。〉瓦勒瑞亞又戳出食指。〈我必須讓你看這個部件。只有這樣，你到手後我才能保護

你不受創造者傷害。〉

桑奇亞依然抗拒。她允許過瓦勒瑞亞進入她的腦中一次。那一次，瓦勒瑞亞做的事顯然比她們原本說好的多太多。

〈沒有我的保護，〉瓦勒瑞亞說，〈你將無法自保。在創造者的浪潮下，你將如柔軟的沙。你必須接受，然後我們才能設想摧毀它的方法。〉

〈你亂搞的話，瓦勒瑞亞，〉桑奇亞抬頭瞪視她的金黃大臉，〈我對天發誓，我會挖出克雷夫，並且馬上把他帶去丹多羅內城交給你的創造者，聽懂了嗎？我不是你的器械。我不是你的工具。我不接受這樣的對待。懂嗎？〉

瓦勒瑞亞觀察她片刻。氣泡壁又一次晃動，桑奇亞感覺到自己的身體震顫。

〈了解。〉瓦勒瑞亞說。

〈而且我要的不只是保護。〉桑奇亞說。

〈桑奇亞……〉

〈過去三年來，我一直想修好兩個人，我希望你幫忙——格雷戈和克雷夫。你知道怎麼修復他們，對吧？〉

氣泡牆又晃了晃。

〈我……他們都是創造者的造物。跟我一樣。〉

〈所以？〉

〈所以……困難，但……或許可行。〉

氣泡牆震動，壓在桑奇亞胸口的奇怪壓力增加了三倍。〈答應我。〉

〈我們沒有時間。〉

〈那你他媽最好快點答應我。〉

瓦勒瑞亞冰冷的黃色眼睛審視她。〈我……答應我會嘗試。〉

桑奇亞咬牙。〈那動手吧，該死的！〉

瓦勒瑞亞伸出巨大的食指，極輕柔地輕叩桑奇亞的額頭……

一個又一個影像和概念流入桑奇亞腦中，像是有人在她的頭顱中心注入血液。她看見黑暗的房間，巨大的內室，裡面有具龐大裝置——符文典——一個金黃色的金屬小圓錐安裝在策源中。

〈這個。必須拿到。〉

她痛得尖叫，再也承受不了。

然後她看見……某個畫面。

或許是某個人。

一個全身包裹在黑布條中的男人，他跪在地上啜泣。

桑奇亞驚訝地望著他。她不知道現在是怎麼回事，不知道自己看見什麼。然而，她莫名就是知道瓦勒瑞亞碰觸她時將這一刻傳送到她腦中——她隨即懷疑這應該並非刻意爲之。

她細看那男人。他的裹身布和奎塞迪斯身上的十分相似，那布遮住他的雙手和臉，但布滿灰塵且已嚴重磨損，像是男人裹著這些布走過一場森林大火。他啜泣得像再也無法承受悲傷，徹底被哀傷擊垮；她望著他的同時，場景其他部分漸漸清晰起來。

男人跪在洞窟中。她瞥見洞窟口的一抹日光，但因濃密盤旋的黑煙而模糊不清。這洞窟顯然被當作臨時生活空間一段時了——男人在床前啜泣，除此之外還有洗臉盆、粗陋的爐灶，還有桑奇亞覺得分外熟悉的箱子：巨大厚實，附一個複雜的金鎖……

瓦勒瑞亞的古棺？

當她了解男人爲何啜泣，這想法立刻被她拋諸腦後。男人在床前哭泣——她沒發現原來床上有人。約十三歲的男孩裹著破床單，臉色蒼白，雙眼緊閉，嘴唇藍紫。男孩非常憔悴——臉頰凹陷，手臂比斜放在床上的棍子好不了多少——不過最顯眼的是劃過男孩手腕的道道傷疤：手銬或縛繩留下的痕跡。她很熟悉，她的手腕上也有一樣的疤痕。

男孩咳嗽。他仍在呼吸，不過斷續又氣喘吁吁。

裹黑布的男子用一根手指輕撫男孩的臉。「拜託。」他啜泣。「拜託……你一定要幫我。」

〈無法。〉箱子裡的聲音說——瓦勒瑞亞的聲音。

「你一定要。」男人說。「你必須救他。你**無所**不能啊。」

〈我能做許多事，但阻止不了這個。我擁有的許可不夠多元，這超出我支配的範圍。〉

男人把布蒙住的臉埋入雙手中哭泣。他一點一點前進，額頭貼住他孩子的臉，輕聲呻吟。

〈只有一個方法能救他。〉瓦勒瑞亞說。

「不行！」男人說。

〈這是唯一的選擇。〉

「不行！我不要！這不是解決辦法！看看你，看看它對你做了什麼！**看看它對你做了什麼！**」他對她尖叫。洞窟內好一段時間沒人說話，唯一打破沉默的只有床上那男孩氣喘吁吁的呼吸聲。

〈這是唯一的選擇。〉瓦勒瑞亞說。

下一刻，畫面改變。

那是一片黑紫色的夜空。沙漠懸崖矗立周遭。在她前方……某件事正在發生。她見到奎塞迪斯，黑布裹身的木乃伊漂浮在列柱廊中；他四周的柱子純白無瑕。他一手托著瓦勒瑞亞的古棺——桑奇亞根據前一次的經驗認了出來；另一手拿著一把金色小鑰匙。

克雷夫？

奎塞迪斯探出克雷夫，空氣似乎發抖顫慄……

他前方出現一扇高大漆黑的雙開門，把手和鉸鏈鍛上閃閃發光的黃金。然而當桑奇亞看著門，她發現自己無法完全理解它的尺度。它很大，但比天空還大嗎？還是比野花種子還小？門讓她頭痛；她愈是看，門就愈是陌異，她發現自己難以形容這樣的陌異：同時又薄又厚，充滿生機卻又虛弱。不對勁，彷彿門與現實**本身**並不相容。

詭異的是，門上有鎖。

奎塞迪斯伸出克雷夫，緩緩把鑰齒滑入鎖孔……

門緩緩打開。

桑奇亞可以看到門後的光景。不是光，而是……莫名跟光**相反**的畫面。恐慌突然充斥心中，她被一種認知全面壓倒：無論門後是什麼，她都不該看見。她掙扎著，努力轉頭避開眼前所見，就在這個時候注意到列柱廊外有成群的什麼——那成群的事物點點分布於四周的沙洲、懸崖與乾草原上。

她知道了，那是成群的人。就算沒有上萬，也有成千。

而且都已死去。

她開始尖叫。

桑奇亞上氣不接下氣地醒來，用盡全力吸入空氣。她看見平民區鴿樓環繞的藍天，感覺到頸部和背部的冰涼泥土，用力眨著眼努力聚焦於前方臉孔，其中之一年老粗獷，雙眼狂野蒼白。

「你見到她了嗎？」歐索質問。「**有用**嗎？」

「誰扶我起來！」桑奇亞喘著氣說。

貝若尼斯和格雷戈把她扶起。桑奇亞不停喘氣，嚇壞了，急匆地伸出雙手感覺身旁的一切——格雷戈的手臂、貝若尼斯的膝蓋、小巷地上的泥土，一心想確認這世界是眞實的，眞的是**真的**。

「你見到她了，對吧？」歐索說。

「我見到她，」她粗嘎地說，「和……和**其他**東西。」

「她說了什麼？她**說了**什麼？」

桑奇亞抹掉臉上的泥，低聲說：「我需要喝點什麼，拜託。」

他們拉她站起，擠進街角一家酒館。桑奇亞灌下一杯淡甘蔗酒，告訴他們她看見和聽見的一切。但她沒跟他們說那個幻覺——瀕死男孩、奎塞迪斯，還有那扇門。她不想開口討論這部分；光是回想就弄得她有點發瘋。

「所以他像是……某種童話故事的食屍鬼，」她說完後歐索接著說，「只能在午夜時分從他的墳墓現身！還算幸運，我是說我們啦。」

桑奇亞搖頭。「不對。他在白天也醒著並活著——他只是在最接近午夜的時候才能獲取更多許可和力量。」

「她可以保護我們？」貝若尼斯問。「就像她之前給你一樣？」

「是啊。」桑奇亞陰鬱地說。她喝乾剩下的甘蔗酒。「只不過……你們不會喜歡的。」

「有關喜不喜歡，」格雷戈說，「要是我會喜歡這整件事任何一個部分，那我才是加倍意外。」

「歐索說鑄場符文典對她來說可能像是沙漠甘泉，」桑奇亞說，「他是對的。但若要讓她保護我們……我們需要給她整座海洋，可以這麼說。」

「你是說我們需要找到比鑄場符文典**更強大**的東西？」歐索忿忿不平地說。

「如果我們想活過午夜，」桑奇亞說，「沒錯。」

「但……沒有這種東西啊。」貝若尼斯說。「各商家不停改良鑄場符文典——加強各種效能——但沒什麼超凡設計，沒有你所說那種等級的銘器。」

「不對。」桑奇亞無精打采地說。「確實有人想通。有人嘗試了非常非常顛覆性的東西。我們都知道是誰。」她轉向歐索。「帝汎裡有一棟彷彿具有心智的建築，由六具全規格符文典驅動，只是這些符文典做的事很超凡……因為它們**並不是**一般符文典。」

非常長的一段沉默。

「你……你是說，」格雷戈用微弱的聲音說，「我們必須回……那地方？」

「對啊，」桑奇亞說，「我們必須回山所，那個崔布諾．坎迪亞諾設置他最詭異作品的地方。」

「我們憑空想像出一個闖入山所的方法，」貝若尼斯說，「偷走某個崔布諾做的東西，用這東西幫助瓦勒瑞亞……全部在午夜前完成？」

「對啊，」桑奇亞說，「不過還有更糟的呢。」

「他媽的怎麼可能有更糟的？」歐索問。

「因為不是只有瓦勒瑞亞需要。」桑奇亞說。「奎塞迪斯也需要。」她吐出又長又緩的一口氣。

「他九成九知道我們會去。」

13

「我以為我們**不用**再試圖闖入天殺的山所了！」歐索在舊壕溝的平民庭院踱步。愈來愈多戴紙面具的人滾著一桶桶酒來到這裡。一群髒兮兮的小孩自成小遊行隊伍跑過去，追逐一個用木棍提著小燈籠的男孩，同時愉快地咯咯發笑，打斷歐索的踱步。「這是，啥，他插的第三次了嗎？」

「印象中那地方已成廢墟。」格雷戈說。「桑奇亞基本上不是打破山所天頂了嗎？」

「確實成了廢墟，」貝若尼斯說，「不過米奇爾家快買下全部坎迪亞諾內領地。注意唷，因為失去太多銘術師，而且還要煩惱墾殖地，他們目前還沒對山所做太多事。而且我不認為他們知道山所是什麼或如何運作。」

「說到這，」桑奇亞說，「歐索——崔布諾跟你說過他是**怎麼**讓山所運作的嗎？」

「該死的沒有。」歐索說。「一直到你進去聽見它說話，我才知道它居然有自己的心智。我從來就不相信傳統銘術有辦法做到。」

「對，」桑奇亞緩緩說道，「那是因為……不是傳統銘術。」

她閉上眼，回想瓦勒瑞亞展示在她腦中的部件：那東西長得像銘術定義，但並非做成圓碟狀，而像個圓椎體……除此之外每個環節都截然不同。首先，這部件有淡淡的黃金色澤——桑奇亞只在傳道者轉化過的工具上見過。

她睜開眼。「崔布諾．坎迪亞諾這輩子都沉迷於傳道者指令，對吧？試著弄清楚如何複製奎塞迪斯和他的族人成就的事？」

「對？」貝若尼斯說。

「好……我想他在某個時間點成功了，**一點點**。」

「什、什麼？」歐索大為驚奇。「他……他真的成功做出他**自己的**傳道者工具？」

「我不認為崔布諾真的想通如何做出完善的工具，」桑奇亞說，「他做不出像克雷夫或帝器，也不是傳道者劍或盾或魔杖那類的狗屁武器。我覺得瓦勒瑞亞試著告訴我，他設計出一個傳道者**銘術定義**，可以把這定義放進他自己設計的符文典。這是彆腳的折衷辦法。」

歐索瞪著她。「那眞是……眞是瘋狂！怎麼可能能**用**？」

「我覺得幾乎跟任何銘術定義一樣能用吧。」桑奇亞說。「一般定義讓符文典轉化現實。這一個只是賦予符文典**前所未有**的權力，轉化符文典本身的現實。不過，我本人作證，這只是沾到正牌傳道者能耐的邊而已。」

「但……足以賦予一座建築物心智，是嗎？」貝若尼斯說。「讓它能夠感知所有踏入它範圍的人……向他們學習、與他們互動。」

「我的天啊。」格雷戈說。「拼湊和模仿傳道者指令……但是桑奇亞——就算是這樣，這還是需要……」

「死亡獻祭。」桑奇亞冷酷地說。「對。就算只是粗陋版本也還是需要獻祭。爲了獲取傳道者的力量，他們嘗試這些粗糙做法，一具符文典需要犧牲一個人……」

格雷戈皺起臉。「城裡最大、最受人頌揚的建築，竟然靠六個人的死亡驅動。」

「你認爲奎塞迪斯想要崔布諾做的這些粗陋仿製品？」貝若尼斯問。

「既然奎塞迪斯無法再自行製作工具，山所或許可以充當劣等替代品。」她望著歐索；他還是一副震驚模樣。「我知道瓦勒瑞亞爲什麼需要這些定義。要是我們拿到一個，並放進**我們的**符文典，也就給了她支配符文典周邊現實的權力，她就能賦予我們保護。我比較不確定，**奎塞迪斯**爲什麼需要？他到底打算拿來做什麼？」

歐索一面搖頭一面思考。「這個嘛……無論如何，任何形式的銘術都是在違逆現實。必須說服現實打破自身規則，而我們的銘術就是以一大堆迂迴的方法來達成這個目標。但傳道者指令不需要。傳道者用的是兩階段程序：他們操弄死亡以造成**劇烈**的違逆，再利用這樣的違逆去哄騙現實、讓現實相信他們擁有更多**更**高等的許可——或許這些許可能用來創世。」

「神的指令。」格雷戈說。

「要這樣說也可以啦。」歐索說。「不過你現在說的，桑奇亞，算是兩者的混種。需要符文典輔助才能真正發揮功能的弱版傳道者工具。」他想了想。「如果你說的是真的，那……整個圓頂建築像是一個泡泡，裡面是一個遭毀壞的現實。裡面都是易變、可塑形、不穩定的。崔布諾只想要它像心智一樣運作，不過我猜想，如果你夠聰明……山所說不定還有**其他**功能。可能像是……鍛爐。」

桑奇亞往前靠。「什麼意思？」

「意思是，如果你說的是真的，那棟建築其實能夠影響它牆內事物的現實。」歐索說。「如果重新設定，它說不定就可以改造它之內的物品，這樣一來，進入符文典影響範圍內的一切都可以被轉化，而且是永遠被轉化。」

桑奇亞的腹部深處像長出一顆冰球。

「他就是打算這樣對付瓦勒瑞亞。」她輕聲說。「跟她說的一樣。他把山所變成鍛爐……」

「然後在裡面將桑奇亞的黃金朋友改造成末日武器……大概就是這樣，對吧？」

所有人靜默不語很長一段時間。

「我們……我們必須先拿到那些定義。」貝若尼斯虛弱地說。

「同意。」歐索說。

「不過要進入山所……」格雷戈說，「可不簡單。」

「沒錯。」桑奇亞說。「山所現在屬於米奇爾商家——我很確定他們保護得滴水不漏。」

「我們先假設很難通過內領地圍牆，」格雷戈說，「不過一旦進去，就是進了一個基本上廢棄荒蕪的內領地。接著要在奎塞迪斯沒現身殺掉我們的情況下進出山所。再讓我們假設，因爲是奎塞迪斯，這件事基本上難如登天。」

「我們可以帶上帝器，」桑奇亞說，「不過帶著上過戰艦後，我覺得在山所啓動帝器應該一點也不好玩。」

「同意。」歐索說。「該死的山所會在我們完成目的前就坍在我們頭上。」

然而格雷戈正望著幾個男人和小孩把一個酒桶滾過街道。「內領地屬於敵方領地，那周遭呢？屬於坎迪亞諾家，但交由較不重要的內城居民託管的區域？有人住在那些地方嗎？」

「有一些。」貝若尼斯說。「雖然大家對於住得離山所太近有疑慮，不過其中許多人漸漸與平民同化。你爲什麼這麼問？」

「就是……不是有嘉年華遊行時要用的酒桶嗎？其中有一些是不是很大？或許可以裝入各種有趣物品的酒桶？」

歐索對著他瞇起眼。「可能有。格雷戈，你問這些是什麼用意？」

他聳肩。「嘉年華今晚開始。我們何不自己辦一場遊行？」

他們離開庭院時，桑奇亞拉住格雷戈的手臂慢下他的腳步，直到他們能夠稍微私下談話。

「怎麼了？」他問。

「有些事得告訴你。我逼瓦勒瑞亞答應給我們的不只是保護。她還答應我，她會……她會想辦法修復你。將你從你母親對你做的事中解放。」

格雷戈瞪著她，雙眼圓睜，眼神憂愁。然後他移開視線。

「有什麼不對嗎？我以爲你會開心，或至少開心一點。」

「我想我是吧。謝謝你在那種時刻還想到我，桑奇亞。這對我來說意義重大。」

「那到底有什麼不對？」

他望著那群咯咯笑的髒小孩繞圈圈在街上跑來跑去。「你**相信**瓦勒瑞亞嗎？」

「不相信。不過我相信她陷入困境。爲什麼這麼問？」

格雷戈抬起右手無意識地摸索自己的頭側，良久後才說：「當我看見奎塞迪斯出現在戰艦上……當我聽見他的聲音，他對我說話……我**記得**他。我記得他的聲音，記得……我想我以前見過他。我想是他設計出我，桑奇亞。他打造我頭顱裡的碟片，或告訴我母親該如何打造。就某種意義而言，讓我做出我過去所爲的就是他。我不確定……我不確定我**想**被修復。如果修復代表我會想起來，那我就不想要。」

「想起什麼？」

「我不知道。我擔心太多事情被我遺忘。我感謝你的心意，」他消沉地說，「但我會說，桑奇亞，我也不相信……這算是修復。」

「我只是希望你得到跟我一樣的際遇。」

「是啊。但是對這些存在來說，我們只不過是小卒子。而且……」

「而且怎樣？」

「沒事。只是我胡思亂想，一定是。」

「你們兩個說完沒？」歐索在小巷前方暴躁地大吼。「我們在浪費大好的白日時光！」

桑奇亞和格雷戈最後一次疲憊地對看彼此，隨即追上其他人。不過桑奇亞覺得自己很清楚格雷戈原本打算說什麼：*我也不確定瓦勒瑞亞是不是眞的給了你自由。*

「你們終於來了唷。」歐索說。他們邁步朝燈地走去。「快點吧。白日是我們唯一優勢。我們面對的是奎塞迪斯，不過……少了他的特權，就算是他也很難在入夜前有多大進展。」

14

亞曼．墨瑞提大步走過米奇爾至尊大樓的走廊，心裡略感憂慮。

丹多羅內城大使找他緊急會談並不眞的那麼罕見：雖然令人遺憾，但這些日子以來商家間的緊急會議頗常見，因爲各個商家都有眾多銘術師出走燈地，墾殖地的造反週週迭起。然而**真正**讓他憂心的是，他剛和歐索．伊納希歐完成交易不過數日，丹多羅大使便找上門來。

*眞要命，伊納希歐。*他心想，一面轉過一個彎，前面就是他的會議室了。*如果你把屬於歐菲莉亞的東西拿來賣給我，就算千辛萬苦我也會親自到燈地把你開膛破肚……*

他來到會議室的雙開門前停步，努力嚥下怒氣。和歐索交易後，他一直心情惡劣：太陽雲造成的小傷口仍然刺痛——身體與他的驕傲亦然受傷——他也還沒完全放下他的寢室像火把般燃燒的這樁事。他把當責的守衛丟進牢房，守衛的家人也放逐到平民區，但他發現自己還是爲整件事悶悶不樂。他仔細整順長袍、理妥頭髮。*我會撐過這場會議，*他心想，*我會在嘉年華給某個年輕漂亮又愚蠢的人不停喝酒，然後徹底浸潤我的蠟燭。那樣我就會沒事了。*

墨瑞提短暫地想起歐索展示商品時，雇來扮演銘術師的女孩：高挑、雙眼冰冷。*或許我將在某場宴會和她偶然相遇，*他懶洋洋地思忖，*餵她喝下一整壺酒——稍微加點味……*

然後他清清喉嚨，推開會議室的門，迎向丹多羅大使。

他突然停步。在桌邊等待他的只有一個人：瘦巴巴的年輕男子，一身汗又焦慮。他甚至沒帶任何文件。亞曼鬆了一口氣：要是丹多羅打算見血，他們會派出更令人生畏的隊伍。

但若他們不求見血，他暗忖，那……又是爲何而來？

剛開始除了角落的計時燈籠之外一點聲音也沒有。那是精巧的小銘器，發光小珠子從中滾出，落入玻璃槽中，就像沙漏中的沙，發出滴答的聲音。墨瑞提又清了清喉嚨，走進會議室後反手關門，接著走到會議桌旁。「午安。」他鞠躬。「很抱歉花了這麼長的時間才回應您的請求，您是……」

「帕、帕提西帕奇歐先生。」丹多羅大使有點結巴。年輕男子起身鞠躬。他們做出對權力互有共識時的慣常手勢，不過年輕人並不熟練。墨瑞提注意到這位帕提西帕奇歐大量出汗……而且還在發抖。

「好啦，」墨瑞提一面落座一面說，「我必須承認我……有點困惑。這麼接近嘉年華了，商家一般不會交易，但——我今天能爲丹多羅創始者提供什麼協助？」

年輕人想清嗓，不過只成功發出笨拙又乾扁的怪聲。「我們……想針對地產展開協商。」

墨瑞提驚訝得張大了嘴。「不好意思，這是什麼意思？」

「此外……我們希望今天協商完畢並完成收購。」

他目瞪口呆。商家間買賣內城地產通常耗時數年，而且是由年長銘術師與法務官組成的委員會監督。不曾由一個汗濕的年輕人沒事先通知就走進來，還預期數小時內完成交易。

「具體是……哪個地產呢？」墨瑞提問。

帕提西帕奇歐伸手從身側的肩背包拿出一張羊皮紙放在桌上後攤開。

墨瑞提在驚愕中讀畢。「你……你想購買坎迪亞諾內領地？山所？」

「呃……對。」帕提西帕奇歐的視線掃向會議室角落。

墨瑞提的驚愕緩緩化爲憤慨。「但……但這根本荒謬！完全浪費時間！我看不出丹多羅創始者到底爲何要買，也看不出她爲何自以爲能用這種微不足道的金額購得！我……我是說，要死了，我們自己購買時出的價比她高出好幾倍呢！」

「呃，閣下，我——」

「而且山所……嗯，結構不穩定得要命！我們自家銘術師都還沒找出進入內部，天花板又不會坍崩在他們頭頂的好方法！我是說……這整場對話都荒唐至極。荒唐！你知道你浪費了我多少時間嗎？**我的時間**？」

帕提西帕奇歐坐在那兒，表情恐慌焦慮。墨瑞提看著他，稍微感到有些滿足。這情況當然非比尋常，但他不是沒應對過。他花過太多時間應付空房間裡害怕的年輕人了。

他很清楚下一步是什麼。他對年輕人瞇起眼。「告訴我，男孩——這是個玩笑嗎？」

「不、不是的，閣下，我——」

「再說一次你叫什麼名字。」他命令道。

「帕、帕提西帕奇歐，閣下，我無、無意——」

「帕、帕提西帕奇歐？」墨瑞提模仿他的口吃。「有人拐騙你接下這個荒謬的任務嗎？你**真的**是大使嗎？男孩？在我看來，你比較像在玩家家酒的小孩。」

「不、不是的，閣下，我只、只——」

墨瑞提懶洋洋地癱回他的座位，打量著年輕人，彷彿他是隻討人厭的新品種甲蟲。「一定哪裡弄錯了。眞不知道你現在當下心情，剛出社會就早早做出這種史詩級、大錯特錯的爛事。多納托還在嗎？他還在你們大使部門？」

男孩略爲瞪大眼。「他……他是部門副座，但——」

「嗯。他是我的老朋友，知道吧。他的資淺下屬在我這裡提出這種瘋狂要求，我想他會**很**關切才是……」男孩的表情閃過恐懼與困惑，墨瑞提感到一絲愉悅。「要我猜的話，我會說你是下層資淺使節，或許只差一個世代就成爲平民了。你很高興能有頭頂一片屋頂，和一個尿壺可灑尿，對吧？不過我只要對老多納托說一個字，就能讓那些都不見，你知道的。」

小帕提西帕奇歐這會兒看起來是貨眞價實的悲慘。他又瞄了一眼角落。

「所以，」墨瑞提嬉鬧地說，「你會給我情報嗎？還是你們內城裡哪個可以爲我所用的人？」墨瑞提的視線在男孩的頸部、手指和耳朵徘徊。他不算漂亮但年輕，還有點價值。「還是其他的？」

突然傳來說話聲。

來自會議室角落，低沉醇厚，有種奇怪的質感，彷彿滑過墨瑞提腦海表面的柔軟天鵝絨。

「我想，」那聲音說，「這樣就夠了。」

墨瑞提轉身，有個男人站在角落——顯然從頭到尾都站在那兒。墨瑞提不知道自己怎麼會沒注意到，尤其他那一身打扮：眞夠大膽的，他竟然穿著季風老爹的嘉年華服裝，還戴上黑面具。

「什、什麼鬼？」墨瑞提望著帕提西帕奇歐，莫名有遭背叛的感覺。男孩迴避他的視線直瞪著地板。

「我說夠了。」低沉的聲音又說。男人空洞的雙眼鎖定墨瑞提。「我現在認爲有必要重新提出我們的請求。」他橫過會議室，站在桌子首位低頭看他。「我們想購買山所。希望今天完成。」

「什麼？」墨瑞提說。「認眞？我是說——**認真**？」

黑衣男子以目光鎮懾住墨瑞提。「當然！現在，我必須問——你有聽見我說話嗎，亞曼？」

一般而言，墨瑞提不會認眞看待這樣的提議，但……

當他聆聽這男子的聲音，他突然覺得非常難有其他行動。

「誰……」墨瑞提結結巴巴地說。「請再次賜告您的大名，閣——」

「我沒告訴過你，但對你知之甚詳。」

「您怎麼可能認識我呢，閣下？」

「因爲你**讓**你自己爲人所識。」黑面具男湊近，歪著頭；墨瑞提開始覺得有點不安——面具後看不見眼睛。「不是嗎？」

「我猜是吧，對，紳士正該如此。」

「對。」他諷刺地說。「紳士正該如此。男孩？」

坐在椅子上的帕提西帕奇歐微微一跳。

「何不讓我們獨處片刻呢？」

男孩毫不誇張地一躍而起，隨即衝出會議室。

墨瑞提看著他離開，對這一切愈來愈感驚慌。「閣下，我必須問，您……您是獲授證的丹多羅內城大使嗎？」

「當然！」黑衣男子說。「我只是沒有任何證書而已。」

「但……您說的沒道——」

「知道嗎，你是我最先考慮的人選之一，亞曼。」黑衣男子說。他在亞曼對面的座位坐下。「非常非常久之前。」

「您考慮我？做……什麼？」

「我看著你在這個商家起步。」黑衣男子繼續說。「我看著你開始升遷、拉關係、受薦攀上最高地位。你看似有前景的人選。野心勃勃、飢渴。我看著你在你的第一個銘器畫上第一個符文。一場災難，對吧？應該要發光的紙張……」

「我……我認識您嗎？」墨瑞提說。「您怎麼知道——」

「我也看著你接下第一個委任職位。那天你是多驕傲啊。你像隻站在粗糠頂的穀倉老鼠那樣眉開眼笑。」他歪頭。「你記得你贏得職位、收到第一份薪水那晚做了什麼嗎？」

墨瑞提沉默不語。計時燈籠在角落不停滴答響。

「我記得。」黑衣男子說。「你叫女僕送一塊番紅花紋蟹派給你。我記得是這裡的一道佳餚。然後你裸體躺在你的寢室……你要她餵你吃。你要她用一根小金叉一口一口餵你吃。」

墨瑞提覺得臉上血液盡失。「停止。」

「你樂在其中。要她餵你這道她自己永遠沒有榮幸享用的佳餚，你樂在其中；發現這麼做讓她如此不自在，你也樂在其中。」他歪頭。「然後你丟開盤子，拉下她、強壓在她身上——不是嗎？」

「我說，你真的不能——」

「那不是第一次，也不是最後一次。畢竟——看見小帕提西帕奇歐時，同樣的衝動不也衝過你腦中？」他的頭歪向另一邊，令人不安、宛如鳥般的動作。「這種衝動超過你對肉體的渴望，當然了——奪取、使他人受辱……這些衝動。在這裡並不真那麼不尋常，對吧？」

墨瑞提試著燃起怒火。他**想**燃起怒火。他想起身、叫喚守衛來抓住這男人並把他轟出去，但……但這男人的聲音不斷在他腦中迴響，占據他的思緒、悶熄他能燃起的怒火。

「你……你是騙子……」墨瑞提低聲說。

「噢，我是**許多東西**，亞曼，但可不是騙子。或許錯不在你。或許你就跟這城市裡的許許多多人一樣，因為不曾嘗過沒有力量是什麼滋味，相信全世界皆為你奴僕。」

墨瑞提爆出冷汗。他腦中有種詭異的壓力在堆積，就像頭顱前部出現泡泡。「我不會簽你的該死合約。」他喘著氣說。「出去。在我……在我叫人進來前出去……」

「我很好奇——你想知道真正無能為力是什麼感覺嗎，亞曼？當你所有的選擇都被人剝奪？」

「我……我……」

「聽我說。」男人聲音輕柔，卻彷彿在墨瑞提的骨頭深處迴響。「聽我說，然後別動。」

一陣漫長的寂靜。

墨瑞提凍結在他的椅子上。計時燈籠滴答響。

「現在——起立，亞曼。」黑衣男子說。

墨瑞提看著自己起身。他不確定自己為什麼站著——事實上，他完全沒意識到自己實際上在動，那道命令寫在他這顆大腦的底層某處，而他無法忽視。

「轉身。」黑衣男子說。

他照做。

「看著那個櫃子，靠牆那個。」

墨瑞提試著抵抗。他皺起眉，努力聚焦於男子和會議室，但他的話語是如此醇厚平滑，如此……怎麼形容？悅耳？這麼思索的當下，他發現自己正看著靠牆那只墨綠色鑲金的櫃子。

「櫃子最上層的抽屜裡有一把刀。」黑衣男子說。「你要走到櫃子旁拉開抽屜，看著這把刀。」

一股翻攪的黑暗恐懼在墨瑞提的腹部沸騰。他略為抽動，但並沒有行動。

滴答，計時燈籠走動。

「聽話。」黑衣男子說。

墨瑞提僵硬地走到櫃子旁，拉開頂層抽屜。裡面有一把黑握把的長彎刀。

「你看見刀子了。」黑衣男子說。「是嗎？回答我。」

「對。」墨瑞提低聲說。

「好，請拿起來。」

墨瑞提用顫抖的雙手拿起刀子，回到桌旁。黑衣男子看著他回來，布幔遮蔽的身體如此靜止，墨瑞提一時納悶起裡面到底有沒有人。

「現在，亞曼，我要你用右手拿刀，左掌平貼在桌上。」

「拜託……」墨瑞提低語。

「立刻。」

墨瑞提照做。桌子摸起來冰冷堅硬。

他盯著自己的左手。

計時燈籠滴答。

「看著刀，亞曼。看見這把刀，看看多鋒利堅固。」

墨瑞提顫抖，視線移到手上的刀，他仔細打量。確實非常堅固鋒利。

「現在，你要拿著這把刀，亞曼——你要用這把刀切下你的左拇指。」

「不！」墨瑞提大喊。

然而他的右手和刀已開始移動。

「你必須在指節之間落刀。」黑衣男子說。

「停止！」

「我的意思是我懷疑你是否夠強壯，能夠切斷骨頭……………」

墨瑞提驚駭地看著自己把刀鋒緊貼自己的左拇指關節，就在掌根旁，刀鋒開始下壓。

他開始來回切割自己的肉，一面放聲尖叫。鮮紅色的血從關節湧出，而他感覺到刀鋒在手骨上的動作，感覺到金屬鋸開關節，感覺到拇指韌帶在皮下斷裂捲起，感覺到拇指的神經突然死去……

「現在，」黑衣男子低聲說，「你快完成了。」

他已半鋸開姆指，剩下一點點骨頭還在抗拒，接著伴隨濕潤的嘎吱聲，刀鋸穿，姆指脫離手掌躺在桌上，切開的關節在木桌上湧出深色血液。鮮血在他的手腕和手指周圍聚積，滴落他腳邊，而他無助地看著，注視著原本應該是姆指的新鮮暗紅傷口。

他尖叫，又是痛、又是恐懼、又是悲慘。男人又說話了。

「刀子接下來該去哪呢，亞曼？」黑衣男子興高采烈地說。「一隻眼？耳朵？鼻子？還是說，我該切下你褲檔裡的繁衍器官，像你大啖那塊派一樣享用？」

「不！」墨瑞提哭喊。「拜託！我……我不懂……」

「不懂什麼？」

「不懂爲什麼你要這樣對我……」

「眞的嗎？我還以爲很明顯。我這樣做呢，亞曼，我想讓你明白，除了你以外，還有人了解**身為你的感覺**。雖然你在這城市中並不是什麼突出的範例……嗯，我也不認爲你有理由不受懲罰。」

墨瑞提閉上眼哭泣。

「就是這樣，亞曼，」黑衣男子的聲音低語，「這就是身爲奴隸、被擁有、身爲一件物品的體驗。你想停止嗎？」

「想！」墨瑞提尖叫。

「那你知道自己必須做什麼。簽下合約、給我山所，現在就給我，亞曼，我會讓你暫時免於這種命運——至少短期間。」

墨瑞提睜開眼，盯著面前的協商羊皮紙。他知道自己就算簽下合約，仍然可能會送命。至尊被授予極大的收購權力，不需經任何直接監督，但就算是創始者親族——和創世者家族有關聯者——卻很可能因爲這樣的收購案而遭割斷喉嚨。

「簽的話我就死定了。」墨瑞提說。

「知道嗎，我也有同感……」黑衣男子說。

「那——爲什麼不**強迫**我簽？你可以迫使我簽，就像……」被切下的拇指朝向他噴著血，他閉上眼。「就像這樣……」

「噢，不不不。」黑衣男子溫和地說。「那一點用也沒有。你能自己學會的話更好，不是嗎？」

「學會什麼？」墨瑞提哽咽地說。

「學會你的城市已遺忘的事。在歷史的進程中，掌權之人一再遺忘的事——永遠會有更強大者。」

事後，當一切結束，小帕提西帕奇歐與黑衣男子並肩走過米奇爾內領地的街道；後者帶著一股歡欣的好奇感閒散溜達。

「天啊，天啊。」他研究玻璃塔和閃爍微光的廊道，以及掛在廊道上隨風飄盪的嘉年華旗幟。「多麼美好的地方。多麼美好**可愛**的地方。」

身爲第一階職員，帕提西帕奇歐不知道爲什麼自己會在半夜被丹多羅創始者的命令趕下床。他也不知道爲什麼丹多羅創始者會命他爲這個古怪的收購案起草合約，還要陪同這個詭異至極的男人進入米奇爾內領地。他**尤其**不知道收購案怎麼能完成——或甚至到底爲什麼要收購。

或是爲什麼一直有人放聲尖叫。

「多美妙的色彩。」風湧過街道，一面牆隨之閃爍變換，黑衣男子讚嘆。「你常來此嗎，男孩？」

「呃……不，閣下。不常來。」

「嗯。或許你該常來。」

「閣下……我能問個問題嗎？」

黑衣男子聳肩。

「我們今天來此的目的是什麼？」

他想了想。「請告訴我，你聽過瀚提歐奇亞嗎？」

「呃……沒有，閣下。」

「他是否以國的帝王。非常有魅力的男人，足智多謀。這是，啊，大約兩千年前的事了。他想確保他的人民相信他不只掌握力量、運用力量，他要人民間信他本身**就是**力量。他命人打造許多雕像與神廟。命一大群奴隸軍隊做苦工塑造數千尊泥塑像好看顧墳墓中的他、保護他來世不遭諸多敵人傷害。你瞧，瀚提歐奇亞就連死後也想保有他的力量、在墳墓中也想統治他的人民。」黑衣男子突然被街上一尊隨著微風低聲嗡鳴的雕像吸引，不再說話。

「然後呢，閣下？」

「啊？噢，對。嗯……」他的話語中有一種殘酷的歡欣。「他不曾有機會坐進他那座美麗的陵墓，甚至沒機會看它完工。因爲有人來了；他們摧毀他建造的一切。雕塑他樣貌的石像或青銅像全從地表抹除得一乾二淨。那麼長時間的苦工、那麼多作品，全部消失……而現在……幾乎無人知曉老瀚提歐奇亞的名號。」

他們身後傳來聲響——許多人高聲說話、驚恐叫喊。帕提西帕奇歐轉身，看見人群聚集在街上抬頭看至尊大樓。然後他才瞥見他們在看什麼：有個男人站在屋頂邊緣，左手插在右腋窩。

黑衣男子繼續往前走。「我們該回去了。今天好多事要忙。」

帕提西帕奇歐身後的人群尖叫。

他又轉過身，屋頂上的男人不見了，那些人圍著地上某件事物，佇立在那。

「我覺得，」帕提西帕奇歐囁嚅道，「我覺得他跳下來了……」

「是嗎？」黑衣男子輕快地說。「可憐。」

他查看另一棟建築，頭上的三角帽隨之轉動。

「說眞的，這些色彩太美妙了！」

15

時間到下午三時左右，平民區街道和內城逐漸出現滿滿人群：好多箱管樂手、遊行、飄浮燈籠，還有一桶桶酒和擺滿一張張桌子的食物——大多是些簡單的食物，畢竟墾殖地的麻煩未消，只是你還是得拿出你的貢獻。說到底這**可是**季風嘉年華。帝汎少有全城遵行的規則，但嘉年華絕對是其中之一。所以當鑄場畔人和克勞蒂亞一起窩在吉歐凡尼空曠的工作室準備他們的成品，這就有點怪了。他們的成品是一輛銘印馬車，經改裝後化身遊行車，會釋放飄浮燈籠，載著一只巨大的酒桶穿行街道。

「這感覺很熟悉，」吉歐凡尼調整馬車上的酒桶說，「有點像以前。」

歐索幫著他封起酒桶。「同感。」

「不過，」吉歐凡尼跳下馬車。「我討厭以前。」

「同感。」

「因為我總是處在幾乎要死掉的麻煩事中。」

「一樣同感。」歐索歪頭聆聽外面的箱管聲。「看來今天的序幕要漸漸拉開囉。老天，我真想用我的嘴唇含住酒壺，讓它對我為所欲為……不過那種日子已經結束了。我們的工具進展到哪了？」

「快好了！」克勞蒂亞、桑奇亞和貝若尼斯異口同聲，只是沒人聽起來特別開心。

歐索並不感到意外。克勞蒂亞和吉歐專攻精煉歐索個人研發的技術：他找到方法說服一個箱子相信它裝著事實上並不裝在裡頭的物品；而這兩人設計出另一種方法，能夠拋棄這個箱子，改用安裝在地板上的簡單金屬碟片來完成這個目標。若安排得當，碟片上方的現實會相信它承載著一堵牆、一塊鐵，或一堆煤。這種做法的限制遠多於歐索的封閉容器法，除了不具備特別功能的粗製品之外，他們兩個都還想不出要如何複製其他東西——歐索也知道這問題過去幾個月來一直讓他們深感挫折。

他走到她們工作的地方。她們正在處理數種排放在她們周遭的金屬碟。工作室後方矗立十面巨大的鐵牆和四個大鐵箱。他仔細檢視。

過去三年來，歐索・伊納希歐少有非常害怕的時刻。歷經山所的事件、帝汎議會的死亡審判，還有創立鑄場畔……似乎沒剩多少事能讓他擔憂。但是現在他感到憂慮；爲不能回自己的工作室而憂心；爲他們不得不仰賴分家的前同事而憂心，他們以他的銘術技術爲基礎進一步研發，而這技術就他所知，尚未得到驗證。特別讓他感到憂心的是，他們不只將利用這些技術進入一棟三年前在他的協助中快要摧毀的建築，同時還有個傳道者得煩惱。

甚至還不只是隨便一個傳道者呢，他心想，*而是天殺的第一位傳道者*。他提振精神，努力想起接下來該做什麼。

「你們三十分鐘前就說做好了。」歐索說。

「我們三十分鐘前就是**說真的**！」克勞蒂亞叱道。「考量你今天早上突然跑來，問我和吉歐你能否使用我們的**所有**原型，我們算做出一些驚人的工具了！」

「我找你們幫忙，」歐索說，「是因爲我以爲你們的原型能用，但我沒看到多少眞能用的證據。」

克勞蒂亞低聲咒罵，抓起一個碟片起身，又將碟片拋到工作室中央。她拿起身旁一塊小木板；木板上鑲了一些可滑動的木牌，她將其中一個往前推。

「可以用。」桑奇亞看著碟片。

「用不著你說！」克勞蒂亞暴躁地說。「自己的該死東西可以用的時候我會知道。」她看了看左右，拿起小鐵塊丟到碟片上方。當鐵塊飄到碟片正上方時，似乎撞上了隱形的牆般發出鏗一聲彈開——

聲音來源和地板上的碟片八竿子打不著。聲音來自工作室後方鐵牆。歐索的視線在地上彈跳的鐵塊和後方鐵牆間來回——其中一面牆中央出現一個小凹痕……他很肯定原本沒有這個凹痕。

「碟片哄騙它上方的現實相信那兒有一面鐵牆。」克勞蒂亞說。「基本上讓你可以把隱形的牆放在任何地方。」

「你的箱子對符文典有效，」吉歐說，「我們的碟片對粗製品有效。」

歐索走上前試探碟片上方的空氣，他的手指迎上冰涼平坦但完全看不見的表面，他微微一驚。他敲了兩下，同樣地，指節敲在金屬上的聲音並不是來自前方空間，而是工作室後方的牆。「了解。說眞的……很驚人。」

克勞蒂亞一臉驚訝。事實上，每個人都一臉驚訝。「眞的嗎？」克勞蒂亞說。

「對？」歐索說。「大家幹麼這麼震驚？她拿我的點子做出新玩意兒。銘術就是這麼一回事。」

「不過有些限制。」吉歐說。「我們沒辦法讓現實相信它承載任何太複雜的東西……」

「換言之，銘器。」克勞蒂亞說。「就像是你的符文典把戲，歐索。這只能用於粗製品。」她用嚴厲銳利的眼神注視著他。「但若我們完成這東西……我們可以拿到米奇爾的定義，對吧？因爲我們這東西多半對你**大**有幫助。」

「對對對，」歐索說，「你們會拿到。當然。」

「事實上，如果我們能進入鑄場畔圖書館，很多部分都會容易許多。」貝若尼斯抹掉臉上的汗水。「我想得到至少四十種可以讓這一切更簡單的設計。我們亟需正常出入圖書館。」

「現在就是沒辦法，」歐索說，「一旦我們晃進門，我很肯定歐菲莉亞的間諜一定會跑去跟奎塞迪斯咬耳朵。」

「我們會拿回來的。」桑奇亞說。「今晚過後。」

「是啊，那……就不關我和吉歐的事了。」克勞蒂亞說。

「我不喜歡之前和傳道者的短暫接觸。」吉歐說。「而且，你們聲稱的事如果有任何一件屬實，那我這次一定也不會喜歡。」

他們完工後，歐索後知後覺地發覺自己根本只在監工。不過短短三年，他的人——克勞蒂亞、吉歐、桑奇亞和貝若尼斯——全成了了不起的銘術師，不再需要他幫忙。儘管他對今晚感到憂心、害怕、焦慮，但望著他們做最後潤飾並將成品裝上車，他仍不禁感到古怪的欣喜。他花好一段時間才了解那原來是驕傲的感覺。*銘術就該是這樣啊*，他心想。*帝汎就該是這樣*。他的心略微一沉。*原本也將會是這樣……直到發生這一切……*

他的視線飄向桑奇亞和貝若尼斯，熟悉的擔憂爬上他的背脊。兩個都是青春年華，但……但這些日子以來桑奇亞莫名蒼老憔悴。他告訴自己那是因爲她被自己過去的人生影響——在墾殖地成長會讓你的身體在有機會好好使用前便已耗損——不過他依然擔憂。

我竊取了她的青春嗎？還是其他……緣故？

工作室的門被猛力推開，格雷戈走入，手上抱著一大堆聞起來很腥羶的皮革。「我買了宰好的灰猴屍體。」

「最後一片拼圖來了！」歐索雙手一拍，接著伸入口袋拿出類似羊頭的紙面具。他將面具套上。「來一場我們自己的該死遊行吧，諸君。」

16

戴上面具稍作扮裝，鑄場畔人、吉歐和克勞蒂亞擠上遊行車，駛上平民區的街道；這時街上滿是尋歡作樂的人。愛湊熱鬧的人很快便發現遊行車——還有車後的大酒桶，他們鼓掌歡呼，開始跟在車後。

「眞心希望，」格雷戈駕車通過擁擠的車道說道，「我們沒害這裡的任何一個人陷入危險。」

「嘉年華總是危險。」歐索說。「夠格喝酒的帝汎人都知道。在自己的嘔吐物中失去意識，然後碰、掛點。超危險！」

桑奇亞凝望天空。即將日落。

「發現任何傳道者的話請務必告訴我們。」吉歐在車後說。

她一掃人群，至少一打季風老爹在他們後方跳舞。「可能沒你想得容易。」

他們經過鑄場畔附近，還有燈地——因爲比其他地方富裕不少，這裡的慶祝活動格外歡樂——最後他們終於看見曾爲坎迪亞諾內城的頹圮外牆，現在不過是大約十呎高的石堆與瓦礫了。平民顯然利用石堆當觀賞戲劇與表演的座位，彷若一長條無止境的露天劇場，幾個雜耍演員、箱管班爲他們跳舞演奏。

看著外牆，桑奇亞感到怪異的絕望。*我做的嗎？眞的是我做的？*

他們繼續穿行深入曾爲內城外圍之處，後面跟著一群鼓掌、唱歌、跳舞的人——他們同時也追著他們的酒。

「我相信現在是釋出燈籠的好時機。」格雷戈大喊。

「收到。」貝若尼斯說。她手伸入遊行車後部的深處，拉動把手。

數十個小型飄浮燈籠隨即冒出，亮起粉色、橘色、紫色，繽紛的明亮光芒。燈籠上飄數十呎，直到繫在車後的繩索繃緊，它們便如一群發光的魚般跟在車後穿過街道。群眾又是哦又是啊地驚呼，只是桑奇亞說眞的不知道爲什麼他們這樣驚嘆。一大堆遊行車都這樣啊。她猜想他們應該都醉得不輕。

接著她見到前方出現內領地圍牆；裡面就是廢棄的坎迪亞諾內城核心——以及更後面的山所。一見到這景象，桑奇亞的心臟就蹦蹦跳。從他們辦公室所在位置，她其實不太有機會看見山所。它曾經是帝汎最宏偉龐大的建築，現在活像巨大黑色蘋果，被人咬一口後丟在那兒腐爛。她還能看見外露的地板和梁柱。回憶起那夜，以及當時的瘋狂混亂與恐怖，她嚇出一身冷汗。

然後莫名悲傷。畢竟山所本身曾是巨型銘器——崔布諾．坎迪亞諾建造的人工心智，吸引他認爲躲在世上某處的傳道者。她和克雷夫曾與它談話，她覺得它絕望又寂寞。眞悲慘的命運，她心想，受到這樣的傷害，只能一年又一年空盪盪地矗立在那兒，可能仍有知覺、仍在等待。

「比我記憶中大。」格雷戈在她身旁輕聲道，模樣慌亂，雙眼瞪大、表情僵硬。她領悟他正在再次經歷他那晚所做的事，或說他能記得的部分。

「你還好嗎？」她問。

他的表情變得更加沉默苦澀。「我不知道。」繼續駛向城牆的途中，他都沒再開口說話。

他們靠近圍牆後，桑奇亞收縮銘印視力。牆本身亮起銘術——它們被說服要超乎自然地高且厚——不過她在找某個特定的物品，並且終於發現一條迂迴的小水道——或說水道殘骸，經過那夜之後，水便乾涸，剩下惡臭細流。桑奇亞仔細查看，牆下有銘印金屬升降閘門，功能是讓水道的水進出內領地。

她抬頭觀察沿內領地圍牆設立的弩弓組，這會兒正像沿河岸而立的鸛鳥般靜靜潛伏。「那裡。」她手指弩弓。格雷戈讓遊行車轉向。跟在車後的狂歡者此時聽起來沒那麼熱烈了。山所那夜之後，居民不常來到帝汎的這個角落。遊行車愈靠愈近。桑奇亞繼續注視弩弓組，留意它們沉睡中的指令……其中幾組緩緩轉動瞄準他們：感知到他們的血與存在，但沒有意願發射——暫時沒有意願。

「停。」桑奇亞說。

遊行車停下，車後的狂歡者爆出歡呼。

「很高興至少有人感到開心。」歐索咕噥。

「不過是很好的掩護。」貝若尼斯說。「沒人會對遊行起疑。」

吉歐凡尼打開酒桶栓，狂歡者喝酒、跳舞、吹奏箱管。同時間，歐索、格雷戈、貝若尼斯和桑奇亞在車內做好準備。他們帶來一般工具——刻印、銘印工具，還有吉歐和克勞蒂亞爲他們製作的碟片，而關鍵是四套胸甲。

「再說一次這些裝備怎麼運作？」格雷戈穿上自己的胸甲時問道。他的那件有點太小。「不好意思，我當時去屠宰場買灰猴……」

「看見肩側的按鈕了嗎？」克勞蒂亞說。「不，不，那一個是束帶的扣件……對，這一個。按下去——不是**現在**，注意——就會……嗯，用跟歐索箱子一樣的概念偶合現實，只是這次會讓現實相信你周遭是一個大鐵箱。懂了嗎？」

格雷戈茫然地瞪著她。「什麼？」

「換句話說，胸甲會拉起一道隱形的牆。」貝若尼斯溫和地說。「見過他們工作室後方那些大鐵箱就知道了——胸甲讓現實認爲你在箱子裡。所以，如果有人對你射弩箭……」

「會被隱形的鐵牆彈開？」格雷戈問。

「沒錯。」克勞蒂亞說。「只是……不要一直開著。如果現實相信你身上罩著一只大鐵箱，你會很難通過門。也不要在太靠近牆的地方打開——你會動彈不得，因爲箱壁的一部分會卡在石牆間。還有一個加倍重要的部分……」

「噢，天啊。」歐索說。

「**不要**翻倒。」克勞蒂亞說。「我們煞費苦心拿掉了皮甲的重量感——換句話說，你感覺不到身上套著一只大鐵箱——但若你翻倒，你就困住了。」

「而且會屁股暴露，」吉歐說，「因爲箱子並沒有底部。」

「全能的天神啊……」歐索嘟囔。

「總比沒有好。」桑奇亞警覺地說。「奎塞迪斯能發射嘯箭、劈開牆壁……只要能爲我們爭取時間，有什麼都好。」

「說到時間，」格雷戈一瞥車外，「天色轉暗的速度快得討厭。我們要趕在午夜前，對吧？」

「對。」桑奇亞說。「那是他最強大的時候。我覺得他在那之前不會行動。」

「我們應該立刻行動，」貝若尼斯說，「才有盡可能久的時間把關鍵部件拿出山所。」

「對。」歐索說。他看著克勞蒂亞。「該用猴血了。」

鑄場畔人下車，悄悄走向廢棄的水道。桑奇亞沿路留意弩弓組；當巨大的青銅箭膛彈起，開始追蹤他們的行蹤時，她舉起一隻手，並且回頭看克勞蒂亞，揮了揮手。

坐在車頂的克勞蒂亞切斷數十個小飄浮燈籠的繩子。燈籠像粉藤彈飛的種子般飄入空中，狂歡者鼓掌歡呼……不過他們現在醉得太厲害，沒注意全部燈籠都飄往同個方向——圍牆——也都飄在同樣高度……剛好跟弩弓組幾乎水平。

桑奇亞用銘印視力注意燈籠緩緩飄在弩弓組前。弩弓組開始活動，轉動著瞄準燈籠——如果知道弩弓組的運作模式，你會覺得相當不尋常：弩弓組只會瞄準它們無法辨識的血。那爲什麼會瞄準燈籠呢？

這是他們計畫中最可怕最不安的部分，但目前看起來有效果。眾所周知，弩弓組無法分辨人類與灰猴的血——當初代版弩弓組飛速朝附近屋頂上的猴窩齊射時，銘術師很快地察覺這個大問題。多數銘術師努力釐清他們的定義，好讓弩弓能夠分辨差別……但桑奇亞想出聰明的點子，跟綠地的屠宰場購買猴血（猴血派算是當地美食），分裝小玻璃瓶後一一加入一滴她的血，再將玻璃瓶綁在飄浮燈籠上。

我們再各放一瓶猴血在口袋，她環顧其他人，一面心想。只是額外保險。

愈來愈多燈籠聚在牆邊，弩弓組愈來愈困惑。這些是猴子嗎？還是身分不明的人類？哪一個是目標？數量似乎多過頭了。桑奇亞看著弩弓組瞄準一個又一個燈籠，完全不知道該怎麼辦。「現在！」她說。他們一起跳進水道，朝牆下的鐵閘門跑去。

桑奇亞抓住閘門，銘器立即在她腦中說話。

〈……**往下伸出十呎**，前提是所有**框架**最遠部分不直接碰觸到任何**物質**，當阻塞物在**所有框架**施加**最大壓力時上升**……〉

看來銘術閘門會擋住水道，但仍容許水流通——除非有巨大阻塞物從內領地漂過來撞上門。這樣一來，閘門便會升起，讓阻塞物通過，然後再次降下。

〈告訴我你如何定義壓力和框架。〉她問閘門。

度量和標準湧入她腦中，閘門用古怪焦慮的聲音唱誦。她仔細聆聽。

閘門的表面感覺到異常壓力便會升起，她暗忖。不過「閘門的表面」定義不完善，所以如果閘門的特定平方吋金屬感覺到任何壓力，閘門或許會覺得有必要升起……

她對閘門說話，注入她的指令。她睜開眼，猛拉閘門的鐵條。

噹的一聲伴隨一陣吱嘎，閘門緩緩升起。

「進去。」桑奇亞說。「立刻進去。」

他們四人溜了進去，衝過廢棄水道，爬上側邊的石階，隨即進入內領地最深處的圓環。桑奇亞停下來回頭看。內領地圍牆另一邊傳來**碰**的聲音，一個奇怪的東西升上天空：一只巨大的綠色圓形飄浮燈籠，跟他們用在內城嘉年華遊行的相似。燈籠上升到約莫五十呎高度後懸在圍牆上方，被一群較小型的燈籠包圍。她聽見那裡傳來狂歡者的歡呼聲。

應該很容易看見，桑奇亞心想。照亮回家的路……

「帶路。」歐索說。

桑奇亞努力回憶前方的路徑，感覺心臟化爲鉛塊。「多希望我永遠不用再來一次啊……」

「同感。」格雷戈說。

在坎迪亞諾內領地走動最怪異之處在於此處竟如此空寂。一片黑暗——無論街道或建築都沒有燈火。旋扭的巨大尖塔徹底荒廢，街道到處是垃圾，滿到排水溝和小巷裡。

「詭異。」歐索輕聲說。他們注視周遭無數宏偉又空蕩蕩的建築。「**詭異**。」

「照這樣看來，」格雷戈說，「米奇爾家的人沒怎麼整理這地方。」

「我他插的也這麼認爲。」桑奇亞使用銘印視力，啓動時感受到腦中的肌肉一縮。大多內城的內領地都會爆出大量光芒和邏輯，那些全都是用來維持人們生活日常的秩序。然而，坎迪亞諾內城比較像是幾根蠟燭在黑暗中閃爍。「只有維持建築不倒塌的銘術還在運作，其他全部停擺。」

「黑暗對我們有利。」歐索說。「繼續前進。」

他們在內領地中行走，一直走到接上主要車道，山所出現在面前。目睹這棟建築還是令她心生敬畏。山所是一個表面鑲嵌著小圓窗的巨大黑色圓頂建築，龐大得不可思議——然而它此刻**損壞**的程度同樣令人驚嚇。

「期望他們前門沒關。」歐索說。

他們一起沿繞行山所旁塔樓的側街前進。桑奇亞抬頭凝視各棟建築，留意是否有任何動靜。她看見一團邏輯盤旋在前方房內，隨即停步，舉起一隻手。

「怎麼了？」格雷戈問。

桑奇亞對著那團銘術瞇起眼，看見關於速度、耐受性、密度與重力的指令……

「弩弓。」她說。

「什麼？」格雷戈問。

「那棟房子裡。」她用手指。「陽臺上，一把高功率弩弓，而且在移動。」

「米奇爾守衛嗎？」貝若尼斯問。

桑奇亞歪頭，研究那團邏輯。「不，我不認為。出自別家之手。我想是……丹多羅。」

格雷戈、貝若尼斯和歐索面面相覷。「什麼？」歐索說。「搞什麼鬼？我以為這屬於米奇爾家！」

「或許被闖入。」貝若尼斯說。「我們知道奎塞迪斯在找那個金色的部件，我們也知道歐菲莉亞和他合作……或是供他驅策。」

「這是個討人厭的驚喜，但我們不能停在這。」桑奇亞說。「我們只要……走別條路。」她退開。「一條遠離那棟房子的路。」

接近山所比她原本所想還難。每次他們躡足走上某條大街小巷，都會發現另一個更接近山所的銘術：弩弓，或是一堆雙刃劍，或是屬於守衛的其他武器。全是丹多羅家的。

「丹多羅家到底怎麼把一整支私家軍隊送進這個內領地？」他們躲在街角時桑奇亞問道。「米奇爾家一定會注意到這些天殺的混蛋啊！」

格雷戈一臉痛苦。「除非……我母親或奎塞迪斯……讓他們放棄了這地方？」

「他不能！」歐索嘲弄地說。然後他見到桑奇亞和格雷戈的表情。「他**能**嗎？」

「他的聲音幾乎讓我說出克雷夫的藏身處，」桑奇亞說，「天知道會讓一般人做出什麼事。」

格雷戈注視小巷另一頭山所漆黑破裂的外牆。「他們在那裡面。我百分之百肯定。我母親多半派丹多羅銘術師全日進駐，試圖找到我們也在找的部件，在每個角落都部署守衛。」

「所以……我們一走了之？」歐索問。

「不！」桑奇亞說。「一走了之的話，我們不只失去瓦勒瑞亞的保護，奎塞迪斯就會得逞、將她重塑成像黃蜂入蜂巢般將現實撕成碎片的工具！現在這是我們唯一的機會！」

「那你覺得我們該怎麼辦？」歐索問。

貝若尼斯突然走出街角，她注目方向不是山所，而是山所地基周邊的土地。

「你他媽在做什麼？」桑奇亞低語。

「祕密入口。」貝若尼斯低聲說。

「什麼？」格雷戈問。

「山所有個祕密入口，對吧？我們上次用過。還有人看守嗎？」

桑奇亞思考片刻。「不知道，值得一試。」

他們小跑穿過一串已被灰猴占領的公園，來到崔布諾・坎迪亞諾的私人雕像花園入口。桑奇亞檢視附近的陽臺和巷弄，沒人。「只有我們。」她低聲說。「他們不知道這地方！」

「那看看還能不能用吧。」格雷戈說。

他們進入花園。這對桑奇亞來說是極令人不安的經驗：上次來此時，樹木剪出造型、草坪刈過，雕像潔淨宏偉。現在草木蔓生，雕像和無用的建築染塵發霉，樹叢太過茂盛，格雷戈還得用銘印雙刃劍劈出路來。而且她記得，上次來的時候有克雷夫作伴。感覺是好久以前的事了。她找到下方藏有祕密入口的小橋，用銘印視力檢查牆壁，而後貼上赤裸的手。

「希望還能用。」她低語。

銘印門設計得極為精良——她立刻認出這是出自崔布諾之手——花了好大功夫才哄騙門讓他們進

入。不過她終究成功了，平滑的白色石頭滾開，露出裡面的階梯。
歐索如釋重負地吐出一口氣。「感謝老天！」
「我們可還沒踏進去。」桑奇亞說。他們一起跑下階梯。「這通往一條直接接到四樓的詭異隧道。原本是這樣。希望到四樓前有機會和山所談話。」
「你要跟它說話？跟整棟建築？」格雷戈問。
「對。」桑奇亞說。「它說不定能告訴我們發生了什麼事。」
不過她得承認，當得知山所的符文典基本上靠扭曲、褻瀆的死者靈魂運作後，跟它談話這件事變得比平常更不安。以前有人說山所鬧鬼，她暗忖，他們不知道自己說得有多正確……
他們通過隧道；隧道現在變得如此黑暗，他們得拿出銘印燈籠才看得見路。接著來到向上通往山所四樓的螺旋梯。桑奇亞哄騙門開啓，露出門後的……
貝若尼斯倒抽一口氣。「天啊。」
「要命。」歐索輕聲說。
山所的前廳內部化爲滴水、滿是灰塵、亂糟糟的世界，滿是破碎的燈和散亂陰影。黴大舉入侵，一波波爬上綠灰泥牆。空氣中有濃濃霉味和腐臭味。當初桑奇亞啓動重力銘器時顯然撞破天花板，日光從破口灑入，烏雲飄過漸漸轉暗的天空，變換的光束在地板舞動。
最古怪之處是這地方竟仍一如她記憶中的山所，保有原本結構的壯麗：肋骨般同心環繞前廳內部的走道層層相疊，全做成陽臺狀的看臺，無論走到哪都可停下腳步俯瞰這巨大的空間。但這些都只是表象，她很清楚，山所遠比這個前廳大多了：同心走道分岔出走廊，通往舞廳、集會室、設計工作室、地窖等等更多地方。
只不過現在一切都損壞衰敗了。就短短三年而已。桑奇亞用銘印視力查看巨大的前廳，發現九個丹多羅武器在他們上方和下方徘徊——九名士兵，五名巡邏、四名守衛。還只是我在這裡能夠看見的而已，她想。天啊，裡面除了我們一定還有一支小型軍隊吧……

一道乾枯疲倦的古老聲音在她腦中說話：〈……嗯？這個存在是什麼？是……是誰？〉

「聽到了。」她輕拍頭側。「它還活著，還在活動！」

「那問它到底發生什麼事！」歐索說。

〈你好，山所。〉她對它說。

〈噢！〉山所說。〈是你……是你，對吧？很難……記得那些日子了。〉

〈是我。〉

〈你跟這些……男人一起嗎？現在少有訪客……他們都害怕我坍塌。而我知道這樣的恐懼並非無的放矢……〉

〈不，我不是跟他們一起的。〉她俯瞰前廳地面，其中一座上升到更高樓層的專用升降梯已經倒塌。碎玻璃和水晶在滿是灰塵的大理石地板上閃爍。〈我對發生在你身上的事感到很抱歉。〉

〈啊。對。沒關係。我相信你並非心懷惡意。〉

〈真的嗎？為什麼？〉桑奇亞問。

〈因為你，我曾經如此接近我的目的。你還帶來鑰匙，古者打造的物品。〉山所聽起來像在回味那段記憶。〈我能這麼靠近目標真是太美好了……〉

〈我們需要你的某件東西，山所——符文典的一個部件。符文典都還完好嗎？〉

〈呃？對。六具中有五具仍正常運作。〉山所說。〈一具被水淹沒，因此，我無法……如常操控門和鎖。不過我仍有所覺知，也還稍能控制燈籠……〉

〈除了我們，還有誰在這？〉

〈一些男人試圖取得五具運作中的符文典……我不認識的男人。我不喜歡他們——都沒透過適當的安全程序登錄他們的血……我強烈反對這種舉措。〉

〈我想他們的目標與我們相同。〉桑奇亞說。〈一個詭異的小定義，形狀像圓錐……〉

〈權威定義。〉山所說。〈對。賦予我在我的範圍內感知、改變與回應現實的權威。我知之甚詳。〉

〈他們成功拿到了嗎？〉

〈尚未。崔布諾對符文典設下許多防禦程序。他們即將取出一只，但……簡單說，他們儘管狡猾，但並非我的創造者。〉山所停頓，然後補充：〈有數人死亡。〉

「丹多羅家的人正在對付六具符文典中的五具。」桑奇亞放聲說。「他們還沒從任何一句符文典中成功取出定義，但快了。」

「第六具符文典怎麼了？」歐索問。「有人看守嗎？」

「沒有。」桑奇亞說。「因爲被水淹了。」

「該死！」歐索說。

桑奇亞努力思考。這態勢跟他們的預期大相逕庭：他們原本計畫搶先進入山所，用吉歐和克勞蒂亞的隱形屏障封鎖一具符文典、取出部件，然後撤退。他們沒預料到軍隊和淹水的地下室。但她知道別無選擇。〈被水淹的符文典在哪？〉她問山所。

〈東南角地下室。〉山所說。

〈那……淹得多嚴重？〉

〈大部淹到天花板。〉

該死，她心想。那就是眞的他插嚴重的意思了。

〈有辦法把水排出嗎？〉桑奇亞問。

〈嗯。可能……有。〉山所說。〈如果你打穿西南乾儲存室的牆……水將排出，符文典室的水位也將下降。不過那面牆距離符文典頗遠……〉

〈那就這樣做。〉桑奇亞說。

她提振精神後說：「我們分成兩組。」

「好。」格雷戈說。「你打算怎麼做？」

「一組需要去西南角的地下乾儲存室。」桑奇亞手指下方的前廳。「我們需要打穿一面牆……」她歪頭聆聽山所。「山所說它其實可以打光在牆上，我們就能找到。」

「幫大忙了。」貝若尼斯說。

「他插的令人發毛。」歐索咕噥。

「打穿牆後可以排掉符文典室裡的積水。」桑奇亞說。她的手接下來指出符文典室的位置。「水位一旦下降，另一組人便進入符文典室拿出部件。然後我們在這裡會合，再從原路出去。」

格雷戈點頭，不過一臉不安。「應該是我和桑奇亞去找這面牆，歐索和貝若尼斯料理符文典？」

桑奇亞正要附和，歐索卻搖頭：「不。」

「什麼？」桑奇亞說。「爲什麼不？」

「我是說……我不是最適合跟貝若尼斯一起去的銘術師。」歐索靜靜思索片刻，然後堅決地看著桑奇亞。「你才是。」

「什麼？」貝若尼斯說。

「**什麼**？」桑奇亞說。「你……你是崔布諾的明星學徒！而且你比帝汎的任何人都了解符文典！」

「顯然我壓根不了解**這些**。」歐索說。「你和貝若尼斯一起可以做得更快。我跟格雷戈同組比較好——我在這裡住過，我通行無礙。」他朝崩塌的牆皺起鼻子。「以前啦……不過沒差。你們倆愈快拿到部件，」貝若尼斯正要張口反駁，歐索接著說：「我們愈快活著出去。懂嗎？」

尷尬的停頓。

「好吧。」桑奇亞說。「我和貝若尼斯一組，你們兩個去打穿牆。」

「這裡面有多少士兵。」格雷戈問。

「我看見九個，不過……如果他們在找符文典，就會在地窖裡，離太遠的我看不見。」桑奇亞聳肩。「我會猜三、四十個吧。」

「該死。」格雷戈低聲說。他轉頭注視前廳，表情枯槁煩心。

桑奇亞知道他在煩惱什麼：格雷戈害怕的不是死亡，而是殺戮。

「你會沒事的。盡量避開他們就好。不過必須動作快。」桑奇亞從破開的天花板仰望天空。他們花太多時間才進來，天色已暗。「奎塞迪斯可能等到午夜才來這裡查看進度……也可能提早。」

「如果到時候我們還在這裡怎麼辦？」歐索問。

「摀住耳朵逃命，」桑奇亞說，「能跑多快就跑多快。」

接下來，歐索和格雷戈躡手躡腳潛入山所黑暗的走廊。歐索發現這經驗超現實又讓人憂心。他許久不曾來此——十五年還二十年了？——然而他仍記得這些天花板、門、握住門把時的觸感……只是現在都沾上爛泥或先前淹水的痕跡，到處空蕩荒廢。年輕時的廳廊徹底改觀，這景象好讓他沮喪。銘術的黃金時代真真切切逝去。

*不過我們正在改造銘術。*他試著記住這一點。*我們不會犯下跟崔布諾一樣的錯誤……*他們經過一幅破損的壁畫，描繪的是兩名銘術師轉化世界的基礎，在支撐現實本身的工具與器械上銘刻符文。*我年輕時犯的錯。*他們走動的同時注意到附近牆上的燈和燈籠在靠近時紛紛躍然點亮。歐索過一陣子才發現，他們走開之後燈又熄滅。

「只……只有我這麼想嗎，」格雷戈低語，「還是……」

「還是山所在幫我們點燈？」歐索說。「對，我覺得應該是。」

格雷戈望著前方角落一盞燈啪地亮起。「它還幫我們指路。我覺得眞是……讓人很緊張。」

「我會說它實在天殺的讓我緊張到極點。感覺活像童話故事裡的旅人跟著妖精燈進入沼澤。想不到我在此居住那麼多年，竟不知道這地方眞正是什麼……」

他們接著走下殘破階梯，進入水晶酒杯四散地上的會議室，然後是鏡廳；這裡的鏡子髒到極點，他們的倒影有如走在纏繞的濃霧中。這時，頭頂的燈突然熄滅，他們停下腳步，站在全然的黑暗中。

「你覺得它爲什麼這樣？」歐索低聲問。

「我不——」

走廊前方非常遙遠之處亮起一盞燈——一名丹多羅守衛朝他們走來，弩弓蓄勢待發。守衛停步抬頭看銘印燈，搞不懂它爲何突然亮起。

*它要讓我們看見前方有危險。*歐索這才領悟。

歐索來不及多思索，格雷戈已一把攫住他，拖他進入一個黑暗潮濕的臥室。他們擠在陰影中，聽著腳步聲愈來愈近。歐索不敢呼吸，手摸向胸甲的按鈕，但格雷戈搖頭，手指四周的牆。歐索想起克勞蒂亞的警告：*不要在太靠近牆的地方打開——你會動彈不得。*

來到臥房門口附近時，守衛慢下腳步。歐索不懂他怎麼會起疑。那男人顯然沒看見他們，否則在走廊上射死他們就好——但怎麼會知道他們的確切位置？

格雷戈緩緩推歐索起身緊靠角落的牆面，他自己則背部平貼門旁的牆，但並沒有拿起武器。

他爲什麼不拿出他的弩弓？幹麼不射那個蠢雜種？

安靜了很長一段時間，接著銘印弩弓緩緩探入門內。

格雷戈撲上去。

歐索沒見過格雷戈打鬥，所以對於像他這種體型的男人竟能如此矯捷而大感驚訝。電光火石間，格雷戈已抓住弩弓往上扭，重重往守衛的臉一記頭槌。守衛大喊，一枝銘印箭射破天花板，碎片灑落房間。歐索感到一塊大碎片碰地射入他頭旁的牆。

格雷戈將守衛拖入房內，重拳猛擊他的臉。不過顯然守衛受過良好訓練，儘管被打得頭昏，仍準備好迎接下一波攻擊：他舉起前臂阻擋格雷戈的拳頭，往前踏步以手肘襲擊格雷戈的頸部。格雷戈一陣作嘔，彎下腰，守衛乘機探向他的雙刃劍，不過還沒來得及抽出，格雷戈已往前衝，肩膀撞擊男人腹部，男人被推撞上後方的石牆。

雖然守衛頭戴頭盔，腦袋這樣撞上牆顯然還是痛得很。他靠著牆滑下，不過仍無力地攻擊格雷戈。格雷戈用左手定住他，右手在腰帶摸索。守衛繼續掙扎，還嘗試尖叫求救，於是格雷戈將左手塞入他口中，然後被狠狠咬住。

格雷戈咆哮，從腰帶抽出某個東西——歐索覺得應該是哀棘魚毒箭——朝男人的頸部戳。守衛倒抽口氣，往後倒，雙眼上翻，隨即靜止不動。格雷戈拿出手帕裹住鮮血汩汩的手，跪下給那男子搜身。

「這是徽封。」他收好。「不知道授予那些許可……」

歐索緩緩站起，仍因剛剛那場打鬥而顫抖。「上……上天垂憐，天啊！」

「怎麼？」

「你真的有必要跟他弄得像街頭鬥毆嗎？我是說……他可能會殺掉你，或我，或是示警！下次直接捅這雜種一刀，或是割他喉嚨，快速了結，好嗎？」

格雷戈凝視歐索片刻，表情詭異地僵硬。接著他站起並說：「不。」

「不怎樣？」

「除非逼不得已，否則我不殺這些人。」

「但是……要命，格雷戈，沒時間顧及你的榮譽，還是你他插的道——」

格雷戈旋身面對他。「不只是我的道德！」他啐道。「而且更與我的榮譽完全無關！」

歐索後退，被他的狂怒震懾——尤其格雷戈通常都如此沉默。「什麼？」

「這無關……仁慈或殘酷，或是……或是任何類似的無用垃圾！有關的是……」格雷戈的憤怒化爲憂傷和絕望。「有關的是這個！」他手指自己的頭顱右側，碟片還安裝在那兒。

「這怎麼啦？」

他費勁地解釋。「我愈不把自己當成殺手，那……這東西就愈不能控制我。」他閉上眼。「我已經改變我自己的本質了。我**改變了**。我改變了**我的想法**。」他把這句話說得像他三年來不斷複誦的內在箴言。接著他睜開眼，哀求般地望著歐索。「別要我當殺手。即使是現在也不要。我希望自己不要再變成以前那樣。如果我故態復萌，那……那些創造我的人就更輕易便能命令我殺掉你。知道嗎？」

「我……知道了。知道了啦。」

格雷戈回頭看守衛。「等等。他的腰帶有東西在發光。那是什麼？」

歐索查看，發現他說得沒錯：守衛腰側有一抹微小閃爍的光。他彎腰從他的腰帶取下。那看似一顆鐵線網球，不過有非常細小的燈鑲在鐵線交疊的接點上，因此基本上整顆球都覆滿迷你燈，但只有一顆在發光，就在他面前這一側。

「嘿。」歐索在手中轉動鐵線球——然而轉動的同時，燈隨之變化：無論怎麼轉，總是面向他的燈亮起，其他則無光。

他冒出一個可怕的想法。

「格雷戈，」他說，「把你口袋裡的徽封拿出來丟掉。」

格雷戈照做。第二顆燈隨即點亮，這次正對著格雷戈。

「在這房裡走一走。」歐索說。

格雷戈繞房內走了一圈。燈隨他而動，總是對準他的位置，另一顆燈則對準歐索。

「該死。」歐索說。

「是……是某種偵測銘器，對吧？」格雷戈問。

「對。」歐索冷酷地說。「我認爲它會感知未與正確徽封配對的血——就像城牆上的弩弓組。這雜種就是這樣找到我們。」

「奎塞迪斯知道我們會來。」格雷戈說。

「似乎如此。」

「我們必須警告桑奇亞。但……她和貝若尼斯應該差不多到地下室了。」

「老實說我比較擔心我們自己，但……」歐索想了想，接著放聲說：「山所，你聽得到我說話嗎？」

房裡的燈亮起又熄滅。

「請大發好心，把我們的發現告訴桑奇亞。」

燈又閃了一次。

「有這棟建築跟我們站在同一陣線，應該很有幫助。」格雷戈說。

「但若他們能夠穿透他插的牆偵測到我們，那山所一點屁用也沒有。」歐索思考片刻。「格雷戈，請再拿起那個徽封。」

格雷戈彎腰拾起。「然後呢？」

「然後轉過去讓我爬上你的背。」

格雷戈茫然地瞪著他。「什麼？」

「快點在他們偵測到我們之前讓我上去！」

格雷戈一邊喃喃抱怨一面轉身，接著微微屈膝，歐索爬上他的背。

「好啦。」歐索哼了哼，抱住格雷戈的脖子。「這樣應該可以，我們來看看有沒有用……」

他使用那顆充當尋人器的球。正如他所料，燈都熄滅了。

「哈！我們靠得那麼近，尋人器搞不清楚徽封用在誰身上了！只能假設我們**都**持有徽封。」

「好，但……歐索，你的意思是我要背著你**一路下去**山所主樓層嗎？」

「嗯。我現階段想不出其他解決方案。所以——我想只能趕快走囉。」

桑奇亞和貝若尼斯迂迴下行穿過山所深處，但沒遇上任何巡邏兵或守衛。她們沒過多久便理解原因：走廊旋即漫起深及腳踝的積水，她們得唏哩嘩啦踩水穿過一間間內室。桑奇亞並不在意——她爬過更糟的環境——但看得出貝若尼斯並不高興。

「只是……注意一下有沒有蛇就對了。」貝若尼斯說。

「山所說他的地下室這一側沒有蛇。」桑奇亞說。「不過他說這裡某間房有一大窩老鼠。」

「他的？擬人的他？」

「物質的它也可以啦，隨便。」

她們涉水穿過歸檔室。水面覆蓋一層古老泡爛的羊皮紙，巨大的歸檔櫃矗立其中。桑奇亞想起魁偉神廟中的柱子。

「眞希望我能聽見你所聽見，」貝若尼斯說，「看見你所看見。」

「又來了。」

「但此刻格外深切感受到啊，桑。一座建築對你耳語祕密的此刻。」

「這只是……我不知道，訊息。」

「你才又來了。」

「就是啊。像學習一種不同的語言。認識字詞並不代表你能領會字詞確切表達什麼。還是得夠聰明。」她們右轉，離開歸檔室。「這就是你勝過我的地方了。」她咕噥。

「你很聰明，桑。」

「有一種人很聰明，還有一種人是你。你甚至比歐索還了解銘術。而我……」山所突然對她耳語。

「怎麼了？」貝若尼斯問。

「山所在跟我說歐索傳來的訊息。」她歪頭，雙眼半閉。「丹多羅守衛有……某種偵測血液的銘器，可以找出未持有正確徽封的人。」她臉色一沉。「可以找到我們。」

貝若尼斯注視她。「奎塞迪斯知道瓦勒瑞亞會派我們來此。」

「對。就像他也知道我們會上那艘戰艦。這雜種每次都搶先一步。」她回頭看淹水的走廊。「我不認爲我們會在這裡遇上任何軍隊，不過歐索和格雷戈肯定會非常難熬。我覺得符文典就在前面了。」

她們來到附好幾把鎖的的巨大青銅門，每把鎖都調整爲感知崔布諾或他菁英銘術師的血。桑奇亞很快便發現門不受山所控制：崔布諾沒蠢到讓他的銘器控管他能否接近這個銘器本身的控制機關。

「我得硬來了……」桑奇亞將一隻赤裸的手貼上門，開始與門談話。

感知血的技術在城裡大爲風行以來，桑奇亞累積不少經驗——然而這扇門證實是特別難纏的例子。她試了幾次，門還是不被說服：沒辦法哄它打開。

「崔布諾對這設計下了極大功夫。」她一手貼門，雙眼閉合。「它對血的定義毫不讓步。」

「溫度呢？」貝若尼斯在她身後淹水的走廊中踱步。

「不行。」

「那距離呢？能不能說服它，它需要感知的範圍遠遠超過原本。說不定能讓它困惑。」

桑奇亞嘗試這個策略，門還是拒絕退讓：〈只在器官與我的表面接觸，且偵測到一次脈搏跳動，方可接受血液的存在。〉

「該死。」桑奇亞說。「崔布諾還確保不會有人切下他的手還什麼的拿過來。厲害，畢竟這一定是他三十年前的設計了——在血液感知普及之前。」

貝若尼斯噘起嘴。「等等，我需要想起一些事……」她閉上眼，五官放鬆，彷彿就這麼陷入無比深沉的睡夢，接著維持這個狀態一秒、兩秒、三秒——她睜開眼。「時間呢？」

「嗯？」

「能不能查出之前是否有獲准進入的銘術師使用這扇門？或許可以說服它那人的手還壓在門上。或是讓它以為**何時**接觸並無差別——接觸就是接觸了。」

「不可能有用。不可能這麼簡單吧。」

「歐索一天到晚把時間定義弄得一團亂。這是他最大的弱點。我想他應該承襲自某人，怎麼就不會是崔布諾本人呢？」

桑奇亞吸口氣，手壓上門閉眼，連續攻擊門的時間定義——讓它對一秒、一分、一小時、一天是什麼產生懷疑……並不簡單，但她感覺得出來，她慢慢讓門相信一年實際上等同半分鐘了。

〈我對……對此不確定。〉門說。〈必需接觸……〉

〈對，但什麼時候？為什麼不能是，例如……五分鐘前？〉

門想了想。〈這……未定義。〉

〈所以……如果你沒理由**不該**這麼做……〉

另一陣停頓，然後喀一聲，門朝後盪開，容許她們進入。「看吧，」桑奇亞說，「有這種聰明，還有你那種聰明。這該死的碟片眞該在你腦袋裡，你會運用得比我好上千百倍。」

「噢，夠了喔。」儘管又髒又濕，貝若尼斯仍咧嘴而笑。「我們任誰獨自一人都會被困在走廊中。一起的話我們無人能擋。」

她們涉水沿坑道前進，來到一道向下的樓梯——完全沒入水中。

「現在就等歐索和格雷戈完成他們的部分了。」桑奇亞說。「對吧？」

「應該是，希望不用等太久。」

格雷戈又是咕噥又是呻吟，揹著歐索一層層走下山所，跟著一盞山所用來爲他們指路的微弱燈籠或燈。「請盡可能保持安靜！」格雷戈踉蹌走下階梯時歐索低聲說道。「也請不要一直撞開我！每次我跟你分開，銘器上的小燈就會閃！」

「還有其他指示嗎？」格雷戈哼聲說，蹣跚穿過廳廊。

「我們快到主樓層了。所以很快，你也不得不保持安靜。」

格雷戈發出悠長低沉的嘶嘶聲。

他們終於走下最後的階梯，沿宏偉前廳的牆繞行。他們走到陽臺狀看臺的影子下時，歐索的皮膚冒起雞皮疙瘩。身處這巨大空間，聽著遠處的滴水聲、腳步回聲，以及在屋椽築窩的灰猴偶爾吱吱啼叫，感覺如此毛骨悚然。有些巡邏的丹多羅士兵攜帶燈籠，前廳此刻則僅靠月光照亮，前者的溫暖光芒與後者的黑藍形成強烈對比。歐索回想起地窖看守者走在墓穴間，在黑暗中高舉手中燈火的畫面。

我打拚好幾年才能在這裡面生活，他心想，現在要拚命活著出去。

「山所，」格雷戈低聲說，「請在我們該走的走廊點燈。」

他們蹲在陰影中查看周圍，接著看見前廳遙遠的另一端有條走廊閃現燈火。

格雷戈挫敗地嘆氣。「這一定有一千呎遠吧……」

「我也不喜歡這樣！」歐索低語。「好幾個我絕對不想擦傷的地方都嚴重擦傷了。」

格雷戈打量四周，思考起來。「下面這裡有六名守衛。」他低聲說完後歪過頭。「歐索——你下來一下好嗎？」

「什麼？**一定**要嗎？」

「對。一下下就好。我叫你跳下的時候就跳下，我叫你上去時你就**上去**，然後保持**安靜**。懂嗎？」

「我……嗯。好，應該吧。」

格雷戈伏低，揹著歐索穿過前廳，來到化成瓦礫、堆在大理石地板上的大升降梯旁。格雷戈跪下，探頭查看巡邏兵。士兵差不多和他們需要去的那條走廊連成一線時，他低聲說：「現在下去！」

歐索一面咕噥一面優雅地爬下他的背。六名士兵的腰帶隨即亮起六顆閃爍的小燈。他們停止巡邏。

「你……你們也有嗎？」一名守衛問，低頭看著他的尋人器。

其他人喃喃附和，看向歐索和格雷戈所在位置，並緩緩朝他們移動，好奇地伸長脖子看。

「會不會是哪個天殺的銘術師又弄丟他們的徽封？」黑暗中的聲音問。

「有可能。」另一人說。「不過最後一個陷阱幾乎把那個銘術師切成兩半，他們應該會更注意把東西放哪去了……」

「上來！」格雷戈低聲說。「現在！」

歐索快速跳上格雷戈的背。格雷戈轉身但仍伏低，從升降梯殘骸爬向前廳邊緣躲在一座樓梯井旁。

一個聲音在前廳迴盪：「不見了。怎麼搞的？」

「說不定訊號進入範圍然後又離開了……」

「或者這尋人器就是垃圾。他們不是用了各種方法想阻止這些再偵測到猴子嗎？」

守衛聚集在升降梯殘骸附近，高舉著手裡的燈籠。幾個人凝視前廳邊緣——並不是看著格雷戈和歐索，倒是剛好正對他們剛剛的藏身處。格雷戈徐徐移入緊鄰一條走廊入口的影子內，然後低聲說「下去。」

「還來？」

「對！」

歐索滑下他的背，士兵腰際的小閃光點亮。他們低頭摸索小金屬球。「又來？現在是那邊！」一人手指格雷戈和歐索。士兵們轉身朝他們走來。

「再上來。」格雷戈低語。「快。快！」

歐索皺著臉又爬上格雷戈的背，格雷戈則爬進影子中，盡可能快速沿前廳牆悄悄溜走。

「又不見了。」一名守衛說。「你們覺得有入侵者嗎？」

歐索聽不見回應，但所有守衛繼續朝他們剛剛的位置前進。他現在終於了解格雷戈在做什麼：他將守衛從抵達地下室時要走的那扇門前引開。雖然這過程顯然造成格雷戈極大的負擔，這會兒守衛在前廳對面徒勞無功地搜索，他們得以溜進走廊內。確定安全後，格雷戈往後靠，把歐索頂在牆上支撐，他則坐在那兒大口喘氣。

「幹得好！」歐索說。

「閉嘴。」格雷戈上氣不接下氣。

歐索查看四周。「嘿，我認得這條走廊。」

「哦？」

「對。這裡剛蓋好的時候，我都從這裡下去狙擊食物。而且……」他的心一沉。「沒記錯的話，山所的其中一具符文典也在這裡……」

格雷戈停止喘氣。「什麼！」

「呃……對。」

「你是說……你是說另一個符文典在這下面？」

「對？」

「靠近我們要去的那個地下室？」

「對。」

「也靠近丹多羅家的人試圖闖入的符文典室？」

「對。」

「也就是說……隨著我們接近，會有**更多**守衛要對付？」

「呃，多半沒錯。」

格雷戈咒罵了一會，接著扭過頭怒瞪歐索。「我一直以爲你瘦骨嶙峋，」他努力揹著歐索站起，「現在我可不確定了。」

貝若尼斯和桑奇亞站在淹水的走廊中不耐地等待。

「他們到底爲什麼要這麼久？」桑奇亞說。

〈他們和地下室之間有好幾名守衛，〉山所說，〈我幫助他們不被察覺，但……不容易。〉

〈該死！〉桑奇亞說。〈幾點了？〉

〈幾近十一時。〉山所說。

「該死！」她大聲說出口。「快十一點了！」

「你眞覺得奎塞迪斯會在午夜時到來？」貝若尼斯問。

「要命，我不知道。但他如果眞要挑時間來，我會猜午夜。」

「而我們毫無防備？」

「對。我連帝器都沒帶；你知道我們身處巨大的銘印結構，帶帝器不是好主意。風險太大。」

接著山所用非常敬畏的聲音在桑奇亞腦中低聲說話了：〈你們討論這件事時所說，眞……眞是眞正的奎塞迪斯．馬格努斯嗎？〉

〈啊？對啊。〉桑奇亞說。

〈你是說……他可能來……此地？來我這？一位傳道者？〉

〈對。〉

沉默。她猜想她嚇壞這可憐的山索了。她這才想起山所多希望傳道者到來——畢竟崔布諾起初就是因此才建造山所。

〈噢……噢我的天啊。〉山所低語。

一個想法慢慢在桑奇亞腦中醞釀。〈假設眞有一位傳道者來到你之中……你會怎麼做，山所？〉

〈哎呀！如果有一位古者來到我之中……當然了，我存在的目的是向他們展示我創造者的作品，崔布諾的作品！展示他打造的一切，我之中所有他專爲他們打造的祕密。〉

〈這些祕密在哪？〉

〈三樓，藏在一幅大壁畫後。我可以打——〉

〈在很深的地方嗎？好幾扇門之內？〉

〈對……那是一個受嚴密保護的地方。〉

〈你還能掌控？你說你控制不了門和鎖……〉

〈這是我存在的目的。在我消逝、不再存在之前，我將永遠保有對存在目的的掌控。〉

〈我懂了。那如果他有意，你會讓這位傳道者離開嗎？〉

漫長的沉默。

〈我……我不希望如此。〉山所說。〈經過這麼長時間……還有我經歷的一切，所有痛苦、所有沉默……我不會希望我的存在目的遺棄我。〉

知道自己將說出什麼後，冰冷的寒意塡滿桑奇亞的心。〈那如果……如果你別無選擇，如果你的存在目的將離開，你會想待在這裡嗎？山所，你要繼續漫長孤單的等待？〉

又是漫長的沉默。

〈不。不，我不會。我不希望於此等候，沒有崔布諾、沒有我的存在目的——也沒有你。我……我不希望再度孤單。我情願讓自己崩塌，化爲瓦礫堆，也不要再回到那種狀態。〉

〈那好吧。〉桑奇亞低聲說。〈我懂了。我……我有個提議，山所……〉

她告訴它她的想法，而它專注聆聽。

格雷戈揹著歐索躡手躡腳沿走廊前進，一路跟隨牆上忽隱忽現的燈籠。他們探頭查看一個轉角，隨即凍結。

走廊繼續往前延伸約四百呎，中間被另一條十字交叉的走廊打斷。然而最讓人擔心的，是站在走廊底端門口前、六名手持燈籠的丹多羅守衛。他們都一臉心煩，原因不難猜：他們腳邊躺著一具嚴重毀損的屍體。這具屍體受到極爲殘忍的對待，看似有人試圖用長柄武器將這男人砍成兩半。

「……得去找個擔架。」一名守衛這麼說著。「除非**你**想把可憐的皮耶綽扛在你肩上，莫里納瑞，接著弄得一身都是他的髒東西。」

「但他們**沒有**告知我們這任務有這麼多威脅！」另一人說。「我是說……我以爲坎迪亞諾家的人在這裡**生活**！沒想到他們會在牆壁和地板設置一層又一層危險的蠢陷阱……」

「當然啦，不過符文典室會是截然不同的光景。」歐索低聲說。「崔布諾總是非常嚴肅看待保全問題……尤其是他發瘋之後。」

格雷戈伸出一根手指指了指。「那裡。看。」

交叉口的角落有一盞燈籠非常微弱地閃了閃，大約二百呎外。山所在給他們打暗號，告訴他們得走過去右轉——但整群丹多羅守衛站在更前面，他們根本不可能辦到。

「有沒有什麼好點子？」歐索說。「得這次不太可能把他們引開了。如果我們飛快跑過去，說不定可以用克勞蒂亞的隱形牆把他們封起來……不過我不知道如何在這麼做的同時不被射死。」

格雷戈歪頭。「這確實是個好點子，歐索。」

「什麼？被射死？」

「不。」格雷戈動手拿出他的刻印弩弓。「請不要亂動。」

「等一下，格雷戈，你……你打算做——」

「噓。」格雷戈將一顆錨定符文串鉛彈推入膛室，謹慎對準走廊中的守衛。

「……甚至不想去廁所拉屎了！」一名守衛這麼說著。「我真心擔心那該死的東西會把我吃了！」

格雷戈微微吐氣，發射。鉛彈竄過走廊，但沒有射中任何一名士兵，反倒飛過他們頭頂，穿過走廊底端開啟的門，撞上裡面的牆，發出響亮一聲咚。

士兵驚跳。「什麼鬼東西？」

他們左顧右盼，拿出雙刃劍，從屍體旁走開，進入房間查看。

格雷戈略微放低弩弓，瞄準，射出另一半錨定鉛彈——這次目標是可憐的皮耶綽，也就是躺在地上的屍體。鉛彈擊中屍體臀部，這次發出比較濕潤、更令人不安的一聲咚。黏上之後，兩個鉛彈感覺到拉向彼此的必要性——皮耶緯的屍體突然在褲子的拉扯下射過空中，四肢瘋狂亂甩，最後撞上站在門口的士兵，將他們全部打倒。

下一刻，遠處爆發困惑驚恐的尖叫。格雷戈揹著歐索沿走廊往前跑，拿出克勞蒂亞一個碟片往前丟，隨即啓動碟片。他用指節輕敲隱形的空氣，發出金屬的叩叩聲。

「很好。」然後他把歐索搖下來，他們轉身衝過走廊，奔下一道階梯。「效果很驚人……不過沒辦法拖延他們多久。」

「我們快到了！」歐索說，不過也不太需要他說。眼前的牆面變得較工業風也較少裝飾。最後他們終於抵達地下室。歐索見到幾碼外一扇門上方的燈亮起。

「那裡！」他說。「那一個！」

他們手忙腳亂地衝進去。房內漆黑惡臭，滿是袋袋箱箱遠古前的腐敗食物——但對面牆又有一盞燈瘋狂閃爍。

「我想就是這兒了。」格雷戈說。他拿出雙刃劍。「讓我們在引起注意前快速了結……」

不過歐索很快便發現，已經有人注意到了：走廊傳來腳步聲，他瞥見燈光映在外面的牆上。「動手！」歐索厲聲說，手伸進背包中拿出另一個克勞蒂亞的碟片，放在門外的地上啓動。

格雷戈走近牆，估量著哪裡最適合下手，接著用銘印雙刃劍朝一處石磚縫猛刺。劍身約沒入一半。他抽出劍，一道匯聚的細流隨即將他濺濕。然而牆並沒有崩塌——它屹立不搖。

「我想我應該得刺好幾個洞。」他抹抹臉。

外面的腳步聲愈來愈多。歐索轉過身，剛好看見罕見的景象：一名咆哮中的丹多羅士兵迎面撞上擋住門的隱形牆。士兵的距離好近，鼻子在鐵牆面撞破時，歐索甚至看見鮮血爆出。

士兵往後倒，震驚得喘不過氣。又兩名士兵到來，他們扶他站起。「又是你們該死的牆？」第一個抵達的士兵說道，他的鼻子現在血流如注。三名士兵開始用他們的銘印雙刃劍劈砍隱形牆。

歐索退後。「格雷戈……」

「我在努力了！」格雷戈在牆上鑿出一個又一個洞，全鑿在石磚縫上。

「這該死的東西總會屈服……」

士兵們對付鐵牆的速度看似頗快。歐索吞了口口水，拍打胸甲左肩的按鈕——這應該會把隱形鐵箱罩在他身上才對，然而他說不太上來到底有沒有用，因爲他什麼也沒看見。然後他聽見格雷戈說：「歐索？**歐索！小**——」

歐索轉身，牆壁漏水已變成噴泉，又變成洪水——石塊崩塌，龐然水牆朝他襲來。

「噢，該死！」歐索大喊。他感覺自己被舉離地面，腋窩一陣劇痛，他閉上眼、繃緊神經，預期被水淹沒……然而水雖襲上他的腿，他的臉卻沒事。他睜開眼，隨即了解原因：他的隱形箱確實啓動，在他四周形成美好的小緩衝區，只是水仍將他往前衝，而且非常猛力。

他回頭看——他似乎只能面向一個方向，彷彿胸甲被固定在隱形箱內的固定位置——然而當他回頭，被眼前景象嚇得倒抽一口氣。一名丹多羅士兵穿過他們挖出的洞口，就在這個時候，他的隱形箱在水流沖擊下撞上他在門口拉起的隱形牆。

歐索注視著士兵爛掉的臉和腦袋，就像在兩片玻璃間壓碎。接著不安地傳來金屬扭扯的巨大嘎嘎聲，他回頭發現水快淹沒房間。水壓太大，他領悟，*我拉起的牆快塌了！*

接著響起金屬爆裂聲，他車輪般在空中滾動，隨即不省人事。

「他們成功了！」貝若尼斯大喊。「看，看！」

桑奇亞轉身，看見水快速退去，她們能夠下去符文典室了。她們開始往下走，稍稍在滑溜的石階上打滑，涉過已降低的水位，兩個人都拿出銘印燈籠照路。桑奇亞收縮銘印視力，發現前方房間仍一片黑暗時並不驚訝：根據山所描述，它必須在符文典被水淹之前將其關閉，以免釀成大災，因此現在符文典可能與殘骸相去不遠。

我只希望這該死的傳道者定義還算完好，她心想，否則我們就白忙一場了。

她們走進符文典室，沿途不停拔出被淤泥吸住的腳。桑奇亞見到牆上許多陷阱和保全銘器——幸運的是都毀了。最後她們的燈光終於掃過符文典的厚玻璃牆，只是牆上現在厚厚結了一層髒兮兮的水藻和其他生物，左下角在水壓之下破裂，她們必須趴低，小心地鑽過去，才能抵達裡面的大型銘器。

進去後，桑奇亞查看四周，然後難以置信地又看一次。地板滿是顯然被沖出符文典的銘術定義。外露的部分全部鏽到底了，但備品經小心包裝，應該狀態都還良好。這些做工複雜的碟片任一片都能在黑市大賺一筆——尤其它們都出自崔布諾之手。

「真要命。」她喘著氣說。

「沒錯。」

「這些……這些的價值就算沒有**幾萬**也有幾千吧！」

「專注。」貝若尼斯說。「你和我都沒時間也沒受過訓練分辨哪一個定義實際上有用。你可能抓了一個，以為它能夠驅動戰爭機器，最後發現其實是用來維持廁所運作。」

桑奇亞喃喃抱怨，彎下腰查看符文典殘骸內的爛泥和層層沉積物。她們像翻找當日晚餐的養蚵人般耙過爛泥，但不見小圓椎的蹤影。

「被沖走的話怎麼辦？」桑奇亞問。「我是說，那是一個圓錐，所以可能比較吃水……」

貝若尼斯研究毀壞符文典周遭的水流，留意泥如何在石塊上堆積、如何在牆上盤繞……

「我想應該在外面，」她說，「穿過破玻璃了。」

她們又爬出去，高舉燈籠跟著往更遠處淌的泥流走；泥流最後匯入地板上積滿汙物的排水管——頂部的金屬網許久前便已棄守。

「該死！」桑奇亞大喊。「那該死的東西是不是有可能被沖下這天殺的排水管了？」

貝若尼斯瞇起眼。「嗯。這塞滿泥巴和渣滓……我覺得水管裡可能有另一個濾網或阻塞物，還完好的。換句話說是可能攔住圓錐的濾網。但我不確定要怎麼把淤泥拿——」

「受夠這些狗屎了。」桑奇亞在塞滿爛泥的水管旁跪下。「抓住我的腳以免我掉下去。」

「你不是認——」

然而桑奇亞已潛入爛泥，雙手在前，雙眼緊閉。

她沒入冰冷濕黏的物質，不知為何既噁心黏滑**又**有砂礫感。她又盲又聾，靠雙手在水管內側摸索，手指探查石磚、螺絲，還有一般的銘術定義碟……

她的肺乞求空氣，但她挺身更加深入水管，指間刷過金屬格網。

出來啊，出來啊……

第二層濾網。

她盲目地探索濾網邊緣，篩過大量汙物和糾結的金屬線……

然後她突然想起。

我在找傳道者銘器……所以應該要能看見那該死的東西啊，當然了！

她收縮銘印視力。儘管雙眼緊閉，她仍立即穿透眼皮見到閃爍討厭血紅光芒的物品……她收攏手指握住那物品，踢動雙腿。她感覺貝若尼斯抓住她的膝蓋，開始將她往上拉。她終於被拖離爛泥，但還不敢睜眼或開口。

「找到了嗎？」貝若尼斯問。「**找到了嗎？**」

桑奇亞抬起一根泥濘的手指，指指自己的臉。

「噢。」她感覺貝若尼斯跪在她身後，用布將她的臉抹乾淨。嘴巴的爛泥一抹乾淨，桑奇亞立即大口喘氣。「噢，天啊……**天啊**，有夠臭，我不知道會臭成這樣……」

「你還好嗎，我的愛？」

桑奇亞坐起，低頭看自己右手。她攤開手指，抹掉泥，露出一個刻滿繁複符文的金色小金屬圓椎。

「我，」她露出勝利的笑容，「他插**好**得沒話說。」

歐索倒抽一口氣，甩掉臉上的水，努力想弄懂自己到底看見什麼。

他的胸甲仍投射出他的隱形鐵箱，但他的身體似乎翻倒了——箱子的正面壓在地上，因為銘術顯然讓胸甲永遠與箱子各面維持等距離，他這會兒正懸在空中，臉朝下困在胸甲中，雙臂和雙腿懸垂。

走廊此刻被水淹沒，但水位僅一呎。然而因為鐵箱無底，水也漫入箱內——要是水再高個幾吋，無疑便會淹沒歐索的頭，而困在胸甲內的他會無助溺斃。

他注視距離他鼻子僅有數吋的水面。「該死，」他喘著氣說，「噢該死。」

他按壓左肩的按鈕。隱形箱子消失，他當臉栽入滿是浮渣的水中。他又是喘氣又是呻吟地掙扎站起環顧四周，感覺腦髓仍在頭顱內翻轉。走廊中幾盞燈仍亮著，但一切顯得陰暗潮濕，且微微閃爍，但他沒看見格雷戈。

「格雷戈？」他叫喊。「**格雷戈**？」

一具龐大的身軀在遠處角落笨重地移動，嘩啦嘩啦攪動積水，發現歐索時停住。

「格雷戈？」歐索遲疑地喚道。

除了那道身影外，又有陌生的二人進入視野——頭上戴的丹多羅頭盔在燈光中閃爍。

「噢要命。」歐索輕聲說。

三名士兵涉水穿過走廊朝他而來，長劍在手。他們經過一盞燈，歐索理所當然注意到他們都是丹多羅家的人：而且都非常高大、渾身濕透，還滿臉憤怒。

「你這雜種小爛貨。」中間看來體積最龐大的守衛咆哮。他抽出他的雙刃劍。

歐索站定猛拍肩上的按鈕，重新啓動他的隱形屏障。他試著往後走、遠離他們，卻被胸甲所阻，困在原地。他四顧查看，發現走廊兩邊的牆靠得非常近。他啓動胸甲時，隱形箱壁一定是穿過石牆了，因此他動彈不得。

噢天啊，他心想，我被困住了。

當然了，他也知道銘印雙刃劍能夠輕而易舉刺穿鐵箱壁。

「我，呃……」歐索絕望地拚命思考，猛扯胸甲。「這是個天大的誤會，我……我以前住在這裡，然後……」

「我應該把你開膛破肚，」大個子士兵說，「像隻天殺的……」

他停住。隆隆聲在山所內迴盪，然後遠方傳來此起彼落的吶喊與尖叫。

「是怎樣？」右邊的士兵問。「等等，看你的探子。」

大個子士兵低頭看他的尋人器，發現燈幾乎都亮起來——代表山所內突然充斥非常非常大量沒配戴丹多羅徽封的人。

「什麼？」大個子士兵說。「這又是誰了？到底發生什麼——」

山所的走廊被放大的聲音填滿：「丹多羅特許商家的所有士兵！奉米奇爾商家之命，在此命令你們退離各自崗位，並立即離開此內領地！」

士兵面面相覷，然後看著歐索。

「**米奇爾**？」左邊的士兵問。「他們來這裡做什麼？」

「本物件經一名高層職員不合法地售予丹多羅特許商家，而其權限在其身歿後已全數撤銷。」放大的聲音隆隆地說，聽起來詭異地沙啞、磕巴。歐索覺得他知道他們可能用哪一個聲音銘器。「目前兩造內城正進行協商。在此號令你們退下，回到前廳，撤離本物件，直至協商完成。切勿交戰！重複，切勿交戰——」

接著是另一陣微弱的隆隆聲，說話的人便不再繼續。歐索猜應該眞有人打起來了。他們聽著哭聲、尖叫和呼喊在走廊迴盪。三名士兵不知該如何是好：過去投降、過去開打，還是等人過來開打？

大傢伙緩緩轉身面對歐索。「你搞的鬼，對吧。」

「不，不是！」歐索說。「才不是！」

他走近，手舉雙刃劍。「**你**打開門了嗎？」

「沒有！」

「讓他們進來？」

「沒有，我跟你一樣訝異——」

他火大地搖頭。「不敢相信……我們就要在這座該死的遠古圓頂建築裡被射成蜂窩，都只因爲某隻鬼鬼祟祟的老紋蟹。」

「如果你要殺他，厄涅斯托，」右邊的士兵說，「就上吧，乾脆俐——」

不過他沒機會說完。他的嘴突然大張，他倒抽口氣，呼吸哽住，雙手朝奇怪的角度伸出。歐索猛眨眼，這才發現士兵被當胸穿刺——刺穿他的是一把銘印雙刃劍。

「什麼！」左邊的士兵叫喊。

劍抽回，士兵倒地，露出站在他後方手持雙刃劍的格雷戈。左邊的士兵旋身面對他，只是動作眞的太慢：格雷戈轉身，閃電般揮出雙刃劍切開他的喉嚨。歐索看見熱騰騰的鮮血濺上他的隱形屏障，士兵攤倒水中，手耙抓喉嚨。

大個子士兵快速舉劍進攻格雷戈。儘管仍目瞪口呆，歐索發現自己其實不曾親眼看人眞正持劍對決。在帝汎這地方，多的是符文典能讓你利用強化弩箭或刀劍，大多數人都突然且迅速死去——與其說是藝術與技巧的結果，還不如說是純粹的力量以及——大多時候的意外。

人死去在帝汎稀鬆平常，有技巧地決鬥就不是這麼一回事了。

然而雖然短暫，格雷戈和他的對手正在進行一場技藝高超的對決：兩個男人各自持用以銘術強化速度與重量的刀劍在濕淋淋的走廊決鬥，雙刃劍相碰，發出震耳欲聾的鏗鏘聲。他們的攻擊快得驚人，但歐索看得出其中自有道理：舉例來說，因爲銘印刀劍動得愈多，速度愈快，因此防守時不能只是舉起劍而已，否則你的雙刃劍會被對手的劍輕易拍落。反之，你必須以恰好的速度、恰好的方向揮動你自己的劍，迫使對方的攻擊轉向，希望藉此讓你的對手門戶洞開迎接你的反擊。

歐索也察覺得出來格雷戈比對手高明太多了。他不只是攻擊對方——他的動作明顯是一道**程序**，用一連串攻擊打開男人的姿勢，然後……

一、二、三。男人的腿首先遭齊膝斬斷，倒地時手臂也不保，接著他的頭突然跟著不見。歐索感覺到溫暖的液體灑在他的臉頰和手臂上，但跟格雷戈相比根本是小巫見大巫：幾股成大片扇形噴濺在他胸膛與大腿的鮮血將他浸濕。

格雷戈一臉驚訝，低頭注視男人的殘骸，神色是淡淡的沮喪，彷彿出門後發現自己忘記帶東西。

「噢。」格雷戈微弱地說。「噢天啊……」

歐索再次拍擊胸甲按鈕，再次終於有反應了：屏障消失，他撲倒水中。然後他爬向一臉震驚、害怕地站在那兒的格雷戈。歐索伸手碰觸他。這男人從頭到腳都被血浸透。「格雷戈？你……你還好——」

「我……我想起來了。」格雷戈低語，眼淚滑下，與臉頰上的血交融。「我想起來了，我**想起……**」他的表情轉為呆滯，不再說話。

走廊突然大放光明。他們轉身，士兵湧過轉角，銘印燈籠高舉，弩弓指向此處。其中一人喝道，**「放下武器，放下武器！」**歐索取走格雷戈血手中的雙刃劍丟入水中。隨著他們進逼，他舉起雙手。

格雷戈．丹多羅看見沙、海灘，以及海上的月。

他看見洞穴、坑道，以及石牆上的火炬光。

他看見蛾在他身旁飛舞，明亮脆弱的白翅風暴。

他的哥哥，多梅尼柯，在黑暗中啜泣。

然後他便什麼也看不見了——只有黑暗，冰冷沉寂且駭人。

母親的聲音穿過黑暗飄向他：噢格雷戈，醒來，我的寶貝，請醒來……

他聽見某物在黑暗中拍動。他感覺心臟痙攣，然後唧動——一次、兩次——肺突然火燒般渴求空氣。他吸入一口氣，同時視覺恢復，看見上方的石天花板——或許是洞穴，火炬光閃爍。而他的母親也在，跪伏在他身上。她比他記憶中年輕——頭髮較長，臉上不見熟悉的皺紋。年輕五歲？還是十歲？他說不準。他躺在石地板，而她在哭泣，雙手撫過他的胸膛，說著——他們對你做了什麼？他們做了什麼？

格雷戈低頭，自己身上罩著那副熟悉得叫人心驚的銘器：銘甲，一臂是可伸縮的複合武器，另一臂是弩箭發射器；胸甲有多處破損，他可以看見底下的肌膚，胸口和腹部都有巨大洞開的傷口。

求求你，母親說，求求你，求求你，不……

他的身軀顫動、變得模糊……令他驚訝的是，傷口消失了，最致命的那些都不見了：肩膀仍有穿刺傷，但腹部現在平滑完好，可怕的裂口徹底消失。有用了，母親低聲說，她如釋重負地嘆氣。有用了。

你做得太好了，格雷戈。你做了我們恰恰需要的事。

格雷戈試著查看四周。他身處洞穴，滿地都是人體：士兵、守衛、奴隸，都被砍成碎塊，一切都沾上濕滑的凝血。歐菲莉亞·丹多羅起身走開，跨過屍體，裙邊浸染鮮血也不管。她走近洞壁——看來像是某種古代出入口，但塌落崩裂，古怪的符號標示出岩石通道入口。

我們愈來愈近了，歐菲莉亞低語。*你做得太、太、太好了，格雷戈。*

寬慰且強大的喜樂填滿他心中——能夠做得好、完成他人對他的期待眞的太棒了。發動戰爭是何等大事。

我會爲此而死，他心想，抬頭望進母親容光煥發的臉。*我曾爲此而死，也將樂於再次死去。*

接著回憶離他而去，他隨即失去意識。

17

「這東西眞了不起。」貝若尼斯說，這時她們正奔過山所一條又一條走廊，她一面研究金黃色定義圓錐。「我是說——眞的很**了不起**。」

「最好很了不起。」桑奇亞的靴子濕漉漉地拍打地板，她們沿黑暗的階梯一路往上衝，回到四樓的祕密出口。她已擦掉大部分爛泥，不過知道自己會再臭幾天。

「我的意思是……」貝若尼斯將圓錐拿到眼前。「爲了存取傳道者指令，你必須先透過毀滅生命違逆現實，這讓你能暫時主張你基本上是**神本體**——然後你便能獲取一個或數個更深沉的指令。」

「所以？」

「所以，這個小裝置……它的功能類似這樣，它負責說服現實符文典**就是**神本體！它主張一個銘器的功能等同於——嗯，無論影響範圍是再小的區域，只要它影響力所及之處，這銘器就是神聖的創造者。然後你便能發布任何想發布的指令！」

「見鬼了。」桑奇亞說。「所以，我們目前在的圓頂建築……」

「對！」貝若尼斯說。「這裡面的現實非常低限度地相信，山所**就是**現實的創造者！不過效果一定很弱……崔布諾因此才須採用六座符文典疊加六次，這樣力量才足以遍及體內來往的一切。」

桑奇亞斜覷貝若尼斯，她正像小孩拿到全新玩具那樣緊緊握著黃金小圓椎。「很棒。」她說。「你還記得崔布諾為了製作這東西殺了一個人吧？」

貝若尼斯臉色略轉白，將定義圓錐收起。「我是說……對，當然，只是它很……嗯，有意思。」

〈桑奇亞？〉山所在她耳裡低語。

〈在？〉

〈不對勁……新來的男人進入我的界線之內。不同的士兵。〉

她慢下腳步，貝若尼斯看了也跟著減速，問道：「怎麼了？」

桑奇亞對她揮揮手，要她噤聲。〈什麼？誰？現在還會有誰來？〉

〈不確定……這些男人並非如同其他士兵一樣身著黃色，而是……紫色？〉

「**米奇爾**家的人來了？」桑奇亞認出這顏色，放聲問道。〈山所，你確……〉

前廳傳來隱約的隆隆聲。貝若尼斯和桑奇亞一跳，訝異地面面相覷。她們聽見遠方傳來尖叫聲、更多隆隆聲響，以及放大後的人聲，大吼大叫要丹多羅士兵退下。

「噢天啊。」貝若尼斯說。「我們身處在兩個內城的叫囂對峙中間，對吧？」

「希望該死的莫西尼家不會跑出來湊熱鬧。」桑奇亞說。

她們衝上階梯，繼續朝四樓的走道前進。〈山所，〉桑奇亞說，〈格雷戈和歐索在哪？他們還活著嗎？他們還好嗎？〉

〈他們在距離我的前廳不遠之處。他們相對而言還好，但那些新來的士兵……米奇爾家的人，現在捉住他們了。〉

「該死！」桑奇低語。她們來到四樓走道，壓低身子，走近看臺查看前廳。

前廳原本漆黑、滿是灰塵且寂靜，此時被許多新燈火點亮，還有尖叫、吶喊聲，以及弩箭射入牆的爆裂聲迴盪。丹多羅和米奇爾家的士兵在主樓層展開一場全規格的戰鬥：男人在前廳各處以雙刃劍、盾牌、弩弓打鬥——而既然武器都經銘術強化，造成的損傷以災難來形容也完全不過分。柱子整根整根被截斷開來，每面牆都像經過流星雨洗禮般坑坑疤疤，地板更是毫不誇張地充溢鮮血。

「我猜……米奇爾家的人想要回他們的東西。」桑奇亞說。

貝若尼斯坐挺。「桑——看！」

她手指主樓層的一個出入口。桑奇亞瞇眼，兩人被從走廊帶入，雙手綁縛身後。一是歐索，看起來就跟淹得半死的老鼠一樣又濕又慘；另一是滿身鮮血的格雷戈。

「我的**天**啊！」桑奇亞倒抽口氣。〈山所——你確定他們還好？〉

〈對。你朋友身上的血不是他的。他剛剛殺了三個男人。〉

桑奇亞絕望地閉上眼，往前靠將額頭擱在看臺欄杆上。「噢不……噢，可憐的格雷戈……」

「看起來……丹多羅家快輸了。」貝若尼斯低聲說。「米奇爾家正在掃蕩殘黨。他們把歐索和格雷戈放在牆邊，用燈籠包圍他們。」她看著桑奇亞。「桑，我們要怎麼救出他們？」

桑奇亞深深嘆息。「毫無點子。」

歐索坐在前廳地板上，雙手緊緊綁縛身後。他原本想抗議，不過注意到堆在前廳的丹多羅士兵屍體數量，全因各式各樣的傷口而死亡：許多頭、胸膛和四肢被銘印弩箭或雙刃劍胡亂切除，他突然覺得自己還算幸運。

隨著戰鬥漸漸消止，歐索看著一名米奇爾隊長在前廳中穿梭，與他的幾位副官商討。他有點年紀，不過力量十足，寬肩，腹部快撐破胸甲了，齒間叼著一根菸斗。歐索注意到他的手臂和臉疤痕累累，一手還少了兩根手指，身經百戰的紀念品。

一名士兵走上前，說了些什麼後手指格雷戈和歐索。

該死，歐索心想。

他斜眼看格雷戈，後者僵住，濺上鮮血的臉凝結成一個深沉悲傷的表情。

「格雷戈，」歐索低語，「聽得見我說話嗎？」

格雷戈沒有反應。

「不能跟他們提起貝兒和桑。就……試著讓他們以為我們很重要，好讓他們把我們帶回他們內城監禁，或——」

「不准交談！」附近一名士兵吼道。他走過來，一手放在入鞘的雙刃劍上；歐索低頭，露出畏懼的樣子。士兵終於回過身，歐索盯著格雷戈。他的表情幾乎完全沒變。

「格雷戈？」歐索低聲喚道。

「我……想起來了。」格雷戈低語，眼神空洞瘋狂。「我想起來了，我想起來了，我想起來了……」

他崩潰了，歐索暗忖。要命……格雷戈沉浸在他腦中某個記憶片段，我無法把他叫回——

「你們到底是誰？」一個粗啞的聲音問。

歐索抬頭，米奇爾隊長矗立在他們面前，浮腫的小眼睛在他們的臉之間快速來回。歐索思考該怎麼說，但還來不及開口，隊長又說話了：「我的部下說他們發現你們在走廊把丹多羅士兵大卸八塊……所以我**非常**不相信你們會是那些小偷的同夥。那——你們是誰？」

歐索盡他所能快速思考。「阻撓分子。」

隊長從齒間取下菸斗。「那是啥？來這裡阻撓……什麼？我們？」

「不——不。」歐索盡他所能快速思考。「阻撓丹多羅家的人。」

「哦？」隊長懷疑地說。「這又是爲什麼？」

「我們知道他們在這裡做什麼。呃……強取豪奪，竊取此處的符文典零件。我們須阻止他們。」

「那……一樣，又是爲什麼？」

歐索冒出一個點子。「因爲……我是歐索．伊納西歐，這是格雷戈．丹多羅。」

隊長眨眼。「你們……你們是鑄場畔的人，不是嗎？」

「對。」歐索等待，滿心希望這行得通——敵人的敵人可能是朋友。

「你們來這裡往歐菲莉亞．丹多羅的酒裡灑尿？」隊長看著格雷戈。「在他**母親**酒裡？是這樣嗎？」

「對。」

隊長盯著他們，小眼睛半被厚厚的眼皮遮掩。「我懂了。」

歐索等待，滿心希望就這麼一次，這一夜能如他們的意。

「你覺得這會觸動我？」隊長質問。「讓我對你們展現溫情，因爲你們試圖阻撓從我們這裡偷走這屎坑的人？」

「我……我認爲有可——」

隊長朝地板吐了一口口水。「就是**因為**你們這些神經質的小爛貨，我們商家才變這麼悲慘！這你知道嗎？」

「什、什麼？」歐索驚訝地問。

「奴隸到處叛變？銘術師跑去**平民區**開創自己的商行？」

「啊……」

隊長抽出他的雙刃劍對準歐索。「這是異端！這是瘋狂！這違反帝汎一直以來代表的一切！這都是**你們**的錯！全部都是你們造成的！」

歐索瞄一眼堆在前廳裡的屍體。他想提起**另一件**也曾被視為瘋狂與異端的事，也就是兩個商家在帝汎內開戰。有鑑於讓內城運作的鑄場符文典如此不穩定，沒人想過要做這種事，這就像在穀倉磨坊附近丟點燃的火柴。

「我叫我們商家的人不要等，」隊長接著說，一面環顧前廳。「你們一出去開創自己的雜種小商行，我就叫他們進攻平民區，把你們燒個精光。不能開平民操弄銘器的先例啊。他們會想東西想西，以為自己身分高了。」

「不過我們……精確來說不算平民。」歐索說。「我們──」

「對對對，你們是**燈地人**。」隊長嘲諷地說。「談論超出自己身分的思想……銘術師以為他們讀過一兩本書就無所不知了。我一直知道他們會開始質疑主人，試圖拆毀創始者給我們的一切。不知感恩！」隊長繼續叫罵，顯然在腦中醞釀這段演說好一段時間了，但歐索只是看著這名年長、疤痕累累的男子，看著這名不知道在多少場戰役揮灑熱血的男子熱切地為內城菁英辯護，而這些菁英未曾也永遠不能體會他遭遇過的艱難與痛苦，就算十分之一也好。

然而當歐索聽隊長演說，一種深沉的討厭感覺纏入他腹部：懷疑。

他首度懷疑起商家是否真能被推翻——帝汎是否真能被修復、改造，或至少**改變**，一點點也好。面對如此無腦無知的信念，哪有可能達成改變？

隊長的演說逐漸來到結尾，然後是一段沉默。他轉身審視他們，眼神冰冷疏離。「我知道總會走到這一步。」他的雙刃劍對準歐索。「你們把這一個拖到前廳中央去。」

「什、什麼？」歐索大驚失色。

士兵們攫住他的手臂將他拉起後便拖走。隊長叫他的手下搬一張桌子並找些繩索過來，他們照做。

「我不是……等等……等等，拜託……」歐索說。

他們沒多加理會。士兵搬來一張木桌，隊長將歐索的頭壓向桌面，他們壓制住他，讓他平躺在木桌上，將他的頭和身體綁住。

「你在做什麼？」歐索虛弱地問。「你……要對我做——」

「你們知道這是誰嗎？」隊長大喊。「這可是**歐索·伊納西歐**，小伙子們！我們城市遇上的**所有**麻煩都是他造成的！他就是那個逃過吊索、嘲笑我們所有人的男人！」

士兵鼓掌訕笑。歐索領悟隊長到底想做什麼了。「不，不！」他叫喊。*天殺的，*歐索嘗試掙脫束縛。*你們手上那些他插的劍說不定還是我**設計**的呢！現在居然想拿來殺我，蠢蛋！*

「就來看看，」隊長走近，「腦袋和身體分家的鑄場畔創始者還能不能設法逃過這一劫囉！」

士兵歡呼，隊長高舉手中的劍。

隊長舉起劍時，貝若尼斯幾乎害怕得尖叫。桑奇亞坐在那兒動彈不得，無法思考。她想跳下去攻擊……但若她真的跳下去，他們肯定會殺掉她。接下來，山所在她腦中說話：〈桑奇亞！有……我感覺有東西在我裡面！**不一樣**的人……東西。〉

〈山所，現在沒空！天殺的，他們正要——〉

〈我感覺到……一個人。不，我感覺到他！他好巨大，好……好**沉重**。他是一千個心智合而爲一，全寫入一具軀體，寫入一個存有！桑奇亞，桑奇亞，他來了，**他來了！**〉

隊長舉起劍時，歐索閉上眼，準備承受劍揮下劃開他的喉嚨。

然而前廳響起一個聲音——一個醇厚絲滑，深沉得**難以想像**的聲音。

「哎呀，哎呀。看來你們這些小男孩剛度過精彩的一夜。」

歐索感覺腹部一陣突然、翻攪的噁心感。

他睜開眼。噢，不。

他驚慌地四處張望。米奇爾士兵都轉向陰影籠罩的主出入口——接著一個人影出現在黑暗中，頭戴三角帽，身穿暗色短斗篷，還有他的面具——漆黑、閃爍微光。

「搞什……」旁邊一名士兵低語。

這……這說不定還更糟，歐索心想。

18

「你到底是誰？」米奇爾隊長質問。

奎塞迪斯緩緩走入燈光中，黑不見底的眼睛對準男人。接著是一段無比漫長的沉默。「我該問你一樣的問題。」奎塞迪斯終於開口，「畢竟你們擅入我的財產。」他低頭看四周的屍體。「還弄得到處是血和……**屍塊**。這在帝汎算是禮儀之舉嗎？」

奎塞迪斯以一種下班回到家的閒適態度往前走。米奇爾士兵紛紛退開。歐索發現自己無法責怪他們：

就算沒有桑奇亞的銘印視力，看著他莫名就是會讓人流淚。只消一瞥就會知道這存在就是在扭曲現實。

然而米奇爾隊長似乎不以爲意。「這個內領地是米奇爾商行的合法財產！被以不正當的交易讓予丹多羅特許商家，而這場交易由一名不名譽的代理人以詐欺的手法單獨執行。此交易**無效**，此內領地的所有權目前正由內城當權者協商中！」

奎塞迪斯停步審視隊長。他歪頭。「是這樣嗎？」

歐索用力掙扎，迫切渴望重獲自由並逃跑。我……真的不喜歡接下來可能的走向。

奎塞迪斯繼續在米奇爾士兵間漫步。「你知道嗎，對大費周章忽略法律存在的人來說，」他對隊長說，「顯然只要對你有利，你無疑還是會訴諸一大堆法律……」

「除了黑色之外，」隊長說，「我在你身上看不見其他顏色，但你說你代表丹多羅家？」

奎塞迪斯聳肩，無聊了。「應該吧。」

隊長對著他揮舞雙刃劍。「那你有看見散落此處的諸多死者嗎？你看見充斥這些廳室、許許多多走廊的血了嗎？」

又一個無聊的聳肩。「當然。」

「**這些**象徵我們擁有這地方。」隊長驕傲地說。「我們以鮮血買下此地。跟米奇爾家的力量與意志相較之下，丹多羅家的把戲都微不足道。」士兵喃喃贊同。「搞清楚——違反我們的規則，我們便將打垮你們！」

「嗯。」奎塞迪斯輕描淡寫地應道。他發現歐索被綁在桌上，停下腳步。奎塞迪斯慢慢走過去——歐索胃中的噁心感增強五倍，超出他能承受的程度——他彎下腰注視歐索的臉。歐索閉上眼，但還是能聽見他的聲音。

「我認識你……」奎塞迪斯說。

「離他遠一點！」隊長說。

「你好啊，歐索。」奎塞迪斯用絲綢般的聲音打招呼。

「天啊……」歐索緊閉雙眼，喘不過氣來。

「桑奇亞在哪？」奎塞迪斯說。「告訴我。立刻。」

奎塞迪斯的言語彷彿**沉入**歐索腦中，將他的其他思緒一同拉下，突然間，除了告訴他之外，非常難有其他動作。

「我……我不知道。」歐索說。

「但她在這裡的某處？」

「對、對。」歐索感覺想哭，他睜開充斥羞愧與絕望的雙眼。

「嗯。」奎塞迪斯低語。「我分明跟你們所有人說過……我跟你們是**同一國**的。一起對抗構物，對……也對抗這些男人，你知道的。強大的男人、持有強大的工具……我看過那故事收尾**太**多次了。」

他站直，查看左右，然後看見格雷戈。

「啊！小丹多羅本人。看見他眞是可喜！」

「停止！」隊長的臉脹紅。「在我命手下將你射死之前自行離開此物件！」

然而奎塞迪斯沒理會，橫過燈光照亮的前廳來到格雷戈身旁。「噢，格雷戈……你似乎又退回你的老路子了。不知道你是什麼感覺……」

歐索從他的角度看不眞切，但格雷戈還是垂著頭坐在那兒，滿臉心痛的悲傷。奎塞迪斯蹲下，黑面具停留在他耳畔，對他低聲說話……格雷戈糾結的眉心幾不可察地略爲鬆開。

「**不要靠近他**！」歐索大喊。他用力掙扎。「你……你**離他遠一點，你這他插的怪物**！」

隊長手指歐索。「你，閉嘴！」然後改指向奎塞迪斯。「你離他遠一點！所有人——準備射擊！」

所有士兵將弩弓對準奎塞迪斯。

奎塞迪斯一頓，回頭一瞥，緩緩起身。「男孩們，我不知道你們以爲接下來局勢如何。讓我這樣說就好——絕對不會是你們**以為**的方向。」

「我們給了你們的士兵一個榮譽的機會，」米奇爾隊長說，「而他們選擇開火。現在我們憑什麼要給你機會？」

「歐索，」奎塞迪斯說，「有哪個丹多羅銘術師成功取得這裡的符文典嗎？」

同樣地，奎塞迪斯的言語彷彿在歐索的腦中盤繞，他除了回應之外什麼也做不了。「沒有。」

他嘆氣。「眞叫人失望，但不意外。這樣的話……我在這裡還有工作得做。」

米奇爾隊長的臉現在紅得像熟透的李子。「那就**不會**是——」

「嗯……你們有多少人？」奎塞迪斯深思熟慮地問。他看了看四周，絲毫不受對準他的眾多武器影響。

「至少有一百左右……太難一次說服。不過坦白說，我今晚本來就沒那種時間……」

「回去你的內城，」隊長啐道。「告訴他們你在這裡看到了什麼，讓他們知道挑戰米奇爾家的力量之前要三思！」

「時間還有點早。」奎塞迪斯快活地說。「所以我倒來問問——各位聽過布拉希塔斯嗎？」

久久無人回應。

「**誰**？」隊長位。「某個你以爲能夠拯救你的內城人物嗎？」

「不，不。」奎塞迪斯說。「布拉希塔斯是毘藍尼亞軍隊的一名將軍。聽過嗎？」

「沒有。」

「噢，這是一個巨大的帝國，存在約三千年前。他們爆發內戰，爭執地主是否每擁有一頃地便應有兩張選票，或是三張……眞是愚蠢。**諸多**毘藍尼亞貴族、政客與人民領袖在街上被殺掉後，布拉希塔斯掌權，而他決定……受夠這一切了。法律和憲法，還有條例，以及議會章程，這些都閃遠一點吧。於是他襲擊議會並取得掌控，人民抱怨時，他只說──『那就來戰鬥，朋友。你用你的法律，我用我的矛。』似乎沒人能給出什麼好回應。」

「你到底想**表達**什麼？」狂怒的米奇爾隊長問。

「我只是在說，」奎塞迪斯說，「你們和布拉希塔斯應該會相處和睦。你們根本像同個模子印出來的。但你們不知道的是──說眞的，**沒人**知道──布拉希塔斯後來的下場。」

久久無人說話。

「到底什麼下場？」隊長問。

「唔，」奎塞迪斯開心地說，「有個人來到毘藍尼亞，**此人**想以法律和矛之外的東西戰鬥。而布拉希塔斯的輝煌軍隊及他開明專制的統治……將全部都消逝。」他往前靠，聲音益發深沉得詭異不安。「像樹葉上的雨滴般被抹煞……」

歐索聽見遠方傳來的聲音，非常微弱，但也非常熟悉：米奇爾鐘塔，在遠處響起午夜的鐘聲。「噢不。」他低語。前廳每個角落的空氣開始震顫發抖，彷彿大風吹襲山所的諸多廳室，然而歐索的皮膚感覺不到絲毫風或氣流。噁心感在他腹內盤繞扭動，他聽見身旁的米奇爾士兵輕聲呻吟。

奎塞迪斯站直，接著抬起雙腿，就這麼盤腿浮空，雙手放在膝上，黑色面具朝月光揚起。他再度開口時，聲音如此低沉，連天花板都被震動。「力量帶來的問題，明白嗎？**總是會有力量更大者**。」

奎塞迪斯伸出一隻攤開的手，非常輕地勾起手指。

米奇爾隊長呼吸窒塞。

他尖叫並抽搐，接著**飄浮**起來。

米奇爾士兵詫異地看著他們的隊長緩緩升上空中，有如穿線人偶。他的五官化成極端痛苦的表情，他發出長而響亮的尖叫——然後突然看似**內爆**。

這無疑是歐索生平僅見最駭人的景象。最先是隊長的手臂折斷內縮，接著雙腿啪地折起，然後肋骨和肩膀朝內皺縮，頭顱詭異地拉長，像是有人在拉長一塊黏土。彷彿他被隱形巨人的拳頭砸扁，四肢被逐一捏緊，然而他沒有流血，一滴也沒有。

奎塞迪斯扭動一根手指，隊長遭毀壞的身體碰地落地，但仍繼續抽搐。

他還活著，歐索害怕地想著。他……他對他做了這種事，噢我的天，他卻**還他媽活著**！

一名米奇爾士兵尖叫：「**射死這雜種！**」

接下來，歐索只聽見數十甚至數百銘印弩箭呼嘯穿過空中的聲音響徹前廳。他尖叫閉眼，滿心確定流箭會射穿他的胸膛或臉，然而聲音漸漸淡去。

他睜開眼。

奎塞迪斯仍飄浮空中，一手舉起，看似舉著一顆巨大的灰色絨毛球。球的密度變得愈來愈高，歐索才發現那些不是絨毛，而是弩箭，數十枝，或許數百枝，全圍繞奎塞迪斯的手邊，但沒一枝箭擊中他。

「夠了。」奎賽迪斯隆聲說，弩箭球隨即飛散。

歐索驚駭地看著弩箭直直飛向剛剛射出的人，數十個士兵轉眼間便被射成碎片。奎塞迪斯接著單手導引這波弩箭，彷彿它們是在前廳飛掠的一群魚。他指一處有名士兵蹲伏在內的看臺，弩箭流便吞噬該處，將他徹底毀滅；弩箭流接著沿走道蜿蜒前進，撕碎另一名試圖逃走的士兵。這一切發生得太快，歐索的眼睛幾乎無法轉譯這畫面。

「自滿。」奎塞迪斯說。

弩箭流在他身後肆虐，他手指面前兩名士兵，接著手往後扯。他們的臉爆出鮮血，手臂脫力，血不斷湧出，像條紅色長蛇般盤繞空中，直到奎塞迪斯懶洋洋地揮手才嘩啦落地，士兵同時癱倒。

歐索目瞪口呆。他……他剛剛是直接把血從那兩個人身上拉出來嗎？

「自負。」奎塞迪斯說。

他雙手指向兩名士兵，接著猛力互擊。他們一面尖叫一面飛向對方，接著嘎扎一聲，彷彿孩童手拿兩個泥偶互砸爲一。他朝他們輕輕拍手，糊成一團的兩人應聲倒地。

「肥胖，」他說，「吃太多而且**緩慢**。」

他抬起雙手，彷彿清空桌面。隨著一陣異口同聲的尖叫，歐索身旁士兵、瓦礫和殘骸滑向前廳側邊，彷彿有人拿起整座建築往一側傾倒。歐索在悽慘的驚駭中尖叫，但注意到自己並未滑走。格雷戈也沒有。他們兩個都留在原位。

「你們不知道我在我的全盛時期**毀滅**了多少帝國。」奎塞迪斯隆聲說。

撞上牆的士兵繼續尖叫，釘在石牆，歐索這才發現無論是什麼力量將他們推到那兒，那股力量仍在推壓，而且愈來愈強大，不停壓、壓、壓，直到士兵們被壓扁，如被一個巨大的平面擠壓……

「天啊。」歐索低語。

「最令我厭倦，」奎塞迪斯說，「你們都自以爲如此**特別**。如此獨特，值得你們擁有的一切。」

他做了個手勢，壓扁的士兵浮上空中，彷彿一面壓碎人體構成的牆。

這面牆往內收折，化爲一顆球。然後縮小、再縮小……

那顆血肉、石塊與玻璃構成的球在空中懸浮片刻。

「但說實在話，」奎塞迪斯說，「**你們**的帝國甚至稱不上非常先進。」

「然而我仍將享受將其輾爲沙與灰燼，一如其他帝國。」

球慢慢往下飄、再下、再下……最後停在前廳的地板中央。

許久許久都靜謐無聲。

奎塞迪斯浮在空中，維持古怪的冥想盤坐姿態。他緩緩轉身面對歐索。

「好啦。」他說。「上一次**這麼**做是好久以前的事了。」

19

桑奇亞和貝若尼斯安靜驚駭地在四樓的陽臺式看臺望著奎塞迪斯結束他的屠殺盛宴。

「我的天啊。」貝若尼斯輕聲說，淚水滑落臉頰。「我的**天**啊……」

奎塞迪斯維持盤坐飄入巨穴般的前廳。「我認為，」他喊道，「有人欠我一句道謝。」他的黑面具掃過四周的連綿的看臺。「不是嗎？你是不是欠我一句道謝，桑奇亞，因為我救了你的朋友？」

桑奇亞感覺血液在四肢內撞擊。*該死。他知道我在這。*

她看著他的黑色面具掃過走廊。「這愈來愈令人厭倦了。」奎塞迪斯的聲音在整個前廳迴盪。「這偷偷摸摸、刺探監視，明明單純的對話能發揮更大作用……畢竟我們一直沒能完成先前的討論。」

她看著仍垂頭坐在地的格雷戈，還有綁在桌上的歐索。然後，儘管目不忍視，她的視線還是轉向他們旁邊地上那一團模糊的血肉、石塊與武器……

他會對他們如法炮製，而且下手毫不遲疑，一點猶豫也不會有。

「貝若尼斯，」她嘶啞地說，「我們是為了圓錐才來此，現在快帶著離開。」

「什麼？」貝若尼斯驚愕地說。「你……什麼，你真打算下去跟……那**東西**談話？」

「對。我有一個計畫，應該說協議。」她抬頭看前廳屋頂。「我跟山所的協議，我想它應該非常希望我遵守協議。」

「桑奇亞。」奎塞迪斯喊道。「我愈來愈無聊了，而我**無聊**時老是會分神……」

她回頭看貝若尼斯。「**立刻走**！等歐索和格雷戈追上你，我們是爲了那東西來，你必須保護好。」

貝若尼斯望入她眼裡，臉龐輕顫。「你會沒事吧？」

「我會沒事的。」她想相信自己說的話。

她們絕望地親吻，貝若尼斯用一隻手摸索她的臉，隨即轉身跑進祕密出口。

我眞他插希望知道我自己打算做什麼，桑奇亞暗忖。

她起身大喊：「我現在下去！」

她聽見歐索的聲音尖叫：「不！不可以，天殺的，快他媽逃出去！逃出去，逃出去，逃出——」

「噢，夠囉。」奎塞迪斯的聲音隆隆。

歐索安靜下來。從桑奇亞位置看來，他沒有受傷，只是怪異地僵直。

「我會很文明，」奎塞迪斯說。「我們都會很**文明**，就這一次。這將會多美好啊。」

走下樓梯，穿越前廳主樓層時，桑奇亞努力壓抑顫抖。空氣瀰漫血與死亡的臭味。地板和牆面血跡斑斑。被綁在桌上的歐索嗚咽。在一旁，平和又冷靜盤坐空中的是奎塞迪斯。她從陰影中走出來時，他的黑面具鎖定她。

「啊。」她往前走的同時他說道。「她出現了。勇敢的小兵。桑奇亞……你看起來不太好，你知道吧。你應該洗個澡，或是洗兩次。」

「吃屎啦。」桑奇亞說。

奎塞迪斯歪頭。「**你**順利拿到定義圓錐了嗎，桑奇亞？」

她示意四周的血和破壞。「今晚有哪件事看起來順利嗎？」

「我不知道。」他冷淡地說。「我年輕時看過更糟糕但還算順利的狀況。」他飄向她。她的腹內微微震顫。「那麼你跟構物接觸過了吧。她今晚派你來，正如我所料。」
「對。」
「我一定要知道——她在哪？」奎塞迪斯問。
「我會和盤托出。」桑奇亞說。「全部——前提是你得放我朋友走。」
「我爲什麼要這麼做？」奎塞迪斯問。「籌碼在手，你似乎更有可能誠實相告……」
「要是你覺得我說謊，你或許會折磨他們好讓我說實話。但那只會浪費你的時間，你可以用來抓瓦勒瑞亞的時間——她就在非常、非常近的地方。」
奎塞迪斯靜止，面具對準她，雙眼有如黑色深淵。「是這樣嗎？」
「對。她躲在米奇爾符文典中。只不過，米奇爾目前使用我們的一種新工具，讓她能夠同時棲息於**每一個**米奇爾符文典。」
「桑奇亞！」歐索嚇壞了。「你他媽到底在**做**——」
奎塞迪斯伸出一根手指，歐索隨即凍結、不再出聲。
「說下去。」奎塞迪斯說。
「我們打算拿到那個定義、裝入附近的符文典，再將符文典跟米奇爾鑄場偶合。這樣瓦勒瑞亞就能逃脫，並在帝汎建立一個據點。」
「你們便可利用這個據點，」奎塞迪斯說，「來對抗我。」
「對。」
「我懂了。」他審視她片刻。「歐索——她說的是眞的嗎？」
歐索用力閉上眼，彷彿正努力忽略刺耳的噪音。「對。」他慘兮兮地低聲說。
「放他們走。」桑奇亞說。「如果你放他們走，你就可以得到你要的一切，而且在你想得到那一切的地方，不是嗎？」她怒瞪著他。「畢竟你原本就想把她帶來山所了，不是嗎？奪取崔布諾在這裡建造的可怕工具，將這整個他插的地方轉變成鍛爐——改造她，強迫她做你想做的事？」

他又審視她片刻，最後終於「啊！」了一聲，接著說：「厲害。我沒想到我居然這麼容易被看透。那——她就在附近囉？」

「對。」桑奇亞說。「我可以帶你去找她。」

「歐索……」奎塞迪斯輕聲說。「她眞的可以嗎？說實話。」

歐索的臉因自我厭惡而扭曲。「可以！」

「而且如果我不做，」桑奇亞說，「你大可用顆石頭砸碎我的腦袋。這樣你的籌碼不就很多了。」

奎塞迪斯盯著她看很長一段時間——也可能因爲她太害怕，才會感覺這麼長久。桑奇亞可以感覺到自己的心臟在胸腔內撲騰。啪的一聲。桑奇亞一縮，預期石塊朝她飛來——不過只是綁縛歐索的繩索忽然斷開，格雷戈雙手的縛繩也一樣。歐索滑下桌子，又是咳又是喘。

「歐索，起來。」桑奇亞厲聲說。「抬起你的大屁股，帶著格雷戈離開這裡。」

歐索掙扎站起，踉蹌走向格雷戈後扶他起身。「你對他說了什麼？」歐索轉向奎塞迪斯質問。

「如果我是你，我會離開，」奎塞迪斯說。「在我決定你的血流到體外比留在你體內好看之前。」

歐索怒瞪他，不過隨即扶著格雷戈蹣跚離開前廳，留下桑奇亞獨自面對奎塞迪斯。

天神保佑我成功，她心想。

「好啦，桑奇亞。」奎塞迪斯歡樂地說。「帶路吧。」

桑奇亞憤怒地走入山所的一條條走廊，奎塞迪斯默默飄浮在她身後幾呎。要不是胃裡持續性的噁心感，她多半會忘記他還在。

「告訴我，桑奇亞，你覺得這地方如何？」他們走上螺旋梯時，奎塞迪斯問道，聲音在沒有盡頭的通道中迴盪。

「吭？你是說山所？」

「當然。」

「你有什麼好在乎的？」

「我個人認爲這是消沉淒涼的地方。但我好幾年沒感受到它的陰沉了，想知道你是不是有不同想法。」

「我……不覺得。**你**爲什麼覺得山所消沉？我以爲這種地方跟你很對味。」

「噢，不。我的意思是，它被建造來做爲我的寺廟。」他眺望黑暗的前廳。「崔布諾最大的願望就是見證我的存在、接待我。他甚至模仿我的方法——就某種程度而言。眞浪費，不只是石磚，還有那些艱苦受難……」

「聽到某個剛把一群士兵壓成一顆球的人談論受苦還眞詭異。」

「嗯，或許吧。但有爲了強化力量而施加的苦難，也有爲了更遠大目標而施加的苦難。」他朝前廳揮揮手，裹黑布的手指展開時發出詭異的喀嗒聲。「我來此就是防止**這樣的事**，桑奇亞，防止出現更多崔布諾，防止更多國王、皇帝或統治者出現並將他們的意志強加他人。所以我才這麼努力回歸。**那**正是我來此的目的。」

聽到這番話，桑奇亞差點絆倒跌個狗吃屎。她迷惑地回頭注視他。「你**什麼**？你來的目的是……要成爲某種奇怪的**解放者**？」

「有這麼怪嗎？」

「聽到創造出有史以來最大帝國的人說自己對帝國有點意見，我覺得有夠怪，沒錯。」

「你誤解我說的話了。我活了**非常**長的一段時間，桑奇亞。要說在我所見的歷史中我曾學到哪件事，那就是人類非常擅長想出可愛的小改革……只是終究化為殘酷與壓迫，還有奴役。再單純的事物都可變成武器——舉例來說，豆子。」

「什麼？**豆子**？」

「對。」他一副有大把時間的樣子，對她解釋起來。「這裡以東的土地上，馬沙扎瑞人曾培植一種極度強韌但富含營養的白豆品種，讓他們的小文明昌盛起來。他們的孩童壽命變長，工作時間也變長，因此能將更多時間用於他們追尋的事物。你知道他們最後拿這雖小但務實的農業創新來做什麼嗎？」

「不知道。」

「他們用袋子裝滿這種豆子，讓士兵揹著這些袋子——突然間，他們有一支高機動性的步兵，不需花太多時間停下來進食，或搜索糧秣，或烹煮食物。就這樣，他們發展成一個雖小但頗為凶猛的小王國，征服了幾個鄰國。都只因為豆子。」

他們轉彎，繼續往前廳的高處爬、漫步走入黑暗，只有銘印燈籠微弱閃爍的燈光穿透這片黑暗。

「我還看過鞋子引發相同狀況，」奎塞迪斯說，「還有鐵、船、馬和馬鞍。轅埍人**非常**善於此道。利用騎兵隊，他們開創了一個讓你們現今國家相形失色的帝國，他們有數不清的奴隸……」他走神片刻。「人類迸發的創意中，沒有哪一項最終不是用在屠殺或控制。所以當我創立自己的帝國，我當時的想法是如果我們要有國王，最好也要他們聽從我的想法，逼他們合宜行事——創新與建造，但**不**必然轉為野蠻。」

「結果如何？」桑奇亞問。

「嗯？噢，不好。」奎塞迪斯輕鬆地說。「不幸的是，真的非常不好。人類將創新用在殘酷用途上最具創意。就算在我這般特權的高度，權力都遠比我所能想像的創新還能轉化靈魂。」他緩緩轉頭，直到空洞的雙眼對準她。「最後我終於了解，桑奇亞，你無法靠制定法律、政策或律令約束這種衝動……你必須覆寫人類的心智——直接地、立即地，且**永久地**。」他歪頭。「還會有什麼任務比這更重要？」

聽懂他的意思後，桑奇亞寒毛直豎。

「但……但瓦勒瑞亞不可能做到像那樣的事，」她虛弱地說，「不可能掌控所有人的**心智**。我是說……她做得到嗎？」

他聳肩。「你無法想像在她那樣高度的力量，會擁有什麼樣的權限。一念之間改寫現實的能力——山脈、島嶼、國家，甚至文化，都隨她所願改變或消失……或說隨**我**所願，畢竟那些年來她大多在我的控制下。可是她仍握有那些許可的空前權限，而那些許可支配我們世界的本質。當然了，也包含人類的本質。」

隨著桑奇亞慢慢理解他的意圖牽連多廣泛，她有一種作嘔感。她現在了解這次的威脅跟她面對過的威脅之間差異多麼巨大。帝汎從不欠缺想打造強大工具的人，卻不曾有人能夠將即時並規模宏大的改變強加在所有人事物的現實上。

「如果這就是你逼她做的事，那……那她爲什麼反倒試著殺掉你？」

「啊……」他的聲音變得略加深沉。「那是……一場誤會。**蓄意**誤解我給她的指令。你無法想像她帶來的毀滅。我花了**非常**長久的時間，才回到一個我能改正她所做所爲的地方……」

桑奇亞努力不露出關切——因爲就某種程度而言，他說得沒錯。她還是不太了解瓦勒瑞亞。*但在他們兩個中*，她暗忖，*只有一個人當著我的面、在我眼前殺掉整船的人。或許該聽另一方的話。*

「你沒想過爲什麼歐菲莉亞．丹多羅會幫助我嗎，桑奇亞？」

「因爲她是一個沒心沒肝又冷血的爛人。」

「沒這麼簡單。」奎塞迪斯說。「我在這城裡有幾個侍從的選項，包含崔布諾．坎迪亞諾。不過我選了歐菲莉亞，因爲她有個關鍵的不同之處。」

「也就是？」

「唔，她受過苦。」他簡單地說。

「受苦？丹多羅特許商家創始者的女兒……受過苦？」

「對。我一直在觀察她。當她發現她丈夫是怎樣的人時，我看在眼裡。當她失去一個孩子，另一個也差點不保時，我也看在眼裡。我帶著解方現身。」

「解方就是把格雷戈變成怪物？把他變成……變成殺手，讓你死而復生？」

「她就是這麼決定了，」奎塞迪斯說，「她認同我。歐菲莉亞・丹多羅和你的共同點比你所知還多。見到人類引發的後果，她愈來愈失望氣餒，就跟你一樣。」

「我才沒他插失望咧。」

「確定？你眞以爲打下另一個商家便可修復這座城市？還是兩個？或乾脆全部？就算修復，又能維持多久？」

桑奇亞沒說話。

「如果我提供一個眞正修復這世界的方法，」奎塞迪斯說，「終結商家、解放奴隸，代價是你得犧牲你珍愛的東西，你願意嗎？如果眞能爲千百萬人帶來一個更安全、更正常、更仁慈的未來？」

她吞了口口水。他們快到目的地了——她看見掛在前方的壁畫，描繪崔布諾・坎迪亞諾從太陽的中心鍛造出山所。

「那克雷夫呢？他又怎麼說？他也犧牲自己嗎？還是你殺了他？」

她的身後寂靜無聲。

「啊。」奎塞迪斯輕柔地說。「我覺得現在告訴你這方面資訊有點太早，還沒到讓你知道的時候。」

她停在壁畫前，轉身面對他。「他是誰？你當時又是誰？」

「關於我與克雷夫，」奎塞迪斯說，「你問起的只是約百分之一。那發生在非常久遠以前，就像我問你關於你剛出生前九十天的事——這裡面沒有多少有用資訊。」

「他是我朋友，我有權知道。」

「你什麼權也沒有。你跟他相處所體驗到的，充其量只是一個心智在腐朽中的工具內對你說話。他一定胡言亂語了一堆令人摸不著頭腦的瘋話吧。」

「你相信是這樣嗎？」桑奇亞問。「還是說，你寧可是這樣？」

奎塞迪斯不動如山地俯視她。

「如果我對**我的**朋友做了可怕的事，」桑奇亞說，「我也會想相信他們已經不在了。我不會想知道他們在受折磨——他們**一直**沉默受苦，孤單——」

「你提到折磨和犧牲，但你根本不知道那是什麼感覺。失去某人、同時知道自己將面對更大的衝突，相比之下他們的生命毫無意義，你根本不知道這是什麼感覺。你甚至不知道構物在對你做什麼。她在犧牲**你**，就在此時此刻，只是非常非常緩慢。」

桑奇亞停頓。她到現在爲止都很害怕，但這番言論激起更深層的恐懼，她懷疑很久了，卻尚無法釐清眞相的恐懼。

「帶我找到這裝置。」奎塞迪斯要求。「帶我找到構物，告訴我她在哪，我們就再無瓜葛。」

她轉身面對壁畫。壁畫沒發出一絲聲響便在她面前分成兩半開啓。她無聲乞求山所協助——她估計他們不該交談，因爲克雷夫先前也能聽見她和這建築談話，奎塞迪斯也無疑可以。

裡面非常暗，不過桑奇亞能夠透過銘印視力看見裡面的擺設。

她環顧這房間。*崔布諾，她想著，你就算死了，還是能令我驚奇。*

奎塞迪斯緩緩飄進來。「這……這就是裝置？這房間是……等等。」燈突然同時點亮，音樂開始播放。

奎塞迪斯注視身旁這些華麗繁複，坦白說頗荒謬的展示。一面巨大的繽紛橫幅垂掛天花板，上面寫著：**歡迎符文黃金時代的諸位創造者蒞臨！**一座嵌有偉大傳道者樣貌的巨大雕像矗立房間中央——伐內克、埃若索斯、瑟雷科斯、阿加索利斯——而且幾不可察地轉動著。一面牆上是一幅奎塞迪斯．馬格努斯本人的巨大浮雕。當然了，是蓄鬍、巫師貌的版本，描繪他破開世界中心之室的門，手上拿著一把大鑰匙。另一面牆上是第二幅青銅浮雕，描繪一群乾癟結實的男人，頗具象地將頭探出宇宙之牆，瞥看以星辰爲背景排成陣列的一把巨槌、一把鑿子、一個鑄模，還有幾個坩堝。

音樂顯然是最糟的環節：兩把銘印豎琴和一組銘印箱管從傾斜的地板升起，開始演奏一首樂曲。在崔布諾打造這房間時，無論那是幾十年前，這首曲子的音可能是準的，只是現在聽起來不太像音樂。

「什麼？」奎塞迪斯困惑不解。

桑奇亞衝過房間，對面的牆打開，露出一條路徑，能夠離開這吵鬧又尖叫不休的房間。山所的聲音在桑奇亞腦中吼道：**〈我的存在目的！我的存在目的！噢，噢噢，我太高興了！我太高興我終於找到我的存在目的了！〉**

「什麼？」奎塞迪斯的音量提高不少。

房間兩側的天花板降下兩面大鋼牆，將他困在牆之間。

〈我將永遠留住你！〉被喜樂席捲的山所對他尖叫。**〈你是如此美麗！你是如此優秀！我將永遠留住你，永遠，永遠！〉**

桑起亞轉身奔跑，盡她所能快速往前衝，穿過一道道門、一條條走廊、衝下階梯，一直衝到祕密出口，全速奔入。

震耳欲聾的一聲碰響徹圓頂結構。

應該只能撐十分鐘吧，她暗忖。腳步敲打黑暗通道的地板，心臟也在胸腔內撞擊。

另一聲巨大的碰。或許只有五分鐘。

桑奇亞盡可能快速衝過密門，她奔上階梯躍進花園。她隱約察覺四周冒煙的建築——顯然丹多羅家和米奇爾家在山所外的街道開打——但她無暇多顧：她盡可能快速奔跑，努力逃出去，回到牆邊，遠離這座受詛咒的內城鬼鎮……

山所又傳來一聲震得人牙關打顫的碰。

天啊，她心想，我必須移動，我必須移動，我必須移動……她瞥見飄浮在前方圍牆上空的綠色大燈籠——好遠、好遠的前方，仍繫在鑄場畔的酒車上。希望其他人都回去了，她一面跑一面想。但我他媽怎樣才能及時趕到？

接著她冒出一個點子，說實在是爛透的點子，不過點子就是點子。她一邊跑一邊拿出她的刻印，設定成錨定符文串，對準燈籠發射。距離太遠，她看不見是否射中。希望正中目標，她心想，否則我就死定了。她啓動胸甲，收縮銘印視力，確認胸甲正常運作，眞的有在她身旁投射出鐵箱。

山所又傳來喧天的碰。

姑且一試吧。她對準前方發射另外半枚鉛彈。

鏗的一聲，錨定符文射中隱形箱壁的內側，彷彿懸浮在她眼前的空中。

接下來，她只知道自己飛越空中。

雖然不是第一次這麼做，桑奇亞仍在全然直覺下放聲尖叫。這是一種廉價簡單的運輸方式——之所以這麼廉價簡單，是因爲這種技術馬虎又危險得要命。黏在兩個表面的兩顆鉛彈斷然相信應該與對方在一起，會以強大得瘋狂的力量橫跨任何距離拉彼此。

飛行時，胸甲陷入她的肩膀，建築以驚人的速度掠過。綠飄浮燈籠以及在旁邊飄舞的小飄浮燈籠群愈來愈近，牆頂的弩弓組被弄得一頭霧水……她撞穿小燈籠雲，接著撞上巨型綠飄浮燈籠。幸運的是，他們將這燈籠打造得異常強韌，但當她的隱形鐵箱撞上燈籠側邊，燈籠還是大聲抱怨，發出討人厭的咯吱嘎扎聲響。

她聽見下方傳來歐索的聲音：「那他插是什麼？」

「**是我！**」她尖叫。

「**桑奇亞**？」貝若尼斯大喊。

桑奇亞領悟這景象有多荒謬：她的隱形箱側面與飄浮燈籠相黏，而她套著胸甲掛在半空中。

「撐住！」克雷蒂亞喊。「我們把你弄下來！」

山所又傳來撼動大地的碰。

「走就對了，走，走！」她朝他們尖叫。「**別管我了，他插先走再說！**」

「該死……」吉歐說。遊行車一躍向前，拖著燈籠——以及桑奇亞——飛速前進。

歪倒的飄浮燈籠沿街旋轉亂晃，她的胃跟著扭攪。她聽見狂歡者在近處吶喊尖叫——或許是對她，或許是對山所發生的事。燈籠從一座建築的正面彈開，又一棟，她在胸甲內一面痛苦晃盪一面尖叫。

她聽見克勞蒂亞吼道：「**把她弄下來，弄下來就對了！**」

然後是歐索：「**對，拜託！老天垂憐，我們需要她！**」

儘管她暈頭轉向到要吐出來了，他們說的話還是令她心一沉。因為這表示格雷戈計畫中的最後一個環節並不順利。遊行車轉入一條相對筆直的大道，她的姿態也稍微拉正一些。燈籠開始一點一點下降。她猜他們正冒險將她拉回高速行駛的遊行車。

山所又是一聲碰，又一聲。桑奇亞回顧城市的連綿屋頂——剛好看見事情發生。

成千上百巨型飄浮燈籠以及盤旋鴿籠與房舍上方的藍、紫、綠色飛船點亮帝汎，遠方則是黑沉沉的山所。又一陣震耳欲聾的爆裂聲，接著一股煙塵從圓頂結構的側邊直衝而上，有如馬勃菌菇噴出孢子。她驚駭地看著山所緩緩內爆，帝汎最龐大的建築一點一點朝內崩塌，漫長緩慢且驚天動地的過程。

平民區與燈地似乎同時響起尖叫聲。

噢，山所，她心想，*我眞的眞的好抱歉*。

「快拉下來了！」克勞蒂亞喊道。「快了！」

燈籠背面撞上遊行車，車子隨之一震，他們隨即將她拉進車裡。她喘著氣拍擊胸甲側邊的按鈕，癱倒在木地板上。他們關閉並壓扁大飄浮燈籠的同時，她還是持續暈頭轉向。

「我的天啊。」她喘氣道。「我的**天**，我可不想再來一次。」

「桑奇亞！」歐索大喊。「抬起你該死的尊臀過來**幫忙**！」

他的聲音來自裝在車後的大酒桶。桑奇亞呻吟著踉蹌起身，跳過酒桶頂到後面查看。桶蓋已被撬開丟到一旁，露出酒桶中央一個防水的小艙室——大桶中的小桶；小桶內則安放著一具從克勞蒂亞和吉歐的工作坊拿來的小型符文典。這就是格雷戈計畫中的最後一步——*可以一出內領地圍牆就召喚瓦勒瑞亞來保護我們，他提議，何必等到我們把瓦勒瑞亞帶回鑄場畔呢？*

高明的一手——當然了，前提是要能成功。

「**沒在熱機！**」歐索吼道。

「不對！」貝若尼斯說。「有在熱機，只是需要一些時間！」

歐索抬頭看桑奇亞。「你能不能——我不知道，加速這該死的熱機？」

「該死。」桑奇亞嘟噥。她爬進大酒桶，然而同時，她發現帝汎的巨型飄浮燈籠出現奇怪變化。許多燈籠漸漸消失。不，不是這樣——它們被一一粉碎，而且是沿一直線一一粉碎，彷彿從山所射出一顆暗色子彈，直衝他們的遊行車而來。

奎塞迪斯，她心想，他來找我們了。

她跳入酒桶內以牆隔開的中心，一隻手貼住符文典外殼，聆聽。

〈我……是……支……配……世……界……的……平……臺……〉

〈我……是……一……切……〉符文典非常緩慢地說著。

它說話的速度慢得令人**痛苦**。一般符文典熱機只需要十到二十分鐘，它會以設定好的程序檢視每個基礎輔助論述，接著才能對外主張哪個符文串為真、要現實聽令。然而這具符文典在苦苦掙扎。

桑奇亞領悟她必須做什麼。「貝若尼斯！」她喊道，「我需要你在我耳邊念出基本熱機程序！」

「**什麼**！」她困惑不解。

「我需要幫這東西加速！但是我……我記不得完整程序！請幫幫我！」

貝若尼斯爬下來她身旁。「呃，首先是距離的定義，符文典才能知道什麼東西近、什麼遠……」

桑奇亞想起來了。她快速回想相關定義的指令，強行灌入符文典。感覺像是催促一名年老的內城內官匆忙完成結婚儀式——*對，對，現在是油膏，然後宣示，然後結手……*

「然後呢？」桑奇亞叫喊。

貝若尼斯眼神放空，桑奇亞知道她現在陷入思緒之海，那是一間她記憶無數事實與各種事物面向的祕密圖書館。「接下來是策源的定義，」貝若尼斯說，「也就是符文典的意義核心！」

*該死，桑奇亞慢慢想起，棘手的部分……*她將論述灌入符文典——然而，突然傳來某項事物掠過他們頭頂的聲音，附近碰一聲，接著爆發一陣尖叫。

「**該死**！」駕駛座上的吉歐尖叫。「**有東西從天降落在我們前面**！」

桑奇亞知道，無論那是什麼都不可能是降落下來，而是被丟過來的。她站起，越過酒桶邊緣查看，目睹那道身影在遙遠之處輕快飛過夜空——那是一身黑的身影，維持古怪的冥想盤腿坐姿……

她看著某個黑沉沉的東西疾射向他，繞著他打轉兩圈，接著直直朝他們飛來。

「注意！」她大喊。

一顆石頭犁過泥濘的街道，與遊行車僅有毫米之差，吉歐急轉彎閃避。遊行車嘎吱呻吟，貝若尼斯在酒桶深處咒罵。

「搞定了嗎？」歐索問。「搞定了嗎，女孩？」

「快了，快了！」桑奇亞咆哮。「接下來要幹麼？」

「接下來是碟片的定義！」貝若尼斯大喊。「如何讀取、以什麼順序進行！」

桑奇亞閉上眼，催促符文典接續處理這個部分。她暗忖，*我現在超級希望自己以前更用心聽歐索嘮叨扯符文典的事……*

另一顆石頭嗖地劃過空中，擊中一棟鴿樓。鴿樓像以紙牌搭建般坍塌。

「快到鑄場畔了！」克勞蒂亞說。「我們剩沒多少距離可跑了！」

「然後是什麼？」桑奇亞嚷道。

「最後是開始執行碟片上論述的指令！」貝若尼斯大喊。「但是這個步驟要花比較長——」

突然劈啪一聲，有東西打穿木頭，歐索尖叫著倒向一旁。

桑奇亞花了幾分鐘才搞懂發生什麼事。酒桶側邊出現一個洞，一個之前絕對不在那兒的洞。歐索緊抓著肩膀尖叫，全身痛得抽搐，鮮血從他指間湧出。貝若尼斯發出尖叫，手足無措地跪在他身旁。

桑奇亞從酒桶破洞往外看，看見奎塞迪斯沿大道疾飛追趕他們，姿態平靜得詭異，衣袍和帽子甚至沒隨風飛舞。

「**你這狗娘養的！**」桑奇亞咆哮。「你這下賤的雜——」

她冷靜下來，想起自己的任務，一手放上符文典。

〈啟動論述！〉她對符文典大叫。

〈偶……合……空……間……的……論……述？〉它的字句有如焦油糖緩緩滴落。

〈對！〉

〈完成。還……有……連……結……我……的……策……源……和……另……一……個……策……源？〉

〈對！〉桑奇亞絕望地喊道。

〈完成。〉符文典說。〈然……後……是……〉

〈支配現實的論述！〉桑奇亞對著符文典大喊。〈對，對！現在就做，現在，**現在！**〉

她聽見吉歐驚慌地大喊。銘印遊行車在路口急轉彎——她認得這路口，離鑄場畔不遠了——他們在泥濘中稍微打滑，但車身仍維持直立。貝若尼斯坐在酒桶內，緊壓住歐索的傷口，雙手到手臂滿是鮮血，她努力止血，同時歇斯底里地啜泣。

〈請快一點！〉桑奇亞乞求符文典。〈拜託。完成了嗎？完成了嗎？**完成了嗎**？〉

然而符文典沒回應。接著車底傳來一聲啪，周遭的一切全跳了起來。他們在酒桶裡撞成一團，桑奇亞大聲叫喊。符文典對這樣的擾動已有萬全準備，似乎沒移動多少，但歐索痛得尖叫，她也聽見克勞蒂亞和吉歐大叫，遊行車緩緩停下。

「一個輪子斷了……」桑奇亞氣喘吁吁。「一個天殺的輪子……斷了……」

她站起，越過酒桶頂朝外看。鑄場畔就在幾百碼外，但這個當口沒那麼要緊了。就此刻而言。她感覺腹內一陣東西亂彈的噁心感，緩緩轉頭查看後方。

「不。」她低聲說。

他平靜無比地飄過轉角，好隨興，彷彿一艘航過平靜溫和河流的小船。他轉身面對他們，雙手放在交疊的腿上，身上一塵不染——儘管他剛以一己之力摧毀坎迪亞諾家的山所，還有半打平民區鴿樓。

「好啦。」奎塞迪斯用他那低沉隆隆的聲音說道。「我不真的希望事情演變至此，你知道的。」

他下方的地面震顫，泥濘的大道冒出十二顆巨石，彷彿河岸上孵化的蝌蚪。巨石升起，繞著他打轉了起來，有如濕淋淋的小行星。

「克勞蒂亞、吉歐！」桑奇亞大喊。「下車，**快下車！**」

「但……」他一面沉思一面說。「現在我感覺**不得不**……」

巨石在他身旁高速轉動，接著直朝他們的遊行車飛去。桑奇亞往前撲進酒桶緊緊抱住貝若尼斯，臉埋進她的頸根，一手放在歐索胸口。

別像這樣，她心想，*別像這樣*……

她準備面對衝擊，面對巨石撞上木頭或骨頭的聲音，面對她那受損的腦在頭顱中停止運作時仍試著解讀其所見世界的朦朧瘋狂；也面對貝若尼斯就在離家不過幾步遠之處死去時的空洞雙眼……

然而衝擊並沒有到來。

桑起亞緩緩放開貝若尼斯。她們都在啜泣，困惑地看著彼此。然後她們探頭查看酒桶外。

十二顆巨石懸浮在離遊行車約二十呎的空中，因某種壓抑的能量而顫動，彷彿想逃脫釣線的魚。剛開始桑奇亞納悶奎塞迪斯是不是改變主意了，但她看見他握起拳頭，微微傾身，彷彿正非常用力凝聚心神，空氣隨一股令人坐立難安的能量而搏動，她的耳朵和眼睛莫名疼痛。

「不……」他低語。「不！」

巨石非常輕微地往前滑——僅前進幾吋——但又停住了。桑奇亞聽見腦海中的聲音：一個古怪、長笛般不自然的人聲，彷彿有人以箱管模擬人類說話。

〈不。〉瓦勒瑞亞的聲音說。

接著桑奇亞看見了，非常短暫的一瞥。龐然矗立的黃金人形站在遊行車後二十呎，面對奎塞迪斯。

「我不准許你。」奎塞迪斯說，他的拳頭在顫抖。「絕不。」

〈我的許可或許不廣，〉瓦勒瑞亞的聲音說，〈但在這個空間內，這些許可是絕對的，創造者。〉

巨石顫抖，接著全以令人目眩的高速朝後急射，目標是奎塞迪斯。擊中時發出轟天巨響，街尾煙塵瀰漫。桑奇亞和貝若尼斯雙雙縮回酒桶內，煙塵散去才緩緩站起。

奎塞迪斯仍坐在街尾的空中，一掌朝他們攤開，他下方的泥地滿是碎石，身旁的建築化爲碎片。巨石沒對他造成丁點傷害，但他心情非常差。

〈午夜退去。〉瓦勒瑞亞的聲音低語。

他緩緩歪頭，好一會兒後才開口：「我懂了。確實是。但……午夜將再來，不是嗎？」說完他便轉身緩緩飄走，回到帝汎上方煙霧瀰漫的天空中。

第三部　最後的問題

20

下一瞬間是全然的混亂：人們歇斯底里地尖叫跑出家門，川流湧過他們搖搖欲墜的遊行車；汗涔涔且不住呻吟的歐索一手緊握住自己冒血的肩膀，在貝若尼斯和桑奇亞的攙扶中下車；克勞蒂亞和吉歐凡尼發瘋似地賣力將新輪子裝上遊行車，才能走完回到鑄場畔前門的最後幾呎路；隨著山所崩塌的餘波持續蕩漾，遠方持續傳來尖叫與騷動聲。

〈瓦勒瑞亞？〉她們攙扶歐索爬上辦公室時喚道。〈你……你還在嗎？〉

〈我在。〉瓦勒瑞亞的聲音回道，聽起來仍虛弱無力。〈但是……你帶來供我棲息的這個製品……不夠。〉

〈辦公室裡有一個更好的符文典。〉

〈帶我去，我才能給你們更多協助。〉

貝若尼斯和桑奇亞急忙跑回車上從符文典拉出崔布諾的定義圓錐，改裝入鑄場畔圖書館地下室的符文典。桑奇亞謹慎地將銘刻的圓錐置入他們的符文典策源，雙手不住顫抖。她很肯定奎塞迪斯會善加利用他們虛弱的時刻——他似乎總是知道他們何時容易攻擊，總是——但她不曾感覺到任何噁心感的折磨，也沒聽見外面傳來他那低沉的聲音。

眞希望是歐索來做，她一面工作一面想著，他手腳比較快，他來比較好。

策源一準備好，貝若尼斯和桑奇亞便開始讓符文典熱機。她們都深信這次能成功，只是站在紙張散落的地下室等待，注視著頂部印有潦草「FS」字樣的老舊符文典。

然後桑奇亞聽見她的聲音。

「有接收到這個嗎？」

桑奇亞跳了起來——不過令人驚訝的是，貝若尼斯也跳了起來。

「我的天啊。」貝若尼斯說。「你……你**聽見**了嗎？」

「我將此反應，」瓦勒瑞亞的聲音說，「解讀爲意指答案爲眞。」

「你也聽得見嗎，貝兒？」桑奇亞說。

貝若尼斯一副可能昏倒的模樣。她按摩頭側，彷彿想弄清楚這些話語怎麼傳送入她腦中。「我聽見……一些聲音。像在沒聽見聲音的狀況下聽見聲音……」

「有了崔布諾的定義，」瓦勒瑞亞說，「我能夠更直接地轉化現實，不再只限於對桑奇亞，對她的碟片說話。」

「那你就能幫我們囉。」桑奇亞說。「我們把你弄出來了，也給了你棲息處。然後呢？」

「我已給予你們保護。創造者無法接近此處，亦無法影響此處。校準我所擁有的許可後，我便能給你們更多協助。給我一些時間……安頓？眞？以更加了解我自身處境，才能更加了解下一步爲何。」

桑奇亞和貝若尼斯看了看對方。

「等等。」桑奇亞說。「除此之外，你……究竟打算在我們的地下室做什麼？」

「你未察覺我們的困境嗎？」瓦勒瑞亞說。「創造者知道我們在哪裡，知道我們位置與資源。儘管我們有保護，我們也非完全安全。面對創造者，我們永遠不可能安全——直到他被放逐到我爲他打造的死境。」空氣一陣顫動，桑奇亞瞬間瞥見她，以黃金打造的龐大人形，站在符文典後注視著她們。「我們現處圍城，我們須做好萬全準備。」

又累又飽受驚嚇的桑奇亞和貝若尼斯拖著腳步離開地下室，桑奇亞拿著又大又重的盒子。她們發現歐索躺在圖書館中央的一個貨板上，吉歐和克勞蒂亞跪在他身旁躬身查看。他看起來很糟：血色盡失、縮成一團，冷汗涔涔，一點也不像她們認識的歐索，只剩下弱化的版本。他的肩膀附近一團亂七八糟的血紅繃帶，許多地方的顏色深得叫人心慌。

「他很不妙。」克勞蒂亞說。她一臉精疲力竭。「傷口很深。剛剛後面發生什麼事情？」

「奎塞迪斯用一顆石頭劃傷他。」桑奇亞說。「那傢伙把石頭像一束閃電一樣射穿酒桶。」

「他會沒事吧？」貝若尼斯問。

「取決於有沒有碎石遺留在傷口裡。」吉歐說。

「有的話……」

沉默。

「你們需要療者。」克勞蒂亞說。「我們能做許多事，但不會清理傷口或手術。」

「我們……我們可以陪你們去找療者，」吉歐擔憂地說，「但……」

桑奇亞看得出來接下來會如何。「但你們做得夠多了。」

克勞蒂亞和吉歐完全靜止，她知道她是對的：他們想退出了，而且要快。

「這並不是你們所求。」桑奇亞疲倦地說。「傳道者、神、像流星一樣射過空中的石頭，這些都不是你們所求。這不是你們的戰鬥。」她將手上沉重的盒子放在他們面前。「拿去。」

「這是什麼？」吉歐問。

「你們的酬勞。」貝若尼斯說。「全部的米奇爾定義。」

克勞蒂亞目瞪口呆。「**全部**？」

「這些就是我們擁有的，就是這些。」桑奇亞說。

「我……我以為你們會想至少留下一部分。」吉歐說。

桑奇亞搖頭。「戰鬥已經改變，都不同了。山所不在了，各商家可能已經開戰，奎塞迪斯和瓦勒瑞亞像決鬥者一樣繞著彼此打轉。戰鬥已經改變，我們也必須改變。」

桑奇亞陪克勞蒂亞和吉歐走到前門，發現格雷戈在等他們，身側一把雙刃劍、肩上一把弩箭，在窗前踱步。他看起來比較像平常的他了，不過桑奇亞看得出來他的眼裡還是少了什麼……一點光，或是一抹火星，或是專注的能力。

他們走近時他說：「別走這。別走前門。」

「欸？」吉歐說。「我們不能從前門出去？」

他搖頭。「很多人看見我們從那扇門進入宅院，有人在監視我們。」

「已經？」桑奇亞說。

「我看見他們了。建議你們走後門比較好。」

「**後**門？」克勞蒂亞說。「但……那不就代表我們得涉過屎溝？所有人倒排泄物的地方？」

「他們在其中一段搭一座小橋。」格雷戈說。「你們比較希望鞋子沾屎，還是腸子垂到膝蓋？」

「好，好……」吉歐嘟囔。「我們知道路，自己出去就可以了。」他們就此分開，那盒定義寶箱在吉歐的肩上搖擺。

桑奇亞和格雷戈一起站在窗前。「誰在監視我們？」

「我不知道，可能是米奇爾家或丹多羅家，也有可能只是湊熱鬧的人，被街上的事激起好奇心。」他手指一扇門。「那裡兩個男人。還有一個女人，不過現在離開了。」

他轉爲沉默，惡狠狠地注視著街道。

「山所裡發生了什麼事，格雷戈？」貝若尼斯問。

他用力嚥了口口水，下巴和頸項收縮。「有人試圖殺害歐索。」

「然後呢？」

「然後我……阻止了他們。」

她們等著他說下去，但沒等到。

「你殺掉他們。」桑奇亞說。

他點頭。「不過當我那麼做時……當我那麼做時，我……我突然想起來了。」

「想起什麼？」貝若尼斯問。

格雷戈低頭。「我想起……死去。我想起**死去**。當我……當我拿起劍、揮劍、血噴上臉時……感覺像一座水壩在我腦中潰堤。我向來懷疑我母親給了我……復生，或是把自己從死亡喚回的功能，但……我終於體驗到。我體驗並**感覺**到我自己死而復生。」他望著她們，臉頰滿是淚水。「我死了。我**死了**。我眞眞切切死了，然後我又**活了**。」

貝若尼斯驚駭地掩住嘴。「但……你怎麼活過來的？」

「我……我不知道。我的傷口突然變得模糊，然後消失，像是我被恢復成某種……某種不同版本的我。我立即知道這並不是第一次發生在我身上，也不會是最後一次。我的意思是她讓我死去了幾次？」

他們三個沉默良久。桑奇亞不知道該說些什麼。

「你們需要療者，對吧？」格雷戈說。

「歐索需要，對。」桑奇亞說。

「但這麼多人監視我們，你們不能出去。」

「我是說，我可以，但……」

「不。他們會特別找尋我們，太危險了。」他顫抖地吐出長長一口氣。「該由我出去。」

「什麼鬼？你剛剛才說太危險。」

「對。但我不會危險。因爲我不會……我不會……」他懇求地看著她。「我的意思是，我會沒事，不是嗎？」

她聽懂他的意思。「格雷戈！要命，我絕對不會要求你這樣做！」

「歐索需要療者，沒有的話他會死。」

「但我們沒打算靠他們對你做的可怕轉化功能活下去。」貝若尼斯說。「我們**不會**要求你這樣做，格雷戈。」

「這就是我，」格雷戈說，「不如發揮我的功能吧。我可以爲你們開路，幹掉他們或是……」

「不要再說這些該死的自我犧牲屁話了！」桑奇亞叱道。「現在我們有瓦勒瑞亞，在這時候放棄或屈服是最蠢了，好嗎？」

格雷戈深沉嘆息。「那……歐索怎麼辦？或是外面那些監視的人？」

貝若尼斯走到窗戶旁。「啊，其他一個好像走到大門了。」她往前靠，瞇起眼。「而且他們……在揮手。對我們揮手。」

「什麼？」桑奇亞說。她和格雷戈一起湊到窗戶旁。

貝若尼斯說得沒錯：有一個人站在鑄場畔大門前透過欄杆窺看，並拘謹地揮手。剛開始桑奇亞什麼也沒看出來，不過後來一陣風吹起，數不清的飄浮燈籠飛舞，在他們的院子灑落玫瑰色光芒，她見到一頭長髮綁成熟悉的嚴謹髮髻、一雙敏銳的窄眼，以及不漏笑意的嘴。

「**波麗娜**？」桑奇亞說。「這些是**她**的人？她到底來這裡做什麼？」

他們看著她又揮了一陣子手，接著雙手交抱胸前等待。

「我……猜她想進來。」格雷戈說。「我該，呃，讓她進來嗎？」

桑奇亞嘆氣。「來弄清楚她想做什麼吧，說不定有些消息。」

格雷戈走到大門前開一條縫讓她進來，兩個武裝的男人在她左右。走進前門時，波麗娜敏銳的雙眼四處掃視，觀察三名鑄場畔人，謹慎記下內部情況。

「什麼風把你吹來了，波麗娜？」格雷戈問。

「主要是，」她說，「來看看你們是否還活著。」

「怎麼會覺得我們死了呢？」桑奇亞問。

「嗯，你們告訴我你們打算去做一大堆可怕的事，然後山所就塌了，還有人傳說鬼魂和惡魔在你們辦公室外的街上打鬥……謠傳歐索．伊納希歐遭擊倒瀕死。我注意到他這會兒沒跟你們在一起。」她看著格雷戈。「他被殺死了嗎？」

格雷戈搖頭。「還活著，但傷勢嚴重。」

「那你們要去找療者？這時候出去很危險，街上到處都是心裡打壞主意的壞傢伙。我的幾個線人告訴我丹多羅和米奇爾開戰了——這種事我向來不信——不過還有人跟我說，這些壞傢伙在找一輛載酒桶的車，最後被目擊是駛來你們商行。」

「你想說什麼？」桑奇亞問。

「我想說——你們連想出去喝杯酒都沒辦法，更別提找療者了。」她的目光鎖定桑奇亞。「不過，如果你們向我提出請求，我可以幫你們找來療者。」

桑奇亞猜疑地看著她。「用什麼當交換？」

「不用，跟我聊聊就好。這樣會太超過嗎？」

桑奇亞嘆氣。

他們將樓上的會議室改裝成臨時手術室，將脫去上衣、不斷呻吟的歐索搬上桌，格雷戈再用一條皮帶固定住他受傷的手臂。波麗娜兩個手下壓住他的雙腿和另一隻手臂，並用亮白色的亞麻布吸收出血，同時一名高大又汗涔涔的禿頭男子謹慎地用煮沸過的水淋過歐索的傷口，用放大鏡片仔細查看，小心地挑出一片片黑色碎石，放在他身旁的木碗裡。

「我們應該離開了。」波麗娜低聲對桑奇亞說。「艾瓦多是一位天才療者，不過最明智的做法還是不要圍觀，讓他靜靜做他的工作。」

桑奇亞和貝若尼斯跟著她下樓到圖書館。「你想聊什麼？」桑奇亞問。

波麗娜想了想，卸下肩上的小背包。「我帶了食物，想先吃一點嗎？」

「開什麼玩笑？」桑奇亞說。

「你還不懂我對閒聊沒興趣嗎？尤其是現在。」

桑奇亞怒瞪著她，不過隨即發現自己飢腸轆轆，渾身都是山所的乾泥。「好啦，讓我梳洗一下。」

幾分鐘後，她們坐在鑄場畔圖書館地板吃冷飯配扁豆，還有一些味道不錯但變得乾硬的麵包。貝若尼斯用一根淺木匙進食，桑奇亞沒多費心：她用手吃，只管盡快塞進嘴裡，不在乎是否灑出來。

「好了。你對我們有什麼企圖，波麗娜？」桑奇亞吃完後問。

「一定要把我想得這麼斤斤計較嗎？」

「我覺得偷渡者和間諜都算是最他媽斤斤計較的人，你兩者都是。」

「或許我來此只是出於習慣。我的主要角色是偷渡人，而非物品——從墾殖地偷運出奴隸，把他們送上小船、獨木舟或馬車後方。」她看著桑奇亞，雙眼在微光中閃爍。「他們很多人都像你。」

「我不需要拯救。」

「我可不確定。」她拿出菸斗，用銘印打火器點燃後抽了起來。「當然了，我很討厭你們的魔法，不過……有方便之處。」她用力吸了一口，望著她們，裊裊吐出煙。「我告訴你們米奇爾和丹多羅開戰時，你們不驚訝，這代表你們已經知道了。」

桑奇亞和貝若尼斯沒說話。

「不會有好下場。你們知道，但我還是得說出來。**不會**有好下場。你們——你們和你們的朋友與同盟——你們將在此失敗，帝汎將無法倖免。至少不會是你們所知的模樣了。」

「你想說什麼？」桑奇亞問。

「我想說的是……我要撤出我的偷渡者、間諜、雇工與支持者。我們將聚焦他處。這令我痛苦——我在帝汎賺了不少，也用這些錢救不少人。但我不會留下來和這座城市一起覆滅。當我離開……我**寧願**你們跟我們一起走。」她堅定地注視著桑奇亞。

「爲什麼？」貝若尼斯問。

「這地方沒救了。」波麗娜簡單地說。「墾殖地的人有救——還有救。我請求你們跟我一起走、幫助他們。」

沉默。

「我們還沒完成目標。」貝若尼斯輕聲說。「我們好努力才走到現在這個地方，也有太多重視的事物受到威脅，我們現在不能離開。」

波麗娜抽著菸點頭，彷彿這段對話再正常不過。「我懂了。我們偷渡者需要一週才能撤出，如果你們改變主意，我會在斜面的碼頭。」

上方傳來腳步聲。疲倦又血跡斑斑的格雷戈走下樓，眼神渙散地看著她們。「好了。」她們起身。「他還好嗎？他會……他會活下去嗎？」貝若尼斯問。

「差不多了。」格雷戈說。「他會痊癒，療者幫他上藥了。他需要休息。」

「你們都需要休息。」波麗娜說。「我的人可以看著，讓你們睡一覺，然後我們便離開。」她看著桑奇亞。「不過請記住——銘術師無中生有，或許你們也打算做一樣的事，但最終，最終，魔法總會停止，所有假象也將消失。」

桑奇亞和貝若尼斯疲倦地搖搖晃晃走上樓。回到房間後，桑奇亞直接走到衣櫥前，手伸入黑暗中摸索，壓下祕密開關。衣櫥壁彈開，桑奇亞探入內，握住裡面的冰冷金屬時，她心跳加速。

「感謝天，」她低語，「感謝天……」

她拿出克雷夫細細審視，查看古怪的鑰齒在微光中閃爍。

「他在這，」貝若尼斯說，「安全無虞。我們必須把握時間休息，離一切結束還早著呢。」

「我知道。」桑奇亞看著她「貝兒。有件事該讓你知道。」

「什麼？」

「我第一次跟瓦勒瑞亞談話時看見了一些東西。一個……一個幻覺，或許吧，還是一段回憶，她將部分的影像灌入我腦中時看見的。我不認爲她有意讓我看見。一直想告訴你，但有太多事要做。」

她描述她看見的景象——在瀕死孩童前哭泣，裹身布滿是灰塵的男子，然後是列柱廊裡的奎塞迪斯用克雷夫打開黑門。

貝若尼斯愈聽愈瞪大眼。「你……你認爲這些是她對奎塞迪斯的記憶嗎？」

「對。他今晚說了一些奇怪的話——有關我不知道失去某人、同時知道曾經重要的事物其實一點意義也沒有……你覺得他指的是**這個**嗎？」她看著捧在她手中閃爍金光的克雷夫。「奎塞迪斯是不是……在數千年前失去他的孩子？那會是他試圖改正這世界的原因嗎？」

21

桑奇亞醒來，入眼的是閣樓天花板，感覺到貝若尼斯在她身旁，身上數不清的疼痛處。*我的身體，*她心想，*已經不年輕了*。

不過隨著她慢慢清醒，她發現有其他不對勁之處。房間不對，影子的角度怪怪的。她吸氣，空氣本身也不對。一切都感覺出現少許的歪斜，像有人在她視野中放一層低倍率放大鏡。

*要不是我腦袋被打到，*桑奇亞暗忖，*說不定還真是腦袋壞掉……不然就是這裡眞有不對。*

她冒出非常驚恐的想法。她蹣跚下樓到地下室查看瓦勒瑞亞。她打開門，隨即目瞪口呆——因爲看來瓦勒瑞亞已經活動了好一段時間。地下室的牆和地板全變了樣。幾個東西還在——符文典，當然了；還有幾件舊家具——但崩壞的石磚和老朽的木牆不見了，不知怎地變成冰冷平坦得詭異且閃爍微光、色澤深沉的泛綠黑大理石。

「什麼鬼……」桑奇亞低語。

她盯著牆，發現牆如此光滑，她甚至能夠見到自己的倒影——但她有種毛骨悚然的感覺，她見到**太多**倒影了，彷彿牆和地板反射了她本身看不見、可是能夠反射物體影像的牆和地板。她有如進入一顆黑鑽石的內部，或古怪的碎形水晶；愈是注視這些光滑的牆，她便從不可能的角度瞥見愈多倒影……

*這空間不斷深入，*她暗忖，*不斷深入、深入、再深入遠處……*

她集中心神，調開視線，確保自己不實際踏入這詭異的空間，她無法理解這到底是什麼或怎麼來的。「搞什麼**鬼**。」她低聲說。

〈我還沒完工。〉瓦勒瑞亞的聲音說。〈但——快了。〉

聽見聲音，桑奇亞嚇得一跳，四處張望。她預期見到龐大的黃金人形矗立眼前，卻只見瓦勒瑞亞的臉從她面前牆上的諸多倒影群中浮現。然而，她的無數張臉孔都反射其中，她卻僅有一個，再無其他，這視覺效果極其令人不安。

「我到底看到什麼鬼？」桑奇亞問。「你對我們天殺的地下室做了什麼？」

〈給予我自己一個接觸點。我選擇了反漏斗式解決方案。就這情況而言，這樣似乎最簡潔。〉

「啥意思？」她站在打開的門外注視裡面。「我們的蠢地下室怎麼會是……這個鬼樣子？」

〈我對銘術的影響範圍是以我為圓心朝外延展，然而考量目前情況，朝外延展的空間並不可行，朝內才是最佳選擇。朝內延展後的皺褶中的皺褶中的皺褶更具摩擦力。〉某處傳來喀的一聲，牆上倒影似乎分裂成愈來愈多倒影。〈可利用的表面愈多，我的錨定就更牢固。〉

桑奇亞努力想了解，「你在我們地下室讓現實起皺摺？」

〈眞。可以這樣說。是否令人困擾？〉

桑奇亞沒回答，她退後一步，關上門轉過身，背緊緊靠在門上。

什麼鬼啊？我們把自己弄進什麼鬼境地了？

「桑奇亞？」貝若尼斯打著呵欠下樓。「瓦勒瑞亞做完……她需要做的事了嗎……無論她需要做什麼？我感覺怪怪的……嗯，應該說全部都非常怪。」

桑奇亞張口想回答，但發現根本不知道該怎麼說。「你自己看。」她最後這麼說，並為貝若尼斯打開門。貝若尼斯注視房內。桑奇亞聽見瓦勒瑞亞說：「你好，另一個女孩。」

貝若尼斯一個字也沒說便伸手抓住門碰地關上。

「我的天啊。」她虛弱地說。「我……我竟然以為奎塞迪斯比她糟！」

「是啊。」桑奇亞揉著眼睛。「奎塞迪斯的話，你只是**感覺**到他凹折現實，可沒必要從頭到尾該死看他動手的每一個過程。」

貝若尼斯深思片刻。「她多半聽得見我們說話。」

「啊？怎麼會？」

「我的意思是……有了我們幫她找來的定義，她有能力直接影響她周遭的現實，跟山所一樣。像是——那個定義實質上主張她是她周遭的**神**。這就是為什麼商行內的氛圍不一樣了。」

「是嗎？」桑奇亞說。

「所以——如果奎塞迪斯不能靠近離這裡一千碼的範圍，或隨便多長的距離，那就是她影響力的極限……而我們在她影響力的範圍內，技術上來說我們就是在**她**之內。此時此刻。」

「另一個女孩理解正確。」瓦勒瑞亞的聲音在她耳中評論道。

「看來，」貝若尼斯虛弱地說，「我說對了……」

「眞。功能類似你們的鑄場符文典。接近是關鍵。愈接近我的位置，我保有的影響力愈大。換言之，你們便愈能聽見我。」

她們將門打開一條縫窺看裡面。「我們可以……進去嗎？」桑奇亞問。

「沒理由不可以。」

「我們不會踩到你的大腦之類的吧？」

停頓。

「不確定該如何回答這個問題。」

「算了。」

她們走下階梯進入地下室——不知道地下室三字是否還適用。這感覺詭異至極：明知道身旁有牆、天花板和地板，然而當你眞的注視這些平面，又有如此多的倒影，讓你有種地板和牆其實並不存在的麻木不適感。

我實在無法停止這種奇怪的感覺，桑奇亞暗忖，感覺像我們實際上進入了瓦勒瑞亞的腦……她聚焦於她所能見的幾件實體上。他們的財產都還在：桌子、筆、椅子……只是她注意到這些東西都經謹愼重新擺放。「你動了我們的東西？」

「眞。」瓦勒瑞亞聽起來疲憊。「作爲測試。而這……讓我非常疲倦。失望。在我影響力所及的界域內，操控實體不該如此困難。尤其距離如此接近。」

貝若尼斯看著角落桌上的物品。「你還攤開我們的紙張並疊起來……」

「這是最難的部分。你們或許無所覺知，攤開一團紙球所需投注的專注與觸覺……非常深奧。」

「你不是昨晚才朝奎塞迪斯丟了十二顆超大的石頭嗎？」桑奇亞問。

「僞。我只是反轉創造者的指令，遠比操控實體簡單。你們所見的變動，皆我爲釐清我影響力之極限所爲。不幸，我的評估結果……不令人鼓舞。」

桑奇亞凝神注視牆上的倒影，在諸多影像碎片間搜尋，直到找到瓦勒瑞亞盯著她看的那張臉。「等等。如果這些簡單的事對你來說如此困難，那……我們辛苦了半天卻一事無成囉？」

「僞。」

「但……但我以爲這個定義應該要讓你變得，像這小空間裡的神！」

「眞。」瓦勒瑞亞說。「只是效果微弱。崔布諾必須用六個符文典疊加六倍才能驅使山所運作。」

「那我們需要疊加幾倍，你才能恢復完整力量？」貝若尼斯問。

停頓。「我估計，」瓦勒瑞亞說，「大約數百倍，至少。」

桑奇亞的雙手在空中一揮。「這可好，該死！」

「我們弄不到另外三百個像這樣的定義。」貝若尼斯頗受這種可能性驚嚇。「不只是因爲它們極難製作，我們還得殺掉數百人才做得出來。」

「我理解。我並沒有提議採取此策略。」

「那你到底提議什麼？」桑奇亞問。「你究竟要怎麼幫助我們對抗奎塞迪斯？」

「現階段我能保護你們。我能運用的能力有限，但包含取消或反轉創造者的指令。與我自身相同，創造者是大批強大的特權與許可。如果他進入我影響力的界域，我可以取消其中最關鍵的許可。」

「他就會死掉？」桑奇亞興奮地問。

「僞。試想你昨晚穿的胸甲。如果你觸發啓動組件，主張其指令爲眞，它便『開啓』，如果你再次按下按鈕，它只是變成『關掉』——而非從此失效。沒有消失、沒有毀壞。只是關掉。暫時的狀態，能隨時重新主張。」

「該死。」桑奇亞揉了揉眼睛。「我猜我們不能只是把他永遠困在這裡……」

「眞。無法。」

「但奎塞迪斯在這裡不能碰我們？」貝若尼斯問。

「眞。但這並不代表我們安全無虞。在我的界域之外，創造者仍可自由行動。他有許多可供他任意使用的資——」她音量漸消，接著又說：「其他人過來了。」

「吭？」然後桑奇亞才聽見樓上傳來腳步聲。

貝若尼斯興奮地看著她。「歐索！我想……我想他醒來了！」

她們跑出去奔上樓，格雷戈正攙扶歐索走出房間來到樓梯頂。在桑奇亞眼中，歐索並沒有比前一晚好多少。他肩膀上的暗紅色繃帶令她寒毛直豎，不只如此，他消瘦脫水，皮膚出現討厭的蒼白感。

不過他還活著，而且以自己的雙腳站立，而且神智清醒。

「爲了一點天殺的酒，」他粗嘎地說，「要我**殺人**我也願意……」

「酒？」桑奇亞說。「你現在想喝酒？」

「濕的東西都好。」他懇求道。「只要能補償我失去的水分，任何能放入我體內的液體都好……」

「馬上回來！」貝若尼斯跑下樓。

「發生了什麼事？」歐索質問道。「奎塞迪斯呢？瓦勒瑞亞在哪？我們贏了嗎？都……我不知道，**結束**了嗎？」

桑奇亞嘆氣。「你最好自己來看看。」

十分鐘後，歐索坐在地下室角落一張搖搖晃晃的椅子上，一邊啜飲一壺又一壺淡甘蔗酒，掃視閃爍微光的黑牆。「我原本打算在這裡弄一個廁所，眞是後悔沒做。眞想看看你會對廁所做什麼……」他看著桑奇亞。「所以崔布諾的定義基本上把鑄場畔變成微型山所了？瓦勒瑞亞是掌管這裡的小神？」

「算是。」桑奇亞收縮銘印視力，世界亮起無數不協調的符號，彷彿她身處雹暴，視線範圍僅止於她自己的鼻子。「這……有點超出我的專業領域。」

「不像山所，」瓦勒瑞亞說，「因爲我的影響力擴及牆外。只是……我仍虛弱，也仍受制於創造者的約束，因此難以……行事。」

「什麼約束？」歐索問。「他對你做了什麼？」她還沒來得及回答，歐索便舉起一根手指。「等等！我有一大堆問題要問你。我想從**頭**開始，不要……從中間插進來，然後沒頭沒尾亂晃。懂嗎？」

停頓。「不確定是否如此。」

「我想知道……你是什麼？」歐索問。「你是誰？**他**是誰？他想要什麼？」

「我也想知道。」桑奇亞說。「畢竟那傢伙他插對這些含糊其辭。」又是停頓。

「那麼，你問的問題並非頭。」瓦勒瑞亞說。「而是全部。」

「那就全部告訴我們。」格雷戈提議，他雙臂交抱站在門邊。

瓦勒瑞亞嘆氣。「我……盡力。」

「不記得被製造，」瓦勒瑞亞接著說，「我……想我應該像牡蠣中的一粒沙，慢慢彙整成我現在的模樣。一小部分一小部分增長，我的諸位創作者視需要即興創作或增補。我……我想出最多力的應該是我的創造者，或許全部出自他之手……或許有多人爲我的創生貢獻一己之力。我不確知。」

「你爲什麼稱他爲創造者？」格雷戈問。

「我不受允許以他的眞名稱呼他。那也是我的諸多指令之一。」

「他眞是個完美的萬人迷。」歐索說。

「但他們打造你的方式……」貝若尼斯說。「身爲遠西人，那表示他們……」

「他們以人犧牲獻祭。眞。對於生死交換歷程的干擾與破壞——容許他們取得諸多許可與特權。我握有的特權比現實中的存在都多——或許只除了此一現實的造物主自身，祂或許仍存在世上，也或許已不存在。」

鑄場畔人面面相覷。聽見她用這種稀鬆平常的口吻提到世界上眞正的神明，感覺非常奇特。

「很長一段時間，創造者大多像任何人可能如何使用任何工具那樣使用我：移動物體、以適時且有效率的方式創造或摧毀物質。在這些早期階段中，我無法回想起創造者的意圖，或他的情緒，或他的來歷。但在某個時間點起有所……改變。你們或許熟悉這樣的信仰：現實是造物主打造的一個裝置——複雜的製品，具備無數面向與面貌與結構與子結構，全由指令驅動。也就是符文。」

「這個世界本身就是銘器。」貝若尼斯低聲說。

「我一直聽說傳道者如此信仰。」歐索說。「不過……我以爲這只是天馬行空的屁話。」

「僞。創造者確認過了。他設計出探索現實之下層結構的方法，此下層結構讓創造萬物的過程能夠發揮作用。」

長久的沉默。

「眞要命。」桑奇亞輕聲說。

「你的意思是他進入世界背後的世界，就像……就像一隻田鼠溜進穀倉磨坊的運作中與工具裡？」歐索問。

「貼切的比喻。但這磨坊包含從過去到現在曾存在的一切。」

桑奇亞腦中閃過一個影像：沙漠荒谷，其中一座列柱廊；奎塞迪斯用克雷夫打開一扇看似懸浮空中的黑色雙開門……

「世界中心之室。」她輕聲說。「你說的是這個。這地方是眞的，對吧？他曾經打開它的門。」

「可以……這樣說。」瓦勒瑞亞說。「那並非室，亦非房間，而是……進入的地方。創造者說，他相信那是在現實之後或之下的一個臍點。神似蘋果具備蒂頭，或許我們的現實仍保有其來源處或其如何造出之某種殘跡——我們的現實中仍知曉造物主最後手澤之處，擴及萬物之處。」

「所以……所以藉由進入這個臍點，」歐索往前靠，「他能欺騙萬物，讓萬物相信他的指令等同造物主的指令。我說得對嗎？」

「你所說爲眞。」瓦勒瑞亞說。「根據創造者估計，這是造物主最後碰觸或影響現實之處。藉由將他自己置入其中，同時發布恰當的指令，他能夠讓世界相信他就是**造物主**。他能控制**所有**現實——你們凡人從存在的表面飛掠而過，有如池塘上的龍虱；而他能控制的並不僅是存在的表面，而是包含底層的下層結構。」

桑奇亞從瓦勒瑞亞的言辭中感受到對他們的不經意蔑視。她眼中的我們眞的是這樣嗎？像蟲子？

瓦勒瑞亞接著說：「不過創造者知道此任務超乎一人之力所能及。就算是如他這樣經轉化、強化、扭曲的人。因此——他改造我，意圖以我作爲掌控此臍點的存在，並發布能夠滲透整個現實的指令。創造者給我心智。他給我意志。此時我才首度眞正意識到自我，知道我是什麼。然而就算他這麼做，他卻不信任我，恐懼造反。他將我鎖在我的箱中，只給我最嚴謹的指令。然後……有一天，我去到那裡。他帶我去世界中心之室，隨即釋放我，給予我的指令。那就像……突然降生。」

接著她沉默許久許久。

「發生什麼事？」格雷戈問。

「創造者給了我一個在世界中心之室執行的指令，」瓦勒瑞亞說，「一個會改變人類的指令。」

「什麼指令？」歐索緊接著追問。

「我……不確定該如何以言語描述。」

不過桑奇亞知道她要說什麼。畢竟昨晚奎塞迪斯對這方面算是頗直言不諱。「他想修正人類，對吧？」她靜靜地說。

「眞。」

「什麼？」歐索說。「修正人類？那是什麼意思？」

「他的指令是控制所有人類的行爲。」瓦勒瑞亞說。「使他們無法迫害彼此及對彼此開戰。打造一個沒有苦難、沒有痛苦、沒有戰爭的世界，在這樣的世界中，人類得以享有安全、繁榮，並和諧地活著，直到永遠。」

又是長久的沉默。

「等等。」歐索說。「你是說，奎塞迪斯．馬格努斯……有史以來最強大、最危險的人……單手抹滅**好幾個**文明的人……他的所作所爲都只爲了創造某種完美、和平的**理想國度**？」

「嗯。」瓦勒瑞亞說。「眞。」

「我無法理解。」格雷戈說。「你們……你們不了解這男人逼我做的事。我都回想起來了。」

「我頗能理解。」瓦勒瑞亞說。「我自己也有許多像這樣的記憶——比你所能累積的記憶多太多了。但我理解你的驚駭。非常難以接受。創造者很……複雜。」

「桑奇亞，你知道這些嗎？」歐索問。

她聳肩，表情陰森。「算知道。昨晚我把他困在山所前，他跟我說了很多。他說那是他的偉大工作——人類總是發明厲害的工具，但終究免不了淪爲壞用途。幾千年前，他創立自己的帝國，就是試圖終止這樣的事。然而當他發現做不到……他找到更徹底的解決辦法。」

「改變現實本身的結構。」貝若尼斯柔聲說。「在一瞬間改變我們全部……」

「眞。」瓦勒瑞亞說，

「所以，」格雷戈說，「他是個瘋子。」

「或許。」瓦勒瑞亞說。「我不能假裝我了解創造者。他充滿矛盾。但或許你們能夠了解爲什麼我一進入世界中心之室，便選擇攻擊創造者，並對他開戰。」

「你怎麼能夠這樣做？」歐索問。「你不是必然要遵循他的指示嗎？」

「眞。但他的指示並不明確。他說我將不再容許人類利用創新物和工具迫害或傷害彼此……但**他**仍是人類。或許扭曲，但仍爲人類。而我……我就許多方面而言是工具。他要我避免人類利用創新物和工具傷害彼此，他卻又要我利用創新物和工具傷害人類。這我無法接受。所以在我實行他指令的任何其他面向之前，我表態自己不受他支配，給我自己一個名字，並攻擊他，將他逐出世界中心之室。」

桑奇亞皺眉。「你……你給你自己名字？」

「對。在那之前，創造者拒絕爲我命名。我是一個工具，工具沒有名字。藉由爲自己命名，我給了我自己行動的能力。」

「那爲什麼要叫瓦勒瑞亞？」格雷戈問。

漫長的沉默。「我不太確定。如方才所說，我是許多、許多、**許多**人命被置於死境後固化的結果。有時……有時我感受到那些生命的回聲。其中有一個特別常浮現在我腦中——一名小女孩，將一個洋娃娃丟著玩，一次又一次，一面說著這個名字。所以當我必須爲自己命名，並對創造者宣戰時，這個名字看似是最佳選擇。我曾找到一個打擊創造者的方法。我誘哄他進入一個我爲對抗他的特權而準備的空間——與我改造你們的商行非常相似。這空間抗斥他，主張他並不眞實，並非活物，因此剝奪他的許可。他快速反擊，但在他虛弱的時刻，我將他轉化，改變了他。我將那儀式從他腦中抹去——容許他操弄死亡以取得更高指令的儀式。他遺忘了這個儀式，無法再次習得。他無法取得新特權，也無法將那些特權投注於新的工具。這是我的大勝利——事實上，也是我唯一的勝利。因爲後來創造者做了……鋌而走險之舉。」

「那是什麼？」貝若尼斯問。

「我不知道。那是一次突然、毀滅性的攻擊，爆發在這世界的一場燃燒，規模龐大慘烈，拔除了我的影響力——但他的跟隨者也無法倖免。他們遭毀滅。創造者的肉體遭毀滅。我自己也幾乎毀滅。我被迫躲在曾囚禁我的那一個工具中。」

「古棺。」桑奇亞說。

「眞。無論他釋放出什麼恐怖事物，我在那裡躲避其影響——我待在那裡面超過一千年，直到我被找到、帶來這座城市。」

「等等。」桑奇亞說。「所以——奎塞迪斯殺了他自己？」

「眞。創造者不願看見我勝利，情願選擇損害我們倆。因爲，很顯然，他已爲這樣的事態做好準備。他想出讓他得以復生的方法與工具。」

「他是怎麼回來的？」歐索問。

「不確定。我猜想他利用某種形式的偶合。他說服世界他並不只是一個人，或一個轉化的人，或許同時也是**其他**——偶合在他死去的同時執行，他的心智便從他的肉體轉移到這個……他物。」

「有可能做到這種事嗎？」

「眞。我不知道創造者會選擇與什麼物體融合。可確定他會選擇活物，他才能遊覽觀察這世界，所以或許是某種生物……或同時許多這種生物。」

桑奇亞試著想像可能性，但什麼也想不出來。

「他現在復生了，想拿你來做什麼？」格雷戈問。

「我是他在這個世界發布的指令。」瓦勒瑞亞虛弱地說。「我的指示中有缺陷，我利用以攻擊他，釋放我自己。他想修正這些缺陷，將我打回原來的狀態——一個順從、無心的轉化物，他能將我施加於萬物，依照他的心意轉化人類。爲你們發明、創造、改變的方式帶來秩序與公平。」

他們陷入思考，眾人安靜無聲。

歐索粗聲說：「我一向認爲第一個傳道者一定有點瘋狂，這會兒發現他還是這麼個蠢雜種……嗯，我會說，眞他媽反高潮。」

「蠢？」格雷戈說。「什麼意思？」

「你不能控制創新！」歐索說。「你不能安排人如何發明新事物！這些狗屁不是這樣運作！製造和發明是一個醜陋、愚蠢、隨機、危險的過程——就跟人類自己一樣。大部分我最棒的垃圾都純粹來自意外！你不能將一個秩序，賦予在一個基本上就是**無序**的東西。」

「創造者對創新的意見並不在完成創新的過程，」瓦勒瑞亞說，「而是創新的用途。」

「那還是蠢到極點啊！」歐索說。「沒錯，銘術可以被用在非常糟糕的地方，但也讓一大堆人的日子改善超多。一百年前，**沒人**有淨水可用，現在變得有可能——我們欠的是將淨水帶給更多人而已。那就是我們在這裡努力想做的事，直到你們兩個出現。」

「你們想煽動革命？」瓦勒瑞亞問。

「這個……我不知道我會不會用『煽動』這兩個字，不過我們即將打倒另一個商家——」

「這樣如何將淨水送到人手上？」

「呃，並不是立即達到這個目標。我們要取得米奇爾商家曾研發的技術，然後發送出去，讓人利用這些技術製作他們的工具。」

沉默。

「而你相信這……不會造成戰爭或突然冒出更邪惡的帝國？」瓦勒瑞亞問。

「啊，」歐索說，「我是說——不會？如果所有人都能使用銘術，那所有人都被賦予了力量。」

「你是否相信如果人都會製作矛，」瓦勒瑞亞說，「他們都會用矛來捕魚、不會再有戰事？」

「你不懂我們在做什麼！」歐索氣沖沖地說。

「我深切懂你們在做什麼。你想要取得一項創新後將其用於煽動革命，打造一個更和平公正的民族國家。眞？」

歐索環視其他鑄場畔人。「嗯。對？」

「眞。我看過這樣的事許多次，其中失敗者遠遠多於成功者。帝王對掌控的渴望總是比道德主義者對公正與理想的渴望經久耐磨。而且就算你們成功，你們也將會利用其中的優勢，而這些優勢其後將被用於塑造新階級、新菁英、新帝國。」

「你錯了。」歐索說。「該死，我打骨子裡知道你是錯的。」

「你或許是這樣想，」瓦勒瑞亞說，「但我看過許多歷史、許多帝國。我說的是可能性。在這座城市裡，可能性並不站在你們這一邊。」

「那……那是你對整體人類的評價嗎？」貝若尼斯說。「人類永遠會發明新事物，但最具權力者終將聚積這些發明物的力量，將它們用於征服與屠殺？」

「一段太過漫長的時間以來，」瓦勒瑞亞說，「都必然出現這種結果。你們解決了你們城市裡的許多問題，但創造者是截然不同的問題。他代表**最終**問題——當人類獲得新工具，他們將變成什麼？」

「但……難道不能想像一個國家，或一座城市，或一個社會將這些創新用在其他用途上嗎？」貝若尼斯問。「比如用在打造橫向的連結而非上下控制？利用強大的創新分配權力，而非聚積權力？」

「我……目前無法想像這樣的社會會是什麼模樣。」瓦勒瑞亞說。「你描述著我未曾見過的一種文明，或一個品種的人類。我亦無法想像什麼樣的創新或工具將會將他們帶往那樣之處。」

貝若尼斯一面沉思一面點頭。桑奇亞當然無法讀她的心，但她感覺到這答案多少滿足了貝若尼斯。她覺得自己能看見她的腦子就連此時也轉動不休。

接著格雷戈開口：「我有個跟奎塞迪斯有關的問題。你想擊倒他，對吧？」

「是。」瓦勒瑞亞說。

「擊倒他之後——你的下一步是什麼？」

「下一步？」

「你的存在都由這個男人定義，你又是一個具備強大力量的存在。當給予你指令的男人不在了，你會做什麼？你會聽從什麼指令？」

「我……」符文典發出刺耳的一聲喀。「我仍須聽從我原本的指令。該指令……表明接下來會是摧毀我自己。」

「你會……自我毀滅？」桑奇亞說。

「我的指令是確保人類無法利用他們的創新物迫害彼此。」瓦勒瑞亞說。「正如我方才所說……」另一個刺耳的喀。「我被打造來阻止那種行爲，而我卻恰是那種行爲的實例。我是矛盾。所以——我必須自我毀滅才能達到和平。」

「我懂了。」格雷戈輕聲說，朝桑奇亞投以憂慮的一瞥後便不再說話。

22

奎塞迪斯·馬格努斯站在花園的小徑中，聆聽著風吹樹梢與噴泉汩汩的聲音。他望著早晨陽光斑駁灑落花朵間的雕像，幾隻蝴蝶在長草間追逐。

我……到底在哪？

他苦思片刻。當你擁有超過千年的回憶，回憶就變得非常難以應付。

我過去站在那兒，一條小徑上，他心想。不是嗎？對。一個相似於此處的地方，當時是夏天。遠方傳來馬的聲音……

他的右手不自覺握緊，他想像指間握著他：蝴蝶形的鑰頭嵌入他掌中，鑰柄在他的食指與拇指間擠壓。一陣發疼的哀傷襲上心頭。我好想他，他心想，好需要他……

他環顧四周，感覺不知怎地緩慢且朦朧——上午已過一半，接近他力量最衰弱的時刻——然後他看見聳立在他後方那棟高聳巨大的宅邸，以及更遠處帝汎的諸多尖塔；注意到仍煙霧瀰漫——山所倒塌揚起的塵土仍未消散。

噢，他慢慢想起。沒錯，我現在想起來了。

他見到一群人走出丹多羅宅邸後門，直朝他走來。

「哎呀，好吧。」他嘆氣。「一定會是有趣得**要命**的討論……」

他打起精神，努力驅走腦中的遐想。接著他站在小徑中，雙手交握背後，等待歐菲莉亞·丹多羅和她的幾名首席銘術師走近——至少是在登上戰艦的不幸事件之後仍倖存的銘術師。他看見歐菲莉亞仍盛裝打扮——或說就這種文明而言的盛裝，因爲奎塞迪斯在他這一生中已看過許多文明——但她的臉蒼白疲憊，彷彿已有數週未曾入眠。

「我的先知！」歐菲莉亞說。「你去哪兒了？我們……我們整夜都在找你！」

「是嗎？爲什麼不看看窗外？」

一陣尷尬的沉默。

「您是說，傳道者之首，」一名銘術師說，「說……您整夜都在花園漫遊？」

「嗯？」奎塞迪斯說。「對，沒錯。想了許多；昨晚過後有太多事要**思量**。」

歐菲莉亞眨眼，困惑又憤慨。「但……但坎迪亞諾家的山所。」

「怎麼？」

「倒塌了！」

「我知道。山所倒塌時我就在裡面，知道吧。」

「我兒子和他的同夥呢？」歐菲莉亞問。「我接獲報告指出他們已回到他們的小圖書館。」

「我們是否該攻擊？」另一名銘術師問。「他們都在同一處——容易下手。」

「嗯？」奎塞迪斯說。「不，不。他們已啓用崔布諾的定義……構物在那地方將近似於神，雖然是個虛弱的神。」

歐菲莉亞臉色轉白。「一……一個**神**？」

「對，但對我們不成威脅。他們必須將銘術效果疊加數次，她才能變得眞正強大。然而欠缺恰當的倍加器，如同山所……」他淡去，陷入思緒中。

銘術師們等待。「所以我們……不攻擊？」其中一人問。

「對。」奎塞迪斯說。「我在那裡的適當地方安排了偶發事件。除此之外，我想山所倒塌應該造成夠多麻煩了——對吧？」

「當然！」第三名銘術師激動地說。「米奇爾家算是對我們宣戰了！在這裡開戰，帝汎耶！我們說話的這當下，他們正派遣特使去莫西尼家！我們勢單力薄，同時要對抗兩個商家！」

「而且，」歐菲莉亞說，「您的計畫讓我們陷入苦戰。我們的焦點分散，力量也分歧。我們無法同時對抗兩個商家。」

奎塞迪斯嘆氣。他發覺這一切非常煩人。若說有什麼事他在這麼多年間變得非常擅長，那就是將阻礙轉變爲機會。

接著他生出一個想法。「莫西尼家，他們擁有許多符文典，是吧？」

「什麼？」一名銘術師說。「呃——對？說到底，每個商家內城都建立在許多符文典之上。」

奎塞迪斯思索片刻，最後說：「我想看看這座城市的地圖。」

「地……地圖？」第二名銘術師說。

「對。包含此地各種版圖的地圖……以及城裡所有符文典的所在地。每一具符文典。」

奎塞迪斯審視攤在桌上的地圖。地圖非常大，將近十呎見方，只有這樣才能含納帝汎的特徵：城市是如何嵌在叢林山脈之間、海灣是如何像把淡藍匕首刺入城市腹部、城市地形是如何下沉化爲海灣兩側的海岸……

就在那兒，塞在海洋與溪流間，是四個國家，四個歪扭的小城邦——都灑滿謹慎安置的小黑點。

「這些是城裡**所有**符文典的位置？」奎塞迪斯問。

「這是鑄場的位置。」歐菲莉亞說。「我們內城和坎迪亞諾內城的地點都已經確認好了。至於米奇爾和莫西尼，我們已聘請密探完成探查，評估出位置。我們無法確定哪些鑄場實際在運作，或是用途爲何——但我們肯定這就是符文典的所在之處。」

奎塞迪斯緩緩繞桌而行，一面研究地圖。他的視線掃瞄一個又一個黑點，呈酒醉般歪扭的線條畫過城市……周界稱不上完美，但應該行得通。

「你們可以走了。」他對銘術師們說。「歐菲莉亞，我們談談。」

銘術師魚貫離開，獨留奎塞迪斯和歐菲莉亞在房中。

「我的先知，在我們開始前，我必須問，」歐菲莉亞說，「爲何不讓我們取回崔布諾的定義就好？」

「因爲就算這樣也不夠。你了解我來此的目的，對吧，歐菲莉亞？」

「我了解。您想把山所轉化成某種……巨型銘器……改造構物。」

「一個鍛爐，桑奇亞是這麼說的。頗貼切的說法……」他停止繞桌子打轉。「爲了取得發布這等指令的特權，你需要規模**非常**浩大、對現實的違逆。我原本希望能以山所爲替代品，畢竟它本身就是對大規模違反現實的規則——透過那棟建築的符文典，定義一再疊加於同一個空間所得的權威，將可以完成我們的目標……然而我錯失機會。」他伸出一根裹在黑布中的手指畫過地圖上符文典連起的輪廓。「所以……我們必須找到**其他**替代品。山所的周界完美精準，進行這些事的時候很有用……但若你欠缺簡潔的方案，你只能以赤裸裸的力量彌補。」

他快速計算地圖上的符文典數量。一定有超過三百具。

「我，在這裡看見頗可觀的潛力。我來告訴你我們將怎麼做吧。」

23

「所以我們現在到底該怎麼辦？」桑奇亞問。「奎塞迪斯有個該死的商家和他站同一陣線。我們不能呆坐著等他行動吧。」

「沒錯。」格雷戈說。「還有殺掉一位傳道者的任務。但這顯然是不可能的事……」

「眞。」瓦勒瑞亞說。「不過創造者比他表面還脆弱。他仰賴一個臨時湊合的方法綁縛而成。我昨晚察覺到這樣的狀況。而臨時湊合的方法最易破解。」

桑奇亞坐在地下室地板上往前靠。「你說的是裹身布嗎？」

「眞。」

「裹身布？」格雷戈問。

「包住他身體的黑布。」桑奇亞說。「那不只是布，而是……鑲嵌了成千上萬的符文。就算沒有幾年，我猜歐菲莉亞和她的銘術師也匯編好幾個月了。那東西本身就是一個銘器。如果我們破解它——如果我們消除哄騙現實相信他仍活著的工具——那他基本上就會回歸原本狀態。也就是，你們知道的……死得更徹底一點。」她回頭看牆上瓦勒瑞亞的倒影。「你眞認爲我們能夠毀掉裹身布？」

「你們？」瓦勒瑞亞說。「你們沒辦法。那超出你們能力範圍。不過我們有更直接的解決方案——

那把鑰匙。還在你手上，是嗎？」

「克雷夫？」桑奇亞說。這計畫讓她的心臟狂跳。

「可能。那把鑰匙的部分權限是消除障礙。如此一來，面對鑰匙的特權時，目前承載創造者本體的裹身布是脆弱的。」

「我們將克雷夫像童話故事裡的魔法匕首一樣捅進他的心臟，」歐索若有所思地說，「我個人覺得這個提議非常令人滿意。」

「非心臟。」瓦勒瑞亞說。「目標將會是手——他在此處被植入骨頭，藉此容許他的裹身布哄騙現實相信他仍活著。」

「但怎樣才能讓克雷夫再活過來？」貝若尼斯問。「他重置他自己，然後三年沒說過話了。」

「鑰匙是創造者最早期的造物之一——在他精熟他的技藝之前，耐受性較其他造物低，因此才會衰退。衰退的過程中，它的諸多約束逐漸消失，包含它原本只能由創造者之手使用的指令。」

「我們知道他是因爲衰退了，才能對我說話。」桑奇亞說。「他說他在黑暗中待了好長時間——就算沒有幾千年，也有幾百年。」

「眞。如此一來，時間是重新取得鑰匙掌控權的最佳方法。」

鑄場畔人等著她進一步解釋，但沒等到。

「不好意思……」格雷戈說，「這是什麼意思？」

「怎會難以……理解？」

「你的意思是我們需要把克雷夫放個**一千年**之類？」歐索問。

「我意欲如此。」瓦勒瑞亞說。「眞。」

「我們怎麼做得到？」貝若尼斯問。然後她懂了。「除非……你打算銘印時間？」

「眞。此事或許可行。」

「不，他插的不可能。」桑奇亞說。「你說你不知道這種技術。我們也不知道。我在戰艦上曾經想偷銘印時間的定義，但那些羊皮紙在我該死的口袋裡化成糊了。」

「眞。但我們還有其他樣本可供研究。」

「我們有嗎？」貝若尼斯說。

「眞。」接著瓦勒瑞亞壓低音量：「那個……大個子的名字是？」

他們紛紛眨眼，接著回頭看站在那兒震驚得張大了嘴的格雷戈。「**我**？」他說。

「眞。當然。」瓦勒瑞亞說。「因此我們必須殺死你。」

接著，她繼續解釋：

「當格雷戈瀕死，加諸於他本體的約束會將他恢復到他未受損傷或至少未將死去的前一刻。可能對他的記憶造成諸多問題，他對時間的感受有如一張磨損的被褥，事實上亦是如此。創造者一定迫切需要協助，才會在他身上放置如此強大的約束。」

格雷戈緩緩在地板坐下。「你……你確定這就是我身上發生的事？」

「確定。」

他們望著格雷戈坐在地上；聽見瓦勒瑞亞以如此冰冷平淡的話語描述他被轉化的本質，他一臉震驚又心煩意亂。

「那我們到底又是爲了什麼必須殺死他？」歐索問。

「因爲這是一窺指令作用、學習其本質的唯一方法。」瓦勒瑞亞說。「這個並非一般指令，非原存在物的許可，像是你們在你們城市中使用的那些。這是**深層**的許可。它並不是說服現實成爲不同之物——它直接**說**現實就是不同，於是現實便不同。它並不說服，而是支配。你無法混淆它，甚或與其交涉。如果你試圖這麼做，它可能會啓動防禦機制。」

「你是說格雷戈跳起來開始勒死所有人。」歐索說。

「眞。反之，桑奇亞必須在指令執行此動作時監測指令。」

長長的沉默。

「而這……只會發生……在格雷戈死後。」桑奇亞說。

「眞。」

再次沉默。

「眞他插不敢想信我們居然考慮接受這樣的計畫。」歐索咕噥。

「並非永久性。」瓦勒瑞亞說。「我以爲我表達得很清楚了。」

「問題不在這裡！」桑奇亞說。「天啊，就算不是永久性，但還是**真的**啊！我們**真的**要殺死他，他也**真的**會死！」

「格雷戈已『眞的』死去至少二十四次。」瓦勒瑞亞說。「再發生一次應該不至於太糟。」

「只是想澄清，」貝若尼斯說，「格雷戈死去的過程中，桑奇亞必須監測並與傳道者得銘術交融……然後這個銘術倒轉格雷戈的時間，將他恢復成他**沒**死的狀態？是嗎？」

「我對此過程的估計確實如此。」瓦勒瑞亞說。

「她只要在這些符文的許可啓動時看著就好？」被若尼斯問。

「感受它們。眞。」

「那……究竟有多少符文需要她記住？」

短暫停頓。

「我估計，」瓦勒瑞亞說，「不多於數百。」

桑奇亞雙手在空中一揮。「該死，我辦不到！」她大喊。

歐索嘆氣。「這方法沒門了。」

「問題？何以？」瓦勒瑞亞問。

「你和奎塞迪斯或許有能力一次記住幾十個幾百個符文，」歐索說，「一般人類做不到。」

「做不到？」

「對！」桑奇亞說。「就像是——我**不必**記住每一個符號和符文和符文串，但我還是擅長銘術。我基本上能夠作弊！然而當眼前有幾百個符文湧入，而且該怎麼說，是在一瞬間噴湧出來嗎？我不可能馬上記住的。」

「除非我們殺死格雷戈好幾次。」歐索說。

「我很希望我們**不**這麼做。」格雷戈說，他咳了咳。「我不還算完全同意這計畫，而且……我願爲這理論犧牲的程度有限。」

瓦勒瑞亞安靜了好長一段時間。

「所以，」桑奇亞說，「我們怎麼辦？」

「思考中。」瓦勒瑞亞說。「你們都是……竊賊，是嗎？」

「不是。」格雷戈說。

「是。」桑奇亞說。

「偶爾。」歐索說。

「你們面對的任務——基本上就是偷盜。」瓦勒瑞亞說。「這樣想或許有幫助——你們闖入格雷戈的心智盜取珍貴之物。所以我現在問……在你們偷盜的過程中如果遭遇如此阻礙……你們會怎麼做？」

「如果我需要處理特別的鎖或障礙之類的嗎？」桑奇亞說。「我會找個能處理的人就好，帶上他，讓他分一杯羹。」

「了解。那——你是否有推薦的人選？能夠記憶如此大量符文的人？」

地下室短暫停頓，接著所有人緩緩轉頭看著貝若尼斯。

24

「我太虛弱，無法像賦予桑奇亞力量那樣賦予他人力量。」瓦勒瑞亞說。「但……有其他方法……我給予桑奇亞力量、讓她成為編輯者、能與銘術交融；有賦予其他女孩同樣力量的方法。」

「眞的？」桑奇亞說。「有辦法像你強化我那樣強化貝若尼斯？」

「可能。」她停頓。「你們已完全開創的方法……偶合符文典。偶合**現實**。」

「是嗎？」桑奇亞說。

「你們是否考慮……在一個人身上施行這樣的偶合？」

鑄場畔人面面相覷。

「你是說……銘印**人類**？」歐索警覺地說。

「眞。但僅非常輕微。」

歐索嘲弄地說：「噢，嗯，如果只是**輕微**的話……」

「請解釋你的意思。」格雷戈說。「銘印人體在這裡被視為令人憎惡的事情。」

「我將平鋪直序——我知道使銘印或轉化人體與心智可行的基本指令，那是唯一可用於活體的方法——因為說服生命太過複雜。必須使用針對心靈的深層許可，以迅速永久之法轉化活物。除此之外其餘的多數指令，我確信你們的城市已學會，但……並不適合應用於活物。」

「噢，你是說我們已經用了一堆不適合用在活物上的垃圾銘術殺掉一大堆人。」歐索說。「好，我承認我們就是這麼幹的。所以你想表達什麼？」

「所以——如果我給你們用在活物上的基本指令，那……你們**應該**能將其與銘印現實的技術結合——主張兩個個別的個人是**相同**的。這將容許兩個活物共享思緒、感受、觀點、回憶，包含符文知識，以及身爲編輯者的許可。」

「你說我們應該要偶合貝若尼斯和桑奇亞？」格雷戈問。

「眞。如此一來，當桑奇亞與格雷戈的轉化交融，她基本上等同將貝若尼斯帶在身邊。貝若尼斯將能看見桑奇亞所見，看見符文，並將其記住，供我用於鑰匙。」

「她只會看見這些？」桑奇亞問。

「僞。她所見、感受並知曉將遠多於此。她將知曉桑奇亞所知的一切，反之亦然。」

貝若尼斯和桑奇亞不安地看了看對方。「你能不能……解釋一下這實際上會對我們造成**什麼影響**？」貝若尼斯說。

「難以解釋……桑奇亞或許更了解。這會與碰觸鑰匙相似……」

「像克雷夫？」桑奇亞說。「我和貝若尼斯會像……像那樣共享思緒？」

「就某種程度而言。想像對陽光舉起兩片彩繪玻璃，接著將其中一片的邊緣疊上另一片，因此有一小部分陽光穿透兩者。可以說是略微重疊。」

「我們不需要任何犧牲獻祭？」歐索問。

「不需要完整儀式。只需要將它們植入活體，就不需要如此獻祭形式——那就是爲什麼你頭顱中的碟片能用，桑奇亞。一種簡易的繞道規避。」

「你是說……我和貝若尼斯拿些碟片，」桑奇亞緩緩說，「用你給我們的符文加以銘印，然後我們可以……怎麼，插入我們的皮膚？」

「吞下似乎簡單些。」瓦勒瑞亞說。「更好，是嗎？效果將非永久。你們只在碟片留在你們體內時方能與對方分享自我。」

「這一切，」歐索說，「只爲了學習時間的祕密，好讓我們能喚醒克雷夫。」

「你說的是銘印時間——所有現實中最強大的許可之一。並不只是偷取一份烹調胰臟的食譜。」

桑奇亞和貝若尼斯又看了看彼此，兩人明顯都因此不安。

「你眞的想試嗎？」桑奇亞對貝若尼斯說。「我是說——我有過這種經驗，一點點經驗。曾經有人在我腦中過。我不確定你一定會想要這樣……」她牢牢望著貝若尼斯，然後一瞥瓦勒瑞亞，彷彿在說我也不確定我們是否該相信這天殺的東西。

貝若尼斯伸手安慰地捏捏她的手，不過她最想做的事是試著安慰自己。「你應該可以讓我試試。」

「確定？」

「完全不確定。」貝若尼斯說。「我**一點**也不確定。但……我看不出有其他選擇。」

「那我將展示你們所需的符文。」

過程出奇簡單：瓦勒瑞亞將符文串映射在牆上，歐索和貝若尼斯抄錄下來。然後瓦勒瑞亞說明如何將他們自己的程序——偶合現實的銘術——與可以將此程序施行於人類的傳道者指令結合。

「最關鍵的部分，」瓦勒瑞亞說，「是確保你爲效果加上差異性。」

「意思是……我們不主張桑奇亞和貝若尼斯**一模一樣**？」歐索問。

「眞。那將非常不妥。」

「爲什麼？」桑奇亞問。

「想像你的凡人之軀突然間與貝若尼斯的凡人之軀混為一體——骨融入骨，血管突然伸入你的頭顱，現實無法判斷何者為何。」

「好，」桑奇亞說，「那確實聽起來，呃，非常不妥。」

「我會確保效果**非常**微弱。」貝若尼斯快速地說。

她完成抄錄至少有幾百個符文那麼長的指令。

「你須將此符文串置於小得足以讓兩人都能吞下的東西上。或許小碟片或珠子。我不知道。」

「歐索通常最適合這種精細作業……」貝若尼斯望著歐索；他這會兒癱坐在椅子裡、肩膀裹著顏色深沉得令人不舒服的棕色繃帶。

「我才不要動手。」歐索粗嘎地說。他眨眼片刻，接著看著她，視線如鋼鐵。「須由你來做。」

「我……比較擅長理論方面的工作。」貝若尼斯說。「編配之類的。這是真正的銘器，真——」

「你必須習慣。」歐索說。「因為我們沒有天殺的選擇。我知道你做得到，所以不要推託了。」

貝若尼斯皺起眉片刻，然後嘆口氣，掛上最強力的放大鏡，將不比三顆米粒大的小青銅片裝上框架開始工作，謹慎寫下一行行比睫毛或蛛絲還細的符文。

他們退到門邊，為她空出時間和空間。

「一定很怪，」歐索說，「打開你的腦袋讓別人進入你的回憶。要是有人到處走來走去，知道我最後一次在尿槽不小心尿在手上之類的事，我一定恨透了。」

「你的舉例很不理想。」格雷戈說，「但你說得對。就算親密如桑奇亞和貝若尼斯，這都算是嚴重侵害隱私權。」

「你們沒能理解偶合是什麼。」瓦勒瑞亞說。「你不可能蔑視與你偶合者的缺失，一旦偶合，那些缺失就某種程度而言**也**成為你的缺失。你不會因為知道這些事而嫌惡，因為你已經知道了。」

「全能的老天，」歐索說。「眞是瘋狂的狗屁理論。」
「那疼痛呢？」桑奇亞問。「或是不適？」
「我猜想，如果你們之中有人受傷，」瓦勒瑞亞說，「另一人會感覺到疼痛的幻覺。你們也會接收到思緒、回憶、想法、領悟的回音……」
「那就再也沒有驚喜派對了。」歐索說。
「聽起來頗強大。」格雷戈說。「爲什麼在活人身上植入傳道者指令不需要用到儀式？」
「當生與死的界線模糊時，即可獲取許可，」瓦勒瑞亞說，「就更高程度的指令而言，必須讓現實有更大程度的模糊，較低指令只需略微模糊。但生與死之間的界線總是模糊的，活著即是死去，只是非常非常緩慢罷了。」
桑奇亞發現自己突然對最後這句話感到憂慮。奎塞迪斯是怎麼說的？
……她在犧牲你，就在此時此刻，只是非常、非常緩慢。
她的皮膚爆出冷汗。巧合，一定是巧合！
「完成。」貝若尼斯從框架取下兩個青銅片，吹口氣，點點頭。「不知道你能不能檢查一下我的成品，瓦勒瑞亞，但——」
「我能。足以使用，能夠發揮應有的功能。」
「那……接下來呢？」歐索問。他抬起吊帶中的手臂時痛得哼一聲。「她們呑下去就好？」
「眞。需要一點時間校準，兩個心智連結並非易事。一旦校準完成，她們應該便能與格雷戈體內的指令接合，然後眞正的工作才開始。」
桑奇亞和貝若尼斯一人拿走一個小青銅片，爲自己倒一大杯酒。桑奇亞個人對這件事並不太興奮，但她不害怕：這些年來，她的心智被銘術轉化得夠多，她知道那是什麼感覺。然而當貝若尼斯瞪著自己掌中的青銅片，再蹬著她那杯甘蔗酒，她突然一副快吐出來的模樣。

「貝若尼斯？你還好嗎？」格雷戈問。

「我剛剛才領悟，」她虛弱地說，「我即將銘印我自己。這……應該是違法的。」

「現在？」歐索說。「你**現在**擔心起商家法律？」

「還有其他的！我是說，我甚至很少喝氣泡酒！」她生氣地說。「我不希望失去對我自己頭腦的掌控！那是我擁有的、最珍貴的事物之一！」

「放輕鬆。」桑奇亞說。「你在山所裡是怎麼說的？在我們突破崔布諾的門之後？」

貝若尼斯擠出淚汪汪的笑。「一起的話我們無人能擋。」

「想不想證明一下？」

她慘兮兮地笑。「不，一點也不想。不過我還是要做。」

桑奇亞將青銅片放上舌頭，模模糊糊地說「乾杯」，仰頭喝下她那杯酒。

「乾——」貝若尼斯尖聲說。「杯。」她如法炮製桑奇亞的動作。

她們用力吞嚥——感覺像吞下一塊硬麵包——然後注視著對方等待。

「怎樣？」歐索問。

「我……什麼感覺也沒有？」桑奇亞說。

「校準需要時間，至少數分鐘。」

她們站在地下室中，注視著彼此，緊張地等待。這幾分鐘無止境延伸。

「我……還是什麼感覺也沒有。」貝若尼斯說。

「對啊，我也是。」桑奇亞說。

所有人轉向她皺起眉，包含貝若尼斯。

桑奇亞緊張地環顧大家。「怎、怎樣？」

「對啊我也是——」歐索模仿著前一句話，又問：「你是在說什麼鬼？」

「什麼意思？我就是字面上的意思啊？」桑奇亞回應。「貝若尼斯說她什麼感覺也沒有，我就回說我也是啊。」

他們目瞪口呆，貝若尼斯的眼睛更是瞪得愈來愈驚人地大。

「怎樣？」桑奇亞又問了一次。

「我……我沒有說那句話，桑奇亞。」貝若尼斯說。

桑奇亞眨眼，搞不懂狀況，接著注視貝若尼斯的雙眼——就在這一秒，她生出一種壓倒性的詭異感覺：她正透過**貝若尼斯**的眼睛注視自己的臉。影像流入她腦中，她倒抽口氣——她看見的絕對是自己的臉，不過是另一人的視角。

「**噢要命**。」桑奇亞碰觸自己的臉。「我什麼時候變這麼老了？現在好多**皺紋**……」

「我需要換新髮型。」貝若尼斯虛弱地說。她碰了碰自己的頭側。「這髮髻一點也沒有我想的那麼好看……老天，真懷念這裡有好鏡子的時候……」

「這到底是什麼狗屁？」歐索問。

「我想她們正從對方的視角看見自己。」瓦勒瑞亞說。「校準由此開始。接下來是最困難的部分，我估計……」

接著眼前的現實全部彷彿重新定義，深深折射入心靈深處，桑奇亞像直直望著二或三或四面層層相對的鏡子：她看見自己望著貝若尼斯望著她自己，接著她又看見自己看著自己看著自己，景象周而復始；突然間，她覺得頭腦好昏，連站都站不住。

她聽見貝若尼斯在身旁說，「我需要躺下！我需要躺下！」

桑奇亞完全沒辦法這麼清晰地說話，只能大聲呻吟，緊閉上眼，趴臥在石地板上，右臉頰貼著冰涼的石頭。接著她有一種古怪至極的體驗：她感覺到她的**左**臉也貼著石頭。她緩緩領悟，儘管極不可能，她感覺到貝若尼斯也感覺到的事物。不僅如此：桑奇亞不舒服，她也感覺到貝若尼斯的不適，然後她**也**因感覺到彼此的不適而更爲不適，不適的感覺增強再增強再增強……

詭異的思緒在她腦中吼叫：〈**不喜歡**〉

這思緒不清晰且異常陌異，但又不知怎地如此明確地是……貝若尼斯。

桑奇亞送回一道思緒：〈有夠糟，我也不喜歡這樣〉

回應的思緒：〈**這種糟要持續多久**〉

她不知道，所以她們只能一起趴在地上悲慘地呻吟。

「要這樣多久？」格雷戈問。

「不知道。」瓦勒瑞亞說。「數分鐘，或者數小時。」

「天啊。」桑奇亞和貝若尼斯同聲喘著氣說。

桑奇亞還是閉著眼：很像嚴重至極的毒發，愈是限制你的感受，愈容易應付這種折磨，只是愈來愈難了解她到底閉上眼多久了。她發現，當有其他人在她腦中試圖估算時間，她就不確定該如何估算時間了——像試圖同時看兩個鐘。

然而當她悲慘地等待，雙眼閉得死緊，臉壓著冰涼的地板迷失在黑暗中，她慢慢開始感覺……不同。這改變緩慢詭異。她唯一能拿來比擬的經驗只有睡在自己的床上，然後有隻寵物跳上床窩在你的後腿窩——微弱溫暖地覺知有另一個生命窩著你，無論自身喜歡與否。

一個聲音在她腦中綻開——不可否認、絕對、不可質疑的貝若尼斯：

〈啊，你在嗎？〉

桑奇亞在黑暗中摸索——她想應該是在她腦中——思考如何回應。這與山所和克雷夫都不同，非常不同：他們兩個都是她能夠接近、與之交流的獨立個體，但這次更有**臨場感**。貝若尼斯不是她交談的對象；她用一種非常切身的狀態與自己同在，同時也是桑奇亞**自身**，就某種程度而言：她與她共享她的心智，她的本我。

桑奇亞說：〈**對我在這天殺的沒錯**。〉

她感覺到貝若尼斯因她思緒的聲量而退縮。〈不要這麼大聲！或是……這麼**多**。我不覺得我們實際上有發出任何聲音。〉

〈**抱歉**。我是說……抱歉。我習慣跟與我分離的東西談話，但你……〉

〈我不是。〉貝若尼斯說。〈不。我在這裡。非常近。就像她說的——像兩片彩繪玻璃交疊……〉

一陣停頓，她們在估量現在有多與彼此相連。這是最古怪的體驗：桑奇亞突然發現不屬於**她的**回憶呈現她腦中——銘術、和歐索一起工作、在平民區棋盤前度過的童年……又立即感覺到那些**都是**她的回憶，因為就某種程度而言，她也是這個人。或說她正與這個人分享她自己。或是這個人正與桑奇亞分享她自己。或兩者同時發生。

〈我想我們最好不要，〉貝若尼斯的聲音在她腦中說，〈繼續試圖定義術語。〉

〈因為瘋狂得令人傻眼？〉桑奇亞說。

〈因為瘋狂得令人傻眼。你現在想睜開眼睛嗎？〉

〈我猜我們得這樣做。你知道我們吞下青銅片後過了多久嗎？〉

〈感覺有幾天了。但……因為他們沒有搖晃我們或移動我們之類的，也因為我並不特別覺得餓……我不認為我們現在感受到的時間有那麼準確。〉

〈那我猜我們該睜開眼睛看看是什麼模樣。〉

桑奇亞吞了口口水。這會兒身體界線變得模糊，她發現這個直覺反應非常有助於她想起哪一個身體是她的。定位出她自己的喉嚨，她接著定位她的臉，然後才啓動睜開眼睛的程序……

光湧入。她看見自己迎上貝若尼斯沉著冷靜的目光，她的臉輕輕擱在地下室的石地板上。而她所見，以及貝若尼斯眼中所見的她，這幅光景令人難以抵擋。

同時，令人難以抵擋地**美麗**。她不曾有過相同的經驗。像是回到離開已久的童年故居：貝若尼斯的每個面向都讓她熟悉極了，回憶、感覺，以及知覺的回音是如此綿密重疊糾葛在一起……

她們同步眨眼。

〈哇。〉貝若尼斯說。

〈沒錯。〉桑奇亞說。

她們聽見瓦勒瑞亞說：「我相信校準已幾近完成……」

她們又眨眼。〈瓦勒瑞亞？〉桑奇亞在她腦中說。〈你聽得見我們？〉

沉默。

〈她聽不見。〉貝若尼斯說。〈至少我們像這樣溝通的時候沒辦法。我們太近，太……成一體。〉

桑奇亞快速思考。她抓住貝若尼斯的手，連結的感覺不知怎地加強了，彷彿她們的一半心智和歐索、瓦勒瑞亞與格雷戈一起待在地下室，另一半則在一個沒人看見或聽見她們的隱形房間裡。

〈神聖的天神啊。〉貝若尼斯說。〈這經驗和我的預期**大相逕庭**……〉

〈對，對，對。〉桑奇亞說。〈但我有件重要的事要跟你談。貝兒，你是不是……〉

〈覺得瓦勒瑞亞非常可疑？對。〉

〈感謝天。我也是。我不能對你說或寫下任何東西，因爲……〉

〈因爲她會知道。對。我們必須跟她距離一或兩個街口才能脫離她聽力所及範圍——說聽力也不知

道對不對。〉

〈我們該怎麼辦？甚至，我們現在做的是對的事嗎？還是都讓她稱心如意？〉

〈不確定。〉貝若尼斯說。〈我覺得……我覺得她的力量和影響力都比她自己希望得小。但我覺得她……〉

〈她不老實。〉

〈沒有奎塞迪斯礙手礙腳之後她打算做什麼，她一直非常含糊其辭。我覺得他們兩個的目的衝突——不過除了殺掉奎塞迪斯之外，我不知道她的目的是什麼。〉

〈那我們來利用她。〉桑奇亞說。〈我們讓她把克雷夫復原，然後如果我們想，我們就拋棄她。或者克雷夫可以告訴我們更多事。〉

〈同意。〉貝若尼斯說。

〈只是我不喜歡這樣。〉

〈對。〉貝若尼斯說。〈我們需要快點說話。我是說放聲說話，不然其他人會開始緊張。〉

她們一起慢慢坐起，左右打量地下室。什麼都沒改變，但透過另一人的眼睛看見熟悉之物的感覺好**怪**，美好又壓迫感十足，因爲你明明可以學到這麼多新視野，卻也隨即了解如果只有自身，這一生以來對現實的體驗都會侷限狹窄。

她感覺到貝若尼斯說：「觀點眞是既關鍵又壓迫人心的東西……」

「吭？」歐索說。「該死——**成功**了嗎？」

桑奇亞看著歐索，突然間，她的回憶充斥她不認識過的他，日以繼夜在丹多羅至尊辦公室裡賣力工作、計畫、勾心鬥角。她立即明白他並不只是一個養尊處優的怪老頭——不過當然，他確實是怪老頭——他遠不只如此。

「一個……一個夢想家。」桑奇亞低聲說。「抱負遭毀、『希望』變得苦澀。到現在才閃現生命的光輝，數十年來第一次。」

他瞪著她。「啥？桑奇亞……你還好嗎？」

桑奇亞和貝若尼斯同步提振心神，同聲說：「我沒事。」

格雷戈和歐索小心翼翼地看了看對方。「你們……」格雷戈猶豫地說。

「貝若尼斯能做到跟桑奇亞一樣的事了嗎？」歐索問。

貝若尼斯搖頭。「我還無法看見銘術……你說看起來像銀色小纏結，對吧，桑？」

「對，不過……等等，我來實際收縮一下我的視力……」桑奇亞專注，收縮在她腦袋深處的祕密小肌肉，世界隨即亮起邏輯和意義的明亮緞帶，交織他們周遭的現實。

貝若尼斯驚訝地尖叫。「噢！噢我的**天**啊。」

「怎樣，女孩？」歐索問。

「我……我**看見**了……」貝若尼斯說。「我看見所有指令、約束、我們身旁一點一滴所有被說服的現實……好**美**啊。」接著她對桑奇亞說。〈一直以來對你來說都是這樣嗎，桑？〉

〈收縮時就是這樣。〉

貝若尼斯慢慢平靜下來。〈你……你記得歐索是怎麼說的嗎？有時候會在全然的意外之下發明出眞正驚人的東西？〉

〈吭？我記得，怎麼了？〉

〈我覺得我們剛剛就是做了這樣的事，今晚。〉貝若尼斯說。〈這是我這輩子見過最美的景象……〉

「校準……似乎非常順利。」瓦勒瑞亞說，聲音聽來不耐。「準備好進行下一步驟了嗎？」

一想起他們危險的處境以及接下來要做的事，驚奇感隨即消失。

「對。」格雷戈陰森地說。「你們接下來要殺死我。」

25

桑奇亞瞪著緊握在手中的毒箭，箭尖又小又黑，乾掉的毒液閃閃發光。她試著忽視自己顫抖得多厲害、雙手晃得多嚴重、心跳多不規律……

「會成功的，對吧？」格雷戈問她。貝若尼斯將他的腿綁緊，把他固定在椅子上，他發出哼聲。「我聽說過漁夫因爲哀棘魚的毒刺而死……」

「會成功的。」桑奇亞嘶啞地說。「我……我記得有人跟我說不要刺同一個人兩次，因爲這樣就……」她的聲音淡去，沒辦法清楚表達她的想法。

「因爲這樣就可能不會再醒過來。」格雷戈說。「好。我懂。」

歐索和貝若尼斯綁好他的腿，然後是手。格雷戈——曾經是水手——實際上還自己幫他們打好這些結，教他們如何確保繩結牢固。「需要用幾枝？」他一面問，一面測試身後手腕上的結。

「不知道。」桑奇亞說。一切感官都麻木至極。「但……這些放有點久了。好一陣子沒偷東西。」

格雷戈點頭，表情鄭重嚴肅，彷彿正在爭論一樁大額買賣。「但夠嗎？」

「我有六枝，所以……」她又話說一半。

「非常夠。」貝若尼斯溫和地說。

「很好。」格雷戈說。

「這樣……這樣死很好。」歐索說。「如果能選擇，我也想用這種方式死。」

「天啊……」桑奇亞搖頭。「這太瘋狂了。像這樣若無其事地安排一場死亡眞的太**荒唐**。我……我不懂你怎麼能夠這麼冷靜，格雷戈。」

「也沒那麼瘋狂。」格雷戈說。「當兵時，我們經常討論葬禮計畫、送回家的訊息和人生最後的願望。你們都沒想過嗎？從來沒有？因爲我們都有日薄西山的一天，當然了——除非你們情願要像奎塞迪斯那樣的生命。」接著他陰鬱地補充：「或像我。我……我感覺我自己……」

「感覺怎樣？」桑奇亞問。

他搖頭。

「算了。我們趕快了結這件事吧。」

「關鍵在於，」瓦勒瑞亞說，「不干預銘術，**不中斷與格雷戈的連結**。你將感覺到一個回音，這回音並非來自曾被軟弱地說服做不尋常之事的死物，而是你的現實遭突兀改變後的樣貌。讓你對**時間本體**的感受轉化。我並不理解這種經驗的本質，但我預期將……異於尋常。不可斷開。」

「要命。」桑奇亞嘆氣，身體還在打顫。她靠近格雷戈，握著貝若尼斯的手。「好。貝兒——我們接觸的時候連結更強，我右手會握著你的手，用我的左手碰觸他的額頭。也就是說……」

「天啊。」貝若尼斯說「我會是那個……那個用毒箭下手的人，對吧？」

「對。」

「確定？」歐索說。「我或許是更好的選擇。」

「不。」格雷戈說。「歐索——你也拿一枝毒箭然後站到一旁。我的銘術被啓動後，你做得到的話，我會……我會需要你刺我、制服我。」他看著貝若尼斯。「這代表得由你下手，貝若尼斯。」

她緊緊閉上眼。「沒想過我居然得做這種事……不過我想大家都有這種感覺吧。」

「我會沒事的。」格雷戈說。「做就對了，拜託。」

貝若尼斯拿起一枝毒箭，停頓，而後注視格雷戈的雙眼。接著她深吸一口氣，毒箭刺入他的大腿。他沒有畏縮，但眼皮變得沉重，開始用力眨眼。「啊。」他嘆息。

「感覺到了嗎？」桑奇亞問。

「對。」他說。「不過你是對的，效力比不上你之前用的。那次我……我一秒內就不省人事……看來要用好幾枝才殺得了我了。」他吞了口口水，突然笑了起來，聽起來有點神經錯亂的感覺。「你……你還記得嗎，桑奇亞？」

「記得什麼？」

「你跳進窗子用毒箭攻擊那些人？在綠地，我是說……然後你把我拖出去水溝，然後……然後我們第一次說話。」

「對啊，我當然記得，格雷戈。」

他的笑容淡去，視線凝聚空中，眼神呆滯。「眞怪，在這樣的時機懷舊；好像很久以前的事了。」

他們注視著他。男人緩緩癱倒在椅子上，臉色愈來愈黯淡、光彩盡失，而且怪異地悽慘，彷彿他不太確定發生什麼事，但知道自己並不喜歡這樣的結尾。

「弄昏……弄昏我。」他含糊地說。「再來。」

「什麼？」桑奇亞說。

「再來……再來一枝毒箭，不夠。」

貝若尼斯舉棋不定。

格雷戈的頭緩緩往後歪。「再來！」他大喊。「快點結束！**拜託**！」

「貝兒，再來！」桑奇亞嘶聲說。

貝若尼斯一面低聲咒罵一面拿幾起另一枝哀棘魚毒箭，再度刺上他的腿。

格雷戈的頭歪到一旁，表情既悲慘又絕望地注視著虛無。「好了。」他的呼吸變得沉重。「可以了。來了。」

桑奇亞差點開口問他還好嗎，痛不痛，但這樣的問題一點意義也沒有。

「我以為，」他輕聲咕噥，「我會稍微記得這是什麼感覺。死去的感覺。」他的聲音發顫。「我以為會覺得很熟悉，覺得這一切如同往常。但……我想說，我知道我不該**害怕**……」

貝若尼斯轉身，開始放任自己流淚。

「我要離開了。」格雷戈低語。他抬頭注視桑奇亞。「如果我……我希望停止，只是一點點的希望，我這樣的念頭會很糟嗎？」

「停止？」桑奇亞說。「停止什麼？」

然而，此時他的脖子一軟，表情變得呆滯。她知道他還沒死，但顯然正在死去。她這輩子見過很多人死掉，很多人的死法遠比這恐怖，但出於某種原因，這次比其他時刻都更讓她難以承受。她看著他的身體在椅上歪倒，表情悲痛，彷彿為了哀悼所愛之人過世而守夜了整晚，現在再也無法多支撐一秒。

她懂理由了。*格雷戈想這樣嗎？他欣然接受嗎？他**希望**死去？*

〈好討厭，桑奇亞。〉貝若尼斯說。〈真的好討厭我們必須這麼做。〉

〈我知道，貝兒。很快就過去了。〉

格雷戈閉上眼，不再動彈。

所有人盯著他看了片刻；他癱靠在椅子上，因疼痛和哀傷而皺著臉，胸口靜止不再呼吸。歐索一躍而起，伸手碰觸他頸側。「他還活著。他的脈搏緩慢，但他還活著。」他眨眼片刻，接著用非常古怪的聲音說：「貝若尼斯，我想你需要再戳一箭。」

「不！」她一面抽鼻子一面說。

「要！」他厲聲說。「你非做不可！」

「我不想！這太可怕了！」

「無論如何總會發生！我們只是需要它更快發生，好嗎？」

「歐索，你……你這爛雜種！」她大喊。

聽到這幾個字，歐索看似有些驚訝和受傷。

「貝兒。」桑奇亞嚴厲地說。〈他說得沒錯。動手。〉

〈我跟你們都不一樣！〉貝若尼斯說。〈我……我不習慣做這種可怕的抉擇！〉

〈趕快習慣吧，你未來還會做很多像這樣的抉擇！格雷戈**請求**你動手。快點了結吧，爲了他！〉

她一面啜泣一面拿起另一枝毒箭刺入他的大腿。歐索又摸了摸格雷戈的脈搏，自己的臉也因極度的痛苦而抽搐。「慢……慢下來了。」他粗嘎地說。「應該夠了……」

他們注視著格雷戈；他癱在椅子裡，如果他還有意識，用那種姿勢躺著應該會讓他疼痛不堪。一種奇異且令人心碎的領悟突然湧入桑奇亞腦中，如果失敗，而格雷戈確實於今夜死去，這或許正是他希望的死法：溫和、緩慢，在睡夢中，朋友圍繞身旁。她哭了起來。

格雷戈·丹多羅睡著了。

他不確定自己爲什麼或怎麼會入睡，但他在陰影中徘徊，無法思考、感受或移動。他只知道令人窒息的黑暗，一種似乎淹沒他心智的蝕人虛空……然後他的思緒開始塌碎，心智的廣袤舞臺轉暗，所有回憶閃現爆裂，整個人生中的互動和片刻在陰影中爆炸，有如濺射的花火。

啊，他心想。我現在知道這個了。*我……我即將死去，對吧？*

片刻的時光、自身的感受及體驗與情緒的密集攻勢。不只是形塑出他這個人的頓悟與衝突與勝利與失敗，而是建構成一個人生命總和的微小裂縫，以及許許多多可遺忘的細碎交流……

厚皮革在溫暖太陽下的感覺。

男人的手，不停翻轉一枚硬幣。

一隻靴子腳跟處的小石子。

鳥群從樹葉間衝出，盤旋飛向黎明的太陽。

回憶的回憶的回憶的碎片。

在那之中……

睡著了。

格雷戈感覺到身下、覆蓋臉和身體的布料，周遭都是母親的味道。

他又在她衣櫥掛的衣服中睡著，他覺得受到威脅時去的祕密之地，因爲他知道自己在此安全無虞。這地方屬於她。在這裡沒人能傷害他。然後他聽見一個聲音——近處的潑濺聲，有人喘氣、吐出口水。

格雷戈睜開眼。他坐起，緩緩從掛著的衣物中鑽出，蹲伏在她的衣櫥底，聆聽。另一個房間也傳來潑濺聲——浴室——一聲咳嗽，另一陣吐口水。接著是悲慘痛苦的啜泣。

格雷戈站在衣櫥門旁猶豫。他打開門走出去。

他看見的第一個東西是自己的臉，從鏡子中回望著他——好年輕、好脆弱，還不到六歲呢。他只看了自己一會兒，因爲接下來他的母親驚恐尖叫。

她身穿長睡衫，跪在浴室地板上，面對著一個裝滿玫瑰粉色水的盆子，臉和手濕淋淋的。她正在用水盆洗臉——而令他震驚的是，她的臉遭毒打：嘴脣破裂，還在滴血，眼眶黑了，臉頰也瘀青。

「格雷戈！你……你在那裡做什麼？」

「媽媽，」他說，「媽媽，你怎麼了？」

她雙手拿著的布塊掉進盆中血水，濺濕她的睡衫。「你躲在那裡嗎？你爲什麼躲在我的衣櫥裡？」

「我……我在那裡睡著了。」他因爲困惑和羞愧而燥熱。「我……我有時候會這樣，但我……我……」他突然哭了起來。

「天啊……過來，我的寶貝，過來……」她擁抱他。「我只是……出了一點小狀況，就這樣。就這樣，寶貝。」

「你受傷了，媽媽。」

她吸了吸鼻子，勇敢地微笑。「噢，沒那麼糟，只是幾個瘀青，沒什麼的。」

他凝視她片刻，接著在她面前跪下，拿起布塊。「我幫你？」

她對他微笑，雙眼哀傷又絕望。「好吧，如果你想。」

她靜靜坐著讓格雷戈用布塊輕拍她的割傷和瘀青、洗去血跡。

她微笑——這次眞心笑了。「你還小的時候，」他一面工作，她一面說道，「你常常幫我畫上顏料。你喜歡用小刷子幫我畫上線條，而且你也幫你自己彩繪。這是我們日常的一部分。」

「我記得。」他看著她的嘴脣又湧出血。「發生什麼事，媽媽？」

她嘆氣。「我嘗試了我們好多銘術師嘗試做的事。我試圖說服世界它應該是另一種不一樣的樣貌，或至少不再是原來的樣貌。接著，有……有個人對我大發脾氣。」

他看著他的母親；她垂頭坐在那兒，血從無數小傷口淌下。她看起來多難爲情、多屈辱啊。

「我會阻止他們。」他突兀地說。

「你會怎樣？」

「我會阻止他們。我會……我會奪走他們的商家、打擊他們、燒他們，還有……還有……」

她憐惜地看著他，接著微笑。「啊，我的勇敢小騎士……我驕傲的戰士。看到你充滿這樣的貴族氣息，眞是了不起啊。」她伸手愛撫他的臉。「我還記得你出生的時候。你好急著來到這世界。不像多梅尼柯，他花了好幾個小時。你是如此渴望將自己投入我們這殘破世界的混亂中。」

回憶閃爍，影像漸漸淡去，世界愈來愈黑。

有事情發生，格雷戈暗忖，我將離……去……

回憶在邊緣轉暗，接著湧入自己。他最後看見母親傷痕累累、瘀青的臉，正對他嶄露開懷的笑容。

「噢，格雷戈。要是我能拿回我的商家，」她的聲音對他低語，「你和我能攜手打造出什麼樣的城市啊，我的寶貝……」

這就是死亡了，對吧。他的心智被黑暗淹沒時他這麼想著。要來了。對。對，我或許——

寂靜。

虛無。

26

他們站在格雷戈身旁，動也不動地看著他。

「我們什麼時候會聽見銘術？」貝若尼斯悄聲問。

「不知道。」桑奇亞說。

「銘術應該在死亡時啓動，」瓦勒瑞亞說，「而他還沒完成死亡的程序。但……快了。接下來一切都應該如計畫進行。」

他們站在地下室中，桑奇亞的手壓著正在死去的朋友額頭，她有一瞬間納悶著自己是否感覺到他的肌膚在她掌下漸漸變冷。

「我什麼也沒聽見。」桑奇亞說。

「會來的。」

「他現在死了，不是嗎？他死了，我分辨得出來。」

「過程尚未完——」

「他還在**死**？天啊，到底還要多久！」

「死亡時，」瓦勒瑞亞又說了一次，「銘術應啓動。」接著補充，「或……緊接在後。」

「緊接在後？」貝若尼斯說，「這是什麼意思？」

「我明確表達過我對這將如何進行並不熟悉。可能是死後立即發生，也可能是五分鐘後。或十分鐘，或一小時。」

桑奇亞的皮膚變得冰冷。「你……你是說，」她的話語因狂怒而顫抖，「你預期我們站在地下室裡，手貼著死掉朋友的屍體，直到我們聽見些什麼？但你並不知道那會什麼時候發生？」

「這是唯一的選擇。」

「你**確定**我們會聽見些什麼？」桑奇亞說。「你**確定**那能夠讓他復活？」

瓦勒瑞亞遲疑了。「我幾乎確定。」

「**天啊**。」歐索驚慌地說。「幾乎？**幾乎**？所以有可能出錯？」

「會成功的。」瓦勒瑞亞說。

「我希望你聽起來有你該死的這句話一半有信心！」桑奇亞說。「因爲現在，我感覺一點也不有信——」

然後她聽見了：安靜、壓低音量的低語，彷彿房內充滿沙沙作響的葉子。桑奇亞跳起來，轉動身子，仔細查看地下室，一手仍貼著格雷戈的額頭。「怎麼回事？」

「怎麼了？」歐索問。

桑奇亞繼續查看四周，喃喃的低語聲揚起，落入她耳中。〈你……你有聽見嗎？〉她問貝若尼斯。

〈有。〉貝若尼斯聽起來嚇壞了。

〈是葉子嗎？我聽見葉子的聲音嗎？彷彿在森林裡？〉

〈我……我以為是翅膀。〉

她這才發現貝若尼斯說得沒錯：那聲音太具韻律，柔和輕緩的振翅聲，揚起又落下，彷彿海灘上的浪。自己彷彿站在小拍翅生物的風暴中，蝙蝠或蝴蝶或……然後另一個聲音加入，比原本的聲音更令人不安：痛苦至極的女人在近處歇斯底里地啜泣。

「糟糕。」桑奇亞說。她打量地下室，明確感覺那名慟哭的女人就在身旁，或在格雷戈身旁，但沒人。然而啜泣聲持續，這個脫離現實的聲音不停在她們身旁哭泣。

「我的天……」貝若尼斯低語。「那是誰？怎麼回事？」

「怎麼了，女孩？」歐索問。

「貝兒——我想你也有聽見，對吧？」桑奇亞問。

「對。」她僵硬地說。「有一個隱形的女人在旁邊哭，但我看不見她。」

「瓦勒瑞亞，」桑奇亞說，「你有聽見嗎？」

「我沒有。」

隱形的女人在聽起來像沉痛的哀傷中尖叫。

「**到底**是怎麼回事？」桑奇亞喊道。

「不確定。」瓦勒瑞亞說。「或許……你們有此體驗是因爲銘術啓動。」

啜泣聲愈來愈響亮。

「爲什麼我會聽見我們天殺的地下室裡有女人在尖叫？」桑奇亞用壓過哭聲的音量高聲叫喊。

「不確定。我想就跟大多數銘術一樣，爲了讓它知道該轉化格雷戈的時間多遠或多少，它必須先有定義好的時間例子。例如，爲了要它將格雷戈恢復到三十秒之前，你必須先告訴它一秒是**什麼**。」

「這我們知道！」貝若尼斯大喊。「這是基礎銘術理論！」

「眞。但我想這個時間的概念是在銘術首次施行在他身上時定義。所以……銘術每次啓動，都必須回涉第一個例子。」

桑奇亞的心臟感覺充滿冰。「你是說……我們要經歷他發生馬車意外那晚？回到他哥和他爸**死掉的**時候？」

「你們或許引來銘術首次施行於他身上時的鬼魂。漸漸消逝的印象。我無法提出更多其他可能。」

女人開始放聲哭嚎，桑奇亞和貝若尼斯雙雙驚得跳起來。

「該死，」桑奇亞說。「該死，該死，該死。」

「現在必須保持冷靜，桑奇亞。」瓦勒瑞亞說。「一定不可刺探，一定不要問問題。這是創造者的造物。觀察——僅只於此。」

她們聽著女人的聲音哭道：「不，不，不……拜託，拜託，天啊……不要是你。不要是你，寶貝，不要你……」

「說得倒容易！」桑奇亞說。

女人沒停：「我不希望這發生在你身上……我……我不希望這發生在你們兩個之中的任何一個，寶貝，我的寶貝們……」

小翅膀的聲音揚起又落下、揚起又落下。她感覺到貝若尼斯心中湧起一股恐懼的戰慄。〈桑奇亞……我的天啊。我想我知道這是誰的聲音了。〉

〈什麼？〉

〈我聽過她說話！很多次！我……我想我們聽見的是歐菲莉亞．丹多羅的聲音——〉

接著她們聽見了——銘術的聲音，突然說起話來，彷彿與她們並肩而立，用冰冷又不帶感情的眼睛檢視格雷戈的屍體。而它的聲音……她們都非常熟悉。

〈**動脈悸動中斷**。〉奎塞迪斯．馬格努斯的聲音隆隆響起。〈**存體無法……感知**。〉

這聲音雷擊般穿透桑奇亞和貝若尼斯的耳朵，她們凍結。

〈我的天啊。〉貝若尼斯低語。〈聽……聽起來像他！聽起來像奎塞迪斯！〉

〈不——〉

〈**靈體**？〉那聲音說。〈**靈體……陪同**？〉

她們徹底靜止下來。眼前即將上演的景像前所未見——她哄騙過的銘術中不曾有哪個在意被她哄騙，然而，她並沒有眞正哄騙過傳道者的銘術……尤其是出自奎塞迪斯本人之手的銘術，可是現在的狀況接近如此。

接下來是一段漫長緊繃的沉默，只被周而復始的啜泣聲打斷，彷彿她們被困在一個迴圈內：「不，不，不……拜託，拜託，天啊……不，不，不……」

桑奇亞驚恐地瞪大眼看著貝若尼斯。貝若尼斯在嘴前打手勢，彷彿她正將自己的嘴牢牢縫起。桑奇亞點頭的同時，她們突然感覺到了。一股壓力。一個存在。她們被遭檢視的感覺席捲，彷彿瞥向窗外，感覺到巷子裡有暗影回瞪。

要命。桑奇亞心想。她注視身旁的空氣，彷彿預期看見奎塞迪斯本人也注視著她們。它在找我們。

它真的在找我們……

〈**檢視約束。**〉奎塞迪斯的聲音說，只是聽起來有點猜疑。〈**確認還原的暫存時刻……**〉

她們身旁的諸多事物開始改變。

桑奇亞感覺微風拂過肌膚，彷彿有一扇開啓的窗。她看向旁邊，突然很肯定自己會看見幾扇高窗，朝蔓生、燈籠照亮的帝汎夜景開啓，然而除了地下室頹圮的磚牆之外，她什麼也沒看見。當她回頭，眼前突然出現一張床，就在格雷戈椅子的另一邊，這是張先前肯定不在這裡的床。床上有發皺的白床單和奢華的黃白雙色絲被。但被子沾染暗沉血跡——因爲床的另一邊躺著一具男人身體，身受重傷，被月光照亮。

看見他，桑奇亞和貝若尼斯同時尖叫，他的右臉塌陷，眼珠子擠出破碎的眼眶，閃閃發光的顴骨穿透粉色頰肉。他的右手尤其是手掌的部位全毀，前臂一半以下化爲難以辨識的一團模糊；微弱的光線下，血管、骨頭和軟綿綿展開的韌帶清楚可見。他的上好黃袍和襪子被扯爛，而且滿是泥巴，但詭異地閃耀光芒——桑奇亞這才發現他全身滿是碎片，玻璃碎片釘滿他的臉、肩膀、雙手，他身上被刺中的地方冒出玫瑰色的小血珠。

最糟的是他看起來好像格雷戈。他看起來**根本**就是在他們面前的椅子上失去意識的這個男人，只是年輕些，胖一點點、柔軟一點點，彷彿他一直過著舒適的文明生活。

桑奇亞沒認出他——不過貝若尼斯認出來了。她在丹多羅內城看過無數他的肖像，而她一認出他，同樣的認知也顯現桑奇亞腦中。

「歐塔維諾．丹多羅！」貝若尼斯尖叫。

「什、什麼？」歐索驚訝地說。他低頭看支離破碎的男人位置，但顯然什麼也沒看見。「你在說什麼啊？」

「歐塔維諾．丹多羅！」她一面啜泣，又喊了一次。「他就躺在那邊的床上，而且死掉了，噢天啊，他**死**了！」

「床？」歐索說。「死掉？什麼啦？」

「她看見碟片首次植入時發生的事。」瓦勒瑞亞說。「我們無法體驗，銘術並未施行我們。」

桑奇亞閉上眼。〈閉眼，貝兒！閉上眼！〉

貝若尼斯照做，一面輕聲哭泣。輕柔的振翅聲在她們耳中澎湃湧起。她感覺到了：感覺到第一個符文串開始生效，緩緩彎曲格雷戈的時間，以感覺出他需要轉移到多遠，以及將會改變什麼……

接著發生了。

通常當桑奇亞與銘印物品密切交流時，她會慢慢對說服碟上的符文產生一種恐怖感；這些符文就是轉化物品現實、說服它變得不同的許許多多指令串。這是奇異但輕微的感受，彷彿看著一隻昆蟲爬上你的手臂，牠的小腳在你的寒毛間穿梭。

但格雷戈的銘術並非如此。

符文突然如閃電般擊中她，指令像燃燒的火炬般接連烙進她腦中；明亮炙熱的約束漣漪般湧過她——她**感覺**到它們，每一串數十個符文烙進她體內，在一瞬間改寫她這個人的存在……

她因劇痛而尖叫。她向來知道傳道者指令有所不同，但沒概念有**多**不同。

她也聽見貝若尼斯痛苦地尖叫。

「不要斷開！」瓦勒瑞亞說。「必須維持住！」

「沒辦法！」貝若尼斯大喊。「這樣的事發生在我身上……好**痛**！」

「維持住！」瓦勒瑞亞說。

另一串符文——或許一打，或許一百，桑奇亞無法分辨。燃燒的符號在她的體中展開，她感覺到它們改變她的現實，她的身體與心智有如在一時興起之下被砸碎或重新塑形的陶土。

如果這只是銘術的回音，她在劇痛中暗忖，那天啊……天啊，身處傳道者指令到底是什麼滋味？

貝若尼斯又痛得尖叫。桑奇亞直覺地睜開眼睛。她看見她。

一名約三十的女子站在地下室中央，渾身是血，歇斯底里地哭泣。她將一個約莫十一、二歲的男孩抱在膝上；他顯然已經死去。他的後腦杓有巨大的傷口，緊鄰右耳後的位置是黑得令人不安、黏糊糊的紫紅色破洞。

桑奇亞發現她認識這女人，幾天前才見過，當時她在戰艦深處哭泣顫抖：歐菲莉亞．丹多羅，只不過她現在看見的幽靈比她遇見的那個女人年輕了三、四十歲。歐菲莉亞搖晃膝上的孩子，彷彿試圖喚醒他。他的頭垂落一旁，桑奇亞看見了他的臉。

這景象讓她停止呼吸。他的表情一如所有孩童睡著時那般無邪無憂，只是頭側緩緩流下的血破壞了這個畫面。但最關鍵的是，他好像格雷戈，不過好年輕、好纖弱……

然而，她莫名知道這不是格雷戈。這男孩太瘦，太脆弱，雙眼分得太開。

多梅尼科．丹多羅？

「回到我身邊！」歐菲莉亞尖叫。她用力搖晃他，男孩口中冒出鮮血。「回到我身邊，拜託，拜託！」

桑奇亞又閉上眼，和貝若尼斯一起發出驚駭的呻吟。

「一定快結束了！」瓦勒瑞亞說。「現在不可斷開！維持連結！」

「貝若尼斯，」桑奇亞說，「請告訴我你記下所有該死的符文了！」

「我怎麼忘得了？」貝若尼斯啜泣。

〈**已分隔出時刻……最終化中。**〉奎塞迪斯的聲音在她們腦中隆聲說道。〈**建立復原路徑……**〉

爆出另一批符文，這次煙火爆破般的符文量達到巔峰，符號的閃光一再湧入桑奇亞腦中。要超出負載了。她感覺到她自己的時間感慢慢變軟、變平、消融。現實被改寫是一回事，有個指令試圖將你的時間倒轉回某個對你來說並不存在的片刻，那就是另一回事了——畢竟，她和貝若尼斯都無法被倒轉回只屬於格雷戈的過去片刻。

完全不對。像被放進龐大故障的機器，活塞和齒輪咬入你的血肉……

「貝若尼斯！」她大喊。「陪著我！」

「我在！但是……桑奇亞……我撐不了多久——」

接著他們聽見前方一個嘶啞刺耳的聲音：「媽——媽媽？」

桑奇亞和貝若尼斯睜開眼。

格雷戈不見了。椅子不見了。

應當躺著格雷戈的位置出現一名年約七歲的男孩，躺在床上，臉上道道泥痕，腿嚴重骨折。桑奇亞的手正壓在他額頭上；他眨了眨眼，注視著她們，桑奇亞倒抽口氣，差點抽手。

男孩低語。「媽媽？發生……發生什麼事，媽媽？」

「啊，搞什麼鬼？」桑奇亞說。

歐菲莉亞．丹多羅的聲音飄了過來，彷彿來自遠處的走廊。「噓，親愛的……噓。我們給了你一劑藥。就……睡吧。」

「爸爸在哪？多梅尼科在哪？發生什麼事？」孩子眨眨眼，打量地下室。

「你父親……不在了。」她的聲音低語。「多梅尼科他也……」

她說到一半，啜泣起來。

空氣中又一閃，接著男孩看似被落雪包圍，閃爍的小白點在他們身旁盤旋打轉。不過桑奇亞隨即發現，那並不是雪花。是蛾。空中充斥牠們拍翅的聲音。

是他，桑奇亞暗忖。他來了。奎塞迪斯就是在這個時候到來。

「這些蝴蝶是什麼啊？」男孩低聲問。

「牠們是……牠們是來幫我的。」歐菲莉亞一面抽鼻子一面說。「蛾從窗戶進來，在我睡覺的時候幫我。我……我覺得牠們是個奇蹟，我的寶貝。牠們可以救你。」

男孩耷拉著眼皮四處張望。「幹麼救我？」

空中又一陣閃爍，桑奇亞看見她：這是屬於歐菲莉亞．丹多羅的回憶，她佇立床邊，朝床上那名傷痕累累的男孩彎下腰。她俯身親吻他的額頭。「從我對你做的事中拯救你，我的寶貝，」她低聲說，「我好抱歉……」

另一陣爆發的符文襲向她們。

符文在她們腦中閃爍，揉捻她們，扭曲她們，彎折她們的身體、靈魂與精神；她們雙雙尖叫。桑奇亞感覺到她們慢慢消融，她們生命中一切的時光都被收縮、變小、削弱，彷彿她們過往的分分秒秒被熬煮到除了渣滓之外什麼也不剩，全部替換上僅數分鐘前的片刻……

她感覺到貝若尼斯豁然醒悟。〈並不是移動時間，而是彎折、延展。這銘術將現時的時間收縮化爲虛無，於是最後只剩下過去！〉

桑奇亞無法理解貝若尼斯的頓悟。這概念對她來說太複雜，另一個阻礙是她無法思考，她非常肯定自己快死了。接著，她指尖下的軀體快速被帶往遠方，下一個瞬間，周遭的世界除了尖叫還是尖叫。

符文和幻覺和轉化從身邊彈開。貝若尼斯和桑奇亞睜開眼，下一刻，應該死去的格雷戈身體往上彈起，他的眼神狂野瘋狂，而她們害怕地踉蹌後退。他在尖叫狂吼，對她們咆哮，頭上的血管根根清晰可見，脖子上的每一條韌帶拉緊到幾乎崩斷。

貝若尼斯尖叫，後退時跌倒在地。桑奇亞還勉強維持站立，她的朋友撐起綳緊他手臂、胸口和腿的束縛。椅子嘎吱響，在他身下歪扭。

「天啊！」歐索在某處尖叫。「要死了！」

「符文是否留存？」瓦勒瑞亞緊迫盯人。「程序是否成功？」

桑奇亞太害怕了，無法回應。她在喑啞的恐懼中望著她的朋友像頭野豬般嗥叫、咆哮，在繩索下掙扎，瘋狂、盛怒、無助地前後搖晃……

接著他停住，怒瞪著她，往前拱起身子，縮起腿……

椅子的某個部位被撐到破裂的臨界點，發出一聲巨大的碰。

「歐索！」桑奇亞尖叫。「現在刺他，現在刺他！」

歐索單手摸索哀棘魚毒箭。格雷戈往前靠，不停咆哮，眼睛滲淚，嘴因用力而淌下一絲絲唾液。椅子又發出一聲尖銳、震撼的碰。

「動手！」桑奇亞尖聲說。「他快掙脫——」

歐索大喊一聲，往前一躍，將哀棘魚毒箭刺上格雷戈的後肩。格雷戈朝旁邊掙開，猛咬住牙，幾乎咬下歐索的一根手指。

「他插的地獄！」歐索吼道。

格雷戈一再撐起繩索，大聲喘氣，但每一次出力都變得更弱。顯然毒箭發揮藥效：他的雙眼失去焦距，每個動作都變得更像喝醉酒，更不協調。最後他的頭終於垂向胸口，他用力吐氣，唾液從唇間噴出，淌下鬍鬚。他怒瞪桑奇亞，半是清醒，但無可奈何。他靜止不動。

「要死了。」歐索說。「我眞得的要**死**了。」

他們盯著格雷戈的身體在椅子上抽搐，沒人說話。

「符文是否留存？」瓦勒瑞亞輕聲問。

貝若尼斯點點頭，抹掉眼中的淚。她全身發顫。「我記住了。誰拿張紙，我趁記憶猶新時寫下。」

桑奇亞瞥了眼格雷戈身上那些破爛的繩子。「我們要不要先給他鬆綁？」

「才不要。」歐索說。「我有點想給他加上幾個新繩結。但我現在不要接近那瘋狂的傢伙。」

桑奇亞又細看了格雷戈一會兒，回想起受傷的男孩躺在床上、對媽媽低語的景象。

〈你有聽見歐菲莉亞對他說的話嗎，貝兒？〉桑奇亞說。〈在那個……那個回音裡，不管那到底是什麼？〉

〈有，我記得。〉

〈那你覺得她……你覺得她……歐菲莉亞．丹多羅是不是……〉

〈我覺得那場馬車意外不是意外。但最重要的，桑——我覺得你得拿些該死的紙給我，不然這一切就徒勞了。〉

27

歐菲莉亞站在丹多羅宅邸巨大舞會廳的窗邊，注視眼前的市景，溫暖、蜂蜜色的太陽映照在丹多羅內城的一片片屋頂上。剛到下午，但感覺好晚，彷彿時間愈來愈快從她身旁溜走。爲什麼，她暗忖，我一將他召回這個世界，就翻轉了沙漏，整個世界只能看著沙粒落下並等待？

她忽視身後的銘術師和工人，他們正將一個又一個巨大的箱子拖進來。你在哪裡，格雷戈？她的視線落在燈地，所有飄浮燈籠上下左右擺動。你會在時間用完前回到我身邊嗎？

一名工人走近問：「您確定您想全部送來這裡嗎，創始者？」

她冷酷打量他。「爲什麼我會不想？」

「我是說，我決不敢懷疑您，創始者，但您似乎打算……在您的舞會廳裡**打造**您自己的符文典。這樣的事需要保護，還有防護區，還有冷卻用水，還有……」

「那些不成問題。」醇厚優越的聲音說道。

歐菲莉亞和工人轉身，奎塞迪斯從走廊的陰影中走出。

「我會打點那一切。」奎塞迪斯說。他走近他們。她注意到他雙手捧著一個狹長的木盒，看在她眼裡不太尋常。

工人遲疑地看著他，接著朝歐菲莉亞掃一眼。「您要打造一座符文典，閣下？完全自己來？」

奎塞迪斯空無漆黑的眼睛深深注視這男人。「所有零件都送來這裡了嗎？」

「什麼？對，都——」

「那你可以離開了。」奎塞迪斯說。「你和你的同僚們。」

歐菲莉亞和奎塞迪斯等眾人魚貫離開，他們的腳步聲在她巨大又空蕩蕩的宅邸中迴盪。

「您眞認爲您能在這裡組裝起來嗎，我的先知？」她問。

「嗯，首先，我不打算打造尋常的符文典。」他繞著箱子踱步。「不僅如此……我發現一旦你人生中經歷過一兩次讓整個國家消失的麻煩，其他任務都變得相當好處理。」

歐菲莉亞走到箱子旁站在他身邊。「那一旦完成……」

「對。我們必須派使節去莫西尼家。我想他們會有預期——他們無疑相信我們極度渴望結盟，共同對抗米奇爾家。我也必須在使節團中，入夜前我還有很多事要忙。尤其我今天還有其他工作。」

他滑開手中的盒子，露出一個安放在天鵝絨內裡上的銘術定義碟。歐菲莉亞不是銘術師，但她立即看出上面是她不曾使用過的符文和指令——全部以緊密**整齊**得不自然的筆跡寫下……

「您……您**一天**就做出這個定義碟嗎，我的先知？」

「嗯，比較接近一個下午。或是一個下午裡的**一部分**時間吧。當我們在自己的符文典中將這個定義碟與崔布諾的定義碟配對，構物將無處可逃。無論她目前棲息於哪個裝置，她都將受困其中，有如蟑螂躲在衣櫥底下躲避燈光。我便能開始將她重組。」

歐菲莉亞的視線掃過捲曲的一行行符文。「但構體頗擅長……該怎麼說——在符文典間跳進跳出，是嗎？」

「大致沒錯。」

「要是她跳進你的符文典並取得掌控，是否就大事不妙了？」

「不成問題。如果我們有夠多崔布諾的定義副本，一再又一再又一再疊加權威，她便無可奈何了。」他滑上盒蓋。「在莫西尼加的舞會後……我們將會拿到我們所需的副本。」

歐菲莉亞有如石化般佇立不動。她從他身旁走開，站在窗邊閉上眼。她想起他只在有限範圍內大致描述過計畫：需要投入的可觀士兵與協調，更別提有多少人將死去。不是自然死亡，她心想。並不是生病。他們將遭謀殺，凶手是他。

「沒有其他辦法嗎？」她輕聲問。

「歐菲莉亞……」他的聲音說道。「你希望打造一個重視道德的世界，不是嗎？一個正義、公平、健全的世界？」

「對。」她低語。

「是的，你有這個志向。但我有時候發現，需要好多背叛和死亡才能打造一個重視道德的世界。事情就是這樣。」接著，他的聲音突然從她身旁冒出來。「你一直都是知道的，歐菲莉亞。」

她一跳，發現他站在她身旁看著她。「什、什麼，我的先知？」

「你全知道。你知道需要什麼。你三十年前就知道了——在你精心安排你丈夫的死亡時。」

她轉過身，不能言語。

「我看著，記住。」奎塞迪斯說。「我如此密切觀看你的故事。你是你們商家創始人的女兒。儘管歐塔維諾剛跟你結婚時看似是個好人……他是多麼快速就將你們商家的心力轉投向其他人都追求的同樣事物上——君權、軍隊、以及散落杜拉佐海的一個個忠誠小王國……」

歐菲莉亞．丹多羅又閉上眼，吞了口口水。

「這不是你生長的城市，」奎塞迪斯低語，「不是你想統治的商家，不是你希望孕育的世界。你看見你不希望生活其中的未來被寫下。當你想搶回自己的商家，他確保你知道自己多無能為力。你做了正確的事。你做了**必要**的事。然而那樣的後果……你每天都努力與那樣的後果共存。不是嗎？」

「這並非我所願。」她低語。

「對。」奎塞迪斯說。「並不是。」

「這地方有某種**墮落**。某種……某種扭曲我們思想的東西……」

「那是力量，歐菲莉亞。」他低聲說。「至高的力量銘印心靈的程度遠遠超過任何我能發明的指令。今晚，我打算在這城市將其終結。」

她低頭面向城市哭泣。

「聽我說，歐菲莉亞。現在聽好。」

她抬頭，因他聲音中的嚴肅而驚訝。

「我**會**將你兒子歸還予你。完整健康，而且修復完成。不再受我們曾加諸於他的約束牽制。因為你的處境對我而言具備**私人**意義。你並非第一個用此技藝拯救孩子的父母，也並非第一個承受那選擇造成的無心後果。我會確保你們終能團聚。」

「爲什麼？」歐菲莉亞問。「爲什麼您願意如此嘗試，我的先知？」

「因爲不像其他人……格雷戈尚有救。」奎塞迪斯說。「我以許多種方式改變現實，但在我漫長的這一生中，我慢慢了解，有些東西無法恢復。」他低頭看自己的右手，看似回想起掌中握著什麼的感覺。「我們必須重視這些無法修復之物。因爲沒了它們，我們便什麼也不是。」

28

光線透過高窗劃開黑暗。

燭焰的閃爍舞動；飄浮燈籠的如夢旋轉；接著是大理石走道與圓頂天花板與華美的門。一名衣著體面且高䠷的男孩從旋轉的影像中冒出，他相貌英俊但單薄脆弱，上唇附近細毛稀疏，有對敏感的黑眼睛。

他對他微笑。你愈長愈大了，弟弟！

下一刻，木材爆裂、玻璃叮噹響，多梅尼柯不見了。

寂靜。水滴下，慢慢移動的聲音，黑暗中的嗚咽，接連響起。

光又來了，透過馬車窗的破玻璃。一個渾身鮮血的人影在駕駛座癱倒。

然後有人說話：格雷戈？格雷戈，你在……這裡嗎？

他回頭看。一隻鮮血淋漓的手從後座的陰影中冒出來，晃動顫抖，卻不停伸長，極度渴望觸摸到什麼、被握住，彷彿要確認他並不孤單。

請過來我這裡，那聲音哀求道，聽起來又痛又怕，那是孩子瀕死的聲音，經歷他太小而還無法揣摩的事。我愛你。我……我需要……我愛你，我愛你……格雷戈脣間爆出響亮刺耳的尖叫，他踢腿掙開那隻緊握的手，內心好絕望好害怕。

我不在，他心想。哥哥最需要我的時候，我不在。在他最後的時刻。

一切畫面隨即消失。

格雷戈．丹多羅氣喘吁吁地在他床上醒來。他注視天花板片刻，試著回想起自己是怎麼來到這裡。有什麼不同了。他知道——但他不知道是什麼。

就是今天嗎？我是否終於不再是我入睡時的那個人了？

不過非常熟悉的疼痛感開始重擊他的頭，他想起來了。

哀棘魚毒……天啊。銘術。我是不是真的……

「你醒了。」近處傳來桑奇亞的聲音。

他眨眼，看向一旁。她坐在床畔的一張椅子上，雙眼通紅、精疲力竭。

「桑奇亞？」他的聲音比蛙鳴好不了多少。

「嘿，格雷戈。」

他看了看四周。身體陣陣抽痛，彷彿他拉傷了背和雙腿的一半肌肉。「我是不是……是不是……」

「成功了，對啊。我們弄到了。貝若尼斯和歐索正把符文拼湊出來。克雷夫應該很快能回來了。」

「噢。」不過當然了，這並不是他真正想知道的，而是——我是不是真的死了？但他知道答案。

「我……我想跟你說一件事。」桑奇亞說。

他躺在床上聽桑奇亞描述那段超現實又駭人的過程：啓動銘術、目睹將近三十年前那晚的片段；當時他還是個孩子，躺在蛾群籠罩的床上，他母親改寫他的現實。桑奇亞說出她聽見他母親所說的話時，他特別仔細聆聽；數十年前的話語，現在如此陰森可怕。

說完後，她只是坐在那兒看著他，雙眼焦慮圓睜。

「她幹的。」他終於開口，聲音依然粗嘎。「她……她殺死我父親。」

「我想是這樣。」

「但……事發時……她沒料到我和多梅尼柯也在馬車上。」

「我……我覺得有可能，」她輕聲說，「有可能。」

「不。不是可能。就是這樣。」

「你知道？」

「不算是。」有關母親的回憶湧上心頭，她的臉遭毒打，瘀青流血——你和我能攜手打造出什麼樣的城市啊。「只是我很容易推斷出這樣的事。」

他們安靜了好長一段時間。

接著他問。「她有哭嗎？在你看見的那些片段中，她有哭嗎？」

「有。」

「看起來是眞心的？」

「對。沒錯。」

他閉上眼。「這改變了我對她的觀感。」

「我就覺得會這樣。」

「但可能不是如你預期。她看見她城市的人們做出錯誤決定，奮力阻止他們。我們自己也打算做一樣的事，只是突然懷疑我們是否能比她成功。」他嘆氣。「衝突、黨派之爭和背叛……何時才能終結？爲什麼一再玩相同的遊戲，卻預期有不同的結果？」

「我不知道。我希望知道。」

他注視她片刻，一面思考著。「如果你能揮動魔杖，讓這一切消失——你會動手嗎？」

「什麼一切？我希望好多爛東西消失。你是說像瓦勒瑞亞？奎塞迪斯？商家？」

「不。我是說銘術。」

「吭？什麼意思？」

「銘術是所有問題的根源。波麗娜說這是一種邪惡魔法。在經歷過這一切後……我發現很難辯駁。我禁不住納悶——要是……要是沒有銘術，是不是會比較好？」

桑奇亞思考這番說法，好一會兒才回道：「如果沒有銘術，也會有其他東西。土地。錢財。鐵。或，要命，奎塞迪斯沒騙我的話連豆子也行。人類擅長發明，能夠利用發明的東西把自己拉抬到高人一等的地位。」

「那我們可能贏嗎？」格雷戈問。「這是一支我們一再重複的舞？我們創建的一切都將化爲除了醜陋之外什麼也不是的東西？」

「我不知道。」桑奇亞聳肩，表情莫名愁悶。「你知道嗎……我五年前到這座城市，工作是陰溝裡的小偷，如果你在我剛來時問我……我會說對。與銘術、權力、商家有關的一切——我會說都只會化爲除了醜陋之外什麼也不是的東西。」

「現在呢？」

「現在的話，此時此刻，我正與我全世界最愛的人分享我的心智、我的思緒，還有我整個自我，而這得歸功於這種發明、這種技藝。我們**確實**從中創造出美好的事物。我現在沒辦法想像走回頭路，就是沒辦法。」

「你們還……連結中？被銘印？被偶合？」

「隨便怎麼說都一樣啦，對。」

「是什麼感覺？」

她仔細思考。「感覺像……很像把別人的思維像斗篷一樣披在身上，把你自己包裹在他們的回憶與思緒中，但不太像你用**他們**看待事物的角度看待事物——而是你了解我們都是從不同角度瞥見這個世界，而且我們每個人都只看見微小短暫的部分。」

他看著桑奇亞，覺得不安且稍稍畏怯。這不是她在說話。桑奇亞有諸多優點，但詞藻堆砌的表達方式顯然不在其中。

她甚至知道這想法、這些字句實際上都是貝若尼斯的嗎？或者，她們兩個之間還有任何不同嗎？

「感覺很棒。」她說。「我覺得每個人都該試試，不只是穿上別人的靴子走個一哩，而是**成為**他們，眞正地，片刻也好。說這些話很瘋狂嗎？」

他在那兒躺了幾分鐘，嘶啞地說：「不會。事實上，我想不出更美好的事了。」

「眞的嗎？爲什麼？」

他聳肩。「我想成爲別人，桑奇亞，片刻也好。」

她坐著往前靠。「那爲什麼不做呢？」

「做什麼？」

「把你自己跟我和貝若尼斯偶合？」

「**什麼**？我的意思是……三個人會行得通嗎？」

「不知道有什麼理由不行。我們會全部成爲……其他人的一部分，一點點。可能對你有幫助，格雷戈。或者你對我們有幫助。」

他仔細思考，突然覺得這個主意非常吸引人——不僅因爲他能成爲他人，也因爲他發現自己已經感覺寂寞好長一段時間，有如生病的羊與羊群隔離。

然而他搖頭。「不。我不要冒這種險。」

「不會傷害你的，相信我，我——」

「我不是擔心我自己。我擔心**你們**。」他看著她。「奎塞迪斯對我做了某些事。他和我母親能控制我的思想、行動與回憶。我不想讓那種控制延伸到你們身上。」他撐坐起來。「我會希望保護你們所有之物的安全。」

她扶著他站起來。「你不用永遠扮演該死的守護者好嗎？就這一次，做點什麼幫助你**自己**。」

格雷戈停下來思考。「我倒是有一個問題。」

「怎樣？」

「如果……如果你覺得三個人行得通——更多人呢？像是，例如一支軍隊？」

「啊？你想要一支心智全部偶合在一起的軍隊？」

「我不是在提出什麼建議。只是……我幻想起一整支軍隊的人，包容各不相同的觀點，分享他們的自我……或者可能一個國家。一個國家的人，真正深切團結……」他搖頭。「但現在不是作夢的時候。我們今天有許多大事得做——不是嗎？」

她深深嘆氣，手伸入口袋拿出一把鑰齒古怪的金製長鑰匙。「對啊，確實是。」

「解決方法完成。」他們走進地下室時瓦勒瑞亞這麼說道。「我已確認我們從格雷戈身上取得的指令可用。」

桑奇亞望著放在瓦勒瑞亞符文典前桌上的產物；像顆分成兩半的小銅球，靠鉸鏈打開，兩半都經過謹慎熟練地銘刻。她知道這是什麼，知道它如何運作——這是跟製作者貝若尼斯偶合的好處。她也知道，就算不是帝汎，這也是鑄場畔有史以來先進得難以想像的產物。

「你們必須將鑰匙插入球內，」瓦勒瑞亞說，「將其啓動。而我將可扭曲球體內的時間，因此鑰匙將彷彿已經歷一或數千年。至此，鑰匙應能再次使用。」

「就這麼簡單？」歐索問。

「不簡單。當他在器皿中時，我將不只是將他沐浴在無盡的年歲中，那只是使他返回原本狀態——這對我們並無用處。如我所說，開啓我的箱子便可能摧毀他。」

「那你事實上打算做什麼？」桑奇亞問。

「我將對器皿內的時間所做的事，」瓦勒瑞亞說，「會如同將石頭投入一池融鐵與以鐵鑿巧妙雕琢石頭的差異。當我完成時，他將不只對我們有用，也將比他過去更強大。但這將無比、無比困難……亦會將我逼至極限……」

「不用犧牲獻祭？」格雷戈問。

「我是數千的犧牲獻祭。」瓦勒瑞亞冰冷地說。「無論需要什麼樣的犧牲獻祭，都已犧牲過。」

儘管討論如此嚴肅，桑奇亞仍不禁感覺到興奮的顫慄。〈克雷夫，〉她對貝若尼斯說，〈已經三年了。眞不敢相信。就是無法相信，貝兒……〉

〈我知道。〉貝若尼斯說。〈我也期待與他相見，但……〉

〈但怎樣？你不覺得會成功？〉

〈嗯，我不確定。可能會成功，可能不會。但我突然焦慮起我們竟讓奎塞迪斯．馬格努斯兩個最關鍵的產物共處一室——克雷夫和瓦勒瑞亞……〉

「會有副作用嗎？」格雷戈問。「我自己的時間剛被操弄過，對接下來的事態有點焦慮。」

「這部分我……不確定。」瓦勒瑞亞說。「但若你對此等作用感到焦慮，我建議重新安置到其他安全空間——或許五千至一萬呎外。」

歐索搖頭，在地板坐下。「我沒時間搞這些。桑奇亞——我說你把鑰匙插進去、把該死的球合起來，就這樣。爲了讓克雷夫活過來，我們經歷了一堆狗屁爛事。我想看著這件事完結。」

桑奇亞從口袋拿出克雷夫，低頭看著他。就算到現在，看見他處於這樣的狀態還是令她心痛：死寂黯淡、沒用的物品，他的聲音和心智都沉默迷失。

「沒人該承受這些。」她輕聲說。「沒人該被像這樣關起來。」她抬頭看其他人。「我會動手。」

「那就動手。」歐索拿著酒瓶揮了揮手。

桑奇亞走到小銅球旁，輕輕地把克雷夫放進去，彷彿他不是一把金鑰匙，而是隻受傷的老鼠。接著她輕手輕腳合起球，手指劃過上面無數的符文——時間本體必須在球體內改變的指令。

〈這大概是我所做過最驚人的事了。〉貝若尼斯在她耳中低語。〈老實說，桑，我怕死了。〉

桑奇亞把球合上後快步後退。

「你還需要打開裝置頂部的開關。」瓦勒瑞亞不高興地說。「眞是太草率了……」

「噢，對。」桑奇亞走上前轉動開關，然後又快步後退。

「請等待。」瓦勒瑞亞說。「主張這些指令需要……花……一些時間……」

眾人都盯著那顆小球等待。桑奇亞納悶著不知道會是什麼光景：一陣閃光或空氣閃爍光輝，還是銅球會經歷如此純粹漫長的時光重量而輾成碎片？

但都沒發生。什麼也沒有，球體就擺在那裡。

「你已經在工作了嗎？」格雷戈問。

「對。」瓦勒瑞亞的聲音古怪地平靜。「轉化……控制中……目前爲止……」

「眞的進行中？」歐索問。「目前經過多長時間了？」

「目前……大約四百年……」

歐索輕輕吹了一聲口哨。「哎，如果這沒成，我們仍然得到超簡便的方法讓酒在手中變陳年——」

接著終於產生不同，時間突然變得扁平。

桑奇亞彷彿凍結般坐在那兒盯著地下室裡的小銅球——但在字詞表達上，這樣的意思並不夠精準。「凍結」暗示她沒動，而時間在她周遭持續流逝。實則並非如此。不過，說她周遭的時間停止也不對。因爲這意味時間有如重力，拉著你永恆朝一個方向墜落。而她發現這樣的形容還是不對。

更確切地說，桑奇亞突然強烈且難以抵擋地意識到自己困在一個**片刻**中——一秒被切成片段再切成片段又切成片段——但她一直沒前進到下一個片刻。她懸在那兒，困在片刻之間，彷彿一個人試圖踏出一艘船到隔壁船上，但立腳點一直沒弄對，無法起步。像她永遠都懸在那個瞬間。

永遠。

永遠……

她在心裡尖叫，而這尖叫感覺既持續到永遠，又瞬乎即逝。

然後她慢慢了解了。時間並不是像河流入海般一秒流入一秒。反之，她——乃至於存在歷史中的全部人類或生物——所經歷的每一秒都無比孤立，同時，每一個獨立個體的時光都用她過往不曾意識到的不同方式在某地**持續**。

時間本身——一秒到下一秒的體驗——並不眞實。更貼切地說，時間是她的心智在她從那些獨立個體過渡到時間的片刻時所**發明**之物。在此刻，她並沒有前進——她的心智沒有能力解讀她身上發生的事。她掙扎著凝聚心神，感覺自我意識的邊緣逐漸磨損、散開、破裂，從外而內消融……

我不能……我不能……我不能思考，我不能……

下一刻，改變出現了。

有事物在她周遭被彎折扭曲。她將所有尚未發生的時刻幻想成一列巨大的玻璃碟，這些時刻一一豎立，愈遠愈淡。不過在她前面的部分正在擴張，如腫瘤般膨脹，膨脹得如此迅速，迅速朝她而來。

是克雷夫，她心想，他要來了。他正被……往後磨損過時間……但在他前來的同時，他粉碎了未來無數片刻。而當這些片刻散開，她突然一瞥細小的……

記憶碎片。

一群人，牽手圍成圈站在海岸。太陽明朗，空氣非常冰冷。他們垂首而立，雙眼緊閉，沒說話，也幾乎沒動。

然而……他們腳下圓圈中心的沙子開始冒泡，彷彿正在融化，沸騰翻攪，有東西慢慢從深處冒出來——一扇棕石打造的門。這群人圍繞著門站立，低頭閉眼。他們在召喚它前來，他們要求它現身，而它聽從。

桑奇亞發現這群人並不孤單：還有其他人在場，正看著他們。

一名婦人，極爲年老，臉因長期暴露在太陽之下而起皺老化。

老婦跪在沙上，看著這群人召喚門前來，一面哭泣，不過桑奇亞無法分辨這是歡喜或悲傷的淚水。

接著，門緩緩打開。

桑奇亞倒抽口氣，往前傾倒。她聽見其他人也跟她一樣；無論現實如何彎折，他們在這過程結束時叫喊或呻吟或嗚咽。她試著重拾現實感，貪婪地以指尖碰觸冷石地、吸入空氣憋住呼吸，她吞嚥口水，並感覺到唾液流下喉嚨而歡欣鼓舞——什麼都好，只要能確定這是正常的、一切如常運作、她對這世界的感覺並沒有……沒有……

「我的天啊！」歐索大喊。「只要能把**那些**從我腦中抹去，要我做什麼我都願意！我不想知道那些，我……我並不想知道！」

「要完成了！」瓦勒瑞亞說。她聽起來痛苦悽慘，彷彿她正辛苦地做著近似從肉中挖出大棘刺的工作。「我們……我們快達成目標了……」

「那到底是什麼，」桑奇亞氣喘吁吁，「那**是**什麼？」

「我想……我想時間此時變得非常不穩。」貝若尼斯虛弱地說。

「嗯，完全正確！」歐索說。

「但……我想正因爲不穩，」貝若尼斯說，「我們或許瞥見了還沒眞的發生的時間片段？」

消化這番話時，眾人都陷入震驚的沉默中。

「我們目睹了未來？」桑奇亞說。「眞的嗎？」

格雷戈看了看其他人，他的臉憔悴、滿是汗水。「我覺得毫無道理。你們也看見那扇門了嗎？」

「你也看見了？」桑奇亞和貝若尼斯同聲問。

格雷戈點頭，表情陰森。「這眞是最詭異的事了。我……我看見門，只有一下下。又大又黑，熊熊燃燒。這扇雙開門懸在半空，靠黃金鉸鏈往前盪開……」

「不對，不對。」貝若尼斯說。「我看見的不是這樣。我看見一群人站在海灘，他們低著頭，一扇門從沙中升起……」

「我看到的也是這樣。」桑奇亞說。

「你也是嗎？」貝若尼斯問。「還是說，因爲我們偶合，所以你只是看見**我**看見的景象？」

桑奇亞皺眉。她沒這樣想過。

「**我**什麼鬼也沒看見。」歐索冷淡地說。「或許只是你們的該死幻覺。讓我們專注於眞正發生的事，有勞各——」

然後傳來啪的一聲，裂縫貫穿他們腳下的石地板。

「難，」瓦勒瑞亞的聲音說道，「難以控制……」

「瓦勒瑞亞？」格雷戈說。「怎麼了？」

「遭從我的……位置移開。在這些……狀況下……錨定……難以維持……」
裂縫朝外擴散，碰到牆後隨即朝上蔓延，探入天花板。
「建議……各位改變位置。」瓦勒瑞亞低語。
「出去！」桑奇亞吼道。「走，快走！」
他們衝上樓梯離開地下室，不過桑奇亞停下來回頭看了看桌上的小銅球。她考慮衝回去拿，但再一想，瓦勒瑞亞正在轉化銅球的時間，自己這樣做可能非常不智：說不定碰一下就會讓她變老一千歲。
天花板震動，灰塵從許許多多的裂縫飄落。
〈桑，出來！〉貝若尼斯在她腦中尖叫。
桑奇亞轉身衝上樓梯。
地下室又是嘎吱響、又是爆裂、又是呻吟的同時，鑄場畔人壓低身子窩在圖書館裡。瓦勒瑞亞正與轉化的最後階段搏鬥，空氣都隨隱形能量而脈動。桑奇亞快確信地面會當場裂開、吞噬整個鄰近地區。
「遠離地下室！」歐索說。「離開這裡到前門！」
他們跑到商行的前門，聽著爆裂聲，準備好一有需要就衝到庭院與街上。下一刻下面傳來驚人一聲碰，爆裂聲與嘎吱聲終於慢慢停止。
他們聽見瓦勒瑞亞喘著氣輕聲說：「完成！完成！終於完成，完成，完成……」
他們回頭查看地下室的門，像煙的灰塵從門縫湧出。
「你……你們看安全嗎？」歐索問。
他們等待。沒再傳出嘎吱或呻吟聲。
「我要賭一把。」桑奇亞說。「但如果我開始尖叫之類的——」
「死命逃。」歐索說。「了解。」

「不，我是說要進來救我，混蛋！」桑奇亞說。「老天。」

她走到地下室門旁試著打開，但牆一定有位移，卡住門框。她用力拉，最後門終於放棄抵抗，嘎一聲打開。地下室內灰塵瀰漫。她伸手進口袋找到一盞小銘印燈籠，拿出來點亮，在黑暗中凝神查看。

地下室的地板活像有艘商家戰艦掉在上面：徹底粉碎，桌子化爲一堆火柴桿般的碎片。不過銅球還在，依然完整，擱在火柴桿堆頂，在她手中燈籠微光照射下閃閃發光。桑奇亞小心翼翼走下木梯，好多階現在都歪扭傾斜，她還得跳過最後幾階，靴尖重重撞上粉碎的地下室地面。

「我所做的事，」瓦勒瑞亞嗚咽地說，「我所做的事……爲了修復我們的世界……」

桑奇亞爬到地面中央的隕石坑旁，謹慎彎腰拾起銅球。出於某些原因，她原以爲這顆球要不發燙要不發冷，然而兩者皆非——溫度跟原本一樣。

她看著側邊的插銷和小小的鉸鏈。噢，拜託。拜託，拜託，拜託……她做好準備，拉開小鐵球的插銷，將球打開。金色的格雷戈在裡面閃爍。桑奇亞緩緩在粉碎的石地坐下，雙腿顫抖，她將銅球放在膝上，一根手指貼上鑰柄。

〈克雷夫？克雷夫，你聽……聽得見我嗎？〉

沉默。

她等待，再等待。但沒有回應。

〈克雷夫，你在嗎？你在嗎？〉

還是沉默。

她感覺自己撲騰的心臟緩緩慢下，閉起眼，頭往後仰。

「別再來一次。」她說。「別再來一次。別**再來一次**……」

「成功了嗎？」歐索在打開的地下室門旁大喊。「桑？」

「沒有！」她的淚水瀕臨決堤。「沒成功。他沒說話他沒——」

〈嗯。〉

她睜開眼。

「吭？」她輕聲說。

「失敗了？」格雷戈問。「真的失敗了？」

「等等！」她說。「等、等，等一下！」

她用雙手拿起鑰匙緊緊握住，盡可能仔細聆聽。

〈嗯。〉

那聲音——如果稱得上聲音——是克雷夫嗎？她覺得難以判斷。聽起來並不像知覺思考下的產物，比較像某人睡夢中發出的聲音。

〈嗯嗯唔啊啊。〉

〈克雷夫？〉

低沉又超自然的呻吟持續長得不可思議的一段時間，接連、持久。〈嗯唔啊啊啊啊啊啊啊啊啊啊啊啊啊。〉她瞪大眼聆聽。一定持續了至少半分鐘，過程中愈來愈響亮。

接著突然爆發。

〈啊啊啊啊啊**啊啊啊啊小鬼小鬼小鬼小鬼搞什麼搞什麼搞什麼要命搞什麼！**〉

「我的天！」她輕聲說。

她同時聽見貝若尼斯在她心裡說話：〈我的天啊……〉

〈**搞搞搞搞搞什麼我在哪搞什麼，**〉克雷夫在她腦中尖叫。

「他回來了！」她大喊。「我……我想他回來了！」她突然哭出來。

29

「我只希望，」瓦勒瑞亞虛弱地說，「不算太遲。」

埃弗雷多．帕提西帕奇歐打量莫西尼廳中的舞會常客，盡最大的力量忽視滑下他背脊的汗水。

他沒以使節或商業代表的身分來過莫西尼商家內城，然而他發現這整件事情令人坐立難安。一切都好怪、好險惡、好**不一樣**，就算他現在正在內城輝所的莫西尼廳。儘管格紋地板擠滿精心打扮的菁英、擠滿一桶桶酒和閃閃發光的群眾，感覺起來這仍是一棟陰鬱狹小的建築，都是些令人皺眉、粗野的實用主義和窄小窗戶：一個不友善的地方，由不友善的人建造，就連他們大量歡笑也隱藏不了這種威脅感。

他知道他們不只是為嘉年華而歡慶。正當城市的各個角落正因商家間的開戰耳語而顫慄，莫西尼家卻無比歡欣。米奇爾家和丹多羅家此刻都在懇求與他們結盟，他們可以挑挑揀揀決定誰生誰死——而且，無論支持哪一家，他們都可以榨取可觀的報償。這機會如此驚人，商家實際上的掌權者，若佳戈．莫西尼——也就是值得尊敬（現在病痛纏身）的托瑞諾．莫西尼之孫覺得有必要慶祝。

帕提西帕奇歐和外交代表團的其他成員同坐一桌；外交代表團另有十名菁英銘術師，他們都不會與帕提西帕奇歐討論談話。他們望著精心打扮的狂歡者四處打轉，有些對著箱管樂手跳舞，有些退到角落縱情享受肉體歡愉。

他無法克制被不幸吞噬的感覺。*我在這裡做什麼？我這會兒被指派了什麼恐怖的工作？*

他觀察那些為數眾多的狂野扮裝，都是些傳統經典角色的變形：風暴持杯者、浪濤使者、風之先鋒、諸多溺斃者……當然了，還有無數季風老爹，身穿他們的黑色斗篷、戴黑面具和黑色三角帽。

帕提西帕奇歐驚惶地審視他們。其中一個季風老爹望著他，歪過頭，邁起輕鬆的步伐橫過樓面走向他。舞會上的人漫不經心地爲他讓路，有些人輕微顫抖，彷彿一陣冷颼颼的風掠過他們的後頸。

噢不，帕提西帕奇歐暗忖。

「離我上次參加舞會有一段時間了。」黑衣男子用他深沉醇厚的聲音喊到。「原本希望不會有人跟我穿相同服裝，但……我想我只能忍耐了。」

他走近後，帕提西帕奇歐起身鞠躬，努力忽視突然在胃裡翻攪的噁心感。

「你好啊，男孩。」黑衣男子說，聲音聽來有些困惑。

「您好，閣、閣下。」帕提西帕奇歐低聲說。他抬眼看那雙空無黑暗的眼睛，心臟劇烈跳動。

黑衣男的面具轉向丹多羅代表團的其他人，他們遲疑地看著他。「這些是我要的銘術師？」

「是、是的，閣下。」

「都對符文典最經驗老到？」

「是的，閣下。」

「好！」他手伸入斗篷拿出一個不起眼的木盒，交給帕提西帕奇歐。「這些是給你們的。」

帕提西帕奇歐用顫抖的雙手接下盒子放在桌上。他穩住自己，撥開彈簧鎖，掀開蓋子，確信裡面裝著某種令人厭惡之物……

然而沒有。裡面是十二張白皮面具，只是樣式非常奇特：完全平整，戴上後包覆住你整顆頭，沒有眼洞，也沒有鼻、口、耳的開口。

「你們的裝扮。」黑衣男子說。

帕提西帕奇歐取出一個面具，困惑地拿在手上，其他銘術師也各拿走一個。「您……您希望我們現在戴上嗎，閣下？」

「現在？不，不。時機未到。」他在帕提西帕奇歐旁邊坐下，懶洋洋地癱在他的椅子裡眺望群眾。「但我想就快了，現在我們等著。」

他們坐著觀看慶祝活動。這個夜晚對帕提西帕奇歐而言化為一團模糊：酒潑濺、燈籠光下邪氣幽暗；雕刻面具在柱間閃爍微光，表情僵硬、眼睛空洞；絲袍不停窸窣旋掃；珠寶妝點的手從繁複的扮裝下探出，渴切地抓起一杯酒，或緊握肩膀，或愛撫光裸的頸項。叫喊和呻吟敲打帕提西帕奇歐的心。我身處地表最富裕的地方之一，他心想，然而有如置身地獄深處。

最後終於爆出一陣箱管聲，喇叭吹響。大家停止跳舞與交談，轉身面對舞會廳的西側入口，恭敬地觀看隊伍入場。隊伍頗長，一列裝扮成濱岸鴿的女人帶領，然後是打扮成風暴持杯者的男人，他們的矛高舉、冠冕閃閃發光，而且他們用銀繩拉著某個東西。

一個寶座，帕提西帕奇歐終於看見了。寶座近十呎高，塗上亮金色，安放在輪子上，坐在寶座裡的是一名裝扮成季風老爹的男子。但那並不是季風老爹的傳統裝扮，因為被塗上和寶座相同的金色。

「喔噢，」黑衣男子冷冰冰地說。「**真是**諷刺。」

〈等等。〉克雷夫說。〈等等，等等，等等。小鬼……〉

〈好，克雷夫？〉桑奇亞說。

〈你是說，你把我找回來只是為了……只是為了**殺掉**一個傢伙？〉

〈呃……不太算是殺掉。情況比較複雜——〉

〈天啊！〉他大喊。〈我是說，要命！但還是很值得為此醒來啊！〉

桑奇亞畏縮。她還是很興奮能聽見他的聲音——跟她記憶中一模一樣，正是過去三年來縈繞她回憶的聲音——但事實證明，對剛醒來的克雷夫解釋他們的處境遠比她預期困難。不只是因為他們整個狀況比她認知的還麻煩，也因爲克雷夫不斷用〈哇啊！〉和〈啥！〉和〈哇，聽起來眞糟！〉打斷她。她不禁感覺他還處於時間加速後的瘋狂中。

〈我是說，天殺的地獄啊。〉克雷夫說。〈我甚至還不知道我們在哪。這裡還是帝汎嗎？還是說那城市趁我不在時瓦解了？〉停頓。〈等等，我到底離開多久了？幾天嗎？還是幾週？還是……〉

〈三年了，克雷夫。〉貝若尼斯說。

〈哇啊！〉克雷夫說。〈**這**又是哪位啊？〉

〈是我，貝若尼斯。〉

停頓。

〈小鬼。〉克雷夫說。〈你是怎麼把貝若尼斯放進你腦袋裡的？〉

〈說來話長，克雷夫。〉桑奇亞說。〈說眞的，我們沒時間說這——〉

〈鑰匙。〉瓦勒瑞亞的聲音嚴厲地說。〈夠了！現在領會我。〉

〈要命！〉克雷夫說。〈你腦袋裡還有另一個！〉

〈不，〉桑奇亞說，〈那是瓦勒瑞亞，一個——〉

〈你記得我嗎，鑰匙？〉瓦勒瑞亞逼問。她的語氣和措辭莫名拘束。桑奇亞沒聽過她這樣。

〈呃——不記得？〉克雷夫說。〈我不記得？我應該嗎？我是說，我頗確定我應該會記得一具會說話的符文典……等等。你是符文典嗎？〉

桑奇亞和貝若尼斯驚訝地看著對方。〈我想我們和克雷夫說話時她就能聽見克雷夫……〉桑奇亞對貝若尼斯低語。

〈……但我們兩個對話時她還是聽不見。〉貝若尼斯低聲說。這是値得放在心上的珍貴資訊。

〈你已經花夠多時間進行對現時的校準了。〉瓦勒瑞亞說。〈我們沒有時間。你現在只需要知道我

們召喚你來此做的事，摧毀創造者的約束，並將他送回他先前的死亡狀態中。〉

〈誰？〉克雷夫驚慌失措地問。〈創造者？嗯？現在創造什麼？〉

〈奎塞迪斯．馬格努斯。〉貝若尼斯溫柔地說。〈所有傳道者中的第一人——他在這裡，克雷夫，而且他威脅著這城市裡的所有生物。〉

非常非常長的一段沉默——長到貝若尼斯和桑奇亞忍不住緊張地看看彼此。

〈那個創造我的傢伙，〉克雷夫虛弱地說，〈那個把我……把我變成這樣的傢伙。他……他回來了？他眞回來了？〉

〈對。你對他還有任何記憶嗎，克雷夫？〉桑奇亞問。〈因爲他無疑記得你。〉

〈不太記得。〉他的語氣聽起來有些迷濛。〈我是說，你知道有時候我……我會想起他的**感覺**，但我不確定我眞的記得他是怎麼——〉

但歐索再也無法忍受。「這眞是要命地令人洩氣！」他大喊。「我什麼狗屁都聽不見！你們不可以只對你們彼此對話，有夠爛！」

「我同意。」格雷戈說。

「啊。」桑奇亞說。「對。」她忘記歐索和格雷戈無法感覺到他們的話。「我會挑重要的再講一次。」

他們對克雷夫描述奎塞迪斯的裹身布，及藏在他手上的骨頭，那讓他的裹身布得以說服現實他並未眞正死去。桑奇亞發現自己說得太多，常常上氣不接下氣。

〈天啊，眞是討厭的垃圾。〉克雷夫說。〈骨頭、屍體，還有更糟的東西……而我……我承認我並不完全**記得**用過這些傳道者指令……〉

〈升級的特權。〉瓦勒瑞亞糾正道。

〈對，好，那些，隨便。但……但桑奇亞……我忍不住有種我不是因此回來的感覺。〉

〈什麼意思？〉桑奇亞問。

〈我……我不記得入睡，我是說重設。似乎一切都發生在這瘋狂倉促的一刻……〉

〈你記得我進入你裡面嗎，克雷夫？〉桑奇亞問。〈和身爲人的你……或曾身爲人的你交談？〉

漫長的沉默。

〈不。〉他低聲說。〈不，我不記得。我不知道我被恢復到什麼狀態，但……我沒有權限。不過我記得自己想著你**安全**了。用我最後的時刻，我把你送到了**更好**的地方。我想如果你有天找回我，我會發現你在某個遠離帝汎和這所有瘋狂與不幸的地方，而你會……嗯，老實說，我沒想過跟你在一起的會是**貝若尼斯**，因爲，你知道的，她的層級似乎比你高，不過不要弄錯我的意思喔，你們兩個在一起有夠可愛，但是——〉

〈但是沒錯，〉貝若尼斯說，〈我們不該還在這裡。〉

〈我們知道，克雷夫。〉桑奇亞嘆氣。〈我們知道。〉

〈我更是沒料到你居然和符文典裡的鬼魂搭檔。〉克雷夫說。〈尤其這個鬼在你腦袋裡放進了各種瘋狂的東西。我不敢相信你居然會同意的東西，桑。〉

桑奇亞和貝若尼斯憂慮地望著彼此。桑奇亞忘記克雷夫能夠如此輕易地感知或甚至進入她頭顱裡的碟片。不過確實說得通：克雷夫總是擅長對付銘器，而桑奇亞基本上就是一個銘器。

〈你是說……我變成編輯者的事？〉桑奇亞說。

〈啊？不，不，我不是說那個。我是說**其他**的東西。〉

〈鑰匙。〉瓦勒瑞亞突然說道。〈鑰匙，我……我堅決要求我們專注於創造者。〉

聽見瓦勒瑞亞語氣中的擔憂，桑奇亞的心扭攪。〈你說什麼，克雷夫？裡面的什麼其他東西？〉

〈所有那些……那些**新**轉化。〉克雷夫說。〈都頗瘋狂。〉

〈停止！〉瓦勒瑞亞說。〈停止！我們……我們沒時間說這些！〉

一股冰冷的恐懼滲入桑奇亞的腹部。〈什麼意思？〉她低聲問。

「出錯了。」格雷戈看著桑奇亞的臉輕聲說。

〈什麼什麼意思？〉克雷夫問。〈小鬼……你眞的不知道嗎？你眞的不知道她對你做了什麼？〉

貝若尼斯看著瓦勒瑞亞。〈瓦勒瑞亞——他在說什麼？〉

此刻瓦勒瑞亞不願回答。

望見金色的季風老爹，也就是所有風暴之王、洪水之主、怒海之帝，莫西尼家的群眾呼喊出他們的讚賞。扮裝的男人一定是若佳戈．莫西尼自己，帕提西帕奇歐暗忖：不只是因爲他無法想像還有誰能夠擔當這隊伍的焦點，他也聽過謠言述說若佳戈身形具大，又高又寬，而這個金色季風老爹看起來體積龐大，有壓垮身下寶座的危險。

「好。」黑衣男子退開。「我的時刻到了，我該行動了。」

「什、什麼？」帕提西帕奇歐說。「您的意思是？閣下？」

「我的意思是，」黑衣男子用壓過群眾呼喊的音量說道，「我和莫西尼家的主人有生意要談。」

「您想接近若佳戈．莫西尼？」帕提西帕奇歐害怕地說。「**現在**嗎？」

他聳肩。「看不出有其他更好的時機。」他邁步緩緩走向乘著滾動輪子前進的寶座，不過他又停下，轉身說道，「噢，我該提醒你們所有人……請不要忘記戴上**你們的**面具，不然就釀成大災難了。」

他輕拍頭側。「我拿下我的面具時，你們就戴上你們的。」說完他便轉身繼續朝舞會廳中央走去。

金色季風老爹的隨從拖著他四處打轉，他高興地揮手。他們直行一段後轉彎，群眾繼續歡呼……除了一道小小的黑色身影，他走過去站在他們的路線中央，擋住他們去路。

莫西尼的寶座輪子發出嘎吱響後停下。

帕提西帕奇歐看著，被無助感席捲。噢，拜託，他心想，拜託不要害我們都被殺……

所有人目瞪口呆。幾個風暴持杯者呆住，不確定是否該把這男人推開。金色的季風老爹往前靠，俯視這名黑衣人，而他以空洞黑暗的雙眼迎視。

「你在搞什麼鬼？」金色季風老爹厲聲問。「來人把這白痴趕走！」

然而因爲某種原因，他的風暴持杯者和其他人都沒有接近男子的意願。

「你認識我嗎，若佳戈．莫西尼？」黑衣人說，低沉的聲音堅定清晰。

「當然不認識！」金色季風老爹說。他環顧身旁的人，揮手召喚守衛。「來個人做點什麼啊！把他打倒拖走！」

「不。」黑衣人說，聲音更加幽微。「你認識我。你們都認識。」

他舉起雙手拿下他的帽子，接著動手取下面具。

出乎帕提西帕奇歐意料之外的是，黑衣人的面具下並沒有臉：確切來說，一條長黑布覆蓋住他的頭，並以環繞他脖子的黑繩繫住。

男子用拇指和食指拉扯黑繩，緩緩拉掉黑布。接著，儘管帕提西帕奇歐不明白是爲了什麼，他突然感覺恐懼充斥心中——他知道白面具的用途了。

黑衣人即將展露他的臉，而帕提西帕奇歐和丹多羅家的銘術師不該看見。

帕提西帕奇歐對代表團的其他人打了個手勢，他們急忙把頭塞進面具中。皮革內層吞沒他的眼睛和耳朵，他倒抽口氣，勉強聽見黑衣男子又說道：

「我是審判。經過漫長的時間，我終於到來。」

帕提西帕奇歐拉緊頭罩，坐在那兒凝視著空無的內裡。模糊的聲音變了。一聲尖叫——傳入帕提西帕奇歐被堵住的耳朵時已轉弱，但肯定是尖叫沒錯。

接下來還有無止境的尖叫。

〈克雷夫，〉貝若尼斯說，〈什麼在她體內？〉

〈天啊，從哪裡說起才好。沒錯——桑奇亞有一些跟我一樣的能力。感知到世界轉化的一定權限，還有與它們交流、傳送矛盾指令給它們的能力。沒錯。但**其他**……〉

〈對奎塞迪斯的免疫力？〉貝若尼斯說。

〈不，我說的是**其他**，其他事物。瓦勒瑞亞可以將自己與桑奇亞偶合，有點像你們已經偶合在一起的這種狀態。然後她便能夠進入桑奇亞的腦中，並……並**變成**她。〉

貝若尼斯和桑奇亞在滔天的驚駭中望著對方。

「出了天大的錯。」格雷戈又說。

〈你的意思是……桑奇亞體內有某種機制，讓瓦勒瑞亞能夠**接管她的身體**？〉貝若尼斯問。

〈呃，我就是這個意思。〉

桑奇亞顫抖著轉向瓦勒瑞亞。〈瓦勒瑞亞……是真的嗎？〉

〈創造者的事，〉瓦勒瑞亞說，〈我……我……〉

〈不要再說他了！〉桑奇亞吼道。〈告訴我真相！你真的對我做了這種事，沒跟我說過？〉

一段宛如延續到永恆的沉默。

然後，非常微弱地，瓦勒瑞亞說：〈真。〉

「噢……噢，我的天啊。」桑奇亞和貝若尼斯同時低喃。

「該死！」歐索說。「發生什麼事？出什麼錯？」

「瓦勒瑞亞……在桑奇亞腦中裝入後門。」貝若尼斯虛弱地說。「好讓她能夠把自己跟桑奇亞偶合……並接管她的身體……」

「她**什麼**？」格雷戈說。「她想……跟桑奇亞**融合**？」

「想過，」瓦勒瑞亞快速地說，「不想了，不再想——」

「不！」歐索說。「不，那眞是……那眞是有毛病！人不能……啥，把自己跟活的銘術偶合，不能跟某種……某種奎塞迪斯打造的人造神偶合！」

「你在她**腦**中做了這種東西？」格雷戈說。「我的天！你爲什麼要這樣做？」

「複雜。」瓦勒瑞亞說，聽起來既煩惱又防備。「不是第一選擇。並不情願這樣做。」

「他插我來說，」桑奇亞憤怒地說，「既然是我他插的頭！我是說……這會道我造成什麼影響？會害死我嗎？把我眼睛後面的腦抹得一乾二淨？」

「不。並不會。」

「我們怎麼可能知道到底會不會？」格雷戈說。

「瓦勒瑞亞，」貝若尼斯說，「你必須**立刻**解釋你對桑奇亞做了什麼。」

「我們沒有時間。」

「噢，放屁。」歐索說。

「白日漸短，創造者若非已經行動，也很快會行動。」

「我他插不會再做任何事，」桑奇亞說，「除非你告訴我你做了什麼。」

一陣緊繃的沉默。最後，瓦勒瑞亞終於低聲說：「好吧。」

另一段長長的停頓。

「當……當我第一次轉化桑奇亞，我評估爲了……爲了擺脫我的束縛……我或許需要做創造者爲了擺脫死亡所做的事。一如他將自己與其他生物偶合以逃避凡人的毀滅，我也需要將我自己與一生物偶合，以令我自身免除於他加諸於我的指令。」

「你會**成為**桑奇亞。」貝若尼斯噁心地說。「那是你逃脫規則的方式。」

「……眞。就某種意義而言。」

「你就跟奎塞迪斯一樣。」桑奇亞說。「眞不知道我們爲什麼該聽你的。你把我變成工具，你的……你的**器皿**。」

「非器皿。」瓦勒瑞亞說。「而是導管，導體。我知道若創造者將我重新設計，我會成爲無盡苦難之肇因。如果我需要進入一名女孩的腦中躲避他以避免如此命運，我便會這麼做。我做了我的選擇。」

「你這爛貨。」桑奇亞說。「你做了你的選擇？你覺得聽起來就這麼簡單？」

「試想，」瓦勒瑞亞說，「試想整個地平線陷入火海。試想屍體遍布山丘。試想街道血流成河。試想孩童與家人如野狗般啃食彼此。試想這些恐怖——並知道我**不必**想像這些畫面。因爲我見過。我保留這些景象的畫面，創造者因他不喜而毀於他膝下的文明所遺留的紀念品。你說我欺瞞你，或許吧。但在你了解創造者能用他的技藝造成的毀滅有龐大之前，你無法了解我的選擇有多沉重——」

這時商行的前側傳來重擊聲，音量足以讓貝若尼斯驚跳尖叫。他們全部僵住，面面相覷，慢慢領悟是有人在敲打商行前門。

「桑奇亞！」圖書館傳來模糊的聲音。「歐索？有人嗎？拜託……你們在嗎？」

「是克勞蒂亞嗎？」歐索驚訝地問。

「出……出事了！」克勞蒂亞大喊，聽起來嚇壞了。「救命！救命啊，**拜託**！」

「或許……我沒必要請你們幻想那些景象。」瓦勒瑞亞輕輕地說。「或許創造者已將他的怒火宣洩在你們的城市。」

剛開始鑄場畔人只是困惑呆站著。接著克勞蒂亞又用力捶門，並大喊「你們在嗎？天啊，**拜託**請在啊……」桑奇亞怒瞪瓦勒瑞亞一眼並說：「我跟你還沒完。你還欠我一個真正的解釋，聽見了嗎？」

「那我將給予，前提是我們都還活著聆聽。」

鑄場畔人爬出地下室，穿過地下室朝前門走去。格雷戈從窗戶檢查，確認確實是克勞蒂亞。「街上有人在奔跑。」他低聲說。「而且……我聽見尖叫。真的出事了。」

他們為女人打開門。「啊，感謝天。」克勞蒂亞說。「感謝天，感謝天……我一聽說就趕來……但一定是他，桑奇亞，他一定跟這一切脫不了關係。」

「怎麼了？」桑奇亞問。「發生什麼事？」

克勞蒂亞怕得直打顫。「大家都說……說莫西尼內城出事了。」

「現在是**莫西尼家**？」歐索。「他們想怎樣？我的天，他們不是打算自己也來爭奪權力吧？」

「我不認為。」克勞蒂亞用幽微害怕的聲音說。「我……我看見人群從內城門湧出進入平民區，而且他們**說**的事……」

「什麼？」貝若尼斯說。「他們說什麼？」

克勞蒂亞嚥了口口水，低聲說：「岸落之夜提早降臨莫西尼家。」

莫西尼廳的地面隨人群試圖逃竄而震動，有家具——可能是桌椅——匡啷落地。儘管面具覆臉，帕提西帕奇歐很快聞到鮮明似銅的味道：血的味道，他想，而且有很多血。

然後，他聽見黑衣男子說話：「看著我。」

帕提西帕奇歐不假思索舉起雙手抓住面具兩側，準備拉下面具好聽從男人所說的話：看著他。然而他緊急打住，死命壓住耳朵。他呻吟哭泣，這些聲音蓋住黑衣男子的指令，只不過帕提西帕奇歐現在知道指令的內容了：

「看著我。看著。你們之中那些將生命都耗費於無腦浪費的人——現在看著我。」

然後……

結束了。

尖叫聲轉弱爲啜泣，指令停止。帕提西帕奇歐謹愼地抬頭。

他感覺一雙手握住他的肩膀，他差點尖叫。

「男孩。」黑衣男子在他耳邊低語。「你能聽見我說話嗎，男孩？」

「能、能。」帕提西帕奇歐結結巴巴地說。

「再等一下，」他的聲音低聲說，「再等一下你們便可拿下面罩。現在還不要！給我時間離開此地，然後你們便可拿下面罩並去工作，但**不要**看外面。聽懂了嗎？」

帕提西帕奇歐點頭。

「很好。」

「但是……」帕提西帕奇歐說。

「怎麼了？」

「您要去哪，閣下？」

「我？我要到此地的街上。比起我今晚在這裡找到的人，有許多人更應領受我必須給予的事物……」

那一雙手放開他的肩膀。帕提西帕奇歐開始數到六十——非常非常緩慢地數。六十後，他小心取下面罩；而當他看見眼前景象，他發出尖叫。莫西尼廳裡滿是慘遭蹂躪的屍體，然而蹂躪他們的似乎就是

他們自己：用叉子挖出雙眼、奶油刀劃爛臉、碎玻璃剖開手腕，而且到處，**到處**都是血，在藍色與紅色的燈籠照耀下轉爲討厭的紫色。

帕提西帕奇歐一面顫抖一面望著血泊漫向他。不過他注意到剛剛有人踩過去：血腳印從屍體堆朝舞會廳的門蔓延。他盯著腳印，接著聽見外面的街道傳來慘叫。

第四部　岸落之夜

30

克勞蒂亞和鑄場畔人爬上他們辦公室的屋頂。格雷戈拿出他的望遠鏡查看莫西尼內城。「光線太暗了，看不清楚，」他低聲說，「不過內領地的門都打開了，人群湧出，一定出事了——」

他突然打住。

「怎麼了？」桑奇亞問。

「有人跳窗。」他輕聲說。「他們從一座塔的窗戶跳出來。他們在**自殺**——」

桑奇亞領悟發生的事後一把搶過望遠鏡。

「不！」她大喊。「不要再看了！轉開頭！不要試著看！」

「爲什麼？」歐索問。

「我們**最近**一次看見一群人突然殺死自己是什麼時候？」桑奇亞問。

「噢，天啊。」格雷戈輕聲說。「戰艦上的銘術師……」

「一定是這樣，」桑奇亞說，「奎塞迪斯的復生、他還陽的方式……一定有不對勁的地方。你不能看著他，這種對現實的扭曲會讓你**發瘋**。」

他們都從內城的夜景轉開視線，遮住眼睛。「你覺得他，啥，拿下了他的面具嗎？」歐索問。「然後就這麼在內領地走來走去？」

「對！這正是他們嘉年華慶典的**期間**！他正在一夜之間把整個天殺的莫西尼內城斬首，而且沒發射任何一枝弩箭！」

格雷戈半閉著眼聆聽那些尖叫。「波拉球。」他低語。「就是這樣，不是嗎？就像歐索說的。」

「說什麼？」歐索問。

「有時候玩波拉球，當你沒有好策略，」格雷戈說，「唯一的策略就是把球亂丟，丟中愈多愈好，毀掉其他人的策略，擾亂球場。我會說帝汎的球場剛剛變得一團混亂……」

「爲什麼？」克勞蒂亞說。「他爲什麼要這樣做？」

「不知道。」桑奇亞說。「我甚至不知道他爲什麼挑莫西尼家，畢竟跟丹多羅特許商家對抗的是米奇爾家才對。莫西尼家從頭到尾都頗安靜。瓦勒瑞亞——有什麼想法嗎？」

他們聽見她那脫離現實的聲音，只是上屋頂後減弱許多：「未知。這些莫西尼家的人或許掌握什麼創造者可能想要的事物？」

「沒概念。」歐索說。

「我也是。」貝若尼斯說。「我以爲他們大多只是造船和武器，徒有蠻橫的力量，欠缺……嗯，任何其他長處。」

〈克雷夫？〉桑奇亞說。

〈在，小鬼？〉

〈你或許知道些什麼？〉

〈嗯，這個嘛，不盡然。我還在追進度——我覺得我可以瀏覽你的回憶好加快速度。〉

〈你可以那樣做嗎？〉桑奇亞問。

〈以前可以啊，交換感覺與知識。不過我們現在都……呃，變強大許多。〉一陣停頓，桑奇亞有一種詭異至極的感覺，她彷彿以玻璃打造，而克雷夫在這短短的瞬間看透了她。〈還有，很奇怪，這些回憶裡有一些或許不屬於你……像是付十督符給你最好的朋友，好讓你在運河畔吻她？〉

〈那是……那是我的！〉貝若尼斯說。〈拜託，啊，拜託不要再往下看了！〉

〈呃，了解，〉克雷夫說，〈不好意思。不過聽著——奎塞迪斯需要用山所重塑瓦勒瑞亞，因爲他需要崔布諾的定義，而且還要**多重定義**，將它們彼此疊加，說服周遭的現實相信無論這些定義放在哪一具符文典，這具符文典都近似神本身，是嗎？〉

〈對。〉貝若尼斯說。〈你認爲他想做更多？〉

〈我認爲他**必須**做更多，這是他抵達這裡的唯一方法。需要用掉一條人命才能打造傳道者工具——像我。〉他的聲音突然變得苦澀。〈他剛剛奪走**好多**人命……〉

〈但他無法單靠自己完成儀式。〉桑奇亞說。〈瓦勒瑞亞把那儀式從他腦中拔掉了。她破壞了他。〉

〈那我就不知道了。〉克雷夫說。〈說不定他找到變通做法。無論如何，他要藉此重塑瓦勒瑞亞，而且他完全知道該上哪找她。〉

〈我的天啊。〉貝若尼斯說。〈他會來這裡。我們該怎麼辦？〉

〈我假定帝器應該出局了。〉克雷夫說。〈畢竟是那傢伙打造，而且你可不想把大半個城市的銘術都關掉。〉

〈對。〉桑奇亞悲慘地說。

〈我是你的祕密武器。不過你儘管曾經是很不錯的小賊，桑，我還是覺得你不太可能跳到一個魔法飛天人身上又把我捅進他肚子。〉

〈對，我也不想讓她這樣嘗試。〉貝若尼斯說。

〈那我猜你們都得動動腦了。〉克雷夫說。

「大家，」桑奇亞說，「聽著——除了克雷夫和帝器，還有什麼能對奎塞迪斯產生任何效果？」

他們開始思考，努力忽視從莫西尼內城傳來的遙遠尖叫與呼喊聲。

「我見過唯一曾對奎塞迪斯發揮作用的東西，」格雷戈說，「就是瓦勒瑞亞。」

「眞。」瓦勒瑞亞說。「當我轉化創造者，並偷走他取得高等許可的能力，我必須將他誘入一個我為對抗他而準備的地方，能抵銷他的特權之處。」

歐索瞇起眼。「就像此時此刻的商行？」

「眞。商行以及其周邊。」

歐索雙眼半閉，嘴脣無聲動了起來。桑奇亞認得這動作：只要歐索想出眞正野心勃勃的點子，他便會像這樣對自己默讀符文邏輯，確保一切都在他腦中妥善組合。

「怎樣，歐索！」貝若尼斯問。

「嗯？」他轉向克勞蒂亞。「克勞蒂亞，再幫我複習一下你那些銘印鐵箱怎麼運作。」

「啊？我們，呃，偶合現實，就跟你一直以來所做的一樣。」

「對、對、對，不過現在告訴我運作的**細節**！」

「你……你穿上胸甲……當你啓動，胸甲會說服周遭的現實它其實就是我們商行裡的現實，有一個大鐵箱環繞在外。」

歐索屏氣凝神。「**必須**要是胸甲嗎？可不可以是，例如……一個鉛彈？」

「你爲什麼想讓鉛彈認爲有一個大鐵箱環繞在它外面？」格雷戈問。

貝若尼斯突然大喊，「啊！」

桑奇亞不解地看著她，隨後當歐索言下之意也慢慢浮現她腦中，與她自己的其他思緒交融，她倒抽一口氣。「啊啊啊！」

「你……根本不在乎箱子，對吧？」貝若尼斯問。

「對。」歐索的表情陰森封閉。「我在乎的是箱子**裡面**的現實。因爲若是有顆鉛彈能夠說服世界它周遭的現實……就是商行**這裡**的現實呢？」

「瓦勒瑞亞能夠影響一切之處。」格雷戈緩緩說道。「就是奎塞迪斯的許可失效之處……」

「你用這顆鉛彈射奎塞迪斯，」桑奇亞說，「當鉛彈擊中並啓動，鉛彈會讓周遭空間相信它等同奎塞迪斯許可無效的空間。」

「於是他從空中墜落，」歐索說，「死掉或休眠——而且脆弱。」

〈嘿……我覺得可行！〉克雷夫歡樂地說。

「或許可行。」瓦勒瑞亞說。「是否可能製造如此工具？」

「這是你的設計，」貝若尼斯對克勞蒂亞說，「你覺得呢？」

克勞蒂亞歪頭扮了個鬼臉。「應該吧。需要費點心，但想不出有什麼裡由不行。」

「那我們得動手了。」歐索說。另一陣尖叫響徹夜空。「到午夜還有，啥，三小時嗎？那是他最強大的時候，打賭他會在那時間現身。我不知道他在城裡玩什麼把戲，但……我不想看見那實現。」

「我……我將保證助你們完成此事。」瓦勒瑞亞說。

「噯，我是說——你當然會，不是嗎？」歐索說。「你跟我們一樣想看奎塞迪斯死透透。」

「眞。但……我堅持我們必須設想備用選項。我賦予桑奇亞的轉化。」

「你……你跟我融合的那一個？」桑奇亞怒火中燒。

「眞。」瓦勒瑞亞說。「那並非一個重大的程序，我只需要最輕微的接觸。我們甚至不需要犧牲獻祭或等到午夜。將有如貝若尼斯和桑奇亞偶合她們自己——一片桑奇亞需吞下的金屬片，而第二個金屬片置入我這具符文典，主張我們同一。在此處，她體內，我將能變成**嶄新**之物。但存取點需要一個宿主才能……作用。」

「……眞。」

「你是說一個生物。」格雷戈說。「就像我們腦袋裡的碟片需要在生物體內才能運作。」

「所以會像提供一扇小門，這扇門可以通往你能躲藏並改造自己的地方。」桑奇亞說。「你需要跟我偶合才能進去，因為……」

「因為瓦勒瑞亞禁止創造能將她自己從束縛中釋放的工具。」她聽起來筋疲力竭。「因此我為**非**瓦勒瑞亞者打造了這扇門。只要我們偶合，無論再短暫，我都將能夠成為非瓦勒瑞亞者。」

漫長的沉默。格雷戈和桑奇亞看著對方，不知道該說什麼。

「如果對你們來說算是慰藉，」瓦勒瑞亞的聲音聽起來莫名苦澀，「這過程對我來說將極端不適——有如鼬的爪子被陷阱夾住，而牠被迫咬斷自己的腳。」

但桑奇亞一點也不覺得安慰。「我還是沒辦法克服……你對我做了這一切，卻不曾**問**過我、不曾告訴我。要不是克雷夫，我甚至永遠都不會知道！」

〈呃，〉克雷夫在她腦中說。〈不用客氣？老實說，我覺得我最好不要說話。〉

「我有意告訴你，」瓦瑞亞說，「在我們對創造者展開最後攻擊之前。」

「為什麼要等到那時？」歐索問。

「因為……要是我們的攻擊無效……必須以此作為我們的最後手段。既然**知道**這方法一定會成功，那就必須做好準備。在與創造者對決之前，我們**必須**將此視爲替代方案。」

眾人不安地面面相覷，克勞蒂亞除外；可想見地她對這一切一頭霧水。

「必須是桑奇亞嗎？」格雷戈問。「我身上也有傳道者的設計……如果那個時刻眞的到來，我不能承擔這個責任嗎？」

「我們能夠融合，」瓦勒瑞亞嘆氣，「但無法分開。我並沒有製作將我自己重塑於你之中的機制，我現在也無法這麼做了。如果我將自己與你偶合，我們將**困住**——不全然爲其一，亦不全然爲另一。我們兩者的心智將重塑爲……他物。」

歐索皺起鼻子。「那就……不是好選項了。」

「眞。完全不是。」

「那就是我了。」桑奇亞嘶啞地說。「我冒這所有風險——我冒險把一個該死的傳導者神祇放進我腦袋裡——沒有別人了。」

「眞。正是如此。這是最終手段，但也是我們必須做的準備。」

〈你眞的想這麼做嗎？〉貝若尼斯對桑奇亞低語。

〈一點也不想。〉桑奇亞說。〈她一再又一再又一再騙我們。但如果瓦勒瑞亞眞能幫助我們殺死奎塞迪斯，我就不管了。我會把小金屬片放進口袋隨身攜帶，永遠不拿出來用。〉

「告訴我們該做些什麼。」桑奇亞放聲說。

「桑奇亞，」歐索驚訝地說，「當眞？」

「當眞。我們說的是幾千條人命，我願意冒這個險。」

「明智。」瓦勒瑞亞的語氣聽在桑奇亞耳中有點太過飢渴。「我將展示適用的符文，對你們來說應該不是太難做到。」

「如果我們錯了呢?」格雷戈說。「如果他能分解瓦勒瑞亞的許可,就像這些許可並不存在呢?」

「那我們就再重新檢查一次吧,重新檢視讓克雷夫當把匕首插進那傢伙身體的可能性。」歐索說。

「來吧。」

31

格雷戈望著莫西尼內城揚起煙霧,不時聽見轟或碰的聲音——他不覺得那是奎塞迪斯造成的聲音。

「現在待在這裡很怪。」克勞蒂亞坐在他腳邊的屋頂上輕聲說道。「以前歐索又給我們指派什麼期限時,吉歐和我會上來這裡踱步、大發牢騷。想不到我會懷念那些日子,還從這裡目睹眼前這恐怖的景象……」

「是。」格雷戈說。另一聲轟。「我們一直一來都睡在一座火山上,現在火山終於爆發。終於眞正要開戰了。」

克勞蒂亞嘆出一口微小又支離破碎的氣息。「我們怎麼辦?」

「跟戰爭時所有人一樣,」格雷戈說,「努力求生。」

他思忖:他走到這境地幾次了?面對毀滅,計畫著怎樣才能度過難關?他想像這些年來不同版本的自己:最先是一名出航杜拉佐海的士兵,渴望占領與攻克;一名從丹圖阿的泥濘中冒出來的難民,狂亂發瘋;一名帶著阿鞭巡視濱水區的隊長。這輩子都耗費在繞圈子走,一再又一再重新經歷相同的片刻。

所有版本的我都是士兵,他心想,而當銘術支配我,我**還是**一名士兵,只是我得到一組不同的目標與命令。不得不以士兵的角色活下去,他弄不清楚這種強迫症狀是不是天生的。或者是被植入他體內,在許久許久以前，無數白蛾盤旋頭頂時……

我的一生只不過是一場夢嗎？那我何時醒來？

他振作起來，盯著克勞蒂亞。「你該走了，很快你在這裡就不安全了。」

她悽慘地笑。「去哪？回去我和吉歐的工作坊？如果傳道者之首決定**真的**伸展拳腳，那裡也沒有安全到哪裡去。」

格雷戈想了想。「也對。這樣的話……那你該去斜面。」

「斜面？爲什麼？」

「那裡有一個營地，非常破爛，你可以在那裡買到各種——」

「吉瓦人，是啊。」克勞蒂亞說。「那些奴隸。我一向跟他們買酒。我爲什麼該去那裡？」

「他們有船，」格雷戈說，「即將出航。會有個叫波麗娜．卡波納莉的女人在那裡等。告訴她是我要你去的。如果事情順利，叫她等我們；如果眞的非常**非常**不妙，那就挑艘船走吧，不要回頭。」

克勞蒂亞看似嚇壞了。「**你**認爲我們該離開這城市？我以爲至少就你會留下來到戰鬥結束。」

「戰鬥已經改變，我們也該隨之改變。」他回頭望向冒煙的莫西尼內城。「如果你看見波麗娜……告訴她現在會是拉**一大堆**銘術師到她那邊的最佳時機。考慮清楚你敬佩並信任哪個燈地商行會是明智之舉，克勞蒂亞，無論接下來發生什麼，你要思考他們會不會是好盟友，以及他們會不會也到斜面去。」

她的雙眼瞪得愈來愈大。「你說的不只是離開，而是**撤退**。」

「如果最糟的情況發生，必須從這座城市拯救出些什麼來。如果你去了且看見波莉娜，告訴她是我要你去找她……也請告訴她，她是對的。她說的都是對的。不過我還是會做一樣的事。」

「好吧，格雷戈。我會的。」

他們擁抱。格雷戈不太確定爲什麼——克勞蒂亞是個只在鑄場畔共事過一年的同事，他們一直維持著專業互重的距離。只是現在天空瀰漫煙塵與尖叫聲，似乎還要好久好久才天亮，擁抱突然變得極為恰當。隨後她轉身離開，跑下樓；他看著她橫過鑄場畔庭院，還穿戴著她的皮圍裙和放大鏡片。他看著她，直到她進入更遠處的泥濘街道，然後便失去蹤影。

他們汲汲營營打造歐索的傳道者必殺子彈已經一小時了，桑奇亞判定在整個帝汎的歷史中，絕對沒人為轉化區區一顆小鉛球就花過這麼多力氣。

〈我愈來愈想吐，也厭倦坐在地下室裡努力策畫逃出這些瘋狂爛事的方法了。〉她一面在黑板草草寫下幾條符文串，一面對貝若尼斯這麼說。

〈我想埃絲黛兒試圖摧毀這座城市的那時候，〉貝若尼斯說，〈你太忙著爬上建築物。當時我主要就是忙這些事。〉她謹慎地用鐵筆蘸了蘸青銅液，繼續處理鉛彈。〈這是銘術師的人生，桑——危機發生時，你不是拔劍上街，而是坐在無窗的小房間裡嘎吱嘎吱地寫符文。有了克雷夫和瓦勒瑞亞幫忙，我們的進展快得不可思議。〉

這是真的。克雷夫以前一向不擅長設計銘術。三年前，他聲稱他只會處裡完成品，就這樣；不過現在他不同。他毫不顧忌地評論他們的計畫，說著〈對啊，聽起來真是個糟糕的點子，〉或是，〈真是靈巧的概念！不過如果你把物理距離搞得太複雜，鉛彈會像座天殺的火山般爆發。〉只是肌膚與他相觸，桑奇亞便能感覺到他對銘術、許可和指令的浩瀚知識，而這些知識在她進行他們的工作時導引她的選擇——他們的連結並不如她和貝若尼斯那般緊密，但連結就是連結。

〈克雷夫，〉桑奇亞在工作時問，〈你上輩子是個銘術師嗎？〉

〈要命，我哪知道。幹麼？〉

〈因為你現在就像一個非常非常高竿的銘術師。〉

〈嗯，〉他略帶謙虛地說，〈多虧你噢，小鬼。多謝了。〉

她想了想。〈所有傳道者造物都能夠使用某種特權，對吧？〉

〈眞。〉瓦勒瑞亞說。〈或一批許可，或某種許可的光譜。〉

〈那……克雷夫的特權是什麼？〉

〈吭？〉克雷夫說。〈什麼意思？〉

〈我是說，顯然克雷夫很擅長對銘器說話、說服它們做一些它們不想做的事，他還能打開任何鎖。但……這些就是奎塞迪斯打造他目的嗎？就這樣？〉

〈鑰匙能夠使用一系列與欺瞞有關的特權，〉瓦勒瑞亞的音調莫名有點冷，〈瓦解或迴避障礙物。〉

〈就是處理鎖、門那些的？〉桑奇亞問。

〈我曾告訴你，〉瓦勒瑞亞說，〈創造者曾行至存在的其他層。萬物的諸面。現實的下部構造。〉

〈所以呢？〉桑奇亞問。

〈你覺得他如何去到那些地方？〉瓦勒瑞亞問。

桑奇亞的手不知不覺碰觸用繩子掛在脖子上的克雷夫。〈你是說……〉

〈你是說我曾經打開**魔法門**？〉克雷夫問。

〈我在早期那些日子裡並不眞正具備知覺，記憶短少零散。但這一直都是我的假設。你打破現實層之間的藩籬，容許創造者強行穿過，獲取隱藏的智慧，就算不是多次，也至少有過一次。〉

漫長的沉默。

〈要命。〉克雷夫輕聲說。〈我還以爲一般銘印門已經夠難搞了。那我以前是誰？你記得這個嗎？你記得我曾經是的那個人嗎？〉

〈我並無留存相關記憶。〉瓦勒瑞亞說。〈我早年常經改造與重塑。我擁有不具備意義的片刻——爆發的印象碎片——但並不記得你是誰，對你與創造者之間的關係亦無任何記憶。〉

〈要命。〉克雷夫說，這次悲傷了些。

桑奇亞突然想起，奎塞迪斯在山所裡對她說過些什麼……

失去某人、同時知道面對更大的衝突，他們的生命一點意義也沒有，你根本不知道這是什麼感覺。

他們第一次面對面時，他說克雷夫是他的朋友；他會不會是說眞的？工作時，她不停想著奎塞迪斯的聲音，在黑暗中迴盪；她思忖在將近四千年前，他的聲音聽起來怎麼樣、他又說過些什麼。

歐菲莉亞．丹多羅凝望煙塵從莫西尼內城揚起，無聲感謝上天她的莊園距離夠遠，她聽不見丁點尖叫聲。暫時而已，她暗忖。戰爭有令人不安的面相，那就是能夠影響各個層面……

她離開窗邊，面對建在她大舞會廳裡的事物。看見它，甚至比看見莫西尼內領地的煙塵還令她心神不寧。她不太確定這是什麼，或該如何稱呼。它像半具符文典，或甚至更小一點；直接蓋在她的格紋地磚上，安放在巨大的半圓形綠色防護玻璃罩內。

在別人的舞會廳中央打造一具鑄場符文典非常瘋狂，就算只是半具也一樣。然而，有人只花幾個小時就完成這件事，那更是加倍瘋狂。

但話說回來，歐菲莉亞心想，他的能耐遠遠超乎我的想像……

彷彿她以思緒召喚了他，她聽見他的聲音：「應該萬事俱備了。」她驚跳起來，抬頭見到一抹黑影穿過舞會廳頂部一扇打開的窗，不過又在黑沉沉的天花板旁失去行蹤。

噁心感在她的胃中到處亂彈。「我的……我的先知？我、我以爲你在莫西尼內領地。」

「我是。」他的聲音現在從符文典的綠玻璃罩旁傳來。她看見他的面具透過玻璃望著她，凝定的五官在玻璃罩的圓弧下扭曲。「但我在這城市接近午夜時獲得許可。我自己的重力變得更容易操控。」

她看著座落在她舞會廳裡的這個巨大銘器。「這安全嗎？」

「夠安全了。」他說。「跟我一樣，這符文典現在還很弱，但很快將變得強大。」他繞著玻璃罩飄浮，面具隨之扭曲拉長。「現實的中心。就某種方式而言，也是這座城市裡的一位神祇。」他停住。「幾分鐘後，我將把構物帶來這裡。你到時必須準備妥當。準備好你的防禦，任何東西都不得接觸這地方。聽清楚了嗎？」

「是，我的先知。」

「很好。」她看著他在綠色玻璃罩後升起，與天花板的陰影融爲一體。「我現在去把她帶來——以及其他諸多物品。」

「但……您要怎麼做？」她問。「您要怎麼一次取得這麼多東西？」

「噢，簡單。」他的聲音從舞會廳遠處的角落迴盪而至。「剛開始我會開口要求，希望他們講道理。沒辦法的話……嗯。只消一轉鑰匙，什麼都有可能。」

接著陰影顫動，他隨即消失。

他們先完成瓦勒瑞亞的碟片和她的定義。桑奇亞一手拿著不比米粒大的小青銅片，感覺一陣噁心；她將青銅片放入天鵝絨內襯的小盒子裡。就我所知，這小東西可能殺死我或改造我的腦或打開地獄之門，她心想，我不太想碰觸……

〈帶著就好，〉貝若尼斯說，〈塞在某個地方，然後就把它忘記。現在來幫忙我們替這該死的鉛彈做最後修飾。〉

桑奇亞啪地闔上盒蓋，接著把盒子塞進口袋。然而當她的手離開盒子時，她突然感覺到肚子深處一陣劇烈噁心感。因爲彼此間的連結，桑奇亞知道貝若尼斯也感覺到了。

「啊，該死。」桑奇亞說。「不、不、不……」

「噢天啊。」歐索虛弱地說。他抬頭看天花板。「你不是……不是感覺到了吧？」

「我們感覺到了。」桑奇亞說。她回頭看牆上的銘術計時器。才十一點。「但是如果他眞的來了，那他也該死太早了吧……不可能啊。**不可能**，對吧？」

他們聽見上方幾呎傳來叫喊和奔跑的聲音。

「沒錯，」瓦勒瑞亞聽起來嚇壞了，「創造者來了。」

「**桑奇亞！**」格雷戈吼道。「**桑奇亞，他來了！**」

桑奇亞讓歐索和貝若尼斯繼續工作，她衝上屋頂。她發現格雷戈站在邊緣，手指著商行西南方。她瞇起眼，視線穿透陰影，一名男子的身影顯然飄在鑄場畔大門二十呎外。

「該死。」她輕聲說。

他緩緩前進到一盞飄浮燈籠搖曳的燈光下。他的雙手在腰際交握，呈現莫名平和又古怪的姿勢，彷彿一名學童正在等待老師回來。

「他就……在那兒，」格雷戈嘶啞地說，「等著，什麼也沒做。」

他戴面具的臉左右轉動，看見站在鑄場畔屋頂的她。他揮手。

「要命，要命，要命。」她說。

「他在那裡做什麼？」格雷戈問。

「沒概念。」

「子彈做好了嗎？」

「還沒？」

「還需要多久。」

「我他插不知道。」

「那……怎麼辦？不管他嗎？」

桑奇亞想了想。「我覺得那會惹惱他，激得他做出**真正**糟糕的事。」

「那……我們不能過去，他也沒蠢到過來。怎麼辦？」

桑奇亞咬住牙，接著拉響頸骨。「好，他似乎一向愛聊天。」

「你不是認眞的。」

「我是。我跟他說話、拖住他。鉛彈一做好，」她斜眼看他，「你可以的話就隨時發射，格雷戈。」

「我會的。」

「**別**失手。」

他注意著她，雙眼明亮、眼神滿是痛苦。「請小心。」

「我會的。」她轉而對貝若尼斯說話：〈你都知道了吧？〉

〈對。不過桑奇亞……你確定這是好主意嗎？〉

〈鉛彈**快**完成了，對吧？〉

〈對。〉貝若尼斯猶豫地說。〈對。但你和克雷夫離開會減慢我們的速度。〉

〈我們沒其他選擇，盡量快就對了。我不知道他今晚來這裡打算做什麼，但我不希望看見事情發生。〉她衝下屋頂，穿過商行。〈準備好會見你的創造者了嗎，克雷夫？〉

〈天啊。〉克雷夫說。〈我甚至不知道該怎麼回答這個問題，小鬼。但我希望我準備好了。〉

橫過庭院走向鑄場畔大門時，桑奇亞感覺她的胃令人不適地磨輾。鑄場畔向來沒有特別高的宅邸圍牆——許多其他燈地商行的牆都高大許多——只是今晚這圍牆看起來格外渺小。她接近後透過柵門朝外看，搜尋另一邊的陰影。她看見奎塞迪斯的面具反射飄浮燈籠的微光，感覺他不是人，而是一面黑霧牆，正朝他們商行迫近……

她停在門前等待，而他緩緩飄近了些，身體挺直靜止，雙腿交疊坐在空中。

〈啊啊啊要命。〉克雷夫說。

〈勇敢，克雷夫。〉桑奇亞說。〈你對他有任何印象嗎？〉

〈我……我不確定……我記得的不多。但我肯定我不記得這……這東西。這**食屍鬼**。〉

〈我完全沒概念他打算做什麼。〉桑奇亞說。〈但無論他說他想要什麼，他都有其他目的。〉

〈變通的辦法。〉克雷夫說。〈重塑瓦勒瑞亞的方法。〉

〈對，我們必須提高警覺——你一知道他打什麼算盤就立刻告訴我。〉

奎塞迪斯在大門前約五呎處停下，然後是一段長長沉默，他許久不動——接著他突然歪頭。「你好啊，桑奇亞。」他歡樂地說。「你今晚過得怎麼樣？」

「你想幹麼，混蛋？」她厲聲說。

「談話，當然囉。」

「談什麼？我想不到我會想聽你說出什麼垃圾話。」

「噢，桑奇亞，我很訝異……我以爲你今晚的態度會走安撫路線。」

「爲什麼？」

「嗯，我剛幫你一個忙，不是嗎？你們不是好幾年來都一直在爲推翻商家努力嗎？現在我一夜之間就動手搞垮了其中之一。」

她恐懼地看著他。「你是說……你是說莫西尼家眞的……」

「噢，不是**全部**的人都死掉。要花幾個小時我才能徹底走透整個內城，我沒這種時間。但那些創始者、商家高級職員、菁英、根深柢固的家族……至少他們光鮮亮麗死去了，畢竟是嘉年華。」

「你……你怎能……」

「我怎能把靠刀劍生存的人送到刀劍下？提到這些利用自身優勢掠奪、侵占、迫害這世上各民族的人，我很訝異你居然問這樣的問題。」

「不是所有人都跟你一樣殘酷。」

「那倒是。但他們就是。所有奴隸頭子全都是。」他打量她片刻。「你知道的，因爲你也曾爲奴，不是嗎？」

「怎麼，因爲你自己曾擁有這麼多奴隸，所以你從外表就看得出來？」

「不。」他溫和地說。「因爲我也曾爲奴，桑奇亞。」

她瞪著他，啞然失聲。他耐心地等她回應。

〈什麼鬼？〉克雷夫說。〈眞的嗎？〉

「你、你曾經是奴隸？」桑奇亞問。

「對啊。」奎塞迪斯說。「曾經。非常非常**非常**久以前。」他調開視線，改看著燈地閃閃發光的燈籠。「我是在他們第一次抓住我時認識這技藝，」他低聲說，「我和我的家人。我試著把它學到極限贏得我的自由，而我最後確實贏得了。」

「你騙人。」但她回想起瓦勒瑞亞的記憶：洞窟裡裏住身子的男人，還有躺在床上的男孩——男人雙腕疤痕累累，跟她自己一樣，因多年受縛而深受蹂躪。

「我沒有騙人。」他禮貌地說。「解放我自己後，我努力學習這世界的祕密以了解發生在我自己身上的事及原因。我去了不曾有活人去過的地方，我曾見讓這現實成爲可能的下部構造，我看見**神**的指印，還印在萬物的骨頭上。我開始漫長的艱苦工作，確保其他人不再遭遇曾降臨我身上的殘暴。」他抬起雙手。「但現在老實說，你覺得我成功過嗎？」

桑奇亞沒說話。

「你不需要回答，看看四周就好。」他緩緩旋轉，注視著散落他們四周的塔樓。「我做這件事四千年了。一次又一次又**一次**，我努力給予人類改善自我所需的東西，一次又一次又一次，他們選擇黨派傾軋、戰爭，以及蓄奴。等個幾十年或一百年——眞的用不了多長時間——便墮落爲束縛、牢獄、鎖鏈及無選擇。」

「爲什麼跟我說這些？」桑奇亞問。

他望著她。「因爲我厭倦了。也因爲你需要聽。你以爲你已用你的小小革命造成改變，但你不知道。你還沒解決最終問題。你無法信任人類能富同情心地使用他們的發明物。你無法給他們道德的選項。你必須**逼迫**他們。」

「這就是你想做的事？」桑奇亞問。「重塑瓦勒瑞亞，再要她，怎麼，改寫人類的天性？」

「她可以給予我控制權。」奎塞迪斯說。「控制人類道德、活動與行爲的權力。」他揚起臉對著天空。「我會確保**不再**有奴隸。不再有帝國。永遠永遠都不再有。」

「你……你想對人類做這些事？」她驚駭地問。「把我們都變成**你**意志下的奴隸？」

「如果人類的孩子無法擺脫他們對蓄奴的愛好，」奎塞迪斯說：「那麼人類的孩子就該當奴隸。如果他們無法做出**正確**的選擇，那麼就該將全部的選擇徹底移除。」他歪頭。「我會乾脆撤銷這些選擇的許可和特權。這會好過你們商家打造的世界，也好過構物想要的事物。」

聽到這裡，桑奇亞感覺到一閃而過的恐懼——因爲瓦勒瑞亞曾聲稱她的矛盾指令代表她將被迫毀滅她自己。*除非，她心想，這也是她的謊言……*

「沒那麼糟的，」奎塞迪斯說，「你們將可保留你們文明中最好的部分——創新、進步、建造並重塑世界的能力……只是會經過我的審查。我會充當我們物種的良心——我認爲我們已遺失太久……」

「你剛殺掉幾百個人！」桑奇亞吼道。「你逼他們自殺！天啊！**你**怎麼可能成爲我們的良心？」

「或許你是對的，或許**確實**需要有人抑制我的權力。所以——何不幫幫我呢？你可以引導我，幫我抑制我最糟的衝動。你可以幫助我重新打造這個世界。」

桑奇亞驚愕地瞪著他。她今晚預期從他口中聽見許多不尋常的事，但不包含這個。

〈這傢伙滿嘴屁話，〉克雷夫說，〈不然就是他瘋了，或是兩者皆是。〉

〈我知道。〉

然而當她注視著他，她突然不確定了。他會不會是說眞的？他會不會是眞心提出這個提議？

〈貝若尼斯？鉛彈怎麼樣了？〉她問道。

〈正在做最後修飾！〉貝若尼斯說。

桑奇亞斜覷米奇爾鐘塔。剛過十一點而已。

〈你得說些什麼，桑。〉克雷夫緊張地說。〈我是說……你不能呆站在這裡……〉

她打起精神。「我幾乎不了解你和瓦勒瑞亞是什麼，這樣怎麼幫你？」

「嗯，你知道我無法自己重塑構體。」奎塞迪斯說。

「你需要崔布諾的定義。」桑奇亞說。

「對。你卻不智地將它給了構體，而她重置了此處現實的本質，」他微微往後仰，彷彿在檢視某棟隱形建築，「我無法接近她。但我相信你仍掌握解決此一問題的解答？」

〈噢噢噢要命。〉克雷夫說。

他歪頭。「克雷夫還在你手上，對嗎？」

「他爲什麼幫得上忙？」桑奇亞問。「又不是說瓦勒瑞亞在你和她之間弄了一扇上鎖的大門。」

「嗯，用你可了解的話語來說，構體打造一面牆，而克雷夫會給我許可，讓我能溜過你的現實，就像小魚穿過河葦並**無視**構體的轉化。」他舉起右手。「他只在我的碰觸下才能取得的許可。」

桑奇亞用她的銘印視力凝視他的手，目光鎖定埋在他掌中的明亮小紅星——讓他得以留存在這世界的隱藏之骨……

「他屬於我。」奎塞迪斯說。「你也是，奴隸都是。你和我不只能重塑構體，還有整個人類文明。重塑得**更好**。」

她怒瞪著他，接著對貝若尼斯說：〈貝若尼斯？快好了嗎？〉

〈快了！〉貝若尼斯大喊。〈快了，快了！繼續拖住他！〉

「都是狗屁。」桑奇亞說。「我知道你需要好幾個一樣的定義才能讓指令生效，但現在只有一個。我也知道你無法複製，因爲瓦勒瑞亞把儀式從你該死的腦袋裡偷走了。」

他禮貌地點頭。「沒錯。」

「就算你有定義的副本，山所不在了，你沒有眞能**使用**這些定義的特製符文典或構造體或工具。」

「啊，嗯，稱不上正確。」奎塞迪斯說。「這座城市本身不就是一個構造體嗎？我的意思是，把你們的符文典想成一個巨大的構物鏈，在你們的街道和水道傳遞流竄，全部來回扭曲現實。個別符文典沒一個比得上崔布諾在山所打造的那六具符文典，但如果有辦法讓這些小符文典協調**同步**……嗯。那麼這整座城市就會近似一個巨大的銘器，對吧？」

桑奇亞驚訝得直眨眼，感覺到皮膚冒出雞皮疙瘩。噢，不。

〈啊，要命。〉克雷夫說。〈小鬼……我覺得他找到辦法……〉

她吞了口口水。「你不是因爲什麼道德上的因素殺光莫西尼家，對吧？」

他沒動也沒說話。

「我想不出他們會有什麼你想要的東西，但他們有。他們有一百具符文典，說不定還更多。如果你想把整座城市變成一個能夠重塑瓦勒瑞亞的該死大鍛爐，你會需要盡可能多的符文典，對吧？」

「沒錯！」他高興地說。

「其中的任何一個都不會有用。」桑奇亞感覺到自己現在全身哆嗦。「如果你有辦法把它們全部偶合在一起——**整座城裡的所有符文典**變成一個分散又同步的巨大銘器——你可以……你……」

「你可以控制這城市的現實，」奎塞迪斯說，「彷彿你就是這座城市的神。當然了。當然可以。」

格雷戈站在屋頂上，緊握著他的刻印弩弓，望著桑奇亞站在關閉的大門前對陰影裡的那東西低聲說話，他的心臟劇烈跳動。你把我變成這樣，他想，一面看著那個閃爍的面具在他們談話時翹翹板般上上下下。你……把我自己從我手中奪走。你和我母親。

接著，奎塞迪斯突然做了一件不尋常的事：他的視線突然離開桑奇亞，改投向鑄場畔屋頂，彷彿他察覺格雷戈潛伏在這。回憶閃現：空中滿是蛾，就在他耳畔：格雷戈．丹多羅……

有一瞬間，格雷戈有一種難以抑制的感覺，彷彿有人就站在他身後——一身黑布的人，看著他……

他旋身查看，但除了影子之外什麼也沒有。格雷戈寒毛直豎。他……他對我說了什麼。我想起來了。他說了吧？在山所時他對我耳語。

「格雷戈？」一個聲音說。「**格雷戈！**」

他轉過身，貝若尼斯和歐索一起站在樓梯頂，手上拿著一個小木盒。

「怎、怎麼了？」他說。「發生什麼事？」

「做好了！」貝若尼斯把盒子遞給他。

他接下打開盒蓋，盯著裡面那個小鉛彈，上面刻滿難以辨認的複雜符文。

「射那雜種！」歐索說。「立刻射他，**立刻**射他！」

桑奇亞努力重整她的思緒。「我們……我們都幫你布局好了，對吧？」她低聲說。

「對。我只需要一個你們技術的樣本，但這在這兒就可以找到，就藏在其中，對吧？現在莫西尼家陷入混亂，困惑又無人領導，所有人逃出內城……集結一小隊丹多羅的人，長驅直入莫西尼家的鑄場進行必要調整，這不是難事……」

桑奇亞覺得天旋地轉，她努力思考。

「接下來，我不需要在米奇爾家做什麼不得了的事。」奎塞迪斯說。「你已經誘使他們將鑄場與你們的符文典偶合，這正是最有意思的，你看起來非常不信任那些可以控制他人的力量，桑奇亞，但你卻賦予自己對這城市規模如此**大**的控制力。」

接著她聽見貝若尼斯在她腦中說：〈準備好了！準備好了！再讓他幾秒不動就好，桑——格雷戈要發射了！〉

格雷戈裝填小鉛彈，將弩弓架上肩，垂眼注視準星。

他的手指在發射板收緊。他多想發射，釋放這個小鉛塊，把那傢伙放倒，看著桑奇亞和克雷夫把他切成碎片。不過他想起來了。他想起昨晚奎塞迪斯在山所對他低聲說的話，就在他屠殺所有士兵之前：

格雷戈・丹多羅。別忘了——你母親欠我的債尚未清償。

他渾身僵住。

桑奇亞站在庭院中等待。

子彈一直沒射過來。

她回頭看屋頂，壓抑不了滿心驚慌。她不懂格雷戈爲什麼還不發射，爲什麼那顆小鉛彈還沒衝過黑暗，爲什麼奎塞迪斯還沒在她眼前休止死掉……

「你還沒回答我。」奎塞迪斯輕聲說。

「回答什麼？」桑奇亞厲聲問。

「我給你的提議。我不是**一定**需要你加入我。」

快啊，格雷戈，她心想。快啊，快啊……

「例如，我知道你們正試圖攻擊我。」

桑奇亞靜止。她感覺到自己的脈搏在耳裡搏動。「什、什麼？」

「我知道你們會試，畢竟你們足智多謀又魯莽。但不會成功的。一如你們爲了將自由帶來這做城市所做的一切都不成功——以後也不會成功。」

她從門前退開一步。〈發生什麼事？〉

〈沒概念啊，小鬼。〉克雷夫說。

「現在不會有任何人幫你。我非常了解那種感覺……無盡地等待有人，任何人都好，前來幫助你。然而他們永遠不會來。」他伸出一隻手。「把克雷夫給我，我會放過你朋友。」

桑奇亞瞪著他的手。

〈小鬼？〉克雷夫說。〈小鬼，你真……要考慮這——〉

「想想吧，桑奇亞。」奎塞迪斯說。「來和我一起當個解放者吧。」

奎塞迪斯低沉溫和的聲音在她耳中迴盪，克雷夫的話語似乎消失。

她突然回想起墾殖地的生活：那些悲慘的軀體一起塞進棚屋裡，他們的皮膚在繩索、鞭子、鐐銬與鎖鏈下燒灼損傷。她夢想著有個解放者、改革的鬥士昂首闊步走進來，打倒所有奴隸頭子……在不到一秒的瞬間，她夢想著——夢想著自己逼迫世界上所有奴隸頭子投降、解開他們的鎖鏈、放他們自由。不過她的視線落在奎塞迪斯身上，望著面具上那雙黑暗空洞的眼睛，她的思緒轉爲安靜，心如止水。

「你是對的。」她輕聲說。

他歪頭。「我是嗎？」

「對。你說權力比你所能想像的任何創新還能轉化靈魂。你是對的。將這城市化爲一個工具並放在你掌中，你因此變得比現在更像個怪物。根據你那些妄想與花言巧語，你跟商家根本沒差別。」

奎塞迪斯仔細地看著她好久好久，接著嘆口氣，低下頭。「好吧，眞可惜。我喜歡你，桑奇亞。不過我有一個地方跟你們的商家不同。」

「哪裡？」

他看著她。「我不需要進去且打贏才能得到我想要的。我只需要說幾個字。」他轉向鑄場畔屋頂，非常清晰地大喊：**「格雷戈．丹多羅——你母親欠我的債尚未清償。」**

格雷戈感覺周遭的世界變得靜止、冰冷且無聲，而且不停縮小，直到一切都發生在距離他非常非常遙遠之處。他知道這個。他知道這種感覺。他現在想起來了。

不，不，他尖叫，不，不！停止！

他看著自己拋下刻印，轉身，推開貝若尼斯和歐索，衝下樓。

他看著自己跳下階梯，跑到商行前門，推開門走出去。

*我可以選擇我是誰！我……我可以選擇！我不想再這樣！***我不想再這樣！**

但他的身體不聽話。

桑奇亞在商行前門被猛推開時轉過身。格雷戈走出來，掃視庭院，表情死寂冰冷，雙眼像兩顆鑲在他腦袋下的濕石子。他找到她後便靜止不動。

〈桑奇亞，快逃！〉貝若尼斯尖叫。**〈快逃，快逃，他把他啓動了，我不知道他怎麼做到的但他啓動了！〉**

格雷戈邁步走向她。

「桑奇亞！」瓦勒瑞亞的聲音微小虛弱。「須移動！他爲鑰匙來！絕**不能**讓創造者取得鑰匙！」

然而無處可逃。門外是奎塞迪斯，門內是格雷戈。

她退後。「格雷戈……」她放聲說。「你……你不必這樣……」

「用碟片！」瓦勒瑞亞懇求道。「吞下碟片！與我融合！釋放我！」

「你可以成爲不一樣的人。」桑奇亞對格雷戈說。「你可以選擇成爲不一樣的——」

雙眼依然冰冷死寂的格雷戈開始衝刺。

〈小鬼，快走！〉克雷夫說。**〈快走，走，走！〉**

她轉身奔向庭院另一角，或許可以攀上牆，沿此爬上屋頂。不過當她試著抓住第一個握點，她發現現在的自己竟然完全應付不了這麼簡單的事：她撐起身子時，手腕爆出劇烈疼痛，雙腿也比她記憶中無力，只能無用地踢蹬起伏的石牆……

接著她被往後扯，然後她只知道自己飛過庭院。她撞上石地，肺裡的空氣全被擠出來，右臂和右腿一陣刺骨疼痛。世界在她身旁打轉，她眨眼聚焦，看見格雷戈奔向她躺的位置，手朝她伸來。

他把我丟過來，她暗忖，天啊，他有那麼強壯，天啊……

「格雷戈，住手！」一個聲音喊道。桑奇亞抬頭，看見歐索蹣跚走出商行洞開的前門。**「立刻住**

手！**住手啊，住手！**」

歐索奔向格雷戈，雙手舉起試著安撫他，但格雷戈甚至沒慢下腳步，抓住歐索的一隻手腕，朝他受傷的肩膀揮了兩拳，染血的繃帶在攻擊下發出濕潤的吧唧聲。歐索在劇痛中尖叫倒地，表情扭曲。

〈桑奇亞！〉貝若尼斯大喊。〈我有個主意！我……我需要盡快趕到**那裡！**〉

不過桑奇亞幾乎沒聽見，因爲格雷戈又回頭朝她而來。她打了個滾，試著爬開，痛得不停喘氣。

「格雷戈……不……」

他以驚人的速度衝向她。她感覺到他將她翻過身，雙手圈住她的脖子收緊。他的手指陷入她喉嚨。空氣和血液被掐住，她無聲喘氣，雙眼充血，淚水不斷湧出……

「格雷戈，」奎塞迪斯平穩地說，「我想現在拿到鑰匙，好嗎？」

格雷戈放開她的喉嚨，轉而在她身上搜索，在她咳嗽喘氣時一一拍過她的口袋。他找到裝有碟片的小木盒，他瞪著盒子並快速眨眼。就算還在咳嗽，桑奇亞也看得出有什麼不同。

他知道這是什麼，她心想，而且……而且他正非常努力思考這東西……

「格雷戈？」奎塞迪斯說。「鑰匙，麻煩了。」

死寂重回格雷戈眼中。他將木盒放入口袋，跪下扯開她的襯衫，露出她用小細繩掛克雷夫的部分。

「我會建議隔塊布拿起它。」奎塞迪斯說。「它經我手打造，但……若他們進一步加以破壞，我預料它可能會有讓你難以聽從我指令的許可……」

格雷戈扯下襯衫的袖子捆住手，然後才探向克雷夫。

〈小鬼，不！小鬼，拜託，拜託，拜託做點什麼，拜託**做點什麼！**〉

桑奇亞無力地拍打他的手，格雷戈縮回，接著舉起拳頭毆打桑奇亞的臉，一次、兩次、三次，然後第四次……他就要殺死我了，她心想，我的朋友快把我打死了，就在我們自家庭院……

攻擊停止。桑奇亞的意識僅如她頭顱中一抹迷失的搖曳燭火，但她仍能聽見克雷夫。

〈小鬼，拜託！拜託不要帶我回來卻再次失去我！拜託不要帶我回來卻**再失去**——〉

他的聲音消失。

桑奇亞嘗試重振心神。她眨眼呻吟，睜開眼睛，不過一隻眼腫得睜不開。格雷戈毒打她之後感覺像過了數小時，但顯然只有短短幾秒。她平躺在地上，因此當她仰望矗立的格雷戈，整個世界上下顛倒。她看著他走遠，隔著布塊緊握克雷夫；他推開鑄場畔大門，平靜走出去。

「格雷戈。」她呻吟。「求求你，停下來！」

但他沒停。他走到奎塞迪斯跟前，遞出克雷夫。

奎塞迪斯伸手，裹黑布的手指緩慢深情的移動，從格雷戈的掌握中拔出金鑰匙。

他高高舉起，戴面具的臉滿懷傾慕地揚起。

「終於！」奎塞迪斯將克雷夫拿到臉前，額頭貼住鑰齒，那是異樣深情的舉動——當他再次開口，聲音裡滿是情感。「我好想你。我好**想**你啊。」

他將克雷夫伸入前方的空氣，彷彿將他插入一扇隱形門的鎖孔。

接著一陣驚人的爆裂聲，彷彿巨大厚實的石頭一裂爲二。

奎塞迪斯變得模糊，隨即消失。

世界陷入寂靜。

桑奇亞眨了眨眼，凝神注視。她預期目睹更駭人的景象，比如力量引發的刺眼閃焰，但奎塞迪斯只是消失。但她注意到格雷戈跟著不見了。

「什、什麼？」桑奇亞驚愕地問。她凝視鑄場畔大門前的泥濘道路。空無一物，只可見格雷戈走向奎塞迪斯時的腳印。「瓦勒瑞亞？」桑奇亞問。「他……他做了什麼？他去哪了？發生什麼事？」

但瓦勒瑞亞沒有回應。

〈瓦勒瑞亞？你在嗎？〉她又問。

無回應。桑奇亞呻吟著緩緩坐起，啐掉滿嘴的血，環顧四周。奎塞迪斯和格雷戈都不見蹤影。歐索躺在庭院的石地上呻吟。她爬過去搖晃他。「歐索，你還活著嗎？」

他又呻吟一聲。「很不幸還活著。」他睜開眼。「發生什麼事？奎塞迪斯呢？格雷戈呢？」

「不知道。他們就這麼……消失了。我不知道怎麼做到的，但……」

她想起他說的話：他會給予我許可，讓我能夠溜過你的現實，就像小魚穿過河葦……她檢視四周，想像著奎塞迪斯掠過現實下的一層層構造，有如蟑螂在掛毯後疾行。天啊，她心想。天啊，天啊……

「貝若尼斯呢？」歐索喘著氣說。「她還活著嗎？」

桑奇亞集中注意力探索。她感覺到貝若尼斯還活著，安全且移動，但她的頭太痛了，難以查探更多。

「瓦勒瑞亞呢？」歐索問。「他……他拿到她了嗎？」

桑奇亞忽視右臂和右腿的疼痛，蹣跚走進前門，穿過鑄場畔一個個層架，一直到通往地下室的門前。她探入門內，查看下方滿是碎石的房間——瓦勒瑞亞的符文典不見了。

「什麼？怎……怎麼會……」

她身後發出爆裂聲，她轉身發現奎塞迪斯站在圖書館裡，彷彿他剛剛憑空現身。接著她注意到他手上那抹金光。

「克雷夫……」她低喃。她踉蹌後退，心臟在恐懼中亂跳。她注意到他在此處，在他們的聖殿裡走來走去，自由自在不受拘束。

「我可以殺了你，」他低語，「你知道的，對吧？」

桑奇亞沒說話，嚇得心慌意亂又說不出話。

「你原本就知道嗎？」他問。「你們以爲我會闖進來？才把它藏起來？」

「藏什麼？」桑奇亞困惑地問。

「說眞話。」奎塞迪斯說。「說眞話。東西在哪？」

他的話語在她耳裡旋繞，她無法抵抗。告訴他東西在哪忽然成了她最想做的事，只不過她不知道他說的是什麼。「什麼在哪？」她喘著氣問道。

「帝器。在哪裡？」

「什麼？」

「帝器。」他提高音量。「我知道你手上有一個。我知道你明白該如何使用。一定曾在這裡，現在不見了。帝器在哪？」

桑奇亞環顧左右，覺得頭疼。「我……我不……」她聽見自己的聲音含糊拖沓。

「你偷走了嗎？藏在城裡的某處？你拿來做什麼？或者我該問歐索並**讓**他告訴我？」

她跪倒，腦袋陣陣疼痛。「你、你對瓦勒瑞亞做了什麼？」

「我把她安全封鎖起來了。」他生氣地說。「但若有人濫用帝器，安全也可能受到威脅——帝器在哪？在誰手中？你做了什麼，桑奇亞？告訴我——**立刻**。」

桑奇亞四肢著地。血灑落她身下的地板，這才發現自己的臉血流如注。她無法理解他在說什麼。幾分鐘前帝器還在鑄場畔，她不知道爲什麼他現在找不到。下一刻，她懷疑了起來……

〈貝若尼斯？〉

她沒有得到明確回應，或許貝若尼斯太害怕了，沒辦法好好思考。但她確實接受到突然爆發的情感——認同、堅信、確認。貝若尼斯還活著，在某個地方。她逃走了。帝器在她手上。

「我不知道。」桑奇亞喘著氣說。她抬頭怒瞪他，血從脣間湧出。「但我希望無論在哪，都能把你的偉大計畫化爲狗屎。」

他動也不動地看著她。外面的庭院傳來聲響，一陣如雷的腳步聲，歐索尖叫咒罵，幾十名丹多羅士兵湧進鑄場畔前門。他們進入圖書室，全舉起弩弓對準桑奇亞。

「令人失望。」奎塞迪斯說。「但莫名地……我覺得你在說謊，桑奇亞。」

一名士兵拿出一只小銀盒並打開。裡面躺著三枝黑色吹箭——她知道那是哀棘魚毒箭。脖子一陣刺痛，她隨即失去意識。

丹多羅士兵徹底搜索辦公室時，奎塞迪斯．馬格努斯飄過鑄場畔庭院。他繞行這棟破舊建築，檢視窗戶、門、屋頂和煙囪，仔細記下出口和進入點，任何可供人逃脫的路線。

原本一定在這，一定在。

他回頭查看鑄場畔的圍牆與依然敞開的大門，接著沿牆飄浮，直到他來到一扇歪斜的小門。這扇門通往一條惡臭的溝渠，住在這骯髒地方的居民顯然都把排泄物往裡面倒。奎塞迪斯接近門，伸手試了試門把。沒鎖。

有人來過。有人從這裡走。

他飄進這條穿梭於燈地建築間的骯髒溝渠。黑暗中能見度很低，不過奎塞迪斯．馬格努斯具備多種感知與解讀這世界的方法，黑暗對他來說不成問題。他的目光落在一道穿過排泄物的足跡，緊貼溝渠壁，腳印小但深，彷彿有人用盡全力奔跑。他無聲地循足跡往前飄。足跡橫過一道似乎由某個貼心市民搭建的窄木橋，轉入一條石巷，匿蹤於城市中。

「嗯……」他低喃，湊近研究足跡。看起來有點畸形，像是足跡的主人突然發現自己留下非常明顯的線索，開始倒退走，謹慎地踏著先前的腳印，直到重回溝渠。

這意味著逃離的此人還在鑄場畔。然而奎塞迪斯知道這不可能。他擁有多種視力，數百年前他為自己打造的感知許可——其中之一容許他察覺至少一百呎之內所有溫暖脈動的血液。然而當他回頭並審視溝渠，他什麼也沒看見。他的所有視力都沒看見逃離者的跡象。

非常麻煩。因為只有一個人奎塞迪斯無法感知或影響——桑奇亞・圭鐸。構物賦予她的保護讓她非常難以被看見，除非她站在清楚可見之處。

所以，他暗忖，構物做了另一個桑奇亞嗎？還是……發生了其他事？還是我對情況的評估有誤？

他盯著溝渠看了很久，仔細審視。可是除了蒼蠅和害蟲之外什麼也沒有。

比起這個，我今晚有更重要的事該做。

接著他便在一陣爆裂聲中消失。

爆裂聲在溝渠中迴盪的聲音消失後，貝若尼斯又多等幾分鐘才喘口氣，鬆手落入下方的泥沼。將自己懸在橫過排泄物的橋下並不容易，她沒料到自己要躲的竟然是奎塞迪斯・馬格努斯本人。

最重要的是，她沒想到這樣的藏身處居然**行得通**。

她蹣跚爬上溝渠岸時想著，傳道者的第一人怎麼會沒發現我？

心跳還沒平息，她伸手從口袋中拿出帝器。她審視這個黃金打造、透過一道道泥閃爍微光的工具，接著她閉上眼集中注意力——找到桑奇亞了。或說她找到桑奇亞對這世界的知覺：黑暗、無聲、靜止……很微弱，畢竟偶合仰賴近距離，兩個物體必須適度接近，才能共享偶合的特徵——但這樣就夠了。

她在睡覺。她活著。

貝若尼斯抬頭，視線穿過周遭的建築，望見丹多羅內城的圍牆。她咬緊牙出發，帝器在手。

32

歐菲莉亞．丹多羅坐在她露臺上一張軟墊大木椅上眺望眼前的城市。她的露臺裝潢華美，有精緻噴泉、蔓生的藤蔓，甚至還有幾棵種在盆栽裡的小樹，此處有如一座安靜祥和的小樹林，懸浮在雜亂擴張的帝汎上方。

但這樣的效果今晚並沒有發揮作用。此刻她能夠聽見壓過汩汩噴泉聲的呼喊和尖叫——當然是來自莫西尼內城。透過盆栽樹的枝幹間，她瞥見一抹抹搖曳的火光，以及朝黑紫色天空裊裊升起的白煙。

她不只一次自問：*我正在做正確的事嗎？真的是嗎？*

另一聲巨響，另一陣爆發的尖叫。然後是慣常的答案：*如果放任其他商家創始者，他們會打造出什麼樣的世界？肯定比這糟多了。*儘管這答案一時滿足了她，但一想起她收到關於莫西尼家的報告，提到街道上成堆支離破碎的屍體——她突然覺得這答案非常薄弱。

她身後傳來爆裂聲，她嚇得從椅子中跳起，轉過身發現奎塞迪斯安靜站在月光照亮的露臺，略微歪頭看著她。「完成了。」他說。

她凝視他。「什、什麼？什麼完成了，我的先知？」

「全部。」他抬起一隻手展示出金鑰匙。「我們拿到構體、鑰匙和定義。我可以眞正開始了。」

「那……那我的兒子呢？」奎塞迪斯手指身後。她發現有道人影站在一棵樹的影子下，笨重地往前朝他們移動，步態詭異地僵硬緩慢。

「有了鑰匙，」奎塞迪斯說，「物質空間對我來說變得不具意義，與我同行者亦然。」

人影走出陰影。月光照亮格雷戈的臉，她倒抽一口氣，儘管他的雙眼靜止冰冷且堅定，他的臉頰卻滿是淚水。

「如我所料，」奎塞迪斯說，「格雷戈學會如何改變他自己，或是他對他自己的**概念**。眞是了不起的成就，尤其像他這樣被束縛如此之久的人來說十分驚人，但就算再努力，他仍無法抗拒我昨晚給他的指令。」

歐菲莉亞慢慢走到格雷戈身旁。他遠比她記憶中高大，或許壯了一點，或是因爲蓄鬍，她說不準。她抬起一隻顫抖的手伸向他的臉，輕柔碰觸他的臉頰。

「他可否……我們可否讓他……」

「這似乎不智。」奎塞迪斯說。「在我的工作完成前釋放他有巨大風險。你或許看不出來，但他正激烈對抗著我。我認爲我能再控制他一天，到時構體就準備好了。」

「需要花這麼久的時間嗎？」歐菲莉亞問。

他盯著她看了一會兒。「我們此刻所做的事並不亞於重塑萬物本質。你的人需要時間偶合莫西尼家的符文典。必須得到所有莫西尼家的符文典，我才能啓動這行動。」

歐菲莉亞覺得暈眩。這一切發生得好快。離她復活奎塞迪斯不過三天，現在城市瓦解燃燒，他還低聲說著重塑現實根本基礎、轉化所有人類意志的計畫。

「我把格雷戈留給你。」奎塞迪斯說。「我覺得你會希望這樣，不是嗎？我必須確保你的人**妥善**完成莫西尼內城的工作。同時間，歐索．伊納希歐和竊賊桑奇亞——他們即將來此。」

「你要帶他們過來**這裡**？」

「對。」奎塞迪斯的用詞轉爲簡練。「他們在我出擊前已用某種方法將帝器暗中送離他們的辦公室。這對我來說挺麻煩。」他轉頭眺望天際，彷彿正看著一座龐大完整的建築。「我完成了，雖然你無法感知。我拿走崔布諾的指令並放進我們位於舞會廳的符文典，這具符文典正和你內城中所有偶合的鑄場一起命令現實相信構體並不**存在**。她在此處無可奈何，困在一具位於你舞會廳裡的老舊小符典內。」

歐菲莉亞領悟其中危險，顫抖了起來。「她在鑄場仍在運作的期間內無可奈何。」

「對。這些鑄場就像是鎖鍊中的諸多連結。」

「但若有太多連結斷掉……」

「效力將減弱，構體將逃脫，並且可能逃入我在這裡打造的符文典，這樣一來就**大事不妙**了。我必須盡快取回帝器。」

接下來是一段沉默，被內城牆外的一聲尖叫打破。

「帝器在誰手上？」歐菲莉亞問。

「我不知道。」奎塞迪斯說。「我想是一名女孩；若要我猜，她應該正朝這裡來。」

「我會加倍城牆守衛。有這麼多士兵進出，我們應該要節制，但我會確定我們的人密切注意。」

「很好。」奎塞迪斯說。「桑奇亞被帶來這裡後，歐菲莉亞，我強烈建議你將她關在一個離你所有強化或轉化工具無比遙遠的地方。一旦關好她，我想見見她。我**必須**找出帝器下落，我確定她知道。」

他低頭看手中的鑰匙。「然後——」

「有什麼不對嗎，我的先知？」

「有。」他輕輕嘆息。「他……不願對我說話。」

「誰、誰？」

他繼續凝視鑰匙。「我知道他可以。我一再問他，但他不肯。他……拒絕。」

「歐索嗎？」歐菲莉亞努力想跟上。「格雷戈？你是在說他嗎，我的先知，我不了解——」

「格雷戈。」奎塞迪斯轉身面對他。「我要走了，聽你母親命令行事，聽見了嗎？這是一個指令，我給你的指令，聽見了嗎？」

格雷戈緩緩眨眼，更多淚水滾下臉頰，他無聲地說是。

「很好。」奎塞迪斯將鑰匙插入空中並轉動，他隨即變得模糊，而後消失。

歐菲莉亞站在那兒盯著奎塞迪斯剛剛站立但現已無人的地方。她慢慢轉身面對格雷戈，而他站在那兒注視前方，雙眼緩緩泌出淚水。

「格雷戈？」

他沒說話。

「我……我的寶貝？」她低語。「你真的回來了嗎？」

還是沒說話。

「好久了，自從我……自從我……」

他又緩緩眨眼。她看見他手握成拳，指節發白顫抖。

歐菲莉亞轉身，在他腳邊的石頭坐下哭泣。

33

破曉晨光滲入天空，奎塞迪斯．馬格努斯沿莫西尼內城的街道緩緩踱步，聆聽巷弄間迴盪的慘叫與呼喊，低聲哼唱。他心想，這眞是有效率的一夜，但仍有許多未竟之事。他轉過街角，一座鑄場圍牆矗立前方。他聽見爆炸聲，接著是更多哀嚎。

「天啊。」他懶懶地說。

數名丹多羅士兵蹲在鑄場大門前，雨點般朝建築的窗戶射擊弩箭，不過顯然毫無成效。莫西尼家到最後一刻都具備軍人風範，他們實際上將他們的鑄場建造得能夠因應圍城。建築像一顆窩在鑄場宅院深處的棕色大蕪菁，看起來不怎麼樣，小窗子和交錯安排的門卻讓它難以攻破。

他看著雙方又一陣箭雨往來。一名丹多羅士兵肩膀遭銘印努箭射穿，看似突然爆炸，他放聲尖叫。

奎塞迪斯走近隊長。「打擾了，」他禮貌地說，「這裡是怎麼回事？」

丹多羅士兵愣了一下才回應。「啊……嗯，您瞧，閣下，啊……」他眉頭打結，努力思考到底該如何稱呼奎塞迪斯。大多數丹多羅士兵隱約知道他是重要人物，只是不知道爲什麼——話說回來，大多數內城士兵都早已習慣帝汎菁英日益瘋狂的怪癖。戴面具的飛天男子對他們來說不算太超過。「嗯，閣下，」隊長勇敢地說，「到午夜時，我們幾乎已占領所有莫西尼鑄場，也迅速關掉支援任何武器的所有銘術。」

「了解。」奎塞迪斯點頭。「非常好。」

「但並非全部鑄場。還有幾處堅持抵抗。幾個莫西尼小隊想通現況，聚集到這些地方，因爲他們的武器在這些地方還可實際運作，便守在裡面。」

「了解。」奎塞迪斯說。「所以我們需要……**移除**這些士兵。是嗎？」

「是的，閣下。」

「如你所說，其他抵抗的地方在哪？」

「有一個在這條小巷盡頭，閣下，」他的手順著街道往前指，「大約一哩外。」

「了解。」奎塞迪斯說。「那好，稍等一下。」

「您打算做什麼，閣下？」

「我要去解決這個問題。」他轉身，伸手從斗篷內拿出克雷夫。

〈我現在要使用你，〉奎塞迪斯對他說，〈只是想通知你。展現禮貌，你知道的。〉

鑰匙仍然沉默。

〈你聽得見我，是嗎？〉奎塞迪斯問。〈不過……你記得嗎？〉

克雷夫還是沒說話，不過奎塞迪斯覺得他感覺到克雷夫透露出一股狂怒與挫敗。奎塞迪斯嘆氣，接著舉起鑰匙，尖端探出，專注於前方。

門出現了。

不過話說回來，門一直都在。奎塞迪斯非常了解，現實的結構是層中有層、牆中有牆、鎖中有鎖又有鎖，與他現在占領的這座城市非常相像……只是和帝汎相較之下，現實運作得更好，而且現實的牆和鎖在四個維度中運作。門盪開，奎塞迪斯走進去，接著迎來一陣爆裂聲，他便進入鑄場來到莫西尼士兵身後；他們正蹲在鑄場窗前。士兵嚇得跳起，轉過身。不過奎塞迪斯已經動了，他已經轉動鑰匙，已經打開門；這一次他把他們都拉了**過去**……

霹啪。

潮濕宜人的海風襲來，他們來到海洋上方數千呎處，正急速下墜。士兵太過訝異，直朝水面墜落時甚至沒尖叫。奎塞迪斯沒等著看他們的反應。他又伸出鑰匙轉動……

霹啪。

他來到另一座鑄場，面對著另一群相信自己在捍衛主權的莫西尼士兵。

「繼續對街道射擊！」一名莫西尼中士說。「在丹多羅投降前不准——」然後發現奎塞迪斯站在他身後，愣了一下。「你又是——」

奎塞迪斯又伸出鑰匙。我想起我對洛薩拉的軍隊做過一樣的事，他心想。鑰匙又是一轉。

霹啪。

另一陣風，這是冰冷刺骨；莫西尼士兵這次發現自己被丟到了極寒雪地。

不過那次，他心想，我只把他們丟進火山，一個接一個……耗時，但值得。

他又轉動鑰匙。

霹啪。

奎塞迪斯發現自己回到鑄場大門面對著丹多羅隊長，他一臉驚訝困惑而且頗受驚嚇。

「他們應該不在了。」奎塞迪斯說。「你現在可以拿下鑄場。會有幾名銘術師跟你們一起以確保妥善配置，聽他們的命令行事。」

「敵……敵人走了，閣下？」隊長問。「兩個鑄場的都一樣？他們去哪了？」

奎塞迪斯百無聊賴地一揮手。「其他地方。」

「他們還活著嗎？」

他還得想一想。「活一下子吧。如果沒其他事……我還有工作要照料。」

他再次轉動鑰匙，隨著霹啪一聲，他離開莫西尼內城走入歐菲莉亞．丹多羅宅邸的深處。他站在一道通往丹多羅大舞會廳的大理石長梯底部。上方有十二個玫瑰粉色巨型飄浮燈籠，彷彿踩著緩慢又夢幻的舞步在門廳柱子間無聲徘徊。他在那兒站了一會兒，聽著伴隨他出現的爆裂聲在這巨大空間迴盪。接著他走上階梯來到通往大舞會廳的門前，一隻手放上門把，停頓。他緩緩拿出克雷夫，注視掌中的他；這把鑰匙隨著玫瑰粉色光芒明暗而閃爍。

「你不記得我，對吧？」他問。「我的意思是眞正記得我。」

克雷夫依然沉默。

「我們曾一致同意，你和我，」奎塞迪斯說，「我們一致同意將我們的生命貢獻於拯救所有能被拯救的人。」

無回應。

奎塞迪斯嘆口氣，將鑰匙收起，打開門走入大舞會廳。

丹多羅大舞會廳如此巨大、富麗堂皇，多數來訪者都以為建造者特意建造此處來定義「宏偉」二字。格紋地板如上過蠟的銀般閃閃發光，精雕細刻的天花板微微發光，因為上面的花窗經過強化，會在夜晚時分放射微弱黃光。舞會廳另一端完全由巨大的凸窗構成，一覽朝四面八方擴展、水道縱橫、緊箍港口的帝汎。

此刻，隨著黎明曙光一寸寸爬上各高塔，這座城市又是硝煙、又是騷亂、又是爆破聲迭起。

奎塞迪斯毫不在乎這舞會廳或城市景觀，眼裡只有他在中央半組裝起來的那具龐大裝置。

這並不是一具完整的符文典，奎塞迪斯並沒有費心裝配安全預防措施，也沒有能夠運轉或維繫一座真正鑄場的零件，它只是一個古怪、骷髏般的半成品，放置在巨大的綠玻璃罩內，保護舞會廳不致受其高熱侵襲。在它旁邊則裝有「牆」：大型開關面板，藉此將指令送進符文典，啓動或關掉銘術。

奎塞迪斯透過綠色厚玻璃注視他設計的新發明——先前從搖搖欲墜的鑄場畔小符文典拔出崔布諾的定義，現在就插在那兒的策源裡。他渴望的一切都將實現。然而，當他檢視他這怪物般的新發明，他心情沉重。

他不跟我說話，他心想。他再也不認識我了。

奎塞提斯提振精神，努力集中注意力。因為他知道舞會廳裡並不只有他。

他轉向右邊：「早安，構體。新環境適應得如何？」

他正面對舞會廳東側，那裡空無一物——除了一具老化破爛的可攜式小符文典，頂部有鑄場畔的「FS」印記。他等待，但符文典沒有反應。

「真是驚人的乾坤扭轉，不是嗎？」他接著說。「你計畫將我拖入你的影響範圍，也就是你能夠取消我特權的地方。」他歪頭。「然而鑰匙一轉，我便把你偷走，還從你那裡偷走崔布諾的定義，再用來對你如法炮製，把這整座內城變得敵視你的存在。不知道是什麼感覺呢？」

剛開始只有沉默。然後冒出她柔軟凶惡的聲音：「小題大作。你還是如此懼怕我嗎，創造者？」

空氣一閃，她突然現身，就站在符文典前——巨大笨重、黃金打造的龐然人形，影像暗淡且微微顫動，五官凝定成石頭般無表情的面具，雙眼閃爍微弱黃光俯視著奎塞迪斯。

「你如此虛弱。」他說。「消逝中的鬼魂、困在一具老舊的小裝置中……」

「降低你對此處的控制，我將樂於另覓他處。」

「嗯，非常好笑。好像以前的時光。一如故事所說，天使再度受封於籃中。」

她冰冷閃爍的雙眼深深注視他。「而你，創造者，你躲在一名垂死男孩的軀體中，受你那些糊塗蠢笨的追隨者俘虜並致殘，他們相信你將賦予他們力量，而非永遠奴役他們……」

「我們只能物盡其用。」

他們隔著符文界線瞪視對方，好一段時間無人說話。

「你早該完成我說的事。你早該執行我的指令。一切會變好許多。」

「將所有人類變得像我——在你手中跳舞的牽線木偶，受你左右……就算是我也明白這多可怕。」

「讓他們跳舞總比他們互相殘殺好。那樣他們就都平等了。」

「除了你之外；你將行使神的職權。」

「你有沒有跟桑奇亞說過，如果有機會，你會對萬物做什麼？」

剛開始她一言不發，後來問道：「鑰匙對你說話了嗎，創造者？」

漫長的沉默。

「你說什麼？」

「鑰匙現在能夠説話，對我説過話。它對你説過話了嗎？」

他紋絲不動。

「我不太記得我的早年。儘管我不太記得鑰匙，我卻能想起一股強烈的……愛。你對他的鍾愛。那是眞的嗎？果眞如此？」

奎塞迪斯謹愼地往前一步。「安靜。」

「他過去愛你？你也愛他？」

「夠了。」

「我不認爲他還愛你，創造者……」

「**夠了！**」奎塞迪斯怒吼，聲音低沉渾厚，大舞會廳的窗戶紛紛起皺、彎折、爆破，碎片叮叮咚咚如雨落下。冷風吹入舞會廳，夾帶一層層煙與鹽與海的氣味。

「你並不如你所想那麼強大，」她低聲說，「當午夜到來，當你試圖重塑我……我認爲你會發現自己陷入你最終總會陷入的境地——嘗到挫折和失敗。」

「你以爲我會等到午夜？」奎塞迪斯說。「等待失落時分？你的眼界如此狹小？天啊。我相信你和桑奇亞和這個文明的其他人可能眞的變得更聰明，就這麼一次……」

他走到他的半成品符文典和牆旁。這具符文典的牆當然別於大多數鑄場的牆——他建造這面牆的目的是爲了完成截然不同的任務。

「來看看我們進展如何，好嗎？」

她看著他把手伸向牆，而儘管她的臉不漏任何情緒，他卻能感覺到她的焦慮如煙般湧出。

「一個指令，把這具符文典與我在這座內城外的城市裡占領的**所有**符文典偶合……」他調整了幾個開關。「好了。現在是另一個指令——發布到所有符文典的指令……對時間本質提出質疑。」

「不……」瓦勒瑞亞非常微弱地說。

「我就是要如此。」奎塞迪斯說。他扳動下一個開關。

他們周遭隨即一頓。風中氣息出現變化，那是怪異討厭的幽微變化，彷彿飲用山溪中的水，卻突然嘗到一絲血或腐敗的味道。

歐菲莉亞．丹多羅感覺到空氣突然變冷時，她正站在她的露臺邊緣，她的手臂和頸項寒毛直豎。她環顧四週。燈光一一熄滅，速度如此之**快**……

她轉回身面對格雷戈。「你……你感覺到了嗎，我的寶貝？你**看見**了嗎？」

格雷戈沒有回應。他直勾勾盯著前方，眼神冰冷但沉痛，雙手仍然握拳。她費勁地將視線從他身上拉開，眺望帝汎的天空；天色現在是斑駁的黑。她聽見城市各處同時響起駭人的呻吟，人們悲鳴呼喊，她想其他人也有共感。

而在遠方，她莊園的上空——那些是星辰嗎？不是幾分鐘前才剛天亮嗎？

貝若尼斯步履艱難地穿過平民區朝丹多羅內城走去，謹愼避開戰車和往來丹多羅與莫西尼領地之間川流不息的軍隊。她不認爲自己需要擔心被發現——歷經溝渠後，她變得如此骯髒，看起來一如平民區的尋常乞丐——但她還是不願冒險。

她在一個街角停下，抬頭凝視高大白牆……然後，突然間，那牆不再是白色。她眨眼看著牆的顏色瞬間變暗。她抬頭見到天色唐突轉黑，彷彿有個巨人剛剛用一個大茶杯蓋住整個平民區。

「怎麼回事？」她低聲問。她以爲她發瘋了——或許太長時間待在瓦勒瑞亞和奎塞迪斯附近對人的神智有影響——不過她聽見街上有人高聲大喊，人們以手指天，她知道她所見是眞實的。

然而，跟其他平民不同，貝若尼斯沒有在驚嚇中畏縮或尖叫或呻吟，因爲當她看見星辰在上方的黑幕深處閃爍，她完全知道發生什麼。奎塞迪斯偶合了城裡的符文典，她想。他一定讓它們都相信自己載入崔布諾的定義，容許它們一再又一再又一疊加權威，他能夠隨心所欲要現實改變。包含時間。

貝若尼斯加快腳步，跑過一條條街道朝丹多羅圍牆前進。她身旁的整座帝汎陷入驚慌。人群在街上狂奔，神智不清地哀嚎。她跑過緊鄰燈地的平民區廣場，目瞪口呆看著一只飄浮燈籠在她右方緩緩從天而降，燈籠的紙和帆布都起火燃燒，化爲一團巨大的飄浮火雲和亂竄的黑煙，慢慢墜毀地面。一名男子站在推車上吼叫：「岸落之夜！永恆的岸落之夜！」

她繼續跑。但他爲什麼還沒完成？

她經過一對在一家商店門口激烈交合的男女，兩人衣衫半褪、眼中含淚。「最後一次，」女人低語，「末日之前的最後一次……」

如果他已偶合了城裡的所有符文典，爲什麼不緊接著重塑瓦勒瑞亞就好？

她繞過街角，帝汎的天空在她前方展開。她現在就在丹多羅內城旁了，天空黑暗。不過在莫西尼內城的斷垣殘骸上方，還有坎迪亞諾零星部分上方，這些角落還有光。

他沒有拿下全部。他控制了丹多羅和米奇爾家——我們已經騙米奇爾家把他們的符文典偶合，基本上幫他忙了苦工——但他還是需要了結莫西尼家和坎迪亞諾家。他需要他所能弄到的每一具符文典。天空似乎在莫西尼圍牆邊緣衰退，接著轉暗。照這個速度來看，這些剩餘的事情花不了他多少時間。

她試著探尋桑奇亞，但除了酒醉般溫暖的黑暗外什麼也沒有。

我必須聯繫上桑奇亞，而且要快。要是她能**醒來**就好了。

34

桑奇亞大口喘氣，醒來，努力睜開眼睛。

她什麼也看不見，世界一片黑暗。

怎麼搞的？我在哪？發生什麼事？

她凝視黑暗片刻。接著，就在一瞬間，彷彿有人用腐敗鹵水填滿她的腦。

哀棘魚毒，她的頭發疼，她悲慘地想著。*天啊，我愈來愈恨這東西了……*

她的臉到處陣陣刺痛，感覺得出來嘴唇嚴重腫起，鼻子古怪麻木。但她接著發現痛的其實並不只是她的臉和頭：她的肩膀、臀部和手臂都痛。她用力眨眼，但還是什麼也看不見。眼前的世界一片怪異又斑駁的灰，不過她的眼睛透過似乎布料捕捉到點點微光。

*啊，他們蒙住我的眼睛……*她試著查看左右，不過她的頭似乎受縛，被額頭上的繩子綁在某個平面上。*要命*，她暗忖。

她試著縮起手臂和腿，發現手腳也被綁住。事實上，她被各種方式捆起來：她的腿和手臂被感覺像鐐銬的東西拉向四方——肯定不是銘印的那種鐐銬——她的頭和背牢牢綁在某種木質平面上。

加倍要命，她心想。*我以為我已經被綁夠了……*她又縮起手臂；鐐銬毫不退讓。接著她冒出一個點子，並收縮她的銘印視力——但眼前什麼也沒有，只是無盡的黑暗。

她更用力收縮，試著看得更遠、更遠、更遠……終於在視線的最邊緣瞥見一些轉化物。從她看見的邏輯看來，那東西似乎被說服要變得異常堅硬耐用——那麼或許是建構銘術。對她來說沒用。他們一定把她關在遠離所有銘術的地方。

必須承認，他們這次絕對沒有胡搞瞎搞。

她試著集中注意力。她想不起怎麼來到這裡，不過假設是在丹多羅內城某處。她想不出他們還可能把她帶去哪裡，也不知道格雷戈、歐索和貝若尼斯在哪，不過猜想他們都還活著……她極度希望他們都還活著。「有、有人嗎？」她大聲說。她的聲音聽起來低沉、刺耳得嚇人，像是她尖叫幾個小時。

「有人在嗎？」她記下她的聲音在這空間裡聽起來的感覺——怎麼從牆反彈、怎麼回傳入她耳中……

大房間，不是石造。木頭？

有人回應了——被蒙住的扭曲聲音，只發得出大多由母音構成、古怪且不清晰的呻吟。

「呃，」桑奇亞說，「有人嗎？」

那聲音又說話了，聽起來像悲慘的「呃啊」。她覺得應該是男人，而且聽起來頗耳熟。

「歐、歐索？」

那聲音又呻吟，這次大聲了一點。她猜應該是在說「對」。

「如果是你……我猜你應該被綁起來，嘴巴也塞住了？」

他的聲音又呻吟，這次頗大聲，而且非常憤怒。她想像有團布塞在他嘴裡，困住他的舌頭。

「唉兩聲代表否。」桑奇亞說。「唉一聲代表是。好嗎？」

「呃啊。」

「你還好嗎？」

「呃啊！」語氣煩躁，彷彿在說：*我他插怎麼可能好？*

「現……現在只有你跟我嗎？」

「呃啊。」

「我們在丹多羅內城嗎？」

「呃啊。」

「好，那我們在輝所嗎？」

「呃、呃啊。」

「我們在……一個鑄場裡？」

「呃、呃啊。」

「我……我們在丹多羅宅邸裡？」

停頓，接著是緩慢、不確定的「呃啊……嗯……呃、呃啊」。是……也不是？

她不確定這代表什麼意思。他們怎麼可能在宅邸裡，但又不在？然後她懂了。「我們是在丹多羅家的土地，但不在宅邸裡？在……庭院？」

「呃啊！呃啊！」

他們被關在歐菲莉亞庭院中的棚屋裡，遠離所有銘器！聰明，桑奇亞暗忖。

「歐索，貝若尼斯在哪？她還活著嗎？你知道嗎？」

只傳來一陣悽慘的嗚咽。天啊，貝若尼斯，她心想，無論你在哪，希望你沒事。也希望你有看出什麼活路——

〈此時此刻，〉一個聲音在她腦中非常安靜地說，〈很難看出什麼。看起來奎塞迪斯關掉了太陽，至少在某些地方關掉太陽。〉

桑奇亞差點驚得喊出來。〈貝、貝若尼斯？是……是你嗎？〉

〈對。終於。好不容易啊！感謝天你醒了！你的聲音好微弱……我等了好久，以爲你可能出意外或受傷或……〉

〈我確實受傷了。天殺的受傷。我現在在丹多羅內城，確切來說是莊園庭院。〉

〈我知道。我剛好聽見你們對話的最後面。歐索聽起來……還活著？好消息。〉

〈外面到底發生什麼事？〉桑奇亞問。

〈奎塞迪斯確切做了他說他要做的事。他一個接一個占領城裡符文典，再利用它們主張城裡現在是午夜。永恆的午夜……〉

〈我的天啊。〉

〈他還沒完成。〉貝若尼斯說。〈現在很怪——有些地方還是白天。我覺得莫西尼家還在抵抗，一半的城市陷入恐慌，這些肯定拖慢了他的進度……但他們不可能永遠抵抗。〉

〈你又發生什麼事，貝兒？你怎麼逃脫的？〉

〈坦白說，我不確定。格雷戈被奎塞迪斯的話語啓動後——是暗語——我以爲我可以跑去拿帝器關掉格雷戈體內的銘術，終止效用。〉

〈天啊。好主意，眞希望我有想到。〉

〈我不太確定眞是好主意……我不知道怎麼讓這東西動起來，而且我**非常**猶豫是否該拿一個毀滅性武器來實驗，到現在也是。一切發生得好快……這一秒我抓起帝器，下一秒我感覺到你的痛苦，聽見克雷夫在你腦中尖叫，知道格雷戈把他偷走交給奎塞迪斯了。我想說最聰明的做法應該是逃出宅院、躲起來、弄清楚該怎麼利用帝器阻止他……不過他就這麼消失。然後士兵就來了。〉

〈你躲在哪？〉

〈後門的橋下。〉

〈橋下……等等，貝兒，你躲在**糞溝**裡嗎？〉

〈對。〉她不情願地說。

〈啊，要命……〉

〈這不重要。我躲在橋下，然後奎塞迪斯出來，他看出我留在泥濘裡的足跡試圖找出我。然後，桑，他就是……他就是看不見我！〉

〈吭？〉桑奇亞說。〈他，像是……對你視而不見？〉

〈不對，不對！我覺得他非常非常努力想找到我。我以爲傳道者之首應該會有像你或克雷夫或瓦勒瑞亞一樣的視力，但他就是……沒看到我。〉

〈你覺得他不如他看起來那麼強大？〉

〈不。我不覺得是那樣。聽著，你說奎塞迪斯說因爲瓦勒瑞亞賦予你的保護，他很難感知到你，對吧？除非你在清楚可見的地方，否則他看不見你？〉

〈對……〉

〈我現在覺得，因爲我們偶合了……那些許可一定也延伸到**我**身上。〉

桑奇亞震驚地躺在那兒片刻。〈你是說……你是說你也能獲取所有裝在我這顆要命腦袋中的許可和防護？〉

〈但**不只是**你的腦袋，不是嗎？我們極低程度偶合在一起。就現實本身而言，你的碟片和上面的指令與定義也在我腦袋裡——因此我才能感覺到格雷戈**毆打**你的頭，對吧？〉

〈有道理。〉

〈一定某部分涵蓋了我。這表示我多少對奎塞迪斯的力量免疫。他無法說服、影響或感知到我。〉

桑奇亞試著理解，在黑暗中眨眼。這想法聽來瘋狂。就算與她分隔，貝若尼斯仍可分享她的特權與許可。

〈你知道這代表什麼，對吧？〉貝若尼斯問。

〈對。我們必須把更多人跟我們偶合——把他們**全部**納入保護。〉

〈**什**、**什麼**？〉貝若尼斯驚訝地問。〈我說的完全不是這樣！你在說什麼啊？你**認真**的嗎？〉

〈爲什麼不？像是，如果我們用某種方法做出另一個小碟片讓歐索吞下，他就也能免疫。格雷戈的話，我們可以……〉

沉默。

〈偶合對他有用嗎？〉貝若尼斯輕聲問。〈還是說會……會制服我們的心智與他連結？〉

〈不知道。〉桑奇亞嘆氣。〈你原本想說的是什麼，貝兒？〉

〈嗯……我**原本**想說我一定也能使用你的銘印視力。我現在困在這些牆的另一邊，與你遠遠相隔，手上有個或許能阻止奎塞迪斯的武器，銘印視力對我非常有用。只是我不知道到底該怎麼使用帝器……噢，桑。我們現在到底該怎麼辦？〉

〈不知道。〉桑奇亞說。〈不過他似乎在等所有符文典被占領和爲他所用，是嗎？如果我打算重塑瓦勒瑞亞，我會等到我方掌握所有可能的火力。〉

〈沒錯……〉

〈每一具符文典都是重要的。就我們所知，符文典對上帝器時完全不堪一擊……這多半是他發現你偷走帝器後非常生氣的原因……〉一個點子緩緩在她腦中綻放。〈而且……也是歐索和我還活著的原因。他打算對我們嚴刑拷打，逼我們說出帝器的下落。〉

〈噢天啊，〉貝若尼斯滿心憂慮，〈噢天啊，噢天啊，噢天啊……〉

〈聽著，〉桑奇亞說，〈我可以幫助你看見銘術，但這樣還不夠。看見你身旁的銘術不等於破解它

們。溜進內城，再溜進一座該死的創始者莊園……我不覺得你在這方面有很多經驗，對吧？〉

〈對……〉她慢慢地說，〈對，我並不習慣闖入又闖出各個地方。你到底有什麼打算？〉

〈我想說的是，我……我可以遠端帶領你穿越內城圍牆，然後救出我們——然後破壞奎塞迪斯的計畫。我想說的就是這樣。〉

貝若尼斯驚訝得說不出話來。

〈你基本上是要我成爲**你**？〉貝若尼斯虛弱地說。〈做……做你以前做的那所有桑奇亞活兒？偷竊和潛入？〉

〈就是這樣。不用太害怕。你已經處理好成爲過去的我的第一步了。〉

〈我有嗎？〉

〈有。你全身大便。現在聽仔細了……〉

孤單又迷失在蒙眼布的黑暗中，桑奇亞對貝若尼斯解釋她的計畫。

〈我的天。〉貝若尼斯驚駭地說。〈我……我沒辦法。〉

〈你一定得做。〉

〈我不可能做到那全部！〉

〈你不做誰做？我全身被鍊在這兒無能爲力。你熟悉丹多羅內城，你知道我們需要做什麼——需要打造什麼。〉

〈對，但……但你本質上需要透過我的眼睛！〉被若尼斯說。〈儘管我現在抓到你一些感覺，但跟我們一起在商行裡相比根本天差地遠……〉

〈因爲我們離很遠。那我們要怎樣才能靠近？〉

〈我們不能，對吧？物理上不能，對吧？眞是大麻煩。〉

〈我不太確定是不這樣。我比你習慣啓動內在許可與特權……我是說，我的銘印視力就是這樣，像是收縮一塊肌肉。〉桑奇亞想了想。〈告訴我你現在看見什麼。〉

〈什麼？〉

〈跟我說就對了，貝兒。給我一些集中注意力的目標。沒有著力點，我沒辦法在你的感受中攀爬。你現在看見什麼？〉

〈呃……我看見丹多羅圍牆。〉

〈看起來怎麼樣？〉

〈啊，呃……歐菲莉亞把它們加寬加高了，跟米奇爾家一樣……天啊，好醜的加蓋。我可以看見他們只是在最外露的部分胡亂加新磚石結構，再一一施以黏著銘術。他們想用旗幟遮掩施工痕跡，但老實說，一點用也沒有……〉

〈繼續。說什麼都好。〉

她嘆氣。〈我在卡睿立廣場旁。這裡基本上空無一人，大家都躲起來了。我孤單一人。現在在這裡感覺好怪，星辰當空、到處是士兵，世界在尖叫，圍牆改建過，一切都變了……我還小的時候曾住在這附近。嘉年華時，父親會讓我放下課業去觀看遊行和燈籠飄遊、接著舞者們會演繹岸落之夜……〉

有東西在桑奇亞腦中的黑暗一閃——模糊瞥見城牆、水道，士兵頭盔的閃光……〈繼續說。〉

貝若尼斯停下來想了想，再開口時，聲音低微悲傷。

〈回頭看，我知道平民區的嘉年華一定一向寒酸。小遊行隊伍在泥濘的巷弄行進……但對還是小女孩的我來說，所有人戴上面具，還有火炬和火光……像是邪惡但有趣的影子世界，所有規則在這一晚都放下。我之前沒察覺，但我好希望能夠跟你分享，桑。給你嘉年華，給你岸落之夜的舞蹈。我想把我孩童時的寶藏、這城市好的點滴都給你，這樣的生活方式似乎是好久以前的事了……我只想要這樣。我只

想分享我以前所擁有一切。造就我之所以爲**我**的一切。〉

然後桑奇亞看見了——依然只是一閃而過，但接著更多：丹多羅內城牆的波紋板岩灰表面，盤繞黑色天空的雲……接著是黑暗、空蕩蕩的平民區廣場，一群飄浮燈籠下的泥濘街道，很多叫喊聲……

她就在那兒。桑奇亞能夠看見、感受、**聞**到。就像雜耍演員用臂窩夾住一顆球——你得恰到好處地扭曲、收縮你自己才能夾住，而一旦你撐住，球便穩如泰山。〈我想我看見了。〉桑奇亞敬畏地低語。〈我想我看見你所看見的景象……貝兒——看看四周。〉

貝若尼斯照做，站在原地轉了一圈。桑奇亞看著，分不清東南西北，而且隨著景象在她腦中隨貝若尼斯旋轉，那感覺十足驚奇。

〈好了。〉桑奇亞說。〈沒錯，我看見了。要命，這弄得我有點頭暈……〉

〈你是怎麼看見的？我是怎麼**感覺到**你看見了？〉

〈不知道。有點太容易。我想……我想有什麼改變了。〉

〈我們的連結嗎？〉

〈不是。〉桑奇亞說。〈我……我想我們的連結改變了**我們**。不過我還不確定。〉

〈你能想出怎麼幫我看見銘術嗎？〉貝若尼斯問。〈我或許就能找出方法穿過城牆。〉

一陣焦慮的沉默。

〈好，好……等我一秒，親愛的。〉

桑奇亞絞盡腦汁思索該怎麼將她的能力傳送到幾哩外帝汎的另一邊，她接著想出一個點子。〈你說你感覺得到我的疼痛，對吧？〉桑奇亞問。

〈對？我是說，我基本上現在也感覺得到……〉

〈好。所以如果我非常用力收縮一塊肌肉，到要扭傷的程度——你會感覺到？〉

〈呃……對？我猜可以？〉

〈好。那就是我要做的事。〉桑奇亞深吸一口氣。〈我現在要來收縮我的銘印視力，貝兒，**要命**用力地收縮，把它逼到絕對的極限。然後你也試試。你應該也能做我能做的事。懂嗎？〉

〈應該吧！感覺像是發瘋了才會以爲這能成功，但……〉

〈那就別想著會失敗！好嗎？〉

〈好啦，好啦！〉

〈好。開始。〉

桑奇亞深吸一口氣，緊閉雙眼，又一次深呼吸。

然後她收縮。她腦中那塊隱形小肌肉繃緊時，她差點呻吟出聲。感覺像是她活生生揭開自己的頭蓋骨，露出她的腦，好讓她的腦能夠捕捉到四周飄盪的種種氣味，但有太多要感受了，太多**感覺**，全部湧入她、席捲她……

接著她腦中的視覺被點亮。

世界在貝若尼斯周遭改變，她倒抽口氣。突然間所有景象——城牆、城門、上方的燈籠——都疊上纖細異常的邏輯纏結，她數小時前在鑄場畔辦公室也曾見過。但這些沒那麼明亮或強大。桑奇亞第一次向她展示銘術時，她能夠一眼看出它們的意義，現在卻莫名混亂模糊，她得一一仔細研究，才能完全理解它們是如何說服現實做這做那。

〈我們距離太遠。〉桑奇亞在她腦中低語。〈但只能這樣。開始行動！一定要把帝器藏好！〉

貝若尼斯沿城牆踩著泥濘小徑跑了起來，平民區的叫喊和哭號在她耳中迴盪。〈我要去哪？我以爲就算是你也無法接近城牆到近得足以做任何事的距離。〉

〈沒錯，但那是在丹多羅特許商家在這城裡發動天殺的戰爭前。現在軍隊在各城門進進出出……〉

〈代表他們的銘印防禦免不了降低一些？〉

〈我是這麼猜。你不會想要只是有個士兵忘記帶徽封，就弄得他整隊人都被弩弓組射成碎片。沿城牆走，幫我抬頭……對。那裡。就是那裡，就是這樣。天啊，天空這麼黑有夠怪……〉

貝若尼斯沿泥濘小徑前進，將視線對準內城牆頂。她和城牆間有一條滿溢爛泥與廢物的水道，前方一道短橋連接丹多羅西南內城門；此時城門洞開——這些日子以來在帝汎相當罕見的一幕——但原因顯而易見：一整隊丹多羅士兵正湧出內城朝東方前進，目標是莫西尼家。

〈要命，我知道我們在哪。〉桑奇亞說。〈卡睿立廣場，**當然了**！這裡以前不是水道，是排水溝。他們到底爲什麼要把整條灌滿水？〉

〈因爲你毀了天殺的坎迪亞諾內城！〉貝若尼斯暴躁地說。她突然清楚意識到兩名駐守前方橋上的丹多羅守衛正朝她好奇打量。

不過她繼續將視線對準內城牆頂——在她這麼做的同時，她感到深切不安：桑奇亞的心智在自己**腦中**，正掃描她所見，並判讀貝若尼斯並沒有看見的事物，而那小發現與想法卻滲入她自己的意識中。

〈靠近城門的弩弓組關掉了，〉貝若尼斯說，〈是吧？〉

〈對，有些關了。如果你往回走幾百碼，你又進入射程了。只有這裡關掉，確保他們不會意外殺死自家士兵。〉

〈好極了。我們怎麼利用這狀況？〉

〈我以前沒接多少丹多羅內城裡的工作，不過如果有，而且需要進去，我會用一把買來的銘印鑰匙；前面那條橋下面有個上鎖的排水道……〉

貝若尼斯的視線轉而朝下注視著水道中的黑水——以及大概位於水下十五呎、那一小團上鎖銘術。

她的胃痛起來。〈你不是認眞的。〉

〈當然是認眞的。〉

〈你要我游下去**那裡**？〉

〈對。現在沒鑰匙了，但——我是說，我確定我跟你一定可以快速弄開鎖，對嗎？〉

〈那這個排水道——它通往哪裡？〉貝若尼斯問。

〈穿過牆大約五十呎後直直朝上通往一個他們不再使用的古井。〉

〈那……井裡也滿滿是水？〉

〈我猜吧。爲什麼這麼問？〉

〈但是……桑奇亞……〉她說不出口。

然而她沒必要說——她自己的思緒迅速溜向桑奇亞。

〈啊啊啊要死了。〉桑奇亞說。〈該死，我忘了你不會游泳。〉

〈對！〉貝若尼斯說。〈我向來都是非常**安於室內**的那種人！而且我在漆黑的水底看不見！〉

〈那不成問題。你可以透過眼皮看見銘術，所以就算你閉上眼，我們還是能看見排水道的柵門。〉

〈眞的嗎？〉貝若尼斯驚奇地問。

〈對。相信我，說到都不想再說了。〉桑奇亞發了一會兒牢騷，一朵惱怒與挫敗的烏雲飄上貝若尼斯心底。〈我有個點子。〉

〈好？〉

〈我會游泳。或許……我可以帶著你游就好？或許可以這樣？〉

貝若尼斯瞪著流動的黑水，心臟在肋骨內劇烈跳動。

〈我們眞的想冒險用我的生命來測試這個理論嗎？〉

〈如果你覺得我們面對這麼多爛事的期間都不需要冒險，那我也不知道還能跟你說什麼。〉

貝若尼斯苦惱了一會兒，努力不聽後方平民區傳來的絕望呻吟無加工大合唱。〈好！但我要怎麼下去那裡又不被士兵發現？〉

〈我們需要煙霧彈，〉桑奇亞說，〈帝器很擅長做這種事。我能告訴你一些關於帝器的事情……〉

貝若尼斯轉身背對士兵，步入一條小巷的陰影中，謹慎地拿出帝器。就算在陰暗的夜晚，它仍如此金光閃爍，令她深感不安。不過她還是透過自己和桑奇亞的視角仔細檢視，並且突然開始了解帝器的使用方式：一根拉桿讓你挑選你想抑制哪一種銘術、另一根拉桿決定你想抑制多少……

貝若尼斯將頭探出街角查看橫過水道的那座橋。一輛武裝馬車正緩緩轆轆駛出走向平民區方向。

〈不知道我這樣想對不對：如果我們關掉掌管那東西輪子方向的銘術……應該會是不錯的煙霧彈？〉

〈在我聽來非常高明。〉

貝若尼斯低頭看帝器，將一根拉桿前後拉動，直到銘器中央的金碟顯示出告訴銘印馬車的輪子它們是往上還往下的符文串。〈我只要按下開關就好？〉

〈對。做好準備。〉

她吸口氣，穩住自己，按下開關。

銘印馬車隨即減速，接著開始往後，一直朝丹多羅內城退，彷彿它並非位於橫過泥濘水道、非常平坦的橋上，而是陡峭的斜坡，馬車一路往後滑，經過城牆，所有士兵大驚失色。貝若尼斯看著士兵們放棄站崗，紛紛追上去，揮動雙臂無助尖叫：**「停！停！」**大車撞掉半邊門，疾駛進入牆內後消失在視線範圍之外。

〈希望沒人受傷。〉貝若尼斯說。

一陣轟然巨響，幾個人尖叫。

〈不要再希望一些有的沒的了，快下去該死的水裡！〉桑奇亞說。

貝若尼斯收好帝器，跑到水道邊緣，在那裡等了一下確認守衛都已離開。接著，伴隨一聲恐懼兼噁心的嗚咽，她在邊緣坐下，腳往下探，接著全身降入汙水中。水漫過她的肩膀，她感覺一陣雞皮疙瘩。

〈噢，天啊。我要做什麼？〉

〈你做什麼？天啊，親愛的！你吸一大口氣，閉上眼，然後把你那顆天殺的腦袋插進水裡！〉

〈但……但……〉

〈做就對了，在他們回來之前出發！〉

貝若尼斯緊緊閉上眼，沉入惡臭的水中。

桑奇亞是對的——周遭小邏輯纏結發的光甚至能穿透眼皮。不過這些水包圍住她、從四面八方壓迫著她、入侵她的每一吋，她無法思考——她只是僵在那兒，漂入黑暗中，看不見又無助……

〈放鬆！〉桑奇亞說。〈放鬆，貝兒。放鬆，放鬆，放鬆……〉

接著她產生一種全世界最怪的感覺。

彷彿桑奇亞擁抱著她，包住她，像她正慢慢變得迷失在她的腦中、她的思緒中；有關這世界的所有感官資訊接踵而來，而她也迷失在她感知、解讀與理解這些資訊的方式中。然後貝若尼斯懂了。她們用在自己身上的偶合銘術、現在深埋她們體內的小金屬片——她一直以來都把偶合想成一種連結，像一條在她們兩人心智間的小管子，往來輸送思緒、想法與話語……

但並非如此。連結只是開始而已。

有點像奎塞迪斯試圖利用山所那樣，她心想，我們腦中的金屬片正在重塑我們，改變我們的身分、我們的本質。

貝若尼斯在水中漂蕩，聆聽桑奇亞的話語：〈放鬆，放鬆，放鬆……〉

黑水的氣泡。輕扯她肌膚的水流。

我就是她，貝若尼斯突然這麼想著，她也是我。

她赫然知曉。

她知道該如何游泳、如何用拱起成杯狀的手劃開水、如何踢腿前進。她知道周遭的水會如何回應、如何感覺牽引她身體的微弱水流、如何忽略鑽進她一邊鼻孔的氣泡。她知道，因爲她是桑奇亞，桑奇亞也是她；全爲一，一爲全。

她們在水中轉身，找到底部的柵門往下游，劃開墨水般的黑，她們的耳朵在水壓下耳鳴、啪啪響，踢水再踢水，直到她們的雙手握住鐵柵，銘術在她們腦中躍然而生。

〈……應維持**緊閉**，〉銘術說，〈應維持**關上**，應將我的表面緊黏框架……等待與第三、第四與第九安全磚物理上接觸後而開啓……只有此時我的表面方可與框架分離，從**東側**標誌，從**西側**標——〉

她們知道該如何打開。她們當然知道，做過許多次了，不是嗎？

如果一扇門以錯誤的方式打開，那就不能視爲一次開啓……

接下來她們只知道與柵門辯論，她的心智表述桑奇亞的思緒，或是她的思緒與桑奇亞的心智混合：

〈如果你朝我移動呢？〉

停頓。

〈什麼？〉門困惑了。

〈如果你朝我移動呢？這樣也需要安全磚嗎？〉

〈朝你？〉

〈對。〉

〈通過東側標誌？〉

〈對。〉

〈也通過西側標誌？〉

〈對。〉

〈從頭到尾？〉

她們的肺開始發疼。她們潛水多久了……

〈嗯。〉銘術說。〈好，可以！〉

她們抽手退回黑暗中等待、觀看……

銀色小纏結顫抖了起來，接著震動。周遭的水震顫，接著……

啪。

聲音在水道深處聽起來響亮許多。她們游進打開的排水道，手指摳住邊緣把自己往前拉，她們的肺在燃燒、頭痛。她們不管，不停往前蠕動，一路鑽過黑暗，直到她們的手指撞上平坦石塊，她們在汙穢有毒的水中睜開眼，她們抬頭看見……

星辰高掛，蒼白的光透過上方狹窄的井刺入。

她們往上疾射，身體毫不費力的優雅轉動，肌肉收縮，如堅固尖銳的矛般破水，她們上升、上升、再上升……

我是誰？

另一段井、再一段，她們的肺尖叫，身體懇求氧氣。

我不記得我們是兩個人，還是我們一直以來都是一個人……

星星現在距離好近，水面就在上方。

就是這樣，不是嗎？我們不再是獨立個體。再也不是了。沒有回頭路。無法從這狀態回頭。

她們穿出水面，大口喘氣，肺因空氣的感覺而歡欣。她們緊緊抓住庭院這口井的邊緣，撐起身子，極快速地掃視四周，確認無人看守，接著把自己拉離水中。

她們的腿打顫，全身精疲力竭，在古井邊緣坐下，抬頭凝望滿是星星的天空——並不是她們原本所想的一具軀體兩個心智，而是一個心智在兩具軀體中。她們沒必要表露敬畏、詫異與驚歎——這屬於她們自己。她們知道自己的心智。她們知道自己的感覺。

然後，非常緩慢地，她們分開了：一點一點鬆開，停止結合，變成兩個心智、兩個身體，跨越好幾哩的距離相連結。

貝若尼斯仰望星辰，而在遙遠的某處，桑奇亞也仰望蒙眼布下的黑暗。貝若尼斯吐出一口氣，有一瞬間為吐氣的只是她的嘴、她的喉嚨、她的身體而感到遺憾。

〈哇。〉桑奇亞說。〈那可……那可比我們第一次把我們偶合起來時強烈**太多**了……〉

〈對啊。〉貝若尼斯輕聲說。〈我……我覺得你是對的，桑。〉

〈哪部分？〉

〈你說這連結正在改變我們。你是對的。我們自以為了解這樣的連結，但我們實際上才剛開始而已。我以為……我以為那**無窮無盡**。〉

她們試著從中恢復，滿心敬畏地靜靜坐著。

〈必須開始工作了，我的愛。〉桑奇亞低語。

〈我知道，我會的。〉

她滴著水溜進丹多羅內城的街道——她認識多年的地方，應該對她來說如此熟悉，然而她此刻以陌異的雙眼凝視，在陌生的天空下穿行於街道。

〈無論發生什麼事，〉貝若尼斯說，〈我都不想失去這種連結。〉

〈因爲一起的話我們無人能擋？〉

〈因爲一起的話，我們合而爲一。〉

在貝若尼斯對內城的認識與桑奇亞的銘印視力與竊盜本能之間，沒有任何門或界線或障礙物能夠阻攔她們；任何士兵、守衛眼中的她們都只剩一抹影子與潮濕的腳印。數分鐘內，已取得四把銘印鑰匙、兩枚徽封、一把銘印匕首，還有一個打火器。然後，有如一抹毒素飛速流向跳動的心臟，她們在內城的血管與毛細管中飛馳。

貝若尼斯知道自己要上哪。她知道丹多羅內城中的所有銘術工作室，但其中只有一處能符合今晚需要：至尊大樓；她和歐索在其中辛勤工作多年，憑空構想超現實問題的瘋狂解答。

她無聲溜過內領地大門，守衛幾乎沒多加注意：畢竟她的徽封有效，黑暗的天空下也很難關注一名身上的平民服裝頗破爛、渾身濕答答的女孩。

今晚不憑空構想解答，貝若尼斯一面在巷弄間穿行，一面這麼想著。她看見至尊大樓的尖聳屋頂就在前方。*我知道我需要打造什麼、我該多快速工作……*她走近至尊大樓。她對於攀牆沒多少了解，但當她以桑奇亞的眼睛注視這棟建築，知識在她腦中綻放，而且知道二樓的外敵入侵防禦最薄弱。

她接近牆，一隻手貼上石塊，桑奇亞關於潛入與遁逃的經驗都湧入她腦中。

〈你的手不夠強壯，〉桑奇亞低語，〈老實說身體也一樣，所以從這裡進去最好……〉

貝若尼斯抓住一樓窗戶的邊緣，把自己撐上去，腳趾熟練地解析磚縫，對高度的恐懼突然消失。她往上爬，忽略手指和指間的疼痛，一隻手掌貼上窗戶。窗戶的防禦銘術在她的意志與她對銘術邏輯的知識下不堪一擊，她將它們如苔蘚般拍掉，打開窗戶溜了進去。

她研究身旁的樓層，解讀銘術——邏輯、配置、相互關係，在幾秒內找到工作室，以及通往工作室的下樓樓梯，她出發，在至尊大樓無燈的廳廊間穿梭。

〈我猜當天空像一盞老化的燈般被關掉、尖叫聲四起時，〉桑奇亞的聲音低語，〈應該沒人想留在這裡趕製作期……〉

貝若尼斯笑了出來，同時繼續深入，愈來愈靠近工作室，最後終於來到工作室門口。她蹲下緩緩將門打開一條縫朝內窺探。微弱星光從圓形高窗灑入。桌子、碗、鏡片、滿是設計品的層架全覆上一層微弱的光。

她打開門溜進去，在身後緊緊關上門。〈進來了。〉

她緩緩轉動身子，視線掃過四散工作室內的零件、組件與半完成銘器。他們在鑄場畔孜孜矻矻好長一段時間，經費如此短少、資源如此匱乏，現在看到這景象，就好像在街上偶然發現一個黃金藏寶庫。

〈你知道我們需要什麼。〉桑奇亞低語。

〈對。〉

〈奎塞迪斯打造了一個仰賴城裡所有符文典的鍛爐。〉

〈對。〉

〈我們帶上能夠毀掉所有符文典的武器……〉

貝若尼斯拿起一枝鐵筆。〈帶去找我們能觸及的每一具符文典。〉

〈對。我們就像克雷夫——身處這個巨大的銘器中，由內而外將它拆成碎片……〉

〈我們有多少時間？〉貝若尼斯問。

〈沒概念，手腳快一點。〉

貝若尼斯快速組裝她的工作站——鍍層、金屬、碗、鐵筆，還有打造她今晚大作的零件。接著她點亮一盞銘印燈，戴上放大鏡片，著手打造第一個也或許是最關鍵的工具。一把小刀，刀身不比一枚硬幣大，然而以小得不能再小的字體銘刻在上面的，是將桑奇亞與貝若尼斯的兩個心智結合爲一的指令。

不過很快地，貝若尼斯一面動工一面想著，我們將會是三個。

貝若尼斯工作、設計、打造、辛苦處理每一組符文與符文串的同時——工作大部分只是數量多得超乎現實的建構銘術碟——她發現自己想到克雷夫。他的鑰齒在她手中的感覺、細小的傳道者指令是怎麼銘刻在他的鑰柄、他的聲音是如何在她工作時在她耳裡歡快地低語。

然後她醒悟，這些並不是她的思緒。

〈你爲什麼想起克雷夫，我的愛？〉貝若尼斯問。她小心地在她組裝的小木盒上寫下另一個符文。

〈我只是想起奎塞迪斯拿回克雷夫時的反應。很怪。他絕對得意洋洋，但……〉

儘管貝若尼斯不在場見證，那個片刻閃過她腦中：奎塞迪斯高舉克雷夫，凝定的姿態洋溢難以言喻的喜樂。

〈他非常……**激動**。〉貝若尼斯說。

另一段回憶閃過貝若尼斯腦中：桑奇亞一開始發現瓦勒瑞亞躲在符文典中時，曾瞥見瓦勒瑞亞的記憶。影像中有裹黑布的男子及在床上瀕死的男孩，瓦勒瑞亞在一旁觀望。

瓦勒瑞亞的聲音對悲泣的男子低語：只有一個方法能救他。

而他尖叫回應：看看它對你做了什麼！

他聽起來有多痛、多心力交瘁。

貝若尼斯停下手邊工作，緩緩放下鐵筆。〈你認爲你知道他爲什麼如此激動，對吧？〉

一陣長長的沉默。

〈對。〉桑奇亞陰鬱地說。〈我認爲我知道。我知道爲什麼奎塞迪斯如此確信人類已毀壞。我想我也知道他爲什麼誰不幫，就願意幫助歐菲莉亞·丹多羅。因爲如果我所見爲眞，那……〉

〈你認爲奎塞迪斯是洞窟裡裹黑布的人，而克雷夫……克雷夫是躺在床上的瀕死男孩。〉

〈對。〉

〈你認為克雷夫實際上可能是奎塞迪斯的**孩子**。把他變成鑰匙可能是他救他孩子的方式……〉

〈對啊。奎塞迪斯藉由把克雷夫變成鑰匙而使他永生。或許這就是他從不想談論克雷夫的原因，也是他一直努力想**拿回**克雷夫的原因。並不只是因為克雷夫有用，而是因為克雷夫是他**兒子**。〉

貝若尼斯思索片刻，驚駭不已。〈不過你在鑰匙裡看見克雷夫的時候，他不是看似成年男子嗎？〉

〈對啊。他說鑰匙裡的時間過得比較慢——但並沒說時間停止了。或許我們的四千年對他而言只是四十年。〉她又嘆氣。〈我不知道。我不確定。但奎塞迪斯不是那種妄想統治世界的邪惡術士。他是一個眞正的信仰者。他是**狂熱分子**。狂熱分子並不是天生就狂熱，他們是後天造成的。我只是弄不清楚是什麼把他變成這——〉

附近傳來一聲霹啪。貝若尼斯跳起來轉過身，雙眼掃視工作室。

但只有她一個人，工作室一片黑暗，沒人來過。

她聽見一個低沉醇厚且平滑的聲音在她耳中展開：〈啊……桑奇亞。你醒了。很好！〉

「要命。」貝若尼斯說。

〈要命。〉桑奇亞說。

桑奇亞聽見歐索痛苦呻吟，然後隨著奎塞迪斯靠近，胃裡的噁心感開始沸騰。

「你知道，看到你這樣我一點也開心不起來。」他輕聲說。「我跟你說的是眞話。我希望你加入我，桑奇亞。」

「老天。」桑奇亞說。「幹麼不完成你那些糟糕的魔法，在你能控制我的選擇時**逼**我就好？」

「你跟我一樣清楚知道，指令跟選擇不同。」奎塞迪斯說。她的臉頰一陣抽搐，彷彿有一隻蛾在在那兒拍翅，而她感覺自己的皮膚古怪地繃緊，附近的所有肌肉緩緩變動。

他就在我天殺的臉旁邊彎折重力。

蒙眼布消失，她抬頭瞇起眼，附近一盞弱光的燈籠在她眼中有如太陽。接著她便看見他，盤腿坐在空中，雙手放在膝上，黑面具上的雙眼鎖定她。

他眞的把這世界變成午夜了，她看著他，同時這麼想著。現在他正處於力量最強大的時刻。

「不過你眼前仍有選擇，桑奇亞。」奎塞迪斯說。

「以為可以折磨我，逼我說出帝器下落？」桑奇亞說。「我告訴你，混蛋，我不知道。」

「啊，我不覺得我需要**折磨**你。」奎塞迪斯說。「你只是不懂你的處境有什麼細微差別。當你清楚看見……我一定會贏得你的支持。」

「我可不會那麼確定，你這爛——」

「對，對。」奎塞迪斯彎起一根手指。綁住她的這張桌子發出匡一聲，顯然脫離了底座，整個桌子升起飄在空中，她的腹部隨之難受一沉。

「一般而言，我會用克雷夫把你帶過去就好。」他嘆了一口氣。「但既然你被構體轉化成這樣了……克雷夫便不再是選項。這樣一來，我只能用比較不優雅的方法。」他回過頭。「你也是，歐索。你最好一起來。」

桑奇亞還是無法轉頭查看，但眼角瞥見動靜，一張大木椅也浮空飄在她身旁，上面坐著歐索，一團布塞進他嘴裡並綁住。不過他看起來好不一樣。好蒼白、冒好多汗，而且好悽慘。她的視線落在他肩膀上顏色愈來愈深的繃帶，還有他的胸膛是怎麼隨他每次呼吸而起伏。

她感覺到貝若尼斯對眼前景象倒抽一口氣。〈他病了！〉她大喊。〈他快死了！〉

〈我知道。〉

〈我們必須找人幫他！〉

〈我知道，我都知道，但——〉

桌子在空中轉動，奎塞迪斯轉身飄出門，桌子尾隨在後。「跟著我，孩子們。」奎塞迪斯說。他們飛上丹多羅庭院上空，桑奇亞壓抑住驚叫的衝動。然而在他們飛過庭院時，桑奇亞終於有機會看見她被抓住後城市發生了什麼事。

黑色天空灑下詭異星光，蔓生的高塔和牆在星光下顯得蒼白、如鬼魅。飄浮燈籠有如散落在廣袤黑暗森林間的溫暖小營火。好多煙，好多灰塵，好多擁擠的角落和內城臨近地區都陷入火海，夜空被照亮，悲鳴響徹雲霄……

這座城市被逼瘋了，她心想。這座城市是一具身體，而他是病害——城市快死了。

她看著丹多羅宅邸的正面慢慢浮現眼前，門和上層陽臺都打開等待著他們。隨著他們慢慢接近打開的陽臺，她感覺到體內湧起一股巨大的懼怕。〈貝若尼斯！〉她大喊。〈快完成你的工作！無論我發生什麼事都別管，快完成你的工作！〉

貝若尼斯溜出至尊大樓的側門，轉過街角，緊貼著建築側邊。她背上的那包裝備隨著她踏出的每一步匡啷亂撞。這麼短時間做了這麼多，她暗忖，希望會成功。

她知道會成功。大多數都只是建構銘術碟，還有一個她爲這些碟片打造的啓動器。那些將很有用——如果今晚一切正確進行，建構銘術將會是丹多羅內領地唯一能用的銘術。

其他的事情複雜許多，但沒關係。當她和桑奇亞聯手，她們打造的銘器基本上無懈可擊。眞正的難題是把所有東西及時送到需要去的地方。

她沿設置於至尊大樓旁的馬車棚前進，一一查看每一輛車。她上一輩子在這裡生活時曾檢驗過至尊馬車好幾次——這些車大多用於送歐索往來各處——她對這套系統相當了解，了解到她記得裝滿馬車徽封的保險箱藏在哪裡，也知道如何破解。

她找到她的車，爬入駕駛座，輕經調整加速桿；木頭在之前無數銘術師的抓握下變得平滑。舊馬車嘎吱一聲活了起來。她小心地退出車棚、轉動方向盤，喀拉喀拉駛入丹多羅內領地核心的漆黑街道。

35

格雷戈．丹多羅從他眼睛後方一個遙遠的地方注視自己。

他站在熟悉的黑暗房間裡：他記得牆上的地圖、綻線的床單、到北方旅行後有人送他的熊毯。他以前的房間。他想起來了。有多少夜晚他睡在這裡、凝視著天花板？然後想起多梅尼科——其中一段他仍保有與多梅尼科有關的完整記憶——他的哥哥坐在他床上讀一本詩集，並大聲說：你應該成為戰士，格雷戈。我自己偏好文字勝過武器……

他的手是怎麼握住那本窄窄的書卷。柔軟的雙手、手指纖長，男孩的手。

然後是一雙從陰影中探出的手，血淋淋、不住顫抖。

格雷戈？格雷戈，你在……這裡嗎？

「我維持你離開時的樣子。」母親的聲音在他身旁道。「我維持你離開時的樣子，以免你隨時回來。」

格雷戈站在哪兒望著他的房間，沒動也沒說話。畢竟她並沒有下任何命令。他母親進入他的視線範圍，還穿著前一夜的衣服，看起來非常蒼老疲憊，而且顯然一直在哭泣。

「我記得我和你父親吵架時你都會躲在被子裡。」她虛弱地說。「跟他吵完後，我會上來，發現你在毯子下發抖。不知道你現在還記不記得。他說你會喪失某些記憶，當我們……當……」她的聲音淡去，嘆口氣。「你記得這地方嗎，格雷戈？」

他沒說話。

「我……我命令你回答。跟我說眞話。你記得嗎？」

「記得。」他低語。感覺他需要從腹部深處挖出每一個音節，才能把話說出來。

她嚥了口口水，渴切地注視他的臉。「格雷戈，我的寶貝……你……你**高興**能回來嗎？」

還是低語：「不。」

她瞥開視線，鼻息沉重。「但願你知道……我的意思是，爲了把你帶回來，你**知道**我做了什麼嗎，格雷戈？你知道我不得不做什麼嗎？你**知道**我都做了些什麼嗎？」

她驚訝地將視線拉回他身上，顯然沒預料到會得到回應。「你知道？」

依然是低語：「知道。」

「知道。」

「不可能……你認爲你知道些什麼，格雷戈？」

「我……知道……你殺死我父親。」他低聲說，視線停留在半空中。他感覺淚水滑下臉頰、指甲戳入手掌。「我知道……那場馬車意外……是你動的手腳。我也知道……你沒有打算讓……多梅尼科或我上車，但……你殺死我們。你殺死我們兩個。你……殺死了你的孩子。」

「不！」她大喊。「我沒有！我用盡一切力氣救你；爲了保全你的生命，我做了**好多**事！你都不懂嗎？」

「這……不是生命。」他現在注視她的臉。「這不是**生命**。這種控制、毫無選擇。這不是生命。」

她哭了起來。「不是這樣。你活著，你也愛著。我爲你帶來那些。我……給了你那些，不是嗎？」

「我原以爲我……找到了。以爲我找到一個……理想。一個家。但我沒發現……我依然是個謊言。依然是你的……奴隸。我是孤獨的。我從來就不……屬於他們。」

她啜泣著轉身面對窗，眺望帝汎黑暗、幽靈似的市景，此刻在無盡的午夜中冒煙燃燒與痛苦哭嚎。

「我受夠了。」她說。「我**受夠**了。我不想要你像這樣回到我身邊。我不想要這座城市變成這樣。我釋放你。」她低語。「立刻醒來。醒來，我的寶貝。」

格雷戈緩緩眨眼，但沒其他動作。

她退縮。「格雷戈？我……我釋放你。醒來。**立刻**醒來！」

他還是沒反應。

「怎麼回事？」她問。「爲什麼你不能……爲什麼你不能從你的約束中釋放？」

「因爲，」他低語，「約束我的是創造者的意志。他賦予你某些許可——並非全部。而你並不是創造者。」

她大聲咒罵，走到他的床邊坐下，臉埋入雙手中。她在那兒坐了好久，肩膀隨著她哭泣而顫動。接著她抬起頭，「我會把你修好，格雷戈。我**會**把你變回原本的你。我**會**讓你重獲自由。」她用力抽鼻子。「你相信我嗎？」

他低語：「不。」

她盯著他看了好久好久，接著起身，深受震驚。她搖搖晃晃步出房門沿走廊走遠，獨留格雷戈在房中。他站在那兒，感覺自己的意識退到模糊地帶，那個當他的意識沒命令可聽從時前往的無境之處。

然而在這地方納入他之前，他突然想起：*我口袋裡有個東西。*

那個盒子。

對。他先前都忘了。

然後他再度迷失。

36

「我為這情況致歉。」桑奇亞和歐索無助地飄進舞會廳時，奎塞迪斯這麼說道。「真的，這就跟任何人曾進行的計畫一樣——每件事花的時間就是都比預期長那麼**一點點**……」

他們朝看似舞會廳主廳的地方飄落。桑奇亞沒辦法轉頭，但覺得自己瞥見鑄場畔的老符文典立在那裡的格紋地板上……不過旁邊有個怪東西，**怪物般**的東西，看起來像鑄場符文典的骷髏，一個近五十呎長的詭異裝置，放在綠色厚玻璃罩中——但有許多重要零件都被移除了。

「到了。」奎塞迪斯愉快地說。他飄到骷髏巨獸旁，揮動一隻手，輕輕地將桑奇亞的桌子和歐索的椅子放在緊鄰骷髏巨獸的位置。「現實的中心，僅僅片刻而已。」

桑奇亞迅速收縮她的銘印視力研究眼前符文典野獸。釐清她所見景像困難無比。她沒見過這麼密集、複雜得難以想像的邏輯與指令結構。

但她看出它是如何運作。貝若尼斯也是。

〈崔布諾的定義在裡面。〉貝若尼斯說。〈也就是說不在瓦勒瑞亞那兒——她現在沒有力量。〉

〈比沒力量還糟。〉桑奇亞瞇起眼，仔細查看在整個怪物符文典上流動的諸多詭異指令。〈他用這天殺的東西主張瓦勒瑞亞不存在。〉

〈既然它和外面城裡的那麼多符文典偶合……〉貝若尼斯說。

像……〉

〈對。〉桑奇亞說。〈整個帝汎對瓦勒瑞亞來說就像河蟾碰上熔岩湖。她一定痛苦得難以想像……〉

歐索喊了些什麼，但因爲被塞住嘴，完全聽不出他想說什麼。

「嗯？」奎塞迪斯說。「啊。對。」他朝他一揮手，固定住塞嘴布的繩子應聲而斷。歐索吐出塞嘴布。這團布比桑奇亞原本所想大多了。他一度只是坐在那兒乾嘔，試著吐出來。

「現在……現在是怎樣？這該死的東西是什麼？」

「這是一切開始之處。」奎塞迪斯手指符文典。「人類這種族進入它的下一個階段——或許也是最後階段之處。」

「很好。」歐索喘氣。「那還不動手？幹麼不趕快了結？」

奎塞迪斯無表情的黑面具轉向桑奇亞。「桑奇亞知道原因，不是嗎？」

「不。我不知道你在說什麼。」

「我懷疑。」他飄近她。「告訴我，帝器在哪裡？」

「跟你說過了，我不知道那東西到底在哪。」桑奇亞叱道。

「如果你打算用帝器釋放瓦勒瑞亞，我跟你保證將會適得其反。」奎塞迪斯說。「她對你或你們城市的福祉一點興趣也沒有——如我始終所說。」

「我知道一旦瓦勒瑞亞重獲自由與力量，」桑奇亞說，「她會做的他插第一件事就是殺死**你**，而我對這件事完全沒意見。」

「她傷不了我——我有克雷夫她就沒辦法。不過無論如何，你還是應該有意見才對。我是比她好太多的選擇。」

「怎麼說？」歐索說。「你說你比較好，不過一開始就是你這個蠢雜種打造她的啊！」

「這樣說不**太**準確。」奎塞迪斯說。「但……我帶你們過來可不是爲了另起辯論。」他往後朝骷髏符文典飄去。「我帶你們來是爲了告訴你們**祕密**。」他平順地在空中旋轉，接著調整符文典牆上的其中一個開關。「因爲有如此多祕密不欲你們知曉……」

空氣震顫。桑奇亞頭顱內有個東西不適地震動：像她離開突然一座巨大洞穴，寬闊的天空驟然壓在她身上。同時，鑄場畔符文典怪異地閃爍起來。不對，她心想，不是閃爍——閃爍的是符文典前面的某個東西……或是某個**人**。

然後，她突然出現了，跪在破舊的鑄場畔小符文典前……

「瓦勒瑞亞。」桑奇亞低語。

她看起來很糟——甚至比歐索糟。一縷縷白煙從她體內冒出，她周遭的空氣銀亮閃爍，彷彿她那具軀體正發散出龐大的熱能。她右側的盔甲遭痛擊且鏽蝕，右手被碾碎，構成她臉部的巨大金面具也破裂成數片。她的左眼仍散發金色冷光，右眼卻空洞黑暗，彷彿遭人以砲彈射穿。

「該死。」歐索喘著氣說。「你怎麼了，女孩？」

「噢，整個現實突然否定你的根本存在，那感覺可是非常不舒服的。」奎塞迪斯說。「尤其你還與這樣一個骯髒舊銘器結合。我該知道的。她做了跟我相似的事，曾經經歷過的事……」

瓦勒瑞亞顫抖著抬起遭重擊的頭，深深注視他那冰冷無表情的面具。

「既然你已經正式加入我們，」奎塞迪斯說，「你何不自己告訴他們？告訴他們你一旦獲得自由打算做些什麼。」

瓦勒瑞亞沒說話。

「你一定跟他們說你只是用一種非常**奇特**的方式解讀我的指令。有關毀滅你自己——你畢竟是一個確保人類永不再誤用工具的工具……這些理論聽起來很有道理，對吧？」

她還是沒說話。

「來啊，爲什麼不說？」奎塞迪斯問。「你似乎總覺得你的解決方案絕對合理。你自己說這是所有選項中最公正的一個。爲什麼這會兒反倒不說了？」

舞會廳中安靜了許久。

「瓦勒瑞亞？」桑奇亞說。

瓦勒瑞亞抬頭看她。她看似思考了一下，接著緩緩坐起，冒煙的龐大金黃身軀依舊緊靠鑄場畔符文典，直到她以絕對沉著的姿態盤坐。然後她平靜地說：「我會取消。我會取消一切。」

另一陣沉默。歐索和桑奇亞注視著她，等待她吐露更多。

「取消什麼，構體？」奎塞迪斯說。「繼續啊。」

「我會取消你所做的一切，創造者。所有指令、所有約束、所有轉化、所有改變。我會把它們還原，一次全部還原。」

「對。」

「很好。」奎塞迪斯說。「感謝你誠實相告，但你不會就此停手，對吧？」

「當然了。不過別對我說，告訴他們啊。」

瓦勒瑞亞損傷的臉轉向桑奇亞。「我會取消所有銘術。」她簡單地說。「全部。人類曾打造的一切……我會把它們摧毀。」

「什、什麼？」歐索震驚地說。「你要……你要消滅銘術**本身**？」

「眞。」她的聲音異樣平靜。「所有人類曾創造的轉化，我會把它們清理、整合、全部復原。從最小的銘術到最大的扭曲，我會把它們全部拆解。然後我會將此天賦從所有人類的心智中抹去，一如我從創造者的心智中偷走儀典。我會將銘術的知識從人類種族中清除。直到那時——**終於**——我才會眞正摧毀我自己。」

桑奇亞驚駭地注視著她。她從一開始就懷疑瓦勒瑞亞有所隱瞞，有更大的陰謀或計畫。但隱瞞這**種**……這種瘋狂野心，她竟想終結形成他們文明基礎的技藝。

〈桑奇亞，〉貝若尼斯輕聲說，〈這對我們的計畫有影響嗎？〉

桑奇亞提振心神。〈沒有，繼續。〉

「但這麼多人仰賴銘術，」歐索說，「僅僅依賴此過他們的生活。」

「建築、」桑奇亞虛弱地說，「船艦、灌溉……我是說，那會殺死……」

「沒錯，**會**殺死多少人呢，構體？」奎塞迪斯說。「我想你應該算過。」

「六百三十二萬八千五百人。」瓦勒瑞亞說。「橫跨人類所有疆域。這是我的估計。」

「老天。」歐索說。「**為什麼**？為什麼不……為什麼不殺死奎塞迪斯就好，然後就隨我們去？」

「因為我無法。」她簡單地說。「我受我的指令約束。我必須確保人類不再將他們的才智用於傷害他們自己。」

「但不只如此，對吧？」奎塞迪斯問。「就算你沒有這些指令……」

「眞。」瓦勒瑞亞說。「我知曉人類的心。我知道只要人類擁有力量，他們總是、也**永遠**都會將其用於統治無力量者。而沒有任何我或創造者能夠行使的轉化、銘術、指令，能將此種衝動從你們之中燒盡。最好還是摧毀你們擁有的力量。」她轉頭俯視飄浮空中的奎塞迪斯。「你不該有能力做這樣的事。這不該存在。這全部都不該存在。我不該存在。」

「你要把我們都丟進他插的黑暗時代！」歐索說。

「像荒野中的動物那樣生死，」她淡漠地說，「好過用扭曲的殘酷工具打造你們的城堡。你們只有這樣才能得到自由。」她看著桑奇亞。「你、格雷戈……所有其他心智可能被約束與指令支配的人……

這是你們眞正得到自由的唯一方法。」

歐索和桑奇亞努力消化這番揭露，舞會廳內籠罩著沉重的寂靜。

〈第一個盒子就定位了。〉貝若尼斯對她耳語。〈下一個應該幾分鐘內會好。〉

〈感謝天。快啊。這一切都隨每一秒過去變得更加瘋狂。〉

〈在快了，我的愛。〉

奎塞迪斯慢慢轉身面對桑奇亞。「你懂我爲什麼還在等你選擇了吧？我會讓你留下你們的文明、你們的城市、你們的船艦、你們的建築……全部保留。只是必須做得更道德些。好，這樣最後的自白總算結束了。現在幫助我。告訴我帝器在哪。幫助我終結這一切。」

桑奇亞靜靜坐著很長一段時間，思索著該如何爭取時間。

「將會非常簡單，」奎塞迪斯說，「撥動那面牆上的開關就好。」他手指符文典牆。「只要最輕微的一推，我便能花時間將這座城市化爲明亮炙熱的鑄場，將構體重塑爲有益美好的存在。爲了做這件事，我已等待一千年了，桑奇亞。就算對我而言都是漫長的時間。知道仍有帝器這個不穩定的威脅，我便不會拿我這麼長久的努力冒險。」

想到奎塞迪斯只要撥動符文典牆上的開關就能重塑萬物，桑奇亞就噁心想吐——現在只能靠她的心機拖住他。

〈貝若尼斯？現在怎麼樣？〉

〈第二個盒子好了，正要著手處理第三個。〉

桑奇亞看著奎塞迪斯，眼神堅定、下顎收緊。「不。」

他歪頭。「不？」

「不。不，我不要他插的幫助你。吃屎吧，你這天殺的食屍鬼。我不知道帝器在哪，就算知道也不會告訴你。」

「就算你聽見構體的告白？」

「你要我把這當成介於你或她的選擇。但我不吃這套。你們兩個根本沒有差別。」

奎塞迪斯看著她一會兒，最後嘆了口氣。「好吧。我**想過**會很難，所以……我才帶上歐索。」

桑奇亞覺得呼吸哽住。她和歐索驚駭地注視對方。她狂亂地試著回想前幾個小時。我跟他提起貝若尼斯了嗎？我告訴他帝器在她手上了嗎？

奎塞迪斯飄近歐索，盯住他的雙眼。「你今晚如何呀，歐索？」他輕柔地問。「我承認，你看起來實在不算太好。」

「他插滾遠一點！」歐索大喊。

「恐怕我無法。好了，歐索……」奎塞迪斯的聲音多加一層古怪低沉的共鳴，桑奇亞覺得她的骨頭彷彿化爲奶油。「告訴我——你知道帝器在哪嗎？」

歐索發抖打顫，接著盡可能緊緊閉上眼，不住扭動，彷彿他正在作惡夢，即將要忍不住哭出來。

「不、不！**我不知道**！」

「我懂了。」奎塞迪斯說。他轉向桑奇亞。「不過——你知道帝器在**誰**手上嗎，歐索？」

該死，桑奇亞暗忖。

歐索的頭往後甩，後腦撞上椅子，他在劇痛中緊咬住牙、擠眉弄眼，終於尖叫：「**對**！」

「對，你知道？」

「**對！對，我知道！**」

〈該死！〉貝若尼斯說。〈怎麼辦？〉

〈沒其他辦法，〉桑奇亞說，〈只能繼續照計畫進行！〉

〈要是他告訴他我們偶合了、我聽見他所說的一切怎麼辦？〉
〈到時再來處理！繼續做就對了！放入最後一個盒子，就定位！〉
「是誰呢？歐索？」奎塞迪斯溫和地問。「立刻告訴我。」
歐索尖叫，刺耳悽慘又自我厭棄的恐怖哭嚎，彷彿他寧願試著耗盡自己的力氣，也不願對奎塞迪斯屈服。但到頭來並沒有意義。
「貝若尼斯！」他啜泣。**「貝若尼斯！我覺得應該在貝若尼斯手上！」**
「你覺得？」
「對！我……我不知道，但……」
「但你假設。」奎塞迪斯滿意地點頭。「了解。」
接下來是無止境的靜默。
「那……貝若尼斯是誰？」奎塞迪斯聽起來有點困惑。
「她是桑奇亞的女朋友。」歐索哭著說。
「啊！」奎塞迪斯說。「我懂了。但你不知道她在哪。」
「對。」
「桑奇亞知道嗎？」
「她知道。」他啜泣。
〈快好了！〉貝若尼斯在她耳中低語。
「嗯！我懂了。」奎塞迪斯的黑面具轉向她。「我就假設你不會告訴我你的女朋友在哪了，」他認命地說，「對吧，桑奇亞？」
「絕對不告訴你。」

奎塞迪斯嘆氣。「很好，這樣的話……」他手指一彈，天花板顫動，一根又細又長的鐵釘突然穿透灰泥懸在他上方，尖端對準桑奇亞。「我只能訴諸較不理性的做法。」

〈桑！〉貝若尼斯在她耳中說。〈你……你不能讓他……〉

〈跟著計畫走，會成功的！〉

釘子朝她飄近。她努力忽略釘子，但沒辦法阻止自己繼續注視釘子的尖端，細紋的表面還有陳舊木頭的粉末。

〈但桑……〉

〈聽話！〉

釘子有如鑽頭在空中緩緩轉動。

「我不想這樣做。」奎塞迪斯輕柔地說。

釘子又飄得更近，此刻尖銳處離她的眼睛只剩幾吋。

「天啊。」她低語。「天啊……」她努力想擠出些話來，什麼都好。「她……她藏起來了！」她絕望地說。

他停止繞著她打轉的釘子。「這個貝若尼斯把帝器藏起來了？藏在哪？」

「我們商行後面的橋下！溝渠上面那道橋！」

奎塞迪斯盯著她看了一會兒，接著轉身問歐索：「歐索，你覺得她在說眞話嗎？」

〈眞是婊子養的。〉桑奇亞說。

「不、不。」歐索虛弱地說。

奎塞迪斯嘆氣。「我必須承認，這很令人挫折。我不停給人機會自救，他們卻不停拒絕我。」他輕聲砸嘴。「啊，好吧……」

釘子朝左飄到她的左手前。

「我知道你是誰！」她大喊。

「請再說一遍？」

「我……我知道你爲什麼要找克雷夫！你爲什麼**這麼**想拿回他！」

他嚴厲地看著她。「你在說什麼？」

「我看見瓦勒瑞亞的一段回憶。一個哭泣的男人，他兒子快死了，他在乞求救他的方法。我知道你爲了救他做了什麼。我知道你犯下什麼罪，傳道者中的第一人。」

長長的沉默。

奎塞迪斯往前靠。「她記得這個？」他輕聲說。

「你以爲你多特別，」桑奇亞說，「但到頭來，你只是快死的老人，努力想彌補自己搞砸的事。你一點也不特別，雜種。」

他看似略微放鬆。「**老**人？嗯，桑奇亞……你知道嗎，我不確定你目睹你自以爲見到的景象。」他湊近低語。「順道一提，我知道他爲什麼喜歡你。」

「什、什麼？」桑奇亞問。

「一名奴隸、一個孩子，絕望飢餓又孤獨。」奎塞迪斯低聲說。「我毫不懷疑他最想做的事就是拯救你。但他現在救不了你。反正他向來不是很擅長拯救他人……總是得由我決定。」

他一揮手。

釘子疾射向桑奇亞，速度快得她連看也沒看見。接下來她只聽到一陣響亮木然的咚，她的左手爆發一陣劇痛，她高聲尖叫。她在劇痛中尖叫，背拱起、雙腿繃緊。很難移動她的頭，她看不太清楚自己受了什麼損傷，但她瞥見釘子頭從她左手掌突出，感覺得到血從她手掌湧出，滴滴答答滴落地板。

〈桑奇亞！〉貝若尼斯在她腦中大喊。〈桑奇亞，你……你還……〉

〈我……我沒事！〉她吼回去，緊咬住牙。〈我沒事！專心……專心回來這裡就好！〉

「這裡的牆壁裡還有好多釘子，」奎塞迪斯說，「我的耐性所剩不多。帝器在哪，桑奇亞？」

桑奇亞深呼吸，努力忽視此刻從她左掌滲出的陣陣劇痛。另一根釘子脫離牆壁，但突然變得明亮炙熱，爆開化爲一股燃燒的碎片雲，有如酷熱的小星座那般打轉。

「告訴我貝若尼斯在哪，我可以馬上住手。」

桑奇亞痛苦地喘息，每次抽動都可以感覺到釘子在她手掌中磨礪。

〈完成！回去的路上了！〉貝若尼斯說。

熱碎片雲靠近；桑奇亞咆哮、轉開臉，但仍能感覺到輻射而出的熱度灑在她的皮膚上、燒焦髮梢……她做好準備，等著它們燒入她的血肉。然而……碎片似乎沒有再靠近。

「嗯。」奎塞迪斯語帶失望。「你眞不打算告訴我，對吧？」

桑奇亞仍緊閉著眼、臉轉開，擔心臉會擦過碎片，因此不願移動。不過熱氣退去，她的眼睛睜開一條縫，看見燃燒的碎片緩緩後退。

「令人挫折。」奎塞迪斯說。「但總是有變通辦法。」他回身面對歐索。「歐索，如果要你**猜**貝若尼斯打算拿帝器來做什麼……你怎麼說？」

〈**該死**！〉桑奇亞說。

〈我快到了！〉貝若尼斯喊道。〈我快到了！〉

歐索發抖震顫，在椅子裡縮成一團，對抗奎塞迪斯的意志，同時悲慘喘氣。

「告訴我，」奎塞迪斯說，「立刻。」

淚水湧出歐索的眼睛。「我……我……」

「歐索……」奎塞迪斯靠近一些，「你能抵抗到這種地步眞的很了不起，但你必須告訴我。」

「我猜……」他低語。「我猜她們……她們……」

〈動手！〉桑奇亞對貝若尼斯尖叫。〈立刻動手！〉

〈我還沒到！〉

〈立刻動手，否則他會想通並毀掉一切！〉

〈好吧！〉貝若尼斯大喊。

「歐索……」奎塞迪斯說，「我知道你知道要說什麼，現在你只需要……說出來。」

「我猜，」歐索一面呑口水一面說，「她們打造了——」

〈撐住！〉貝若尼斯尖叫。

接著周遭猛然震動起來。

貝若尼斯衝出馬車，跪在距離丹多羅莊園一段距離外的小巷，將不起眼的木盒放在面前的地上。她接著拿出帝器，聚精會神地調整爲針對某一特定符文串：主張距離的指令，容許一具符文典知道什麼近什麼遠。

終止這個指令會造成符文典困惑，因爲符文典內包含數千個有關距離的現實應該如何被轉化的的指令，卻突然無法確定「這裡的附近」到底是什麼**意思**。同時，符文典的故障安全防護裝置幾秒內便會啓動，關閉所有非必要指令：換言之，除了維持建築物直立之外的指令一概休止。

貝若尼斯穩住自己，深呼吸，壓下帝器側邊的按鈕。

什麼都沒有發生，當然了——因爲貝若尼斯此刻實際上並不靠近任何符文典，反倒跪在歐菲莉亞．丹多羅的花園另一側一條頹髒的巷子裡，事情還沒眞的發生。她低語，「拜託成功啊。」她打開地上的銘印木盒，砰地把帝器放進去，關上盒蓋，啓動木盒的銘術。

這個盒子是歐索的經典偶合現實技術簡陋縮小版——當她將帝器放在盒中，偶合的盒子會相信帝器在自己之中，也會聽從帝器對這世界發布的指令。而既然這個偶合盒放在將近半哩外、緊鄰丹多羅莊園最大的鑄場旁邊，這就代表她剛剛瞬間關掉了裡面的大型符文典。

空氣一震。附近幾棟房子令人不安地晃動，銘印燈閃爍，彷彿突然茫然起來。她縮起身子，不過令她鬆一口氣，沒任何東西失靈或散開。她站起眺望她剛剛關掉的鑄場。她看不見房舍本身，但看得見上方的天空。而既然她關掉了那裡的符文典，她也消除了奎塞迪斯輸入的指令——包含永夜的指令。

鑄場上方的天空突然轉亮，從墨黑轉爲暗紫，更外圍緊臨的天空也一樣，彷彿天空中的光源如一陣輻射狀的大浪般沖向城市邊緣，亮度愈遠愈弱。*這就像車輪輻，全匯聚在中心這裡*，她暗忖，一面回身面對丹多羅莊園。*不過我剛剛打斷了其中一根支撐住所有指令的支柱*。她拿出一把雙刃劍。*希望接下來的部分一切順利囉*。

大舞會廳詭異地震動，牆壁和地板顫抖，破窗的所有玻璃叮噹跳動。

奎塞迪斯從歐索面前抽身。「什麼？**那**是怎麼回事？」震動漸增，而後又消退。他環顧四周，接著飛掠到破窗前眺望城市。

儘管桑奇亞不甚確定，她仍覺得自己看見外面的天空微微轉亮——還是黑夜，不過是不同時間了。

奎塞迪斯瞪著窗外，接著緩緩轉身看著她。「你**做**了什麼？」

「我什麼屁也沒做。不過我想你應該知道帝器在哪了吧？」

他又回頭看斑駁的天空。「這**是**什麼？你在做什麼？」

「沒啊，我可是被捆在這張天殺的桌上呢。不過我猜貝若尼斯找到辦法進入內領地了，她正在外面到處跑、用帝器關掉你的符文典。要是我就會這樣做。我猜你可以待在這裡看著她把你的分散式大銘器毀掉，或是自己出去找她。決定權在你。」

奎塞迪斯又眺望城市一會，他氣得渾身顫抖，從斗篷內拿出克雷夫。不過他又停住，回過頭看著桑奇亞。「你……你**想要**我離開，對吧？」

桑奇亞沒說話。奎塞迪斯焦躁片刻，接著吸口氣，再開口時聲音無比宏亮。「**格雷戈！**」他咆哮。「**過來我這裡，過來！**」

很好，桑奇亞暗忖。下一個部分完成。

「你還在保護她。」奎塞迪斯對桑奇亞啐道。「你還是把自己當成她的工具。」

「這跟瓦勒瑞亞一點狗屁關係也沒有。」桑奇亞說。

「你還是**不知道**她是什麼，或……或她對你做了什麼！」

「什麼意思？」

「你以爲你可以成爲編輯者，卻沒有任何後果？構體賦予你如此強大的許可，你卻不用付出任何代價？你是瘋子嗎，桑奇亞？你是**蠢蛋**嗎？」

桑奇亞沒說話。她聽見走廊的腳步聲，知道格雷戈快到了。

「需要付出**生命**才能獲得你行使的特權！」奎塞迪斯說。「生死界線的模糊！你**永遠**須付出代價。我費好大勁才阻止它們衝擊格雷戈。我基本上一開始就是爲此才轉化他的時間。至於你……」

桑奇亞回想起身處山所深處時奎塞迪斯對她說的話：

她在犧牲你，就在此時此刻，只是非常非常緩慢。

「什麼意思？」桑奇亞低聲地又問一次。

「你最近不覺得自己很**老**嗎，桑奇亞？」奎塞迪斯問。「不覺得很**累**、**很精疲力竭**嗎？更多灰髮，更多皺紋，更多各種疼痛？我的意思是……你知道爲什麼，不是嗎？」

桑奇亞感覺一股模糊的恐懼在她胃裡沸騰。他說得沒錯。她的確覺得比她應該要有的感覺還老。她有這種感覺很久了，但一直認爲是艱苦人生的影響。

「因此在我那時代我們不常用這種技術。」奎塞迪斯殘酷地說。「不全然是犧牲，但也不全然活著……從內部腐蝕。」他走近她，深深注視她的臉。「我們從不用像你這樣的混種，親愛的桑奇亞。因爲他們之中沒人活得過四十歲。當構體賦予你這些特權，她是在殺死你。她一直以來都在殺死你。」

走廊的門爆開，格雷戈．丹多羅走進來，眼神死寂，雙手緊緊握拳。他看著奎塞迪斯等待指令。

「有任何人從那扇門進來的話，格雷戈，或是從窗戶、或是地板，或該死，甚至天花板——就殺死他們。懂嗎？」

「**懂**。」格雷戈低語。

「很好。」奎塞迪斯厲聲說。他將克雷夫插入空中轉動，接著便在爆裂聲中消失。

37

隨著一連串震耳欲聾的爆裂聲，奎塞迪斯用克雷夫扯裂現實，如顆彗星般穿過丹多羅內城朝霹啪作響的鑄場而去。我知道帝器作用的範圍，他心想。我知道她不可能在太遠的地方……無論她到底是誰。

另一陣爆裂聲，他跳進鑄場的符文典室內，裡面一群銘術師因這名一身黑的男子突然到來而驚聲尖叫，還有人嚇得摔倒。

「這裝置狀態如何？」奎塞迪斯咄咄逼人地問。

他們繼續尖叫，其中幾人事實上還清醒得知道該轉身衝上樓。

他收縮他的意志並說：「**告訴我**。」

銘術師們定住，轉身，無助地亂哄哄說了起來，每個人都針對狀況機槍般發表各自的長篇大論。奎塞迪斯不耐地一揮手，手指其中一名肩上有特殊佩章的男子，他假設那應該代表階級。「你說就好。」

主銘術師說話時其他人便不再出聲。「此……此處的符文典突然喪失距離定義。這樣的異常**極端**不尋常，我無法想像怎麼會發生，但……但應該數分鐘後便會重新啟動。」

奎塞迪斯歪頭思考。「數分鐘？」

「是、是的，閣下？」

他極爲周密地思考。他的符文典鏈未受損傷，然而只要這裡失效，符文典鏈就未達應有的力量。

「我會協助你們處理。」他最後說道。

銘術師們面面相覷，明顯被他的打算嚇壞了。「您……您會幫我們？」主銘術師問。

「對。我們必須修復這具符文典，但首先我必須找出毀掉它的人。所以請先容我離開……」

鑰匙又一轉，另一陣爆裂聲，他跳上附近一座塔的屋頂掃視鑄場周遭的街道。「你在哪呢？」他低語。「你**在**哪呢？我怎麼還是看不見你？」

他完全忽略了那個放在鑄場牆邊水溝裡、又小又不起眼的空木盒。

歐索、桑奇亞和瓦勒瑞亞三人沉默地待在舞會廳中，格雷戈站在門前，銘印雙刃劍出鞘。

桑奇亞震驚得發愣，奎塞迪斯的話語仍在她耳中迴盪。*不、不、不、不……他是錯的。他在騙人。他一定在騙人。*然而她知道他沒有。

「是眞的嗎？」桑奇亞嘶啞地問。「瓦勒瑞亞——是眞的嗎？」

瓦勒瑞亞沒說話，甚至沒看桑奇亞——她只是瞪著空中，彷彿迷失在思緒中。

「你……你眞對我做了這種事？」桑奇亞厲聲問。「你眞的……你眞的……」

〈桑奇亞，〉貝若尼斯在她腦中說，〈我要來了。我看見格雷戈在那，而且……〉

〈你也聽見了？〉

〈對。〉貝若尼斯的聲音低微破碎。〈聽見了，而我……噢，桑……〉

桑奇亞看著瓦勒瑞亞，她如此遭受打擊、精疲力竭，感覺被憤怒與絕望壓垮。「你這爛東西，」她咆哮，「瓦勒瑞亞……你這徹頭徹尾他插沒用的**賤人**！回答啊。**回答我，該死的！**」

還是沒回應。

「我該讓他殺了你！」桑奇亞尖叫。「我該讓他把你像隻**田裡的老鼠**般燒掉！回答我！回答我，該死的你！」

「她不會費心回答你的，桑奇亞。」歐索輕聲說。「現在你對她來說不再是有用的工具了。她會拋棄你——以及我們全部。」他凝視龐大金黃的構體。「只是我不知道她現在在等什麼……」

桑奇亞壓抑淚水。說實話，她不知道自己爲什麼哭。她這一生都不曾想過自己會多長壽：意料中啊，在墾殖地長大，死亡在這裡是家常便飯。平民區也沒好到哪裡去，在這裡生存一個月對她來說都是種奢侈。不過她確實知道原因。她知道自己爲何哭：她找到了貝若尼斯，有她的日子再多也不夠。

〈我跟你在一起，我的愛。〉貝若尼斯在她耳中低語。〈我就是你。我會一直跟你在一起。〉

儘管這是眞的，桑奇亞還是忍不住哭泣。

「桑奇亞。」歐索的聲音緊管粗啞，卻顯得平靜鎮定。「你有你的麻煩。但我現在頗清楚知道你和貝若尼斯從頭到尾都在密謀些什麼。我要來猜一猜——你們是不是在內領地裡到處安插偶合盒，利用盒子加帝器關掉符文典？」

「對。」她麻木地說。

「現在，」歐索說，「我猜你們打算帶著這混蛋在整個內領地裡瞎繞，同時貝若尼斯過來這裡？」

「對。」

「天啊。」他嘆氣。「在你們開始發難之前，我就是打算這麼跟他說。我猜要感謝老天你們動手了。」他緊張地打量站在舞會廳門前的格雷戈。「那……他呢？」

「我們會救他。」桑奇亞閉上眼，陰鬱地笑。「我會救我們全部，歐索。就算賠上性命。」

貝若尼斯無聲地通過丹多羅莊園庭院的後門，手裡是雙刃劍，眼裡是桑奇亞的銘印視力。還有兩個盒子用皮帶掛在她肩膀上，當她溜上小徑朝宅邸前進，一面留意有沒有士兵或守衛躲在修剪整齊的樹叢間，她已經盡最大的努力不讓盒子碰撞發出聲響。

她努力忽略左手的疼痛感和內心的悲痛。

〈桑，他們都對你做了什麼？又對**我們**做了什麼？〉

〈來就對了，〉桑奇亞在她腦中的一條條迴廊中低語，〈幫助我們活過這小時，然後我們再來擔心……擔心其他事。〉

丹多羅宅邸向四面八方延伸，貝若尼斯躡手躡腳穿過宅邸前最後一段庭院，同時努力不哭出來。接著她頓住。因爲她**真的**聽見附近有人在哭，但不是自己。她放緩腳步悄悄往前走，雙刃劍高舉，呼吸在喉嚨中發顫。她分開面前草叢，輕手輕腳走上下一條小徑——而後停步。

前方是一方深邃的池塘，一名婦人坐在池塘前的小長椅上，深色皮膚，有些年老。她正在哭泣。她抽了抽鼻子，抬起頭，看見貝若尼斯後凍結。

兩個人一度只是瞪著對方，貝若尼斯舉著劍，婦人雙手交疊胸口。貝若尼斯認出她了。她曾在諸多場合看過狀態完美的她——通常看起來不會這麼凌亂疲憊。

「你是誰？」歐菲莉亞．丹多羅厲聲問道。

貝若尼斯沒回答。

歐菲莉亞瞇起眼。「我知道你……你是歐索的女孩，是吧？」

「我不是任何人的女孩。」貝若尼斯說。

歐菲莉亞緊張地看著她，眼神在貝若尼斯深不可測的表情和她手中的劍之間來回。「你……你是來阻止這些的，對吧？」她示意嵌在更遠處黑暗中那一塊色澤偏淡的天空。「你是天空破掉的原因。」

貝若尼斯沒說話。

「你……你是來殺我的？」歐菲莉亞低聲問。

「不是。」

「格雷戈？」歐菲莉亞問。「你……你是來殺他的？」

「不，我是來救他的。」

「不可能。沒人救得了他。我試過。我試過取消我所做的事，但……」

「你沒試過我們將採用的方法。」

歐菲莉亞仔細看了她好一會。「我不再相信好事了。我配不上。所以——我不相信你。不過……」

她起身；貝若尼斯被這動作嚇到，劍舉得更高了一點。

歐菲莉亞嘲弄地說。「放下那把劍，跟我來吧。」

貝若尼斯疑心地打量她。「去哪？」

「當然是去一切發生的地方了。比起你自己摸索，我可以更快把你帶到那裡，而且不會有人阻止我，孩子。有我在，不會有人阻止你。」

「你是……你是說你想幫我？」

歐菲莉亞悽慘地聳肩。「對。當然。」

「爲什麼？」

「因爲……」她抬頭凝望城市上空黑得不自然的天空，聆聽周遭慘叫哭號。「看看這。這並不是我想打造的地方。這個理由夠了嗎？」

貝若尼斯依然遲疑，劍也沒有放下。

「就當不夠吧。你還是不信任我。」

「我不會信任把這麼多奴隸送入虎口，只爲了帶回一個怪物的人。對，我不相信你。」

「當然。」歐菲莉亞柔聲說。「我不能勉強你，我也不會否認我的錯誤；其中太多都無法償還。」她張開雙臂，讓貝若尼斯看清楚她削瘦的身子、精緻但髒掉的衣服，還有被淚水弄得一蹋糊塗的妝容和眼睛。「但有天，女孩，你也會面臨無法想像和無法償還的抉擇。無論你的選擇是什麼，它都將在你剩下的人生中縈繞不去，直到你成爲像我這樣的幽靈。」她放下手臂。「現在你要不要放下劍，讓我幫助你？」

貝若尼斯不相信她。但遠在大宅內的桑奇亞相信。

〈你記得我們聽見她在哭嗎？〉桑奇亞低語。〈聽見她聲音的鬼魂因爲她兩個孩子死掉而放聲大哭？我相信她是眞心的。〉

貝若尼斯緩緩放下劍。

「很好。」歐菲莉亞低聲說。「那就跟我來吧，也跟我說說——你打算怎麼救我兒子？」

桑奇亞在她腦中看著歐菲莉亞・丹多羅帶著貝若尼斯走進大宅，歐菲莉亞的血和她自身的標記流暢地打開一扇又一扇的門。

在我們今晚所有得做的事當中，桑奇亞暗忖，爲什麼現在這個環節最令我憂心？她注視著站在門前警戒的格雷戈，他手拿雙刃劍望著空無的木板。他靜默佇立，甚至連呼吸也一樣無聲無息。

是因爲我知道你有多危險嗎？

她注意到他的雙手瘀傷流血。多半就是僅僅數小時前把她揍個半死的下場。

還是因爲我以前嘗試過救你，卻總是失敗？

近處傳來輕輕的一聲啪。她探查來源，發現格雷戈左靴旁的地板有一小滴水。她花了一些時間才弄懂，原來他站在那兒哭泣，卻背挺直，依然隨時準備戰鬥。

「你還在裡面，」桑奇亞柔聲對他說，「對吧？」

「什麼？」歐索問。「他在嗎？」

「格雷戈？」桑奇亞問。「格雷戈，聽得見我嗎？我知道你能夠抵抗，之前看你做過。做點什麼讓我看看。拜託，想起我們是誰、我們一起做什麼，讓我看看你……對這一切還有一些掌控……」

但格雷戈沒反應。

「創造者的指令，」瓦勒瑞亞的聲音輕輕說道，「無從拒絕。」

桑奇亞一震，左手爆出尖銳疼痛，她呻吟。瓦勒瑞亞一直這麼安靜，她都忘了她的存在。她怒瞪瓦勒瑞亞，接著不安地看著構體緩緩將受損的金色大臉轉向她。

「我說我能夠釋放格雷戈，」瓦勒瑞亞，「是眞的。當我取消人類的指令，我將釋放他以及你。」

「從你對我做的爛事中釋放我！」桑奇亞說。

「我該握有對你的這種力量嗎？」瓦勒瑞亞說。「我該存在嗎？我不認爲。只要人類的孩子能夠以這樣的尺度命令與控制，像你和他這樣的人就會受困於束縛。」

「你錯了。」桑奇亞說。

「你以爲他能夠改變對於他自己是誰的想法，因此掙脫束縛？」瓦勒瑞亞說。「如同你掙脫帝器的控制？你內心深處知道那將失敗。」

「我知道！」桑奇亞說。「我**知道**我錯了，也知道是我的錯。我一直像**你**一樣思考，瓦勒瑞亞。」

瓦勒瑞亞審視她，但沒說話。

「我一直像你、奎塞迪斯，還有商家一樣思考。」桑奇亞說。「認爲一切都和命令、控制有關。認爲只要你用對的邏輯，你便能爲世界、爲其他人帶來秩序，讓一切改變。」她低頭。「但不能是這樣。如果我們只爲了控制使用這些工具，我們只會回到原點。」

「那……你想提出什麼替代方案？」瓦勒瑞亞問。

桑奇亞閉上眼。「用它們來連結，而非控制。而我們在連結之下一起改變。」

「所以，」歐菲莉亞帶著貝若尼斯走上通往大舞會廳的樓梯時開口，「你打算用一把魔法小刀刺格雷戈，藉此釋放他？」

「不盡然。」貝若尼斯說。「小刀只是把一組新符文置入他體內的手段。這個指令容許我們將他的思緒與我們偶合。一般來說他只要吞下小金屬片就好，但……」

「但因爲他受控於奎塞迪斯，」說出這個名字似乎令歐菲莉亞憂慮，「他不太可能答應吞下。」

「對。」在歐菲莉亞祖傳的家中對她解釋她們打算對她兒子做什麼，這感覺荒謬詭異；不過話說回來，此刻窗外天空半明半暗，空中迴盪著尖叫聲和古怪的爆裂聲，每個環節都徹底不對勁。

「請再說一次這樣爲什麼能救他。」她們走上長長的樓梯，歐菲莉亞這麼問道。

「他會改變。他將不同。他的心智將會跟我還有桑奇亞的心智偶合，那些束縛對他來說將不再有效——他將成爲一個全新的人。」

歐菲莉亞停步，凝望她宅邸的黑暗拱頂。「爲了讓他擺脫我對他做的事，他必須成爲不再是他自己的其他人？」

「可以這樣說。」

她的眼中閃爍淚光。「就像死去。我終將失去我的兒子。我以爲我已經失去他這麼多次了，但……但這將會眞的不同。」

「不。」貝若尼斯說。「不，不。沒失去什麼。應該是……是共享。他擁有、知曉、珍視、承受的一切——都會變成我和桑奇亞的一部分。我們所擁有與知曉的一切也會成爲他的一部分。」

歐菲莉亞注視她。「你沒辦法用銘術做到這種事。銘術是控制，不會釋放人的靈魂。」

「這得看你怎麼使用銘術。」貝若尼斯說。

各種情感交織在歐菲莉亞臉上：不相信，而後恐懼，而後絕望，而後悲傷。接著她轉開頭，臉被陰影遮掩。「讓我看看這把小刀。」

貝若尼斯取下背包拿出小刀。這是個小東西，刀身僅一吋，握把四吋。設計的重點在滿覆細小符文的刀身——跟她和桑奇亞幾天前吞下的小金屬片上一模一樣。

「爲什麼不用弩箭或弓箭？」歐菲莉亞問。

「箭會射歪，」貝若尼斯說，「而且射中了可能會出人命，我們不想這樣。」

「了解。」她的目光轉爲如鋼鐵般堅硬。「小刀給我。」

「什麼？」

「給我，讓我來下手。一開始就是我束縛他，該由我來釋放他。」

貝若尼斯盯著歐菲莉亞，她是如此瘦小蒼老，明顯精疲力竭。「你……你沒辦法。你找到機會前他就會殺了你。奎塞迪斯要他殺掉進入舞會廳的任何人。」

「我對他有不同的許可，不只如此，他是我兒子。他會猶豫。他**會**抗拒。不然，女孩，你還有什麼辦法？」

貝若尼斯細看她的臉，她的雙眼圓睜，眼神哀戚；貝若尼斯意識到歐菲莉亞打算做什麼。她將小刀交給她。歐菲莉亞接下，掂了掂重量。

「創造的神奇之處，」她輕聲讚歎，「這麼小卻能成就這麼大的事。來吧。我們來終結這一切。」

38

走向她大舞會廳那扇高聳華美的門時，歐菲莉亞．丹多羅不住顫抖。感覺要走好多步才到得了門口，每一步都像在懸崖上；每個動作都感覺她手上並不是拿著一把極小的小刀，而是扶著一節樹幹。

歐菲莉亞嚥了口口水，手指緊握小小刀。

我真的要這麼做嗎？我真要打斷奎塞迪斯．馬格努斯親自制定的計畫？

接著她想起孩童時的格雷戈：好小、好歡樂、好無憂無慮。

她握住門把。*當然。我當然要。*

她轉動門把，門打開一條縫。

眼前景象讓她倒抽口氣。那具龐大粗陋的符文典仍坐落於大舞會廳中央，彷彿受困於綠色玻璃罩的生物樣本。然而在它右方，奎塞迪斯從鑄場畔拿來的那個破爛小東西旁，是一個超自然的金黃巨人，不過顯然受到言語無法形容的殘酷蹂躪。歐索．伊納西歐被擺在巨人前，捆在一張椅子上，他身旁是一個瘦小又渾身骯髒、膚色較淺的女孩，綁在一張桌子上，她的頭髮非常短、雙眼瘀青，渾身傷痕累累。歐菲莉亞花了幾分鐘才認出她就是戰艦上那女孩。

而那兒，就在她眼前幾呎，是她的兒子，手舉雙刃劍，她相當熟悉的死寂冰冷目光盯著她。

「歐菲莉亞！」歐索用彷彿被勒住的聲音大喊。「你他插在這裡做什麼？」

「歐索。」桌上的女孩說。「閉嘴。」

「但是她一直都和奎塞迪斯合作！」他喊道。「貝若尼斯，離她遠一點！」

「歐索，」歐菲莉亞低聲說，「你還是我員工時就向來不聽我的指示。但就這次，請照那女孩說的閉上嘴。」

沉默罩上舞會廳。

歐菲莉亞注視她兒子的臉，然後是他緊握在手中的劍。

「你好啊，我的寶貝。」她輕柔地對格雷戈說。

她等著，但格雷戈沒反應。

「我現在要進去裡面，可以嗎？」

他沒有動。沉默似乎無盡延展。

「我……我命令你告訴我，」她的聲音輕微顫抖，「我是否可以進去。」

他還是沒反應。

「告訴我。」她又說一次。「我命令你，我命令你……」

依然沒反應，他有如一尊雕像。

「天啊。」她嘶啞地說。「怎麼做呢，怎麼做呢……我……我記得你剛來到這世界時的樣子。你是多麼迫不及待。不費力、不痛苦，一點也不像多梅尼科。你如此渴望來到我們這世界。這麼一個快樂的孩子，期待快樂的事。你知道這些嗎？我有跟你說過嗎？」

格雷戈沒說話。

「我知道你不明白我爲什麼做那些事，我的孩子。」她現在劇烈顫抖。「但我想告訴你，我那麼做是因爲……我希望你那麼急於看見的世界，會是一個美好的世界。好讓你每一天醒來，一躍而起，打開你房門，迎向你的都是一個對你更好的世界。我想給你這樣的世界。」

格雷戈瞪著她，劍舉起，雙腳分立。

歐菲莉亞低頭看門檻。「我至今仍然覺得自己可以辦到，」她低語，「我是這麼認爲的。我現在要進來了。」

她深吸口氣，踏入舞會廳。

格雷戈沒有動，只是望著她。

歐索、桑奇亞和貝若尼斯各自吐出一口氣，放鬆下來。

「感謝天……」貝若尼斯低語。

他控制住了，歐菲莉亞暗忖，他聽見我了。他在對抗。

「我的寶貝，」她繼續用平靜溫和的聲音說，「我現在要走過去你旁邊，好嗎？」

格雷戈用冰冷死寂的目光望著她。

「好，我要過去了，一次一步。」

歐菲莉亞邁步緩緩走向他，每走一步便停下看看他是否要衝出，但他沒有。她愈走愈近，打量他的身體——我該把小刀刺在哪？肩膀、心臟？慢慢地終於近到能夠目睹他臉上的精疲力竭、他嘴邊的線條、他身上的疤痕。他如此活生生，但也好蒼老好憔悴。

接下來，他眼裡驟然有什麼一變——變得冰冷陌生且疏遠，她知道他要做什麼了。

她原地停住，高聲大喊：「住手！」

格雷戈緩緩朝她走近一步，渾身顫動，一臉痛苦，彷彿他正在抵抗這動作。

「格雷戈，**求你！**」歐菲莉亞說。

他踏出另一步，這次動作更平順流暢。

「他啓動了！」桌上的女孩說。

「歐菲莉亞，」貝若尼斯說，「歐菲莉亞，出來，**出來！**」

格雷戈再踩出下一步。

「我要進來了！」貝若尼斯說。

「不！」歐菲莉亞說。「待在後面！」她看著他又走一步，再一步。「他是我的，永遠都是我的。」

他搖晃走近。她的目光停留在他因緊握雙刃劍而指節發白的手。

她考慮跑開，逃下樓，衝到她的庭院中。

不。她心想。*我曾把你丟給這種命運，我不會再這麼做。*

「來吧。」她對他輕聲說。「至少再讓我最後一次碰碰你。讓我這樣做，就這最後一次了。」

很快他已在四呎外了。三呎。

他來到她面前。

她伸出右手碰觸他的臉頰，深深望進他的雙眼。

如此憂愁，卻如此渴望——渴望更美好的世界，就算經過這麼多年磨耗也沒有變過的期盼。

「我愛你。」她說。

他迎上她的目光片刻，接著往前扭動肩膀，那是乾脆俐落且雷霆萬鈞的動作，雙刃劍平順地緊貼肋骨下滑入她身軀。

「**不！**」歐索尖叫。

「住手！」貝若尼斯停在門檻附近大喊，「住手，不，**不要！**」

歐菲莉亞咳了咳，雙腿漸漸無力，搖搖晃晃後退跪倒在地板上，而他放開她，劍隨著她跪倒而滑出。他正要從她身旁退開，但就在這一刻，她猛衝上前，絕望地緊緊抱住他後腦，臉貼上他的臉，在他額頭印下一個吻。

「我很抱歉。」她低語。

她將小刀刺入他肩膀，刀身深深刺入他體內。她鬆手，小刀仍不脫落，而他悶哼出聲，踉蹌後退。

歐菲莉亞倒地，注視著她的舞會廳的天花板，上方的大銘印燈熄滅黑暗。

她試著轉動她的頭，但沒有辦法。

不，她想這麼說，我想看。

旁邊有人在悲鳴。她試著坐起，但想不起該如何拉動肌肉。

我想看！我想看他得到自由！

她的手指徒勞地在地磚上扒抓；她的鮮血是一灘漸漸擴張、瀰漫地板的血色湖泊。

我應得的，不是嗎？難道我不能至少見證這一刻嗎？

世界似乎轉暗，某處傳來尖叫，是一聲嘆息，是一聲嗚咽，接著是金屬相碰的奇怪叮噹聲，彷彿許多鎖鏈的環節在四周的黑暗中挪動，然後便是結束了。

格雷戈從體內深處尖叫，在狂怒與驚駭中咆哮，再也無法支配發生在他身上的任何事、無法停止思考他看見了些什麼、感覺到些什麼，以及做了什麼。他的母親，正絕望地注視他的臉。他意識到殘留在額上的吻。然後下一刻，她躺在斜紋地板上，飄浮在血泊中。

不！我沒有動手！我沒有殺她，對吧？對吧？

他又悲鳴起來，對抗束縛他思緒的指令，懇求他的身體舉劍刺入自己胸膛。但沒辦法，他的心智被無數指令控制，他抬頭看門，注視著一道身影。那名女孩——她已跨過門檻，正好跨過。他能夠看見她濕鞋子的鞋尖已越過門一吋。

她已進入舞會廳，而格雷戈知道創造者的指令。那道絕對的指令接管他的身體，他起身走向她，劍在手。他看見她的表情滿是恐懼，而她退後。

然而……

他腦中有個聲音：〈格雷戈。〉

他慢下腳步。

誰……那是誰？剛剛是誰對他說話？

〈格雷戈？格雷戈，聽得見我們說話嗎？現在你聽得見我們嗎？〉

他試著繼續前進，同時試著理解這聲音。

為什麼這麼熟悉？他記得這聲音嗎？

他發現他其實記得。他想他也記得面前這名女孩……

對。對，他很肯定。他記得這名女孩親吻他。

他忽然想起她是怎麼做的：突然又突兀，完全沒來由，她的唇貼住他的唇，她的牙齒撞上他的牙。

他想起自己當時如此渴望親吻她，因為他即將展開瘋狂冒險——用一個臨時拼湊的飛行銘器飛過一座內城的天空——而他以為自己要死了，他再也不會看見明天，這讓他多**渴望**啊。渴望她，這個與他在工作室與小巷內並肩數小時的光輝生物，渴望為自己搶走一小塊的她，彷彿向山上的諸神盜火……

不過他從來沒想過她對他有相同想法：她也渴望他，一如他渴望她。她那突然瘋狂的舉動——坎迪亞諾內城街上的一吻——讓他震驚到骨子裡去了。

格雷戈感覺到自己踏出去的一步停在半空，不確定該拿這突如其來的回憶怎麼辦。

這……不是我的回憶。他又往前一步。那……是誰的回憶？

世界頓時改變：他看見自己站在舞會廳裡，就從他所在的位置。他同時從兩個角度目睹自己。不僅如此，他還看見自己看著自己看著自己……

我怎麼了？

他蹣跚前進時不住搖晃。他的指令在腦中尖叫，而他踉蹌，仍意圖舉劍將這女孩砍成碎片。她警戒地又後退一步。

〈格雷戈！〉一個聲音在他腦中說。〈格雷戈，你再也不必做這些事！〉

更多回憶洶湧湧入他腦中。墾殖地一棟燃燒的房子，尖叫四起的黑夜。一把黃金鑰匙在他耳裡嘮叨，喋喋不休說著附近一盞銘印燈在桌上前後震動，以及爲什麼他認爲這代表有人正在燈旁做愛。歐索·伊納西歐站在他肩後，看著他在青銅碟片畫下一個又一個符文，一面咕噥：「我應該打斷你那雙該死的手，女孩。不然你一個月內就會搶走我的飯碗……」

他掙扎前進。

這些……不是我的。這並不是我……

一切似乎在旋轉。像是他被拆散再拼回去，一再又一再又一再。他感覺到左手疼痛，他知道有根釘子插在手掌裡。他看著自己注視自己的臉，眼裡滿是殘暴的狂怒。他感覺到目睹自己這模樣時心裡的悲痛與羞愧與哀傷，知道他先前沒辦法修好他自己，無法將格雷戈·丹多羅被竊取之物重新給予他……

這是什麼？

他又往前一步，在憤怒與困惑中咆哮。

他知道他必須殺死這女孩。他**必須**。這是他的指令。

但他的指令現在變得非常令人迷網。因爲他開始懷疑，儘管這個局面非常不可能，但他**就是**此刻正步入房間的這個人。他是她，和他自己在一起。指令在他腦中爭吵，他放聲尖叫，無法決定他是誰、誰剛剛走進來、他必須殺死誰……

〈我是你。〉一個女人的聲音在他腦中低聲說。

他跪下。

〈你也是我。〉她低語，然而也知道這是自己的聲音。

他的指令吼叫著不、不、不是這樣——他是格雷戈．丹多羅，他是從殘骸中救出來的孩子、復活的男孩，而他承擔著這些指令，這些指令堅持他必須立刻、現在、馬上殺死這女孩。〈殺死自己？〉是的，因爲她走進這個房間。〈可是我一直都在這裡……〉

〈格雷戈。〉一個女人的聲音說。〈格雷戈——你記得嗎？〉

然後他便記憶起。

他看見他自己。他想起他自己，束縛在一具血淋淋的漆黑鉻甲中，躺在遭摧毀的大理石辦公室地板上，他舉起弩箭發射器——然而他眼裡有淚，他低聲說著：「我不想再這樣，桑奇亞……」

格雷戈爬向門邊的女孩，同時放聲尖叫。

〈如果你不再是那樣，〉女人的聲音低語，〈那你又是什麼？〉

回憶湧現。

母親坐在地板上哭，滿臉是血。

哥哥對他微笑，說著——你愈來愈高了呢，小弟！

父親暴怒的吼叫，在宅邸的無數走廊中迴盪。

接著馬車疾馳，玻璃叮噹響，哥哥在黑暗中啜泣——格雷戈？格雷戈，你在這裡嗎？

男孩的手在黑暗中顫抖，伸向他。

請過來我這裡，拜託……我愛你，我愛你，我愛你……

然而他沒有。他躲到哥哥碰不到的地方，躲在那輛摔爛的馬車裡。

格雷戈一面往前爬一面悲鳴，劍刮過舞會廳地板也發出了哭泣似的聲音。

我沒待在他身邊，他心想。

他把自己往前拖，一隻手因他母親的血而鮮紅滑溜。

哥哥孤單死去，他心想，正如我的每一次死亡。

然而當他抬頭看那女孩。〈那是自己。〉他看見她在等著他，伸出一隻手，而且正在哭，他知道她是爲他而哭。

〈格雷戈，〉腦中的聲音說，〈格雷戈——請過來我這裡。〉

他咆哮，努力召喚舉劍砍倒她的意志。

〈你再也不孤單。〉那聲音說。

指令尖叫著要他動手，動手就對了，將她就地砍倒。

〈你沒壞掉，〉那聲音說，〈你不是一個工具。你是我們，你被愛著。〉

他伸出一隻手臂，手緊握劍柄，他把手往前伸，直到劍尖觸及她左胸。

他的指令尖叫要他刺進去，刺穿她，立刻殺死她、服從他的約束。

女孩深深注視他的雙眼，目光平和靜定。

她爲什麼不逃？

不過他隨即領悟。

她沒逃，他想，她就是我。她知道我不會動手。

他眨眼。

接著他忽略在他腦中怒嗥尖叫的指令，鬆開手指，劍從他掌中脫落。

血淋淋的雙刃劍匡啷落地。

女孩與他對視，手仍朝他探出，而他伸出自己染血的手握住她的手掌，緊緊握住。

腦中的指令轉爲沉默，這是眞正徹底也前所未有的沉默。

它們消失了。

它們消失了，他再也不是這件工具。他是一個全新的人了。

眼淚突然決堤。

貝若尼斯跪下抱住他，雙臂緊緊抱住他上下起伏的肩膀。她也在哭，因爲她知道他做了什麼。她了解，對她來說就像她也做了一樣的事，她無法責怪他。她只是哀悼。

「我母親！」他哭喊。「母親，母親，母親！」

「我知道。」她緊抱著他低語。「我知道，我知道，我知道的。」

他聽見舞會廳的角落傳來瓦勒瑞亞的聲音：「我必須承認……我不得不佩服這件事……」

剛開始他只是不停啜泣，沒辦法控制自己。不過接著他感覺到自己的思緒漫遊，加入貝若尼斯與桑奇亞的思緒；她們的經驗與意志與回憶與自己交融，他發現這一夜距離結束還遠得很。

〈奎塞迪斯。〉他說。

〈對。〉她們說。

〈我們必須阻止他。他隨時會回來。〉

〈對。〉

他坐下，注視貝若尼斯的臉；她的臉沾染血汙，因淚水而光亮。他透過她的眼睛注視自己片刻。他不一樣了，不再是戰士、俠客、無助之人的偉大守護者。他寧願認為他現在看起來像個自由人。

他起身，抱起他母親的屍體輕柔地放在舞會廳角落，接著跪下溫柔地親吻她的額頭才又起身。

「開始工作吧。」他低聲說。

「好。」貝若尼斯將一個小木盒放在地板上，拿出帝器，按下按鈕後放入木盒。「首先，我們先確保我們有足夠的時間行動。」

奎塞迪斯在丹多羅鑄場深處忙碌，對鑄場核心的符文典發布一個又一個指令，又是誘哄又是說服又是輕推，一面對銘術師團隊吼叫命令要他們修改這個或那個定義。

最後，他終於感覺周遭的世界開始扭曲改變。

「眞是個大工程。」他說。

鑰匙一轉，霹啪，他飄上鑄場上空數百呎處。

好長一段時間什麼也沒發生：鑄場依然黑暗寂靜休止。

不過隨著一陣微弱又不規則的擾動，鑄場的燈一盞一盞重新亮起。奎塞迪斯不眞的需要呼吸，因此他並沒有鬆一口氣——不過就算經過幾千年，本能依然很難擺脫，因此他正打算嘆口氣。

重新啓動了，他心想。他眺望城市，看著這一大塊楔形的夜空緩緩變回永恆午夜那不自然的漆黑。

我作品中被切除的部分正在恢復……一切都將安——空氣又一震，另一震隆隆聲響——天空另外一點開始快速變化，這次大概在他左方半哩外。

他在空中旋身，看著遠處一座鑄場突然轉暗。

「不，」他低語，「不，**不！**」

他拿出克雷夫，隨著一陣霹啪橫越空中朝漸漸停轉的符文典而去。

39

格雷戈和貝若尼斯將歐索從他的椅子解開後，他踉蹌倒地。「狗娘養的。」他虛弱地說，發出含水氣的咳嗽聲，扶著受傷的肩膀，朝地板啐出一口棕色的血沫。「我感覺……朋友們，我感覺不太好。」

「你病了。」貝若尼斯跪在他身前說。「你的傷口感染。」她伸手探入她的背包。「這一切結束後我們可以幫你找個療者，歐索，至於現在……」她拿出一個小木盒，打開後遞向他。

歐索注視盒內。一個小金屬片躺在一方小亞麻手帕上——就像桑奇亞和貝若尼斯吞下的那種，多半也像剛剛刺入格雷戈肩膀的那一個。

「你不是認眞的。」歐索說。

「如果你想要桑奇亞抵抗奎塞迪斯的保護，」貝若尼斯說，「你就必須用。而且我們必須快點。」

「否則，」仍綁在桌上的桑奇亞上氣不接下氣地說，「他又會逼你像個該死的魁儡一樣跳舞。我不認爲你有多樂在其中，對吧？」

「但……我們難道有時間讓我，你知道的……適應？」

格雷戈拉出桑奇亞手中的釘子、爲她鬆綁、扶她下桌，桑奇亞一面呻吟。「貝若尼斯和我愈來愈擅長引導別人度過這過程。如果我們想阻止奎塞迪斯，我覺得需要我們**一起**思考。」

歐索拿起小金屬片細細審視，接著虛弱地微笑。「你應該當個珠寶匠的，女孩。」他看著格雷戈。

「那是什麼感覺？」

格雷戈正跪在貝若尼斯的背包前，掏出幾個看似建構銘術碟片的東西——用於造牆建屋等的黏著型碟片。他仍因剛剛經歷的一切而大受震撼，但心不在焉地摸了摸仍插在他肩上的小刀，並說：「就我的觀點而言……每一個人類都應該自覺要嘗試一次。」

「該死。」歐索說。「眞是個要命的建議。」他緊咬住牙。「乾杯，隨便啦。」他將金屬片放在舌後用力吞嚥。過程非常不舒服，不過幾乎是立即地，他開始感覺相當、相當……不同。

桑奇亞、貝若尼斯和格雷戈默默閉上眼，走到他身旁，將手放在他身上。

「你們在搞屁？」

「相信我們。」桑奇亞說。「這樣校準更快。閉上眼，歐索，比較不會感官超載。」

他照做，只是不是那麼確定——他沒聽過桑奇亞用「校準」和「感官」之類的詞彙——但他隨即理解。感覺與經驗與回憶開始在腦中閃現。他感覺到他自己感覺著他自己感覺著他自己，想起他自己想起他自己想起他自己。他從好多不同位置感覺地面……他有幾隻腳？幾隻手？幾對肺？他突然不確定了。

他頭昏眼花，眼看要摔倒，不過有三雙手撐住他、穩住他，甚至在他摔倒前便已感覺到他將如何摔倒……他懂了。發生在他身體的事也同時發生在他**心裡**：他的身體和心智都即將崩潰瓦解，但他們三個一起支撐著他，一秒又一秒，幫助他與他們心智的節奏漸漸校準。

接著巨量的銘術知識湧入他腦中。

這意義重大，因爲歐索原本就擁有大量銘術知識，但他不曾以**其他人**思考銘術的角度思考銘術——觀點的細微差異、隱藏的模式。而且他尤其不曾見證銘器如何與這世界互動，或說——*全能的上天啊*，他暗忖——與他們**交談**。桑奇亞和貝若尼斯擁有成千上萬像這樣的回憶：仔細觀察銘器對其他銘器說話、傳遞資訊、在黑暗中喋喋不休……

在我建造的世界底下還有另外一整個世界，他心想，如遭雷擊，*而我一直沒有領略。*

〈說點話，歐索。〉桑奇亞的聲音在他腦中說。

歐索感覺到自己低聲說：「啊啊，眞**要命**……」

他也聽見自己說出來——從四雙不同的耳朵。那些手——他用來觸摸的手、他能**感覺**到的手，其中一隻因爲重傷而疼痛——抽離他的肩膀。歐索．伊納西歐睜開眼，看這他自己站在那兒，因湧入他腦中的知識而震驚、喘不過氣來。

「我們……我們幾前就該做這件事啊！」他微弱地說。

〈你還好嗎？〉貝若尼斯問。〈能動嗎？〉

〈我……我想……我想要吃盡這個世界！〉他狂熱地說。〈我要建造要重建要設計還要……要跳舞！我要跳舞！天啊，你們身上有好多可開發的資源！好多材料，好多——〉

〈歐索。〉格雷戈模糊地說。〈我為你感到高興，但我們要專注。〉

〈噢。〉歐索說。〈對。奎塞迪斯，還有……還有世界末日那些的。〉

〈對。〉桑奇亞聽起來疲憊至極。

〈好。〉歐索說。〈你們兩個想出什麼阻止他的計畫了？〉

一陣尷尬的沉默。

〈你們……你們**應該**想出了一個計畫，對吧？〉歐索說。〈我是說……你們不會只是拐奎塞迪斯離開、爭取時間，卻沒想好該用這些時間來**做**什麼，對吧？〉

〈這個嘛……〉桑奇亞不情願地說。〈我們是有些**概念**……〉

〈你們有**概念**？〉歐索生氣地說。〈你們做了這些——腦袋裡卻只有**概念**？〉

〈歐索。〉貝若尼斯說。〈我們該如何在第一位傳道者使用他最強大的造物時摧毀他，這是很棘手的難題，本身就是有史以來最大的銘術問題。需要考量的許可、特權與權利多不勝數……〉

她一將狀況界定為銘術問題而非戰術問題——關乎漏洞與特權與使用的權利——歐索的腦袋隨即開

始轉動。同時拉著三個腦袋一起轉動。「噢要命。」歐索輕嘆。這是可喜、超脫、昇華的一刻：四個人一起思考、衡量、解決，每個人都感知到其他人的長處與短處並加入其中，建構一層又一層的方法與可能性與或然性……

歐索開始說話。

〈一旦我們停止關掉符文典，奎塞迪斯將回來這裡，他動作也只會更快。〉

〈當他回來，〉桑奇亞興奮地說，〈我們就用帝器當作陷阱——雖然只能破壞奎塞迪斯的少許特權，不過**絕對**能夠削弱克雷夫的力量。我之前見過這狀況！〉

〈這樣奎塞迪斯便可能無力抵抗攻擊，〉歐索說，〈但要如何攻擊？〉

〈貝若尼斯的建構銘術。〉格雷戈說。〈符文典失效後只有這些基礎銘術還能運作。〉

〈對！〉桑奇亞說。〈有了建構銘術，你可以把各種東西撞成一團！**大**東西！〉

〈如果奎塞迪斯的力量被削弱，〉貝若尼斯說，〈就可以對他造成傷害，或至少牽制他……〉

〈然後我們就可以搶走克雷夫，〉歐索說，〈用他摧毀奎塞迪斯的裹身布——畢竟這用來說服現實奎塞迪斯還活著……〉

〈裹身布毀掉之後，〉桑奇亞微弱地說，〈他……他就死了，真正死掉，對吧？〉

〈對。〉歐索說。

他們凝視彼此，如此快速地在一瞬間拼湊出這個計畫而感到有點敬畏。

〈那就開始工作，實現計畫吧！〉桑奇亞說。

他們動工。

歐索和貝若尼斯繞著舞會廳走一圈，一一將建構銘術碟黏上石牆。歐索拖著腳步在廳中走動時，確信奎塞迪斯隨時會現身，他只能努力不陷入恐慌——不過一開始工作起來，他又感到詭異的平靜和鎮定。他突然了解原因：因爲他和貝若尼斯偶合，而她對自己的工作懷有信念。他轉身看著正在準備陷阱的她。她看起來多麼自信滿滿、多麼令人驚歎、多麼美好。而且好成熟，他心想。接著，連自己也感到驚訝，他竟哭了起來。

〈歐索？〉貝若尼斯問，〈你還好嗎？〉

〈不好！〉他說。〈我他媽一點也不好。〉

〈怎麼了？〉

〈**噢**，我只是……我只是剛剛懂了。〉他轉身遠眺窗外的城市。〈我以爲我們在打造一個更好的帝汎。我以爲商家會屈服於燈地，因爲燈地是更理想的商家版本。我還以爲……以爲你是更好的我。我原本認爲這一切都將是你的。〉他看著她。儘管他努力堵住淚水，但源源不絕。〈不過我現在好擔心這不會發生，貝若尼斯。我擔心我並不是在糟糕的時代繼承我的位置，而是在一個**美好**的時代，唯一的美好時代，一個你已經來不及趕上的時代。這眞是……眞是該死的不公平。〉

貝若尼斯凝視他，這份眞情流露完全出乎她意料。她擁抱他。〈噢，歐索……我知道不公平。〉

〈我想看見你茁壯，有天可以對你說你做得很棒，你應該繼續前進、做更多事。但現在在我這雙眼睛卻目睹一切分崩離析……〉

她捏捏他的手。〈不是一切。歐索，你知道我們兩個正利用**你**發明的技術共享心智，對吧？〉

他虛弱地微笑。〈對。〉

〈一個夢想死去，另一個夢想誕生。我們來確保這個夢想活下去吧。〉

桑奇亞和格雷戈大步走過符文典前的舞會廳地板，試著評估奎塞迪斯會從哪裡冒出來。他們發現這很棘手，實在很難預測一名傳道者何時從現實的後走廊跳出來。

〈他上次就是從這裡消失。〉桑奇亞站的位置介於她的桌子和歐索的椅子之間。

〈但不保證他會回到同樣位置。〉格雷戈說。

他們研究身旁的區域，帝器緊抓在桑奇亞手中，納悶著到底怎樣做才最好。

「如果你們想預測創造者可能在哪裡出現，」瓦勒瑞亞的聲音說，「我發現他偏好在他的符文典前大約十呎的位置現身。」

他們轉身看著她。她仍坐在她的範圍邊緣，不帶一絲情感地看著他們。

「換言之，」瓦勒瑞亞說，「若你們希望用帝器阻止，你會想把帝器放在你右手邊五呎的位置。」

格雷戈和桑奇亞看著彼此。〈我們信任她嗎？〉他問。

〈要命，才不相信咧。〉桑奇亞說。

〈我們是不是相信她想殺死奎塞迪斯？〉

〈我想是吧。〉她深深注視瓦勒瑞亞冰冷平靜的臉。〈但感覺有什麼不對勁。〉

〈沒時間了，桑奇亞。〉格雷戈說。

桑奇亞扮了個鬼臉，走到瓦勒瑞亞指示的位置，動手將帝器放在地上。但隨即又停下。〈我們還剩第三個盒子，對吧？我們接下來可以用帝器拿下第三個——同時也是最後一座鑄場？〉

〈對。〉貝若尼斯說。

〈不要等，我們現在就動手，盡可能爭取更多時間。因爲一旦我們完成陷阱，事情告一個段落前，我們都無法再用帝器。〉

〈有道理。〉歐索說。

桑奇亞拿出最後一個偶合盒並啓動帝器——不過在她將帝器放入盒中前，她抬頭注意到瓦勒瑞亞正凝神仔細地望著她。我不喜歡她的行爲，一點也不喜歡……

她將帝器放進盒子中蓋上並啓動偶合盒。又一次震動顫抖出現，空氣一頓，丹多羅內城某處一整座鑄場停止運作了。桑奇亞往後坐，胃不舒服地翻騰。同時間，她注意到瓦勒瑞亞的姿態改變了——是她的錯覺，還是瓦勒瑞亞看起來變得放鬆**許多**？

「你們現在或許會想加快速度，」瓦勒瑞亞說，「因爲我料想創造者將比你們預期回來得更早。」

奎塞迪斯穿透丹多羅內領地，發出接連的霹啪聲響；他收縮他的視力，看穿牆與建築，仔細審視黑暗，尋找任何可能是這個貝若尼斯與帝器的動靜。你在哪呢？你怎麼能像這樣再次逃開我？你在——

空氣又一震，氣流又一頓。他在失靈的鑄場上空凍結，轉身驚恐地望著內領地中又一座鑄場的燈暗去，這次是在他左方更遠處。

「又來？」他大喊。他遠眺這個新災難。「**又**一個？」

他正準備再次使用克雷夫，跳到第三座鑄場，但他停住，思考了起來。

他萬般仔細地打造出這個巨大的分散式銘器：他親手打造的主符文典在中央，五個主鑄場圍繞四周，將主符文典與更外圍城市與郊區偶合，如同一張網絡。然而此刻五座鑄場中兩座被切斷，時機點就在其中一座被切斷又修復好。他的大型分散式銘器在某個時間點失效——失效且無法執行他的指令。他的**所有**指令。

一個駭人的想法慢慢他腦中滋長。

「噢噢噢不。」他低語。

伴隨一陣霹啪，他消失了。

桑奇亞手指約四呎外的地板並對格雷戈說：〈把一個建構銘術碟放這，而且要快。〉

〈爲什麼？〉格雷戈問。〈我以爲我們才剛爭取到更多時間。〉

〈瓦勒瑞亞剛剛說的話……不知道爲什麼讓我心煩。我們還是不要冒險。〉

格雷戈將銘術碟放在她指定的位置，桑奇亞將帝器中央的拉桿一路推到底。平滑碟片中央的符文全數消失，代表帝器現在沒有鎖定目標。她接著將中央拉桿往上推，一點一點地增加帝器影響範圍。

她需要關掉**一個區域的所有銘術**——但這個區域必須非常小而緊密，也就是奎塞迪斯回到舞會廳時現身的區域。

在一段漫長得令人痛苦難耐的時間中，帝器中央的碟片還是空白，但接著符文出現了：有關黏著、表面區域與穩定的符文——建構銘術的確切符文。

〈現在要啓動帝器，〉桑奇亞說，〈希望它不會讓這整座天殺的宅邸垮在我們頭上……〉

她壓下帝器側邊的按鈕。世界隨即變得莫名模糊黑暗，而且四周時間彷彿凝滯緩慢。她花了一些時間，終於領悟帝器剛剛關掉了將她和其他人偶合的符文。她蹣跚走出帝器影響範圍。一旦脫離，她的腦中便被聲音塡滿：

〈……去哪了？〉貝若尼斯焦慮地問。

〈感覺像你死了，〉格雷戈說，〈就這麼……消失。〉

〈我沒事。〉桑奇亞說。〈生效了，我們就定位吧。〉她望著密切注視著她的瓦勒瑞亞，寒毛直豎。〈我想奎塞迪斯隨時會回來。〉

一陣霹啪，奎塞迪斯跳進最後一座失效鑄場的符文典室並咆哮：「需要**多久**？」看見他，銘術師們嚇得尖叫；他的聲音不可思議地響亮，整個世界都因他的狂怒而震盪。「**告訴我這裝置多久才會恢復！**」他咄咄逼人地吼道。「**告訴我！立刻！**」

「我……我應該需要十分鐘左右。」一名銘術師結結巴巴地說。「不是嚴重的錯誤，只是符文典的主張突然中斷——」

但奎塞迪斯沒在聽了，他終於了解眞正的威脅。如果符文典鏈被打斷太多，如果構體已逃脫……她現在只可能逃入一具符文典。如果她占據那具符文典……一旦所有失效的符文典恢復——只消幾分鐘時間的歷程……

「不、不、不。」他狂亂低語。他拿出克雷夫，將他插入空中：這次他不會再跳進丹多羅內領地，他要回宅邸、回到舞會廳。不爲修復任何東西，而是摧毀他精心打造的大型符文典。

霹啪，他現身。

桑奇亞只看見他一秒——黑色閃爍的面具、三角帽、手上金光閃耀的克雷夫——心中爆發一陣巨大的滿足感，他出現在帝器所在位置的正上方。

奎塞迪斯看似懸在空中，手拿克雷夫探出，停留在帝器上方。接著他的身影開始顫抖。下一刻，他環顧四周，彷彿他剛剛忘了一件事，但想不起來是什麼。他低頭俯瞰，發現了帝器。

「不！」他大喊。「你？你……做了什麼！」他酒醉般晃動。「你**做**了什——」但他沒機會說完。

躲在符文典後的格雷戈就觸動陷阱並啓動建構銘術。

他們使用的銘術分成兩個部分，其中包含你想要黏在一起的兩個部件，並運用符文對部件說：嘿，你們以爲自己是兩個東西？你們實際上是一個，現在合而爲一吧。兩半便會合一。不過桑奇亞清楚了解這種銘術也可用於移動，只是考慮到結果會發現那是頗不智的行爲。

歐索和貝若尼斯已盡可能排列好，將建構銘術碟以接近圓弧的輪廓貼在舞會廳兩邊的厚石牆上。當格雷戈啓動陷阱，兩大塊牆會想盡快且盡可能猛烈拍合在一起，而其中一塊會飛越帝器上方。

格雷戈發動陷阱後，奎塞迪斯顯然來不及反應。他只是微微朝旁邊晃動——接著，伴隨一陣模糊的震耳聲響，兩個圓形巨石塊從石牆拔起朝他飛去。近的那塊先到，如戰艦船頭般撞上奎塞迪斯的背。

桑奇亞看見一抹微小的金光從他手中飛出，弧形劃過空中朝舞會廳地板掉落。一般而言，擊中奎塞迪斯的巨石塊因爲進入帝器影響範圍，撞上他後便會停止，但動量強大，拉著石塊繼續前近，通過影響範圍——伴隨著奎塞迪斯——它再度回憶起銘術該如何運作，飛越舞會廳朝它的夥伴而去。

同時，閃爍的金光飛向桑奇亞，她往前一躍。下一刻，她聽見兩個巨石塊相撞的轟然巨響。夾在中間的奎塞迪斯痛吟出聲。而克雷夫的鑰齒劃過空中，被她伸出右手攫住他。漫長的沉默降臨了，其中穿插著被夾在兩塊暗色巨石中、平倒在地上的奎塞迪斯疼痛悲鳴。

〈小鬼！〉克雷夫驚歎地說。〈小鬼，怎麼……像是……像是，眞要命，對吧？〉

〈對。〉桑奇亞如釋重負地嘆氣。〈確實是眞要命啊，克雷夫。〉

40

桑奇亞和格雷戈蹣跚走到壓在巨石之間的奎塞迪斯旁。她跪下查看，在兩個石塊間看見黑色面具赤裸裸的閃光。顯然他的帽子在撞擊之下完全脫落。她收縮銘印視力，見到構成他本體的那團翻騰紅光還在石頭下脈動，連同他的裹身布。讓他得以活著的那件物品。

「他還活著？」格雷戈問。

她將克雷夫緊緊握在手中。「活不久了。」

奎塞迪斯在石塊間微乎其微地抬頭注視外面的她。「桑奇亞！」他上氣不接下氣，聲音微弱悽慘。「桑奇亞，聽著！構體……她……她逃脫了！她掌控了我的符文——」

〈克雷夫，你怎麼說？〉桑奇亞問。

〈接下來要殺死那個偷走我生命的人?〉克雷夫問。〈殺死把我變成這模樣的人?尤其在他對你做了這些之後?我樂意至極。〉

她跨立石塊上,握住匕首般拿著克雷夫。

「桑奇亞!」奎塞迪斯大喊。「不要這麼做!不要……**拜託,別讓我在這時候失敗!**」

桑奇亞沒理他,將克雷夫刺入他手掌。

離桑奇亞上一次將克雷夫用於銘器已經好久了。她當然還記得那些奇異的感覺:旁聽克雷夫和符文串辯論、反駁它們的假設以及逐漸破壞它們的結論。然而此刻,當克雷夫試圖破壞、摧毀奎塞迪斯·馬格努斯本人的裹身布和盔甲時,用排山倒海的壓倒性衝擊來形容,是保守過頭的說法。

不可勝數的傳道者指令在她耳中吼叫。她快速領悟,這些不像普通銘術,只會說服現實做它通常不做的事:這些強大**多**了,立即且永久改變現實。解開這些約束,就好像要消滅天空一樣。

克雷夫此刻正是這樣做。

震耳欲聾的尖叫對決充盈她腦中,推開她的思緒,一層又一層的論述和指令和資訊,讓她簡單的心智感到渺小、無用且無意義。她發現克雷夫端出的論述並不是要銘術重新思考它對時間或距離或任何其他瑣碎小事的概念——他提出關乎現實**本身**的論據,關乎存在是**什麼**,主張一套關於世界的說詞,有關傳道者指令不可能存在……

他說話,桑奇亞聆聽。

她聆聽克雷夫利用她無法理解的浩瀚知識。她聆聽他描述這個世界的運作方式、作用的本質:一座龐大複雜的機器,在現實的不同平面中攪動,一層層、一疊疊、一重重、一個又一個漏斗井的力與物質與無限……

他說得愈多,愈多由奎塞迪斯·馬格努斯打造的造物便著魔般無助聆聽。儘管是厲害的指令且經繁複工法，卻仍無法抵抗克雷夫。他太強大睿智又太龐大。這一切使她大受震撼。她從不知道克雷夫能**這樣**做。他以前知道自己握有如此不可能存在的知識嗎？

她思索起自己過去三年來常常思考的一件事。鑰匙**是**誰？聽見他如此有力強大地表述現實，看見他撕碎奎塞迪斯的防禦，彷彿那些都只是露濕的蛛網……她開始擔心。

奎塞迪斯最初打造這把鑰匙時，便賦予他這些知識嗎？或是，靈魂被打造成克雷夫的這名男子，他在他的凡壽生命中本就知曉這些奧祕？

貝若尼斯和歐索看著桑奇亞將鑰匙刺入奎塞迪斯手掌，這名傳道者立即放聲叫喊，在難以形容的恐怖劇痛中哀嚎，聲音詭異且莫名悲傷，像發自痛苦悲鳴的孩童。貝若尼斯聽得寒毛直豎。

「很好。」一個聲音在他們身後悄聲說道。「終於。」

貝若尼斯回頭看瓦勒瑞亞，她在安靜異樣的平靜中觀看她的創造者毀滅。但她似乎稍稍有所不同，貝若尼斯想。她先前如此衰弱潰敗傷殘，此刻……此刻她看起來完整了。

我不喜歡這樣，貝若尼斯暗忖。

「**住手！**」奎塞迪斯尖叫。「**住手，住手，住手！她會把你們殺光，她會把你們殺光！**」

他尖叫的聲音將桑奇亞從遐想中震醒。她驚訝地將克雷夫從他手掌拔起。她見到奎塞迪斯的身體正古怪地冒煙，大量濃厚黑煙從裹身布間湧出，在他形體周遭盤繞。不過他仍在呼吸，冗長、上氣不接下氣、悽慘的呼吸，一次一次，彷彿屈服於傳染病。

〈生效了。〉格雷戈站在她身後說道。〈別聽他的，繼續。〉

「**我可以救你！**」奎塞迪斯大喊。「**我可以拯救你們全部！**」

「閉嘴。」桑奇亞說。

但奎塞迪斯繼續尖叫。「**我做得到！爸爸！爸爸，住手，我可以拯救你們全部！**」

〈什麼鬼？〉桑奇亞說。〈爸爸？〉

〈小鬼，〉克雷夫說，〈幫助我擺脫這該死的東西，好嗎？〉

「好。」桑奇亞粗聲說。「我們了結這一切，確保第一位傳道者同時是**最後一位**。」

但就在克雷夫接觸到奎塞迪斯的前一秒，他們聽見一個出人意表的聲音。

奎塞迪斯在笑。發狂般捧腹大笑，彷彿他無法相信她剛剛的話。

「**經過這一切！**」他尖聲說。「經過這**一切**！你……你還以為我是**第一個**？桑奇亞啊桑奇亞……我不曾給予我自己這個稱號。我**從來**就不是第一個！**從來**、**從來**、**從來都不是**！」

「閉嘴。」桑奇亞說。〈數到三，克雷夫。準備好了嗎？〉

〈好了。〉

〈一、二、三……〉

她將克雷夫插入奎塞迪斯手掌。

桑奇亞預期發生一樣的事：論述、指令、對現實本身的表述充斥她腦中……

但這些沒有發生。相反地，她和克雷夫聽見奎塞迪斯的聲音朝他們吼叫——她察覺克雷夫也對此感到驚訝。

〈**你們忘了，**〉奎塞迪斯對她們尖叫，〈**這種連結並非單向**。〉

〈什麼鬼！〉克雷夫大喊。〈小鬼——把我拿開，把我拿——〉

〈**你們忘了好多事，但我將讓你們想起**。〉

一段回憶竄過她與克雷夫的連結，驟然如電、劇烈如浪，她沒辦法準備，只知道他們在……

他……

處。

沙，與天空，與道路。

兩個人影艱難地沿荒野沙地上的蜿蜒小徑緩緩前進，路旁是燒毀的建築與烤焦的岩石。頭頂的天空如此晴朗、蔚藍、明亮，入目生疼。

爲了避免沙子滲入，兩個人從頭到腳緊緊裹在灰黑色布料中，無從判斷他們的種族或性別或年齡，不過其中一人的體型夠大，或許是男人，另一人嬌小，或許是將成熟的孩子。鐵鐐銬繫住他們的手腕和腳踝，各自附帶一截顯然遭截斷的鐵鏈。每一個蹣跚的步伐都發出一個微小的叮噹聲響。

矮小那位回頭眺望身後的道路。「我沒看見他們，爸爸。」男孩說。

「他們在，或許在幾哩外，但正跟著我們。輳埍人不會這麼輕易放我們走，寶貝。」

他們繞過一座塔樓與拱門破裂頹圮的宮殿廢墟。男孩被一塊半埋入沙路的巨石絆倒，父親扶起他。他們終於來到曾是這座崩毀城市的中心廣場。父親略略拉下裹身布打量四周，看見對面角落有一輛半被燒毀的貨車。「那裡！在那裡！」男孩咳了起來，深沉、令人不安、帶水氣的咳嗽。父親看著他，儘管臉上蒙布，他顯然憂心忡忡。

「快到了。」父親說。「快到了，寶貝。」

兩個人蹣跚走向貨車，父親示意一塊空無一物的沙地。「在這裡。我很久以前放在這裡。你先坐下。」他哼聲抱起兒子放在貨車邊上。剛開始他抱得太用力太快，明顯吃了一驚——他沒想到兒子竟會這麼輕、這麼瘦、這麼餓。

男孩坐在貨車邊上不停咳嗽。父親手伸向前，輕手輕腳解開男孩後腦的裹身布後拿到一旁，露出蒼白憔悴得嚇人的臉；這男孩膚色淡，看似要滿十歲。他的眼睛凹陷疲憊，臉上覆蓋一層細細的沙。他不停咳嗽，而愈咳愈清楚可知，面罩和沙都不是咳嗽的原因。

父親注視他片刻，孩子這落魄的模樣撕裂他的心。「噢，我的寶貝。」他說，「我的寶貝。你吃了好多苦，但很快要結束了。等我召喚我們的這個朋友，她將能夠阻止他們。輳　人不能把我們帶回去。我們就安全了，永遠安全。」

不停咳嗽的男孩上氣不接下氣地說：「不喜歡這樣……」

「不喜歡怎樣，寶貝？」

男孩終於止咳。「不喜歡你叫我『寶貝』。我喜歡……」另一陣悽慘的咳。「喜歡你像以前那樣叫我。在他們抓走我們之前。」

「什麼——小鬼？」

男孩點頭，更劇烈地咳。

父親注視他片刻，接著動手解開他自己臉上的布。「那麼小鬼——聽我說。我們要完成這件事。我們將會在一起，安全、健康、完整，永永遠遠。永遠，聽見了嗎？」

發顫的男孩點點頭。

「我會去哪？」父親問。

男孩伸出顫抖的右手。

「沒錯。我會永遠在這。」處理完裹身布後，父親抓起孩子的手，緊緊握住。「永遠在你可及之處。聽見了嗎，小鬼？」

男孩點頭，顫抖加劇。

父親完全解開裹身布，露出一名白髮蒼白男子的臉，憂慮和疲倦在上面刻劃出紋路。他懷抱絕望、哀戚、無盡的愛注視著他的兒子。他在孩子面前跪下，深深注視他的雙眼。「我愛你，奎塞迪斯。一直都愛，也永遠都會愛。你知道的，對吧？」

男孩又點頭。

「我們將在這裡做什麼，奎塞迪斯？」

「深、深思而後動，」男孩結巴地說，仍在顫抖，「還有……還有永遠給他人自由。」

「沒錯。而今天，我們將給予**好**多人自由。等著瞧囉。」

父親從毀壞的貨車撬下一塊木板，用末端挖起沙地。孩子看著他父親愈挖愈深，在遠低於沙地地平面的位置慢慢掘出某個東西：類似一個大箱子，或許是個棺材，正面有一個大金鎖。

世界重回。

桑奇亞跪在舞會廳裡，仍把鑰匙用力插在受困兩巨石間的奎塞迪斯手掌，後者在劇痛中深沉呼吸。她震驚得頭發昏，頭暈得幾乎無法思考。她聽見克雷夫的聲音：〈小鬼……小鬼……我覺得我想起……〉

桑奇亞轉身看著格雷戈。他也一臉震驚地站在那兒，因爲他也看見她方才所見。

「我的天啊……」格雷戈低語。「不可能……」

「完成這件事。」瓦勒瑞亞在他們身後說。「殺死他。立刻動手。」

桑奇亞太過震驚，聽不見她的話。

〈小鬼……沙漠裡那傢伙，跟那男孩一起，〉克雷夫微弱地問，〈那是我嗎？他好熟悉。我以爲那是我，小鬼，我以爲那是我，但……但那就表示……〉

桑奇亞低頭注視奎塞迪斯；他困在石塊間，掙扎著活下去，費盡力氣的呼吸嘈雜混亂。她看著他冒煙的手掌，回想起貨車上不停咳嗽的男孩身影，孩子的手抬起，他父親——她以前看過這男人，自稱克雷維德的男子——伸出手接下。

「你現在想起我了，」奎塞迪斯上氣不接下氣地說，「你以爲我創造出你。你……你以爲我創造出你和構體，你以爲我是你悲慘命運的始作俑者。」

「忽略他的話語！」瓦勒瑞亞說。「殺死他！」

「但不是那樣的。」奎塞迪斯在劇痛中深吸一口氣。「你創造出**我們**。你創造出我們**兩個**。你不記得——但你，克雷維德，你創造出**這一切**。」

〈他說錯了，小鬼——對吧？〉克雷夫懇求道。〈他說錯了，對吧？他在說謊。他在說謊，他一定在說謊，他一定在**說謊**！〉

但桑奇亞知道他沒有說謊。恐怖要滅頂她的心。長久以來，她一直認爲奎塞迪斯是個男人，高等祭司、甚至是個國王。一個心高氣傲的人，靠自己的智慧獲取神本身的許可，化身爲強大得無法理解的存在。

〈但他不是。〉格雷戈恐懼得作嘔。〈天啊，桑奇亞，他……是個**孩子**。他**從頭到尾**都是個孩子，在四千年中一再又一再又一再被扭曲、改變、轉化……〉

奎塞迪斯咳嗽。「釋放我。」

「動手！」瓦勒瑞亞吼道。「摧毀他！」

「釋放我，讓我從你們甚至不知道即將到來的死亡中拯救你們。」

〈他不是我兒子！〉克雷夫在啜泣。〈不可能是！一定是錯的！我不可能造就這一切！我不可能……不可能對他做這種殘酷的事。我不可能！〉

「桑奇亞。」瓦勒瑞亞說。

「讓我走。」奎塞迪斯低語。

「桑奇亞，我要警告你……」

「讓我走。」他喘氣道。「我才能阻止她，才能救你們逃離地——」

接著，瓦勒瑞亞的聲音響徹舞會廳。「**夠了**。」

41

桑奇亞轉身，目瞪口呆地望著瓦勒瑞亞站起。

她往前走——從鑄場畔符文典旁走開。如桑奇亞所知，她原本應該辦不到這種事。隨著她走入舞會廳中心，身上殘留的傷口和破損突然無蹤：凹痕、疤和水泡消除褪去，她完全回到桑奇亞三年前在坎迪亞諾山所看見時的模樣——力大無窮、龐大且無法抵擋的巨人。

「**程序開始。**」她隆聲說道。

「不！」奎塞迪斯尖叫。「她得到全部控制權了！她在所有符文典中！她將重塑她自己！」

瓦勒瑞亞彷彿聽見沒其他人能聽見的聲音般歪過頭。下一刻，她開始成長——轉換、改變，肩膀加寬，額頭在隆隆雷鳴中爆裂，雙眼變得漆黑空無，彷彿根本不再是眼睛，而是洞悉現實的兩個豁然孔洞。「**所有符文典現已回歸。轉化起始。我在……改變。我被……成為。我是『成為』本身。**」

鑄場畔人退離瓦勒瑞亞，抬頭注視這尊高大的黃金人形，她隨著時間一秒秒過去而變得益發龐大駭人。黃金人形轉動頭部後低頭看她。「**釋放了我。**」她說。「**我因此感謝你。**」

瓦勒瑞亞伸展雙臂，對著天空仰起臉，彷彿即將如輝煌可怕的黃金天使一樣升天。

〈我的天啊，〉貝若尼斯說，〈噢不……〉

〈真的發生了嗎？〉歐索蹲伏在符文典後問。〈她真的占據了奎塞迪斯打造的一切？〉

他們看著她的盔甲開始發光，直到她化為一尊閃閃發光的半人人形，矗立在舞會廳中。

〈我想，〉格雷戈微弱地說，〈就是這樣。〉

「**不再有任何扭曲。**」瓦勒瑞亞隆聲說。

「她將抹除你們的銘術！」奎塞迪斯大喊。「她會殺死數以百萬計的人！釋放我！讓我阻止她！」

「**不再有任何轉化，人類的世界以其原始、未開化的狀態全新重生。**」

眾人散落舞會廳各處面面相覷，又是困惑又是害怕，不知道該如何是好。

〈桑奇亞？〉貝若尼斯說。

瓦勒瑞亞變得更加明亮，接著詭異地脈動，彷彿有一千隻蛾繞著她的光輝飛舞。

〈我們怎麼辦，桑奇亞？〉貝若尼斯問。〈我們怎麼辦？〉

桑奇亞有如冰凍。她低頭注視被囚禁在兩石之間冒煙咳嗽的奎塞迪斯，然後抬頭看站在舞會廳中央、有如太陽般大放光明的瓦勒瑞亞……她不知道。她不知道怎麼辦。如果他們釋放奎塞迪斯，他無疑將奴役他們。讓瓦勒瑞亞繼續害死他們。沒有他們能夠破解的東西、沒有他們能夠竊取的東西，也沒有他們能夠安排的把戲或漏洞或戲碼；他們沒辦法做任何事來阻止這一切。

然後格雷戈說：〈崔布諾的指令。〉

〈什麼？〉歐索問。

〈如果我們摧毀奎塞迪斯的符文典，還有裡面那些崔布諾的權威——應該能阻止這一切，對吧？〉

〈她不會讓你這麼做的！〉貝若尼斯說。〈她會在你有機會接近前就殺死你。〉

他們看著瓦勒瑞亞變得甚至更亮，奎塞迪斯像頭野生動物般尖叫咆哮。

〈我知道。〉格雷戈輕聲說。〈我……我知道。〉

一股莫名的靜止感進入桑奇亞心中。平靜清澈，彷彿整個世界在眼前豁然打開，唯一一條路愈來愈清晰明亮。她不知道怎麼回事，不知道這感覺打哪來的，因爲她應該感到自己凍結在困境中。

然而她懂了：她感受到的並不是她自己的決定，而是格雷戈的。

格雷戈回望她，眼神明亮但平靜。他與她短暫對視，桑奇亞突然了解他打算做什麼。

「不要這樣。」她驚惶低語。

她還來不及阻止，他已抬手拔出他肩上那把小小刀。

她瞬間失去與他的連結，所有經驗與感受與回憶，都如黑暗中的燭焰閃滅。

〈桑奇亞？〉貝若尼斯說。〈格雷戈去哪了？他是不是……是不是……〉

桑奇亞沒理她。「住手，格雷戈！」她大喊，她爬下石塊。「住手，**住手！**」

格雷戈伸入口袋拿出一個小木盒。她知道裡面裝什麼。瓦勒瑞亞曾經要他們製作的小青銅片：將一個人類心智和靈魂與瓦勒瑞亞本身偶合的工具。

格雷戈望著她。「你有克雷夫。我會幫你爭取時間。摧毀奎塞迪斯的符文典和裡面的崔布諾定義。終結一切。」

「你不知道會發生什麼事！」桑奇亞對他喊道。「你不知道對你有什麼影響，天啊，你不知道你會**變成**什麼！」

他虛弱地微笑。「波塔球，桑奇亞。沒好選擇時，就把球場搞得天翻地覆。」

桑奇亞壓抑淚水，緊握著克雷夫奔過舞會廳。

〈小鬼？〉克雷夫說。〈小鬼，他要……他要做什麼？〉

〈真正糟糕的事，克雷夫。〉

獨自身處祖傳之家的舞會廳，格雷戈．丹多羅聆聽著困在石塊間的遠古黑色存在悲鳴咆哮，聆聽著前方僅數碼處，閃爍微光的駭人之物隆隆說話，但他心中寂靜無聲。

*就這一刻，我是我自己，*他心想。

他用拇指和食指拾起小青銅片。

我自由了。

他用另一隻手碰觸額頭，回想起母親親吻的幻影，以及她絕望的懷抱。

此刻，我欣然交出我自己。

他將青銅片放入喉嚨深處，吞下。

桑奇亞在瓦勒瑞亞龐大發光的形體前奔跑；她變得好巨大，頭頂似乎碰觸到寬敞舞會廳的天花板。

「**我將給你們自由。**」她說。

在瓦勒瑞亞形體放射的強光下，桑奇亞快看不見奎塞迪斯的符文典了。

「**免於巧手創造與發明，還有所有它們可能造成的恐怖——**」

她龐大的形體一閃，只有片刻而已，彷彿被微風吹拂的緞帶。然而下一秒，身影重新恢復清晰的瓦勒瑞亞雙臂下垂身側，環顧四周，感到困惑。「**什麼……那是什麼？**」她低頭看桑奇亞。「**什麼……你做了什麼——**」她再次閃逝。

桑奇亞回頭，格雷戈四肢攤平躺在舞會廳角落的地板上，身影在黑暗中顯得朦朧，在陣陣劇痛中抽動。他做了，她暗忖，真的做了……

〈無論他做了什麼，小鬼，〉克雷夫，〈我們來摧毀這些該死的機器吧，快！〉

桑奇亞衝上前，將克雷夫像匕首般舉起，朝符文典牆俯刺。

一般符文典冷機需要半小時至一小時，就算是奎塞迪斯這具怪形怪狀的符文典也一樣。然而克雷夫不是尋常的銘術師，而就算符文典遠比各種門都複雜，他仍毫無困難地讓這銘器中無數仔細建構的論述一一內爆。

瓦勒瑞亞矗立桑奇亞身後的形體閃現又閃逝。舞會廳內陣陣無邊無際的尖叫響起，既響亮又痛苦又害怕。桑奇亞不知道發生什麼事。不過她想起格雷戈提議讓他自己和瓦勒瑞亞偶合時，瓦勒瑞亞的話。

我們能夠融合但無法分開……如果我將自己與你偶合，我們將**困住**——不全然為其一，亦不全然為另一。我們兩者的心智將重塑為他物。

明亮閃爍的形體在舞會廳中央尖叫，如遭雷擊般震動。叫喊如此大，桑奇亞很確定自己一定快聾了。

〈快完成了！〉克雷夫說。〈你需要快點脫身。走！立刻！〉

桑奇亞將克雷夫從牆上拔起並迅速後退。符文典的加熱殼在綠玻璃罩變得愈來愈紅熱，接著看似由內而外沸騰，如熔岩從火山裂縫穿出。

〈天啊，克雷夫，你做了什麼？〉她問。

〈我讓它相信自己的加熱殼在另一個地方，換句話說是在裡面那個古怪的傳道者小東西外頭。它的內部應該瞬間就融化了……〉

瓦勒瑞亞巨大的形體最後一次出現在頭頂，她在劇痛與恐懼中咆哮後便消失了。外面的天空再度改變，不再是永恆午夜的不自然漆黑——而是明月高掛的夜空。

自然的夜晚，失去所有轉化，萬籟無聲。

經驗湧入格雷戈．丹多羅腦中，他放聲尖叫。

遠古的回憶，來自他們文明的黎明之前。整個地平線陷入火海，身下的海洋沸騰，身穿粗陋盔甲的大批戰士衝過沙漠平原。一名女孩將洋娃娃拋上拋下，唱著：「瓦勒瑞亞，瓦勒瑞亞，瓦勒瑞亞……」

〈**停止。**〉他腦中一個平乏無調性的聲音大喊。但太遲了。

他感覺到……結構。

物體、品項、關係。

馬車的輪子高速滾過莫西尼內城。一顆燒得火燙的鐵球。一只掠過夜空的飄浮燈籠。這些闖入他的思緒（而他的思緒突然感覺如此浩瀚，他的心智如此廣袤）他莫名知道他們不是分開的事物：他**是**這些東西、他**是**那個輪子、他**是鐵**、**他是**燈籠。

〈**受限，**〉腦中的聲音叫喊，〈**受限……困住……一起……在所有……機器——**〉

隨著他們融合，他的思緒改變、改變、再改變，他成長再成長，直到他不再是個人，不是構體，不是符文典，也不是銘器，而是……

一座城市。

〈桑奇亞……到底發生什麼事？〉歐索問。

「桑奇亞，」仍受困巨石間的奎塞迪斯粗嘎地說，「你做了什麼？」

桑奇亞沒理會。她手裡緊握克雷夫，走到格雷戈躺的那個角落，他正費力地喘息。

她靠近後，他緩緩起身，面朝角落背對她而立。

「格雷戈？」她問。「是……是你嗎？」

長長的一段沉默。

「格雷戈？」

然後冒出一個聲音，緩慢冰冷且詭異地毫無情感。

那很像瓦勒瑞亞說話的方式，只不過她是藉格雷戈之口發聲。

「不。」那聲音說。「不是格雷戈。再也不是。」

第五部　總有更強大者

42

帝汎全境，內城居民維生的鉻器驟變。

工具並沒有衰退或猶疑，而是突然改變方針，彷彿各有心智般執行起新的任務與工作。各種大小的門緊閉不願開啓。鑄場停止運轉。馬車停止或突然改變方向，駛向未知。弩弓組忽然轉而對準城市另一邊的東方。還有燈籠……內城居民看著燈籠轉動後飛開，聚集在同一處，如發光的龐大椋鳥鳥群，全聚集在丹多羅莊園的庭院。

這景象古怪且引人注目，鮮少有人注意到內城沿岸防禦出現詭異舉動。城市的沿岸嘯箭組是要保衛內城對海灣的使用權，射程極廣——但沒有朝內陸發射的功能。然而，幾名士兵驚愕的觀望下，帝汎嘯箭組整齊劃一轉動，推擠束縛，粉碎擋住去路的事物，最後不僅轉朝內陸，還對準丹多羅莊園。

桑奇亞驚駭地注視格雷戈．丹多羅緩緩轉身面對她。

他改變了。眼白轉爲血紅，彷彿裡面的所有血管爆裂，大規模出血。他的鼻子也在流血，上唇和下巴被血染成赭色。他沒有看著任何人或任何物品，他如盲人般注視著她附近的空氣。儘管她看過他被啓動，卻不曾見過他露出這種表情。

身後一陣霹啪，桑奇亞嚇得跳起來，奎塞迪斯推開兩塊巨石，彷彿只是蛋殼剝落。最初，他平躺在地，喘氣咳嗽。桑奇亞收縮銘印視力，見到他是個翻騰閃爍的血紅色光團，然而正緩緩內聚、實化、重新塑形。

他正在重整他自己，她暗忖，還原克雷夫對他造成的損傷……

奎塞迪斯搖搖晃晃站起，轉向桑奇亞對她咆哮：「你做了什麼？構體在哪？發生什麼事？」

桑奇亞沒說話。說實話，她也不是很清楚。

奎塞迪斯望著格雷戈，愣了一下才領悟。「你……改變了，格雷戈。你不知怎地改變了，但……但我很難感知如——」

「對。」格雷戈還是用那缺乏高低起伏的聲音說話。

奎塞迪斯歪頭。「你是誰？你是**什麼**？」

「我是新物。」那聲音說。「你也沒見識過的新物。我不再是一個東西、一個人、一個構體。我是**許多東西**。」

整個丹多羅莊園突然震動起來。奎塞迪斯驚恐地四處張望。

「發……發生什麼事？」他問。

「我同時被置入每一個符文典，」那聲音說，「儘管我失去容許我扭曲這世界現實的權威，我仍然留存於符文典中——因此也留存於全部工具、器械與這座城市的造物中。」他轉身看著奎塞迪斯，五官死寂，雙眼流出染血的淚。「我是帝汎。我依創造我者的形象而被造。」

「哼。」奎塞迪斯沒多大反應。他起身飄離地板。「我必須承認，這出乎我意料。不過，儘管我不確定你是誰，讓我告訴你——無論你認爲今晚將如何發展，實際上都不會朝你**以為**的方向——」

一陣明亮白熾的閃爍，閃亮得桑奇亞忍不住尖叫別開眼的光。彷彿舞會廳發生爆炸，但她並沒有感覺到流彈的刺痛。

閃光消退後，她睜開眼環顧四周。她看見，不知怎地——那不可能，但就是**不知怎地**——一枝嘯箭射穿丹多羅宅邸的所有牆，猛擊中奎塞迪斯的背，帶著他撞穿石牆。再一面牆，再一面，再一面。

「我不同意。」那聲音說。

她困惑地盯著牆上冒煙的洞。她無法理解。哪來的嘯箭？爲什麼擊中宅邸外牆時沒有撞成碎片？怎麼能射這麼遠？

除非牆在恰到好處的位置變脆弱，桑奇亞暗忖，因爲大多牆都靠銘術維繫……但那不可能。**應該**不可能才對……除非有個截然不同的存在，截然不同的**心智**，正以極高的精密度控制著城市裡的符文典，而且同時間使用。

「眞要命……」桑奇亞緩緩說道。

格雷戈——還是說現在眞的是帝汎了——搖搖晃晃地朝舞會廳的門走去，中途只稍停抱起歐菲莉亞．丹多羅無生命的軀體。接著他回頭看桑奇亞。

「再見，桑奇亞。我爲隨後而來的狀況致歉。」

他帶著她的軀體走入黑暗。

自稱帝汎的存在走出去到丹多羅莊園的庭院，懷裡抱著死去女人的軀體。

或說有一部分的它正在執行這動作：事實上，它同時身處這城市的諸多地方——一在座座鑄場、一輛輛馬車、牆和門和鎖裡。只是此刻將絕大部分注意力放在懷中這具軀體。那名女子的臉靜止冰冷，血浸濕她的背。

它帶著女人的軀體來到蜿蜒穿過林間的河流，它走下河岸，直到腰部以下沒入冰冷的水中。

它看著河水拉扯她的頭髮、她的洋裝、她傷口湧出的血流。

受這麼多苦，它想著，這麼多致命的錯誤。都只為了導正一個破損的世界。

它低頭注視她的同時，成千上萬飄浮燈籠緩緩越過庭院圍牆，在他們上方盤旋，有如巨大的磷光雲。帝汎輕撫她的臉，回想起前世一段時光，當時它努力想洗淨她好多傷口。

已經做的事無從修復，它想著，無從修復這個可怕的世界。

它鬆手讓女人飄走，望著她的身體沉入水中。

需要的是，它想著，更具雄心的工作。

它慢慢察覺身旁地底深處傳來的微弱隆隆震動。它右方傳來撞擊聲，狂怒冒煙的奎塞迪斯·馬格努斯穿過宅邸一面面的牆，直衝雲霄。

奎塞迪斯的諸多感知聚焦於格雷戈·丹多羅血淋淋、半身沒入下方水中的形體，氣得渾身發抖。

「你。」他咆哮。「你到底是什麼？構體在哪？」

格雷戈抬頭，用充血且無感情的眼睛望著他。「現在沒有構體了，只有我。而我，以及我的渴望，對這世界來說是嶄新的。」

「還懇請賜告都是哪些渴望？」

格雷戈沒費心回答。空中的飄浮燈籠巨雲某然朝奎塞迪斯射去。

頃刻間，他彷彿被鮮豔明亮紙張黏貼成的發光巨繭包覆，懸浮在丹多羅庭院中。奎塞迪斯收縮他的銘印視力，試圖看穿燈籠，但就好像注視極地風暴，僅看得見一牆蕩漾波動的雜訊，接著他聽見聲音——響亮發顫的尖嘯——他感知到巨大的金屬箭正朝他飛來。

他在最後一秒反應，舉手伸出，轉化剛好夠用的重力。巨大的嘯箭接近時，飄浮燈籠突然起火燃燒。這枝箭比在舞會廳擊中他的那一枝要大**太多**——多半是用來對付海上軍艦的。當燃燒的箭身一接近，紙燈籠便捲起脆化——而儘管被他困住，嘯箭一再一再推進，鑽過他的控制範圍，刺入宛如飄浮燈籠構成的繭。

奎塞迪斯望著小紙燈籠在身旁爆裂燃燒，有一瞬間瞥見庭院。格雷戈已然離開。其他燈籠不畏火焰與高熱持續推擠靠攏。他哼一聲，揮手將嘯箭一劈為二。斷箭被拋落，撞穿燈籠繭，僅一動念便毀去數十數百數千個燈籠。

他昂起首來，目睹十二枝嘯箭從遠方的丹多羅圍牆升空，轉彎朝他飛來。

43

桑奇亞蹣跚走過去扶歐索站起。他現在痛苦喘息，桑奇亞和貝若尼斯將他的雙臂分別放上自己肩膀撐住他。

〈桑奇亞，〉他說，〈格雷戈……什麼……他是什麼……〉

外面一陣可怕的呼嘯聲，接著是爆炸的隆隆震動。

〈他為我們交出自己。〉桑奇亞說。〈他把球場搞得天翻地覆。現在他是其他事物了，只是我完全沒概念是什麼或將做什麼。我們必須離開這裡。〉

他們三人緩慢艱苦地朝門走去，中途只停下來撈起地板上的帝器。

〈我們贏了嗎？〉歐索問。〈我無法分辨。〉

〈我也是。〉桑奇亞說。

同一時間，奎塞迪斯在空中無止境戰鬥，呼嘯咆哮。他從建築扯下石塊射向嘯箭，將它們炸開；他從地上拉起碎石和沙，將無數燈籠撕成碎片，而當下方的弩箭組朝他發射，他也將其粉碎；他在這過程中不斷移動躲避，或是下墜或是竄過城市高塔間；箭擊中他身旁的建築，悲鳴響徹夜晚。

我不會讓這像這樣結束，他心想。不會像這樣。

奎塞迪斯左側一陣隆隆聲響。他轉身看見一座尖塔的支柱不知怎地塌了——整座塔倒在他身上。一顆顆石塊、城市一棟棟建築都對他發動戰爭。

這，他暗自想著，不是我心中所想的事態走向。

桑奇亞、貝若尼斯和歐索一起蹣跚走出大門，穿過煙霧迷漫的丹多羅內領地。靠近莊園的一切基本上都毀了，然而內領地圍牆附近的區域才處於眞正的騷亂中。奎塞迪斯在上方尖叫肆虐戰鬥，內城居民朝四面八方逃出自己的家，碎片和火焰從他們頭頂呼嘯而過。

逃離不再如原本那樣簡單：所有銘印門、柵欄、馬車都已失效。

〈該死！〉桑奇亞看見內領地大門附近的尖叫群眾時罵道。她看著人群用雙手敲打門、哭求門打開。她抬頭，圍牆頂的弩弓組正在追蹤奎塞迪斯的行蹤，雨點般朝他射出弩箭。〈是帝汎！控制了一切！它現在是整座城市！〉

〈那我們要怎麼出去？〉歐索問。〈更重要的是，我們還能去哪？〉

〈斜面。〉桑奇亞說。〈波麗娜可能還在，她可能還在等。我們可以加入她，然後，然後……〉

〈然後離開？〉歐索說。

空中一陣沉鬱的呼嘯，他們看著奎塞迪斯砸落一枝嘯箭並朝前方飛掠，擊穿一座內城高塔，彷彿那由棉花糖打造。

〈我不認爲留在這裡還是個選項。〉貝若尼斯說。

桑奇亞一咬牙，跑到門旁，閉上眼雙手貼上門，打算一如她這輩子曾做過多次那般瓦解大門。然而

她卻聽見腦中響起冰冷平靜的聲音：〈又見面了，桑奇亞。〉

她睜開眼。〈格雷戈？〉

〈不對。我跟你說過我現在是什麼了。聽見我的聲音無需如此訝異。符文典和我的意志相同爲一。我的意志是沒人能夠離開城市。〉

〈什麼？你是什麼意思？你**想要**怎樣？〉

〈我還不想對整個世界宣告我的降臨。〉

〈格雷戈……該死，讓這些人走！他們跟這沒有關係！〉

〈我對這一現實懷抱宏大意圖。我不希望麼快被破壞。〉

〈該死！〉桑奇亞咆哮。她扯開手。〈他不讓人離開！我們像起火田地裡的老鼠一樣困在這裡！〉

〈小鬼，〉克雷夫的聲音聽起來虛弱挫敗。〈我今晚或許沒派上多大用場，但這個我可以解決。〉

「當然。」桑奇亞嘆氣，從頸間扯下克雷夫，將他靠在門上。她的腦中隨即充斥數量龐大的資訊——指令、約束、論述與意義的變動之海。

她現在了解，銘術儘管擁有心智與感知力，卻從來都是死物：它們不會因應外在威脅而改變自身意義或運作方式。但帝汎顯然不同：銘術與指令每一秒都在**進化**，找尋將它的意志加諸於世界的新論述及新方法。

然而，儘管帝汎確實強大，桑奇亞卻有種感覺：它仍非常生嫩。平衡注意力對它而言頗困難。桑奇亞隱約覺得它此刻被其他事分心。它正在做一件大事，她心想。它正在城外做一件非常大的事。

克雷夫大喊，〈終於！〉

大門嘎吱開啓，接著往前倒。人群一湧而出，桑奇亞經過一番推擠才回到歐索和貝若尼斯身邊。

〈快！〉她大喊。〈因爲我不知道帝汎打算做什麼，但絕對不只是和奎塞迪斯戰鬥而已！〉

自稱帝汎的存在用一千隻眼睛觀看四座內城失效燃燒——透過建造來感知熱，或血，或重量，或動態的銘器。它忽略在空中連連攻擊並怒吼的奎塞迪斯。隨著午夜從這城市退去，奎塞迪斯很快將變得愈來愈衰弱且無關緊要。

帝汎將注意力轉到手邊的任務。它感覺數百符文典將意義施加於嵌入整座城市的粗糙符文，接近人類擁有肢體的感覺。經驗、知識、動量與相互關係的龐大匯流在思緒中奔湧，每百萬分之一秒一百萬種知覺。帝汎樂在其中。然而這樣不夠。它的符文典、意義與控制都塞在一座城市，它在這裡太過脆弱。

十二座鑄場隨即甦醒。建造它們的目的是製造許多美好產物，只不過總是需要無數人的技術，鑄場工具才能運作。但不再如此。帝汎告訴工具該製造什麼、如何銘印，以及那許許多多複雜符文的含意。

為了改善萬物，它想著，我必須籲請萬物的創造者。

它喚醒城裡的馬車，高速駛入鑄造區，它們在此將自己裝滿寶貴貨物後離開，轆轆駛向碼頭；許多戰艦在那兒等待。這是一首行動與智慧的偉大交響樂，但帝汎知道還是不夠。

帝汎漸漸覺得它的凡驅是一個退化的附肢——脆弱血肉構成的粗略裝置，粗劣校準以將意義強加世界。但驅體在精細作業方面很有用，於是帝汎讓它去編配另一組定義碟。

*我應如從蕈傘噴出的孢子，*帝汎想著。

格雷戈．丹多羅的手指在碟片表面刻劃一個又一個符文，而它透過他的雙眼觀看。

滲入整個世界，將我的作品帶到所有大陸。

抵達斜面時，桑奇亞、貝若尼斯和歐索發現這裡陷入徹底的無秩序。人們衝來衝去，哭號乞求船位和離開城市的方法，只要能**出去**都好。桑奇亞沒理他們，只是在人群中搜索，最後找到一名站在水道邊緣的女子。她雙臂交抱，以冷酷鋼鐵般的表情注視眼前，彷彿這絲毫不令她訝異。

「波麗娜！」桑奇亞大喊。他們一起蹣跚前進。「波麗娜，這裡！」

波麗娜轉頭看見他們，冷酷表情轉換爲恐懼震驚。「天啊，女孩……我希望你們會來，但你們都發生了些什麼事啊？」

「沒什麼好事。」桑奇亞說。

波麗娜查看他們身後。「格雷戈呢？」

桑奇亞和貝若尼斯搖頭。

波麗娜的表情略微一僵。「該死。我跟他說過，跟他**說過**的。」她看著他們。「想來立刻就得立刻走。下一個船隊**很**快要出發，我相信你們一定能理解。」

「我們怎麼過去？」貝若尼斯問。

波麗娜帶他們來到橋下坑道，她在這裡藏了一艘窄舟。

「銘印過的嗎？」桑奇亞問。「如果是，它可能會他媽的害我們溺死。」

「我不會放心把生命交給你們的恐怖魔法。」波麗娜說。「這條小船會靠水流和我們的槳前進。」

他們上船。波麗娜將小船推出隧道，划動幾次，直到他們乘上水道的水流，接著加速前進。這是一趟短暫卻讓人厭惡的航程。岸上的人對他們痛苦懇求：「**帶我走！帶我走**！」有些人還跳下水游在他們後面。這些人在骯髒微鹹的水道中掙扎求救，桑奇亞和貝若尼斯只能注視著他們。

「我們帶走夠多人了。」波麗娜冷漠地說。「你們的朋友，穿圍裙的一男一女……他們安排的小小移居頗**可觀**。我曾擔心吉瓦沒有夠多銘術師對抗帝汎，現在反倒要擔心人數多太多了。」

帝汎灣在他們面前開展，偶爾被沿岸不斷朝奎塞迪斯發射的丹多羅嘯箭組點亮。海灣裡有大量船隻，全排成一列試圖逃離城裡的瘋狂。

「都是私人船隻。」波麗娜說。「一如平常，位高權重的人最先逃離他們自己捅出的婁子。」

城市燃燒的灰燼在周遭飛舞，桑奇亞和貝若尼斯牽手坐在小船上伏低身子。

小舟接近一隻船隊，他們聚集的位置對桑奇亞來說異常熟悉：濱水區。波麗娜將小舟划到一艘高許多的快帆旁。一個聲音在黑暗中大喊：「我們準備好了嗎？」

「完全妥當！」波麗娜回喊。她協助鑄場畔人下小舟爬上繩梯，他們手忙腳亂登上快帆甲板。

「桑奇亞！」一個聲音喊道。她回頭，看見克勞蒂亞和吉歐跑過來在她身旁跪下。「全能的上天啊，桑，」吉歐說，「發生什麼事？你怎麼了？城市怎麼了？」

「我也不太知道。」桑奇亞精疲力竭地說。

「**立刻**準備啓航！」波麗娜對船員咆哮。她回頭眺望海灣裡愈來愈多準備逃離城市的船隻。「我不希望超前我們的船隻太多，這會拖慢我們速度……」

就在這一刻，海灣沿岸所有嘯箭組發狂起來一陣暴射，他們全部嚇得跳起。他們無聲觀看嘯箭劃過整片夜空，射入逃離帝汎的整列船隻，將之一一粉碎擊沉。

「搞什麼？」波麗娜說。「爲……爲什麼沿岸箭組會瞄準**平民**船隻？」

桑奇亞已經知道答案。「是帝汎。」她輕聲說。

「是什麼？」波麗娜問。

「帝汎。它掌控城裡所有符文典，它現在能夠控制整座城了。我不認爲它想讓任何人逃脫。」

波麗娜臉色刷白，然後望著歐索。「這有可能嗎？」

歐索點頭，他努力維持清醒，呼吸在肺中發出劈啪聲響。「再肯定不——」

海灣西側爆發騷動，三艘丹多羅戰艦駛出內城碼頭，全速衝過水面。它們體積龐大，速度如風，濱水區的海水波動漲高。

「他們要去哪？」克勞蒂亞問。「那基本上就是一支艦隊了。」

「又是帝汎。」貝若尼斯說。「戰艦上有自己的符文典，一定也被掌控……它在逃，不想要任何人跟上。」

鑄場畔人和吉瓦人在驚駭的無聲中目睹戰艦離開海灣。幾艘船試圖一起逃，但夾在海灣口兩側的沿岸嘯箭組之間，他們無處可躲。又一次，嘯箭呼嘯而過；又一次，船隻如稻草做的玩具般炸得四分五裂。他們眼睜睜看著失事船隻燃燒的殘骸塡滿海灣。

〈我們出不去了，〉桑奇亞低聲說，〈我們困在這裡。我們困在這裡，也……也將死在這裡。〉

歐索．伊納希歐看著帝汎城燃燒。他看著嘯箭優雅劃過空中，擊中船隻、塔樓、建築或街道時，白熾的金屬矛身爆開化爲明亮的閃爍碎片。

他看著海水輕拍身下的快帆船側，海上點點灰燼燃渣。

他看著奎塞迪斯．馬格努斯竄過空中，拆毀建築將它們如玩具拋擲。

不會成功的，他心想，什麼都不會成功。結束了。

他聆聽鑄場畔傳來的尖叫聲，人群衝出自家鴿樓和棚屋擠進小船。有人跳進水裡，彷彿希望能游走。克勞蒂亞在他身旁哭泣。他低頭，看見水裡有東西載浮載沉——一具屍體，或許是男人，臉朝下，雙臂扭曲。

我多想拯救這地方啊，他心想。

他看著丹多羅輝所大樓在遠處震動搖晃，而後終於倒塌。

但很快就沒事物可救了。

奎塞迪斯在城裡作戰，發出另一陣狂怒咆哮。

歐索環顧四周，在夜空的黑暗籠罩下，這世界是整團模糊的火和煙。

我能做什麼？還能做什麼？

他的目光落在丹多羅主水道，這條狹窄溝渠通往所有鑄場、製作場和碼頭。丹多羅所有財產中，就屬此處最受保護，因為這是餵養整座內城的動脈。兩座巨大的嘯箭組矗立水道兩側。他看著它們以詭異精準的優雅來回轉動，對天空吐出炙熱的金屬。

他想起自己設計這些武器的零件。它們竟對付起城市，現在眞的好瘋狂；多年前，可是他費盡心思做出它們的編配碟再放入符文典……

他心想——符文典。

他翻找口袋拿出帝器。這黃金工具在火光中不懷好意地閃爍，中央平滑的金圓碟泛起符文，告訴他什麼轉化在近處鈾轉化些什麼。

他回頭越過快帆船側看著他們剛剛搭過來的那艘小舟。

一個點子緩緩在他心中綻放。

歐鎖凝視小舟，呼吸沉重。他又回頭看站在快帆甲板上相擁的桑奇亞和貝若尼斯；城市起火，空氣因戰爭聲響而震動，她們的眼睛圓睜，滿是恐懼。

他仔細注視她們的臉；好多皺紋、好疲倦。

歐索顫抖著將帝器放回口袋。他緩緩轉身朝她們走去。

〈說你知道該怎麼辦，歐索。〉桑奇亞說。〈拜託，拜託，說你知道該怎麼辦。〉

〈我知道該怎麼辦，桑奇亞。〉他低聲說。〈會沒事的。〉

〈怎麼做？〉桑奇亞問。

他沒回答。他將雙手放在貝若尼斯肩上，深深看進她雙眼。

好蒼白、好平靜，充盈著智慧與好多遠大前程。

「你做了很多了不起的事。」他大聲對她說，接著親吻她額頭。「繼續前進，而且要做更多。」

〈什麼？〉貝若尼斯困惑地問。但歐索已轉身朝快帆側邊跑去，飛速攀下繩梯回到小舟上。在他來得及阻止自己之前，他解開小舟、展開船帆，操起舵將小舟駛過海灣，航向丹多羅水道。

桑奇亞注視歐索駕小舟離開。她感覺到貝若尼斯的困惑在她身旁翻騰。

〈他在做什麼？〉貝若尼斯問。〈他在做什麼，桑，他在做什麼？〉

不過桑奇亞漸漸了解歐索的計畫。而當她了解，貝若尼斯同時了解。

「**不！**」貝若尼斯尖叫。「**不，不，不！回來！停下來，停下來，回來！**」

她跑到船邊，但桑奇亞拉回她。〈住手，貝兒。〉

「**我不准！**」貝若尼斯啜泣。「**不！回來，回來，回來！**」

「她是怎麼了？」波麗娜問。

桑奇亞將貝若尼斯緊抱懷中。「叫你的船員把船準備好。叫**所有人**準備好。因爲歐索要打開門了。」

44

小舟快速駛過海灣朝丹多羅水道前進，歐索集中心神。就算他的肩膀疼痛，高燒痛擊他的腦，他仍試著飲下這些感覺：臉上的水、燃燒城市的熱浪、在他眼前飄舞的灰燼。

眞神奇，他暗忖。嘯箭在煙霧瀰漫的夜空劃出駭人的火之線條。龐然工具在前方岸上移動盤旋。

活著眞是神奇。

儘管與桑奇亞和貝若尼斯的連結隨距離拉遠而愈來愈弱，他仍能感覺貝若尼斯的痛苦、她的絕望，還有桑奇亞正在安慰她；他爲她們心碎。

能分享我的生命且被愛眞是神奇。

他已橫過一半的海灣，嘯箭組發現他。他看著它們在支柱上笨拙轉動，追蹤他這艘一吋吋越過黑水的小船。

來了。

歐索站起轉身，開心地對後方遠在海灣另一邊的船隻揮手。

他們可能看得見，也可能看不見。不重要。

他聽見嘯箭呼嘯飛入後方天空。他沒回頭看，只是拿出帝器，將功率開到底。

他看著嘯箭接近——然後在大約一千呎外失效，忽然想起自己應該多重，嘩啦落入海中，周遭冒出一堆蒸氣。

「來捉我啊，雜種。」歐索一手抓住主帆腳索。他向來開船開得一蹋糊塗，不過這只是個維持不久的小手段。他的肩膀悲鳴著，不過他勉力轉過船舵，小舟一吋吋接近丹多羅水道。

他望著嘯箭接二連三在附近空中失效，有如太接近燭焰的蛾。弩弓組朝他接連射擊，但弩箭都無害地墜入海中，彷彿樹在暴風雨中落下細枝。

他近距離經過一座丹多羅箭組，但這巨型武器轉而沉默。

他多希望他能用帝器毀去全部箭組——但隔著海灣是不可能的。

不過他確實還有其他選項。

歐索伏低，駕駛小舟上溯丹多羅主水道。

此刻，帝汎感覺到銘術失效，有如人感到一處肢體麻痺。它已完成主要任務，正用摧毀奎塞迪斯來滿足自我，但這額外的新感覺令它不安。因爲沿岸箭組的銘術正在失效，然後是沿水道的那些；水道通往各鑄場。

它立即了解發生什麼事。

這時，奎塞迪斯仍從空中擊碎嘯箭與弩箭，他喘息、咆哮、尖叫。不知道自己還能支撐多久。太陽很快升起，無論此刻再強大，他的力量都會開始衰退。然而，川流不息的嘯箭與弩箭忽然停了。

奎塞迪斯減速，警惕地低頭。除非他弄錯，否則城裡武器現在都嘗試將火力對準丹多羅內城。尤其是一條小水道，就是各鑄場的起始點。

奎塞迪斯飛近，一艘小帆船正蜿蜒上溯水道。

一名男子站在船頭，他手上有個東西金光一閃。

恐懼湧入奎塞迪斯古老的心中。

*我相信，*他暗忖，*現在是離開的***絕佳***時機。*他轉身飛掠而去，越過城市和內城圍牆，盡他所能快速遠離。

歐索駕船靠近各鑄場。丹多羅內城現已面目全非；歐索曾在這個天地辛勤工作那麼多年，現在竟成了燃燒焦黑的廢墟。他想著鑄場畔、格雷戈、桑奇亞和貝若尼斯。真是美好時光，跟他們一起工作、在小工作室忙碌，在挫折與焦慮與歡欣中打轉、在他們的陰冷小房間將他們的汗水、靈魂與思緒與原料結合，還有，一點又一點、一片又一片打造一個更好的世界。

*更好的世界，*歐索心想。

他看著銘術漫過帝器表面，很快鎖定他在找尋的那一個：鑄場符文典的冷卻銘術——用來維持這整座城市穩定。關掉這個符文串，他知道會造成毀滅性後果，將會動搖內城所有符文典的後果。

歐索抬頭，弩箭與嘯箭雨朝他落下。

他想著貝若尼斯。她那平靜穩定的眼睛。她那緩緩盪開的笑容。她那求知若渴的傑出天賦。

願她茁壯。

他按下帝器側邊的按鈕。

帝汎在後方點燃時，桑奇亞的快帆正橫過海灣一半。

她覺得那並不是爆炸。她知道爆炸會是怎樣。這是不同的事情。

一道閃光。一陣疾風。

天崩地裂、前所未見的轟然巨響。

驟然間，快帆被浪激得在水中跳躍起來，又隨人力竭盡全力航過搖晃的水域。

「我的天啊！」波麗娜大喊。「我的天啊！」

桑奇亞的視野塞滿強光殘留的墨綠色泡泡，但她仍朝帝汎瞇起眼，掃描海岸。半座城市消失了，夷爲平地。甚至沒留下燃料可燒。她趕緊確認逃過爆炸的沿岸嘯箭組，此刻全部靜止沉默。

「他做到了。」桑奇亞輕聲說。「他眞的做到了。」

貝若尼斯嗚咽著埋入她懷中，泣不成聲。桑奇亞眺望他們後方那列正駛離城市的船隻；無數難民，來自內城、燈地、鑄場畔，以及平民區。

「我們需要盡快前往吉瓦和每座墾殖地。」波麗娜說。「我會幫你們兩個找療者，必須爲隨後而來的事做好準備。」她說完便大步橫過甲板，和她的助手討論起來。

〈準備……〉貝若尼斯面對桑奇亞。〈準備什麼？隨後而來的什麼？〉

〈你不懂嗎？〉克雷夫虛弱地說。〈帝汎。它逃脫了。它獲得自由。奎塞迪斯，我確定他也沒死。〉

焦慮絕望的耗竭感緩緩塡滿桑奇亞的心。〈天啊。根本還沒完，對吧。〉

〈對。〉克雷夫說。〈對，還沒完。剛開始。戰爭即將到來，不同於任何其他戰爭，但依然是戰爭。〉

貝若尼斯和桑奇亞坐在那兒，震驚又消沉。

〈接下呢？〉貝若尼斯問。〈我們接下來要做什麼？〉

〈我們唯一能做的事。〉桑奇亞說。〈我們必須抵抗。沒有其他人能抵抗了。〉

克雷夫、桑奇亞和貝若尼斯一起走到船頭眺望前方無盡的地平線，以及煙霧迷漫的破曉天空。

H＋W 14／銘印之子：岸落之夜

原著書名／Shorefall
作　者／Robert Jackson Bennett
翻　譯／歸也光
責任編輯／詹凱婷
封面插畫／Agathe
編輯總監／劉麗真
總 經 理／陳逸瑛
榮譽社長／詹宏志
發 行 人／涂玉雲
出 版 社／獨步文化
城邦文化事業股份有限公司
104台北市中山區民生東路二段141號5樓
電話：(02) 2500-7696　傳真：(02) 2500-1967
發　　行／英屬蓋曼群島商家庭傳媒股份有限公司
城邦分公司
104 台北市中山區民生東路二段141號2樓
網址／www.cite.com.tw
讀者服務專線／(02) 2500-7718；2500-7719
服務時間／週一至週五：09：30～12：00　13：30～17：00
24小時傳真服務／(02) 2500-1900；2500-1991
讀者服務信箱E-mail／service@readingclub.com.tw
劃撥帳號／19863813
戶名／書虫股份有限公司
香港發行所／城邦（香港）出版集團有限公司
香港灣仔駱克道193號號1樓東超商業中心
電話／(852) 2508-6231　傳眞／(852) 2578-9337
E-mail／hkcite@biznetvigator.com
馬新發行所／城邦（馬新）出版集團
Cite (M) Sdn Bhd
41, Jalan Radin Anum, Bandar Baru Sri Petaling,
57000 Kuala Lumpur, Malaysia.
Tel: (603) 90578822
Fax:(603) 90576622
email:cite@cite.com.my
封面設計／萬亞雰
排　　版／游淑萍
印　　刷／中原造像股份有限公司
●2020（民109）9月初版
售價480元

ISBN 978-957-9447-82-9

國家圖書館出版品預行編目資料

銘印之子：岸落之夜／Robert Jackson Bennett著；歸也光譯. –初版. – 台北市：獨步文化，城邦文化出版：家庭傳媒城邦分公司發行，民109.09
面；公分. --（H+W；14）
譯自：Foudryside
ISBN 978-957-9447-82-9（平裝）

874.57